한국고전문학사 강의

한국고전문학사 강의 1

박희병 지음

2023년 10월 16일 초판 1쇄 발행
2023년 11월 13일 초판 2쇄 발행

펴낸이 한철희, 펴낸곳 돌베개, 등록 1979년 8월 25일 제406-2003-000018호, 주소 10881
경기도 파주시 회동길 77-20 (문발동), 전화 031-955-5020, 팩스 031-955-5050, 홈페이지
www.dolbegae.co.kr, 전자우편 book@dolbegae.co.kr, 블로그 blog.naver.com/imdol79, 인스
타그램 @Dolbegae79, 페이스북 /dolbegae
편집 이경아, 표지디자인 김민해, 본문디자인 이은정·이연경, 마케 심찬식·고운성·김영수·한광
재, 제작·관리 윤국중·이수민·한누리, 인쇄·제본 영신사

ISBN 979-11-92836-31-7 (04810), 979-11-92836-30-0 세트
책값은 뒤표지에 있습니다.

한국고전문학사 강의

1

박희병

돌베개

책머리에

2020년 3월, 코로나 바이러스가 전 지구적으로 확산되어 팬데믹이 선포되자 대학의 수업 방식이 비대면으로 전환되었다. '줌'Zoom으로 하는 비대면 수업은 퍽 낯설고 거북했지만 교수든 학생이든 이에 적응해 갈 수밖에 없었다.

그렇게 한 해가 지나고 2021년이 되었다. 나는 이해 8월이 정년이었다. 1학기에 내가 강의할 학부 과목은 '한국고전문학사'였다. 나는 매 학기 학부 수업 하나, 대학원 수업 하나를 맡아 왔으므로, 이 과목은 나의 마지막 학부 수업이 될 것이었다. 마침 주변에서 정년을 기념하는 의미로 학부 강의를 녹음하면 어떻겠는가 하는 제안이 있었다. '줌'으로 하는 강의라 기술적으로 녹음이 아주 수월하며, 공간적으로 멀리 있는 동학들도 여건만 되면 강의에 얼마든지 참여할 수 있다고 했다. 그리고 추후 녹음된 것을 글로 옮겨, 만일 내가 동의한다면 책으로 출판하면 좋겠다고 했다. 나는 이 제안에 흥미를 느꼈다. 그래서 깊이 생각하지 않고 그리 해 보자고 했다.

나의 고전문학사 수업은 전공필수 과목으로 보통 30명쯤 수

강한다. 그런데 이번 학기에는 61명이 수강했다. 이상한 일이라 첫 수업 시간에 학생들에게 왜 그런지 물었다. 대답인즉슨 이번 학기를 끝으로 더 이상 내 수업을 들을 수 없다고 해서 수강 신청을 많이들 한 것이라 했다. 그 말을 듣는 순간 '학생들을 실망시켜서는 안 되겠구나' 하는 생각이 엄습했다. 이 때문에 매 강의마다 열과 성을 다한 듯싶다.

특이한 점은, 비대면 강의임에도 불구하고 결석하는 학생들이 거의 없었으며, 학생들의 집중하는 표정이 대면 강의를 능가했다는 사실이다. 학생들이 몰입하면 할수록 교수도 몰입하게 된다. 몰입도가 높아지면 강의는 신이 난다. 매 시간마다 그랬으며, 6월 강의가 종료될 때까지 이런 상태가 지속되었다. 이 때문에 나는 이 마지막 학부 강의가 내 정신이 가장 고양된 상태에서 이루어졌다고 생각한다. 이는 순전히 학생들 덕이었다. 학생들의 집중된 눈, 학생들이 보여 준 열의가 나로 하여금 나의 공력을 최대한 발휘하게 만든 것이다. 그래서 나는 이 자리에서 61명의 학생들 모두에게 감사를 표하고 싶다.

수강생은 꼭 국문과 학생만이 아니었다. 언어학과, 국사학과, 서양사학과, 철학과, 미학과, 아시아언어문명학부, 인류학과, 언론정보학과, 간호학과, 경영학과, 기계공학부, 재료공학부, 화학생물공학부, 디자인학과, 자유전공학부 등 다양한 전공의 학생들이 이 과목을 수강했다. 나는 이 다양성에 고무되었다. 한국고전문학사는 이 땅에서 삶을 영위해 온 사람들의 삶과 생각과 정신의 역사로서 한국 인문학의 핵심 중의 핵심이라고 말할 수 있다. 한국인이라면, 그리고 최소한 교양인이라면 알아야 할 '나'와 '과거'의 연관성으로 가득하기 때문이다.

한국고전문학사는 다룰 내용이 굉장히 많다. 그러니 한 학기 강의로는 어려움이 있다. 하지만 커리큘럼상 한 학기에 끝내게 되어 있으니 어쩔 도리가 없다. 그래서 나는 오래전부터 중요한 주제, 주요한 작가나 텍스트 중심으로 이 과목을 운영해 왔다. 학생들에게 고지식하게 교과서적으로 강의하느니 문학사의 긴요한 문제와 의제를 툭툭 던져 가며 도발적으로 지적 자극을 주는 쪽이 학생들의 흥미를 훨씬 더 유발한다는 사실을 진작 알았기 때문이다. 나의 마지막 강의도 대체로 이 방식을 따랐다.

그렇기는 하지만 교수와 박사급 연구자들도 청강하는 마당에, 게다가 녹음까지 하는 마당에, 비록 한 학기 강의에 이것저것 다 다룰 수는 없다 할지라도 하다 만 듯한 강의를 할 수는 없었다. 적어도 내가 우리 문학사에서 중요하다고 여기는 현상이나 작가나 작품은 되도록 빠뜨리고 싶지 않았다. 그러다 보니 예전에 25강쯤 했던 강의가 30강을 넘어섰다. 이를 한 학기에 소화하는 것은 무리다. 그래서 공휴일에도 강의를 해야 했으며, 6월 늦게서야 겨우 종강할 수 있었다. 그럼에도 이 책에는 꼭 다루어야 함에도 미처 다루지 못한 것들이 없지 않다. 이 때문에 못내 아쉬운 마음이다. 아무쪼록 독자들은 이 점을 양해해 주시기 바란다.

내 수업은 월요일과 수요일 2시에 시작되어 75분 뒤인 3시 15분에 종료하게 되어 있다. 하지만 곤란하게도 이 시간에 강의가 종료되지 않는 날이 많았다. 그럴 경우 다음 수업이 있거나 다른 볼일이 있는 학생들은 얼른 나가게 하고, 계속 강의를 듣고 싶은 사람들만 남아서 듣게 했다. 물론 기말시험(중간시험은 시간을 아끼기 위해 보지 않기로 했다)은 75분 강의 내용 중에서만 출제하기로 약속했다. 61명 수강생 가운데 절반쯤이 남아서 계속 강의를 들었다. 이야기가 길어질 때는 4시가 되어서야 끝날 때도 있었다. 질의응답 시간을 충분히 가졌기에 더 많은 시간이 소요되었다. 하지만 워낙 진지한 질의들을 해 주어 간단히 답하기가 좀 미안해 자세히 말할 수밖에 없었다.

이렇게 시간을 더 늘려 강의할 수 있었던 것은 비대면이기에 가능했다. 대면 수업이었다면 강의실을 얼른 비워 줘야 하기 때문에 정해진 시간에 허겁지겁 강의를 끝내지 않으면 안 되었을 것이다. 그뿐만 아니라 먼 곳에 있는, 가령 일본 오오사카에 있는 야마다 교오코 교수 같은 분이 나의 강의를 청강할 수 있었던 것도 비대면이기에 가능했다. 예전에 나는 비대면 수업으로 인해 교수와 학생의 '총체적 조우'의 기회가 싹 다 날아가 버렸다고 개탄하곤 했는데, 비대면 수업에 시공간적 제약을 뛰어넘는 장점이 있기도 하다는 사실은 알지 못했던 것이다. 아무튼 이 책은 비대면 강의의 장점을 최대한 활용한 결과라 할 것이다.

6월 하순 강의가 종료된 직후, 녹음된 파일을 타이핑 전문가에게 맡겼다. 문자로 입력된 원고가 나에게 모두 전달된 것은 2021년 12월이다. 이 원고를 안준석·황정수 두 동학이 분담해 검토하며 문자 입력 과정의 오류를 대강 바로잡는 일을 몇 달간 했다. 2022년 5월, 나는 1차 수정된 원고를 모두 건네받았다.

나는 이 원고의 일부를 돌베개의 한철희 사장에게 보내어 한번 읽어 봐 달라고 했다. 한 사장은 곧바로 전화해 내용이 흥미롭고 재미있어 일반인이 읽어도 좋겠다며 출판해 보자고 했다. 이에 출판하기로 방향을 잡고, 원고를 좀 수정하고 보완하는 작업을 꾀했다.

서울대에서 오랫동안 한국고전문학사 강의를 맡아 하면서 내가 특히 주안점을 둔 것은 다음 세 가지였다. 첫째, 문학사 공부를 통해 '문학·역사·사상'에 대한 거시적 이해의 폭을 넓히고 인문학적 안목을 넓히는 것. 둘째, 문학사 속에 등장하는 다양한 인간들을 통해 '인간'에 대한 이해를 심화하는 것. 셋째, '나'와 '타자'의 관계에 대한 인식을 확대함으로써 나의 정체성과 타자에 대한 이해를 확충하는 것.

그래서 통상 하는 것처럼 사실이나 지식을 나열하는 방식으로 문학사를 가르치는 대신, 문학사에 등장하는 인간들의 '마음'이나 '정신'을 들여다보는 데 힘을 쏟았다. 문학사에 나타난 인간의 다양한 마음과 대면함으로써 삶과 세계에 대한 우리의 인식을 크게 확장할 수 있다고 보아서다. 이 책은 문학사 공부에 대한 나의 이런 특별한 지론에 바탕하고 있다.

나는 대학에서 한국고전문학을 40년 가까이 가르쳐 왔다. 지금 대학에서 한국고전문학은 대체로 따분하고 재미없는 것으로 간주되어 학생들의 기피 과목이 되고 있는 실정이다. 학생들이 한국고전문학을 이렇게 인식하는 것은 고등학교에서든 대학에서든 대개 지식과 사실 위주로 한국고전문학을 가르치는 데 기인한다. 그러니 학생들은 한국고전문학에서 마음으로부터 우러나는 벅찬 감동을 느끼기 어렵다. 이리 보면 학생들이 한국고전문학이 재미없다는 통념을 갖고 있는 건 그리 이상한 일이 아니다.

하지만 한국고전문학 자체가 따분하고 재미없는 것은 아니다. 한국고전문학은 심오하고 치열하며, 의미 있고 감동적인 것으로 가득하다. 문제는 이를 읽어 내는 안목과 방법이다. 이것이 없으니 무미건조한 지식 전달 위주의 방식에 매달리게 된다. 그 결과 한국고전문학에 내포된 사유와 정신은 방기된다.

한국고전문학사는 한국고전문학의 역사이다. 얼핏 생각하기에 한국고전문학도 어렵고 재미없는데 한국고전문학사는 오죽할까 싶을 수 있다. 물론 한국고전문학사를 지식과 사실 위주로 풀면 따분할 수 있다. 하지만 그런 접근법을 버리고 문학사 속 인간들의 희로애락과 고뇌, 그들의 이상과 꿈과 좌절, 그들이 지녔던 열망, 그들이 삶의 간고함 속에서도 끝내 포기하지 않았던 가치들에 눈을 돌리면, 문학사는 우리에게 이전과는 완전히 다른 것으로 현전 現前한다. 이 경우 문학사는 지금의 내 삶과 연관을 갖게 되며, 현재적 의미를 획득한다. 이 책은 이런 문학사를 목표로 하고 있다.

이 때문에 나는 이 책을 꼭 한국고전문학을 공부하는 사람이나 문학을 전공하는 사람만이 보기를 바라지 않는다. 그런 분들은 물론이려니와 일반인들도 이 책을 읽기를 바라는 마음 간절하다. 왜냐하면 이 땅에서 살아온 사람들의 다양한 삶과 그 굴곡에 대한 공부가 자신의 삶을 응시하고 자신의 삶을 풍부히 하는 데 도움이 되리라 생각하기 때문이다.

끝으로, 이 책이 나오는 데 도움을 주신 분들에 대한 감사의 말을 전하고자 한다. 동학들에게 연락해 나의 강의를 청강해도 좋다는 사실을 알리는 등 실무적인 일을 총괄한 사람은 김대중 교수이고, 녹음과 녹취 등 책을 내는 데 필요한 일 전반을 관장한 사람은 김수영 교수이며, 조교 역할을 하며 강의가 잘 진행되도록 도와주고 내게 필요한 책을 찾아서 보내 준 사람은 황정수 동학이다. 이 세 분이 없었다면 이 책은 나올 수 없었을 것이다.

강의를 청강하고 질의를 해 준 사람은 야마다 교오코·쉬이링·김하라·김수영·이효원·강혜규 교수, 이경근·유정열·정보라미·김지윤·정솔미 박사, 안준석·김민영·곽보미·황정수 박사과정 수료생, 조하늘 박사과정생이다. 이분들이 지켜봐 준 덕분에 더

10

힘을 내어 강의 준비를 하고, 끝까지 분발할 수 있었다.

정길수 교수를 비롯해 김하라·최지녀·김대중·김유진·김수영·이효원·신현웅 교수와 황정수 동학은 몇 달 동안 최종 원고를 교열하고 의견을 주었다. 이분들의 질정에 힘입어 오류를 수정하거나 나의 관점을 좀 더 정확하고 정교하게 표명할 수 있었다.

이 자리를 빌려, 도움을 준 모든 분에게 심심한 사의를 표한다. 아울러 책의 기획과 편집을 맡은 돌베개의 이경아 팀장과 이 책의 출판을 흔쾌히 맡아 주신 나의 오랜 지우 돌베개 한철희 사장께 깊은 감사의 뜻을 전한다.

2023년 7월 10일, 박희병

제3강

**향가,
그 서정의 깊이**

73

일러두기

- 이 책의 월月, 일日은 음력 표기이다.
- 인물의 나이는 한국식 나이로 표기했다.
- 국문시가를 인용할 때 이해하기 쉽게 하기 위해 꼭 원전 그대로 인용하지는 않았으며, 가급적 현재의 표기법에 가깝게 했다. 단 자수율이나 어감 등을 고려해 원표기대로 하는 것이 좋다고 판단되는 경우 원표기를 따랐다.
- 국문시가 인용시 어려운 말의 뜻풀이를 아래첨자 형태로 해 주었으며, 산문의 경우에는 해당 단어 옆에 괄호를 해서 뜻풀이를 해 주었다.
- 한시를 인용할 때는 번역문을 먼저 제시하고 원문을 병기했으나, 한문 산문의 경우 대체로 번역문만 제시했다.
- 인용된 한시문의 번역은 대부분 필자가 한 것이다. 특정한 사람의 번역을 인용한 경우 번역자 이름을 밝혔으며, 필자가 번역을 조금 고치기도 했다.
- 책이나 신문은 『　』, 작품은 「　」, 그림이나 영화 제목은 〈　〉로 표시했다.

제1강

문학사란 무엇인가

'문학'의 개념과 고전문학사

문학사란 '문학의 역사'입니다. 그런데 이 '문학'이라는 용어가 문제가 됩니다. 오늘날 우리는 문학이라고 하면 시, 소설, 희곡, 수필, 평론과 같은 것을 말합니다. 이건 근대문학에서의 문학 개념이죠. 하지만 우리가 공부할 고전문학사에서 문학이란 근대문학에서 규정하는 문학의 의미와 크게 달라, 근대문학에서 문학에 포함시키지 않는 여러 다양한 장르들이 문학으로 간주됩니다. 이를테면 '비문'碑文이라든지, '편지'라든지, '논설'이라든지, 어떤 사실을 해명한 글인 '변'辨이라든지, 책 앞에 붙이는 '서문'序文이라든지, 글씨나 글의 뒤에 붙이는 '발문'跋文이라든지, 묻고 답하는 '문답'問答이라든지, 인물의 삶에 대한 기록인 '행장'行狀이나 '전'傳이라든지, 이런 아주 다양하고 많은 글쓰기들이 문학의 영역에 포함됩니다. 이렇게 보면 근대문학에서는 문학의 개념이 아주 축소된 것을 알 수 있습니다. 이와 달리 고전문학에서는 거의 모든 글쓰기가 문학에 포섭됩니다. 나아가 글로 된 문학만이 아니라 구전문학口傳文學까지도 문학으로 간주됩니다.

그래서 고전문학사는 근대문학사와 다르게 문화사, 지성사, 사상사, 예술사와 좀 더 긴밀히 연결됩니다. 이런 점이 고전문학사의 특수성에 해당합니다. 이 때문에 고전문학사는 통합인문학적으로 접근할 필요가 있습니다. 그러니까 너무 근대문학적 개념에 구애되어 좁은 의미의 문학을 상정해 놓고 그것만 살펴서는 안 되며, 포괄적으로 지성사나 사상사나 문화사나 예술사를 넘나들면서 문학의 역사를 살피는 것이 필요합니다.

문학의 본령과 문학사

방금 문학사는 문학의 역사라고 말했습니다만, 조금 더 부연해서 말한다면 문학사는 '문학의 역사적 전개 과정'을 다루는 학문 분야입니다. 문학의 역사적 전개 과정은 크게 두 가지 측면을 생각해 볼 수 있는데요, 하나는 '주제'의 측면이고 다른 하나는 '형식'의 측면입니다. 주제는 '내용'이라고 해도 좋겠죠. 그러니까 문학사란 크게 보면 내용과 형식, 이 두 가지 측면에서 문학의 역사적 전개 과정을 살피는 학문 분야라고 말할 수 있을 터입니다.

그런데 문학의 역사적 전개 과정을 탐구하다 보면 자칫 외면적 사실의 나열이라고 할까, 혹은 지식의 나열이라고 할까, 이런 쪽으로 빠지기 쉽습니다. 다시 말해 어떤 장르라든지 작가라든지 작품이라든지 이런 것을 쭉 역사적으로 나열하는 방식으로 접근하기 쉽습니다. 여러분에게 익숙한 문학사의 모습일 텐데요. 이 때문에 문학사 과목은 학생들에게 별로 인기가 없습니다. 그럼에도 학생들이 꼭 배워야 할 중요한 과목이기 때문에 대학에서는 대개 필수 과목으로 정해 학생들에게 강제로 듣게 하고 있습니다. 안 들으면 졸업을 못 하죠.

문학의 본령은 무엇일까요? 저는 인간의 '마음', 인간의 '정신', 인간의 '삶'을 탐구하는 것이 문학의 본령이라고 생각해 오고 있습니다. 만일 문학의 본령이 그러하다면 인간의 마음이나 정신이나 삶이 보이지 않는 문학사, 인간의 마음이나 정신이나 삶이 도외시되는 문학사는 문학의 본령에서 멀어진 문학사라고 할 수 있지 않을까요? 그러니까 지식 나열 위주의 문학사, 사실 나열 위주의 문학사는 외면적으로 보면 착실하고 풍성해 보일지 모르지만, '문학의 본령이 무엇인가' 이런 근본적인 물음을 묻는다면 실제로는 문학의 본령에 대한 공부에서 아주 멀어진 것이라고 해야 하지 않을까 합니다.

문학사에서 조망되는 인간 — 세 가지 지평

문학사는 외면적 사실의 나열을 능사로 삼을 것이 아니라 문학의 본령을 고려해서 인간 정신의 어떤 역사적 궤적을 추구하는 쪽으로 가야 한다는 말인데, 그렇다면 문학사에서 생각하는 '인간'이란 어떤 존재인가, 이런 물음이 제기될 수 있겠죠? 문학사에서 인간은 크게 세 가지 지평 속에서 규정될 수 있습니다.

첫째는 사회역사적 지평입니다. 문학사에서 말하는 인간이란 사회역사적 지평 속에 존재하는 인간입니다. '사회역사적'이라는 말은 두 가지 의미를 함축하는데요, 하나는 '사회적'인 것이요, 다른 하나는 '역사적'인 것입니다. 둘 중 하나는 좀 더 공간적 관련을 갖고, 다른 하나는 좀 더 시간적 관련을 갖습니다. 문학사 속의 인간이 특정한 시공간의 지평 속에 존재한다는 사실을 인식하는 것은 대단히 중요한 일입니다. 그래서 문학사 속의 인간을 이해하기 위해서는 불가피하게도 그가 속한 '시공간'에 대한 이해가 필요한 거죠.

둘째는 집단적 지평입니다. 모든 인간은 전부 낱낱의 인간이고 개별적입니다만, 각도를 달리해 보면 전부 어떤 집단에 귀속되어 있습니다. 이 집단이라는 것은 구체적으로 말한다면 '신분'이라든가 '계급'이라든가 '계층'이라든가 '당파'라든가 '동인'同人이라든가 이런 걸 텐데요. 문학사 속의 인간이 바로 이런 집단적 지평 속에 존재한다는 사실을 유의하는 것이 문학사 공부에서는 아주 긴요합니다. 신분이나 계급이나 당파와 같은 지평에 대한 이해가 없다면 문학사 속의 인간 이해는 모호하게 될 수밖에 없거든요.

셋째는 젠더적 지평입니다. 인간은 '젠더적'으로 존재합니다. 그러므로 만일 인간이 젠더적 지평 속에서 고찰되지 않는다면 인간은 추상적으로밖에 이해되지 않으며, 그 실체가 왜곡되거나 은폐될 수밖에 없습니다. 문학사 속의 인간을 구체적으로 이해하고 그 실체적 진실에 다가가기 위해서는 젠더적 지평 속에서 인간을 읽는 일이 몹시 중요합니다.

문학사에서 조망되는 인간은 이런 세 가지 지평 속에 존재한다는 점에 유의할 필요가 있습니다. 문학사는 이 세 가지 지평 속에 존재하는 인간의 마음과 정신과 삶의 과정을 추적해 나갑니다. 이것이 곧 문학사의 핵심 과제죠.

대서사로서의 문학사

문학사는 전체로서 볼 때 하나의 내러티브입니다. 자그맣게 쪼개면 시대와 시기로 나누어집니다만, 크게 하나의 덩어리로 보면 그 전체가 하나의 대서사大敍事가 됩니다. 이 대서사는 방금 말했듯 사회역사적 지평, 집단적 지평, 젠더적 지평 속에서 비로소 정당하게 이해될 수 있습니다.

그러므로 문학사가 문학의 주제와 형식의 역사적 전개에 관심을 둘 때 주제와 형식은 바로 이 지평들의 맥락 속에서 조망되어야 합니다. 주제와 형식이 그 자체로서 고립적으로 이해되어서는 안 됩니다. 방금 말한 세 가지 지평 맥락 속에서 작가는 물론이려니와, 작품의 주제와 형식 그리고 작품의 주제와 형식이 갖는 의미가 조망되어야 하는 것입니다. 문학에 대한 여타의 연구 분야와 다른 문학사의 독특한 고유성이 여기서 확보됩니다. 그래서 문학사 공부가 별도로 필요한 것입니다. 문학사 공부는 문학의 역사적 전개에 즉即해 우리의 정신을 확장하는 데 아주 큰 도움이 됩니다.

또 하나 말해 두어야 할 것은, 대서사로서의 문학사에서는 어떤 사회적 '힘'들이나 어떤 사회적·문화적 '지향'들이 대립하거나 갈등을 일으키거나 서로 투쟁하거나 융합하거나 하는 등의 현상이 관찰된다는 사실입니다. 그래서 이 점을 읽어 내는 일이 아주 중요합니다. 이것은 공동체의 '안'과 '밖'에 대한 인식 태도라든가, '나'와 '타자'에 대한 인식 태도와 결부되기도 합니다.

문학사와 주체의 문제 ― 하위 주체들

공동체의 안과 밖에 대한 인식 태도라든가 나와 타자에 대한 인식 태도, 이것들은 모두 '주체'의 문제로 귀결됩니다. 그런데 주체는 단일하지 않습니다. 여러 주체들이 있죠. 우리는 특히 하위下位 주체들을 눈여겨볼 필요가 있습니다. 상위上位 주체들은 쉽게 눈에 들어오지만, 하위 주체들은 꼭 그렇지만은 않습니다.

가령 서민이나 기녀는 하위 주체에 속합니다. 조선 시대의 서얼이나 중인이나 시정인이나 광대 같은 부류도 하위 주체에 해당합니다. '하나의 하위 주체' 역시 꼭 단일하지는 않습니다. 여성을 보면 그 점을 잘 알 수 있습니다. 궁녀가 있는가 하면, 사대부 여성도 있고, 중인층 여성도 있고, 서민 여성도 있고, 비녀婢女도 있고, 기생과 같은 특수한 천민 여성도 있습니다.

문학사에는 이처럼 다양한 하위 주체가 존재합니다. 우리는 이런 다양한 하위 주체들이 문학사에서 자신의 아이덴티티 혹은 자기의식自己意識을 모색하고 정립해 나가는 과정을 잘 들여다볼 필요가 있습니다. 문학사는 이런 다양한 주체들이 빚어내는 정신적·심미적 서사의 장입니다. 이 때문에 문학사는 그 전체로서 하나의 흥미로운 동태적 서사라고 말할 수 있습니다.

그런데 한국고전문학사에서 이 주체의 문제는 '표기 문자의 문제'와 관련되기도 합니다. 전근대 한국에서는 근대 이후의 한국과 달리 한자가 동아시아 공동 문자로서 사용되었습니다. 한국만이 아니고 일본도 그랬고 베트남도 그랬습니다. 이들 나라는 모두 이른바 한자 문화권에 속해 있었습니다. 이 때문에 전근대 한국에서는 이원적 문자 체계가 존재했습니다. 국문이 창제되기 전에는 향찰鄕札이라는 표기 방식을 이용해서 우리말을 표기했는데, 이 점에서 한자와 향찰의 이원 체계가 존재했다고 말할 수 있습니다. 15세기 중반 국문이 창제된 뒤에는 한자와 한글의 이원 체계가 존재했습니다. 그러니 전근대 시기를 통틀어 이원적 문자 체계가 존재한 것으로 볼 수 있죠. 문학사 공부에서는 이 점에 유의할 필요가 있습니다. 표기 문자의 문제가 주체의 문제와 결부됨은 가령 조선 후기 문학에서 여성이 남성보다 국문을 더 많이 사용한 데서 확인됩니다.

마음과 정신의 역사적 궤적으로서의 문학사

그런데 문학에서는 내용만이 아니라 형식이 문제가 되며, 이것들은 다시 장르와 연결됩니다. 중요한 점은 내용만이 아니라 형식에도 인간의 마음과 정신이 담긴다는 사실입니다. 내용에만 인간의 마음과 정신이 담겨 있다고 보는 것은 편견입니다. 어떤 경우 내용보다 형식에 더, 표현하기 어려운 인간의 깊은 마음과 정신이 투사되어 있기도 합니다. 이처럼 형식에도 인간의 마음과 정신이 담기기 때문에 문학사는 문학의 내용과 형식, 이 둘의 역사적 전개에서 인간의 마음과 정신이 어떻게 발현되는가, 인간의 마음과 정신이 어떻게 구현되는가를 면밀히 살피지 않으면 안 됩니다. 이 점에서 문학사는 정신사, 곧 '정신의 역사'이기도 합니다. 다양한 정신들이 역사 속에서 현상되는 것을 고찰하는 것이 문학사니까요. 물론 이 경우 다양한 정신들은 어디까지나 문학 행위를 통해 자신을 드러내게 됩니다. 우리는 문학사를 공부하며 이 점을 음미하고, 관찰하고, 사유하고, 추체험追體驗하게 됩니다. 이는 사유의 경험일 뿐만 아니라, 심미적 경험이며, 또한 비록 간접적이기는 하나 생에 대한 경험이기도 합니다.

이처럼 문학사는 단순히 지식을 습득하는 데, 즉 겉으로 드러난 어떤 사실을 아는 데 목적이 있는 것이 아니라, 문학 행위를 영위한 역사 속 다양한 인간들의 내면에 대한 이해, 그들의 정신과 삶의 궤적에 대한 역사적 이해를 도모함에 목적이 있습니다. 이 때문에 문학사는 흥미로울 수 있는 것입니다. 외면적 사실만 따라가는 것은 몹시 지루하고 따분한 일입니다. 제가 지금 말한 시각에서 문학사를 보면 문학사는 스스로 생각하고 음미해야 하는 정신 현상의 궤적에 해당하기에 결코 따분한 것일 수 없습니다.

문학사는 이처럼 역사 속에 발현된 정신이 어떠하며, 그것이 지금 우리의 삶에 어떤 의미 연관이 있는지를 탐구하는 작업입니다. 이 정신은 특정한 시공간 속에 존재하지만, 우리는 시공간의 제약을 넘어 그것과 소통하거나 교감할 수 있습니다. 이 점에서 문학사는 '응시'의 대상이기만 한 것이 아니라 나의 실존이 개입하는 '체험'의 대상이기도 합니다. 말하자면 '역사'와 '나'의 지평 융합이 이루어지는 하나의 창조적인 장입니다.

여러 개의 문학사 ― 문학사에 표준은 없다

이제 문학사가 무엇인지 좀 이해가 되나요? 왠지 다들 좀 심각한 표정인데요. 너무 심각하게 생각할 건 없습니다. 저는 다만 나의 문학사 수업이 어떤 데 중점을 두고 진행될 것인지를 개략적으로 말했을 뿐입니다.

여러분은 한국고전문학사라는 것은 어떤 정해진 내용이 있어 누가 강의하든 같을 거라고 생각할지 모르지만 전연 그렇지 않습니다. 문학사란 시각이나 입장에 따라 다양할 수 있습니다. 그리고 다양한 문학사가 존재하는 것이 바람직합니다. 문학사에 '표준' 같은 것은 없습니다. 그러므로 여러분이 이 강의를 들으면서 '어, 왜 내가 알던 문학사와 뽄새가 다르지?' 하고 의아해하거나 불편할 필요가 없다는 점을 말씀드리고 싶습니다. 문학사는 열려 있기에 여러 종류의 문학사가 가능합니다. 촘촘한 지식을 강조하는 문학사도 있을 수 있고, 민족을 강조하는 문학사도 있을 수 있고, 체계를 강조하는 문학사도 있을 수 있고, 시대 구분을 강조하는 문학사도 있을 수 있죠.

'인간'을 탐구하는 문학사

이처럼 여러 가지 문학사가 있을 수 있지만, 제가 이 강의에서 풀어 나갈 문학사는 촘촘한 지식을 강조하지도, 민족을 유난히 내세우지도, 체계나 시대 구분을 중시하지도 않습니다. 제 문학사는 '인간'을 강조하는, 인간을 탐구하는 문학사입니다. 앞서 말했듯 문학의 역사 속에 구현된 인간의 다양한 마음이며 정신과 대면함으로써 삶과 세계에 대한 우리의 이해와 인식을 확장하고자 하는 것이 제 문학사 수업의 궁극적 목표입니다.

요컨대 저는 문학사를 통해 '문학이란 무엇인가'를 되묻는 것이 몹시 중요하다고 생각하기에, 인간이란 어떤 존재인가, 역사 속에 구현된 인간의 정신들은 어떠한가, 그것이 어떤 의미와 지향점을 갖는가, 그리고 오늘날의 우리는 그것을 어떻게 사유하고 음미해야 하는가, 이런 물음을 중심에 두고 강의를 진행하려 합니다. 이 점에서 제 문학사 강의는 인간 탐구를 핵심으로 삼는 인문학의 본령과 맞닿아 있습니다.

그럼, 오늘 강의는 이것으로 마치겠습니다.

질문과 답변

* 한국고전문학사를 공부함으로써 오늘날의 시점에서 무엇을 배울
수 있을까요?

한국고전문학사를 공부함으로써 한국인만이 아니라 한국에 대해
공부하려는 외국인들도 한국에 대한 고급 교양을 얻을 수 있습니다.
한국을 심층적으로 들여다보는 기회가 되는 거죠.

강의 중에 말씀드렸지만 고전문학사 공부는 역사 속에 궤적을
남긴 다양한 인간들의 삶과 정신을 엿보는 일입니다. 고전문학사 강
의 외의 일반 문학 강의에서는 몇 천 년의 시간 속에서 인간 삶의 궤
적과 그 정신의 궤적을 들여다보는 작업이 이루어지기 어렵습니다.
이 점에서 고전문학사를 공부함으로써 우리는 인간에 대한 이해의
심화, 한국인에 대한 이해의 심화를 꾀할 수 있습니다. 그러니 중요
한 인문학 공부가 된다고 말할 수 있죠.

문학사는 하나의 다층적인 거대 서사입니다. 다층적이라고 한
것은 단선적이지 않음을 말합니다. 거대 서사 속에는 시간, 공간, 삶,
정신, 생성과 소멸, 유한한 삶의 의미 등이 자리하고 있습니다. 그러
므로 문학사를 공부하면서 우리는 시간이 무엇인지, 공간이 무엇인
지를 배우게 되지요. 이 시간과 공간은 결코 나와 무관한 것이 아닙
니다. 감각적으로 인식하기는 어렵지만 나와 연결되어 있는 어떤 것
입니다. 우리는 문학사를 공부함으로써 지금 내가 속한 공간을 넘어
시간적으로 굉장히 확장된 다층적인 공간들을 접할 수 있습니다. 그

리하여 몇 천 년간 전개되어 온 삶과 접촉하게 됩니다. 그리고 이 삶들이 만들어 낸 어떤 정신의 풍경, 형식과 장르, 작가가 태어나고 소멸하는 다양한 풍경들을 읽어 내게 됩니다. 이를 통해 인간 삶의 유한성과 의미를 반추하거나 곱씹어 보게 되지요.

　요컨대 우리는 문학사를 공부할 때 문학사의 시공간 속으로 들어가게 됩니다. 어떻게 보면 문학사의 시간과 공간이라는 것은 '접혀 있는' 시간과 공간입니다. '접혀 있다' 함은 뫼비우스의 띠처럼 시작과 끝이 구분이 안 되고 맞물려 있음을 말합니다. 이 점이 문학사 공부의 흥미로운 지점이 아닌가 싶고, 다른 학문 분과와 달리 고전문학사에서 유독 배울 수 있는 어떤 점이 아닐까 생각되네요.

＊　　한국고전문학사에 등장하는 다양한 주체들의 서사에는 여러 방향성이 있을 것 같은데요, 그중에 우리가 특별히 주목해야 할 방향성이 무엇인지 알고 싶습니다.

한국고전문학사는 줄잡아 2천 년 가까운 시간을 대상으로 삼습니다. 이 긴 시간에서 어떤 방향성을 주목해야 하는가라는 질문은 아주 중요한 질문입니다. 이 질문은 제 문학사 강의를 관통하는 문제의식과 통한다고 할 것입니다.

　우선 평등에 대한 지향을 꼽을 수 있지 않을까 합니다. 전근대 사회는 신분제 사회였고 이 점에서 인간에 대한 차별이 틀 지어져 있었지만 그럼에도 그 내부에서 신분적 차별에 대한 항거, 인간의 평등에 대한 모색이 있어 왔습니다. 이 점이 주목되어야 하지 않을까 합니다.

다음으로, 사회적 질곡이나 제도적·이념적 억압에서 벗어나고 자 하는 지향을 생각해 볼 수 있습니다. 이는 자유에 대한 방향성이 라고 할 수 있겠지요. '여성'의 경우 가부장적 질곡에서 벗어나 자아 를 실현하고자 함이 이에 해당할 테지요. 고전문학사의 전개에서 이 지향은 특별히 주목될 필요가 있다고 봐요.

젠더적 의식이나 자기의식의 향상 과정 역시 각별한 주목을 요 합니다. 다양한 하위 주체들이 어떻게 자신의 아이덴티티를 찾아 나 가며 스스로의 목소리를 내면서 자신을 주체로서 세워 나가는가를 살피는 것은 문학사 전개를 역동적으로 파악하는 데 대단히 중요합 니다.

언어 의식 내지 언어적 감수성의 행방 역시 주목을 요합니다. 이는 우리말 표기와 한문 표기 모두 해당되지만, 특히 우리말 구사 의 역사적 진전 과정을 읽어 내는 일은 아주 중요하고 흥미로운 일 이라 할 것입니다.

뿐만 아니라, 공동체적(민족적) 차원에서 '자아'에 대한 자각이 역사적으로 어떤 부침浮沈의 과정을 겪으며 전개되는지도 마땅히 주목되어야 할 사안이 아닌가 합니다.

**　** 문학사라는 것이 어쨌든 시공간에 관한 문제 아니겠습니까? 그 런데 그 시공간을 좀 체계화해서 이해할 필요가 있을 것 같은데, 어떻게 시대를 구분할 수 있을지, 그리고 정확히 근대라고 했을 때 근대는 언제부터로 봐야 할지, 이런 시대 구분 문제에 대해 알 고 싶습니다.

제가 시대 구분에 대해서는 말씀을 드리지 않았는데요, 거기에는 이유가 있습니다. 저는 문학사의 시대 구분에 크게 개의하지 않고 강의를 하려고 합니다. 대개의 문학사에서 보면 시대 구분에서부터 시작합니다. 근데 그게 뻔합니다. 여러분도 다 배웠겠지만, 원시―고대―중세―근대, 이렇게 되지 않습니까? 혹은 중세와 근대 사이에 근대 이행기를 끼워 넣기도 하죠. 원시―고대―중세―근대, 이 도식은 서구에서 만든 것입니다. 발전사관發展史觀을 전제로 한 이 도식이 앞에서 제가 말한 하나의 거대 서사, 하나의 거대한 다층적 담론으로서 문학사를 파악하면서 인간의 정신과 삶의 궤적을 음미해 나가는 데 과연 도움이 되는가? 저는 별로 도움이 되지 않는다고 생각해요. 만일 시대를 인위적으로 구분함으로써 인간의 정신과 삶의 궤적을 더 깊이 이해할 수 있다면 시대 구분의 정당성이 혹 인정될 수 있겠는데, 실제로는 전연 그렇지 못하다는 거죠. 발전사관에 입각한 시대 구분은 일종의 관념에 불과하며, 문학의 실상에 부합하지 않습니다. 작위적으로 시대 구분을 하려면 굳이 못 할 것도 없지만, 이 강의에서는 시대 구분 하는 데 괜히 힘을 낭비하지 않으려 합니다.

이 강의는 고전문학사니까 전근대의 문학을 다룹니다. 그러면 고전문학의 하한선은 어디까지이며, 근대문학은 언제부터 시작되는가가 문제가 되겠지요. 이 문제에 대해서는 논쟁이 있고 학자에 따라 입장이 다를 수 있습니다. 3·1운동을 근대의 기점으로 삼기도 하고, 애국계몽기를 근대의 기점으로 삼기도 하며, 기타의 관점도 존재합니다. 하지만 이런 차이는 별로 중요하지 않습니다. 제가 보기에 이른바 개화기는 고전문학과 근대문학이 공존하는 과도적 시기입니다. 그래서 제 강의에서는 일단 개화기의 고전문학까지를 논의의 하한선으로 삼고자 합니다. 그리고 혹 고전문학과 근대문학 간에 내적 관련이 있다면 그런 부분은 각별히 주목할 생각입니다.

　동아시아에서는 전통적으로 지금 이 순간을 '금'今이라고 봤습니다. 지나간 것은 다 '고'古가 됩니다. 이처럼 동아시아의 시간 개념에는 '금'과 '고' 두 가지가 있습니다. 합해서 고금古今이라고 하죠. 고금이라고 하면 모든 시간이 포괄됩니다. 이러한 동아시아의 전통적인 시간 개념을 빌려서, 근대문학을 '금'이라고 하면 근대문학 이전은 모두 '고' 즉 고문학古文學이 됩니다. 그런데 동아시아의 시간 개념에서는 지금과 가까운 '고'와 먼 '고'를 구분했어요. 가까운 고는 '근고'近古라고 합니다. 근고보다 조금 멀리 있는 고를 '중고'中古라고 합니다. 아주 멀리 있는 고를 '상고'上古라고 합니다.

　저는 시대 구분에 별로 개의하지 않고 고전문학사 강의를 하려고 합니다만, 굳이 구분을 요구한다면 동아시아의 전통적 시간 개념에 의거해 상고, 중고, 근고 정도로 구분하는 것으로 족하지 않을까 합니다. 상고는 통일신라 시대까지가 되겠고, 중고는 고려 시대와 조선 전기입니다. 근고는 조선 후기입니다.

　문학사 강의에서 왕조에 대한 고려는 필요하다고 봅니다. 그래서 제 강의에서는 삼국시대, 통일신라 시대, 나말여초羅末麗初(신라 말 고려 초), 고려 전기, 고려 후기, 조선 전기, 조선 후기, 애국계몽기, 식민지 근대 등의 시대 구분은 이루어질 것입니다. 그리고 필요할 경우 15세기, 16세기, 17세기, 18세기, 19세기 등으로 세기별 구분을 하기도 할 것입니다. 하지만 이는 실제적·경험적 구분일 뿐, 법칙적이거나 도식적인 구분은 아닙니다.

　제 문학사 강의는 모두 32개의 주제로 구성되어 있습니다. 시대 구분은 하지 않았습니다만 크게 보면 이렇게 상고, 중고, 근고의 문학이 포괄돼 있습니다. 시간이 많이 지나면 지금 근대라고 부르는 시기는 언젠가는 근고로 편입될 것입니다. 그리고 더 많은 시간이 지나면 이 근고가 다시 중고가 될 겁니다. 제가 사고하는 시간 개념에 의하면 그렇습니다. 이처럼 시대 구분이란 절대적·고정적이지 않으며, 상대적·가변적인 것입니다. 이 점에서 저는 여러분이 가지고 있는 고정관념 내지 편견을 깨뜨리고 싶습니다. '원시－고대－중세－근대'라는 도식의 시대 구분을 안 한다고 해서 문학사가 성립이 안 된다거나 문학사에 무슨 큰일이 생기지는 않습니다. 오히려 작위와 편의의 도식을 걷어 내 버리면 문학사 속 인간의 모습이 있는 그대로 더 잘 보일 수 있습니다. 시대 구분을 안 한다고 해서 문학사의 방향성이 몰각되는 것도 아닙니다.

　제 문학사 강의의 목표는, 첫째가 한국고전문학사를 공부함으로써 문학·역사·사상에 대한 거시적 이해의 폭을 넓히고 인문학적 안목을 넓히는 것이고, 둘째가 문학사 공부를 통해 '인간' 이해를 심화하는 것이며, 셋째가 '나'와 '타자'의 관계에 대한 인식을 확대함으로써 나의 정체성과 타자에 대한 이해를 확충하는 것입니다. 이런 목표에 비추어 보면 기존의 법칙적·도식적인 시대 구분을 꼭 따를 필요는 없다고 여겨집니다.

건국신화와 광개토왕 비문

구전문학인 우리나라 건국신화

신화는 신성성神聖性을 본질로 삼는 이야기입니다. 신화의 주인공들은 신神이거나, 신의 후예로서 비범한 자질을 지닌 인간입니다. 이 점에서 신화는 세속적 서사인 전설이나 민담과 구별됩니다. 신화 가운데서도 '건국신화'는 국가를 창건한 시조 왕始祖王의 유래나 생애에 대한 이야기입니다. 우리나라 건국신화로는 고조선의 단군檀君 신화, 고구려의 주몽朱蒙 신화, 신라의 박혁거세朴赫居世 신화, 가야의 수로首露 신화 같은 것을 들 수 있습니다. 이들 신화는 모두 하늘에서 내려온 존재나 그 후예가 국가의 시조가 된다는 점에서 공통적입니다. 이 점에서 우리나라 건국신화는 왕조의 시조 신화로서의 성격을 갖고 있습니다. 일국의 지배 집단은 시조 왕에 신성성을 부여함으로써 통치를 정당화하고 자신과 타자, 혹은 자신의 공동체와 다른 공동체를 구별 지을 수 있었습니다.

건국신화의 주인공은 지배 집단은 말할 것도 없고, 공동체 내부에서 거룩한 존재로 숭앙되었습니다. 또한 그들은 제의祭儀의 대상으로서 숭배되고 기억되었습니다. 건국신화는 본래 구전문학이었는데, 후대에 와서 문헌에 정착되었습니다. 가령 단군 신화는 13세기 말에 성립된 『삼국유사』三國遺事에 실린 것이 현재 확인되는 최초의 문헌이고, 주몽 신화는 414년에 건립된 광개토왕廣開土王 비문碑文에서 비록 간략한 모습이긴 하나 처음 확인되며 고려 중기인 1193년에 창작된 이규보李奎報의 「동명왕편」東明王篇에서 자세한 모습으로 확인됩니다. 우리는 이들 문헌을 통해 상고시대의 구전문학인 건국신화를 재구성해 낼 수 있습니다.

구전문학은 문자가 아니라 말로 전하는 문학입니다. 문헌에 정착된 것은 어디까지나 줄거리 혹은 개요일 뿐이며, 구전문학 그 자체와는 거리가 있죠. 문학사에서 구전문학을 다루는 데에는 이런 제약이 있습니다. 그렇긴 하지만 문헌을 통해 당시 구전문학의 내용과 양상을 어느 정도 살필 수는 있습니다.

단군은 남북한에서 모두 우리 민족의 시조로 간주되고 있습니다. 주몽 신화는 우리나라 건국신화 중 그 편폭이 가장 길고 그 서사가 가장 풍부합니다. 그래서 오늘 강의에서는 이 두 신화를 중점적으로 살펴볼까 합니다. 곁들여 주몽 신화의 초기 모습이 확인되는 광개토왕 비문도 좀 들여다보기로 하겠습니다.

고조선 건국신화 — 단군 신화

건국신화 가운데 가장 먼저 성립된 것은 고조선 건국신화입니다. '단군 신화'라고도 하죠. 지금 여러분이 익히 알고 있는 단군 신화는 『삼국유사』 '기이'紀異 편의 「고조선」 조에 실려 있는 내용입니다. 하지만 『삼국유사』가 단군 신화의 최초의 문헌적 정착은 아닙니다.

『삼국유사』 이전에도 단군 신화 전승을 기록한 문헌이 있었다고 여겨집니다. 『삼국유사』의 단군 신화는 바로 이 전대의 문헌에 실린 단군 신화를 옮겨 놓은 것이라고 할 것입니다. 하지만 유감스럽게도 단군 신화가 실린 『삼국유사』 이전의 문헌은 현재 전하지 않습니다. 그러니 『삼국유사』는 단군 신화가 기록된 최초의 문헌이라고 말할 수 있습니다. 그럼, 『삼국유사』의 단군 신화를 좀 음미해 봅시다.

『삼국유사』의 단군 신화에는 네 명의 주요한 인물이 등장합니다. 즉 천제天帝 환인桓因, 환인의 아들 환웅桓雄, 환웅의 아들 단군, 그리고 웅녀熊女입니다. 웅녀는 원래 곰이었는데 나중에 인간이 되어 환웅과 관계해 단군을 낳습니다.

이처럼 환인, 환웅, 웅녀, 단군, 이렇게 네 인물이 등장하는 신화인데, 인물만 갖고 본다면 아주 단순한 신화라고 할 수 있겠습니다. 단군 신화는 한국인이라면 모르는 사람이 없습니다만, 적어도 문학적으로 본다면 인물의 개성이 그다지 부각되어 있지 않습니다. 그리고 서사도 좀 부족한 편입니다.

문학적으로는 이런 한계가 지적될 수 있지만 단군 신화는 한국의 다른 신화에 비해서 스케일이 몹시 크다는 점이 주목됩니다. 환웅은 하늘에서 자기 무리 3천 명을 거느리고 태백산太白山 신단수神檀樹 아래로 내려옵니다. 3천 명이라는 숫자에 주목할 필요가 있습니다. 3천 명은 아주 많은 숫자입니다. 하늘에서 3천 명이 내려오는 걸 한번 상상해 보세요. 굉장하지 않습니까? 다른 신화에서는 이렇게 많은 숫자의 사람이 하늘에서 내려오거나 그러진 않습니다. 3천 명을 거느리고 내려왔다는 것, 이게 단군 신화에서 이채롭죠.

신시

단군 신화에서는 환웅이 내려온 곳을 '신시'神市라고 불렀다고 되어 있습니다. 신시라고 부르는 공간에 3천 명이 모여서 무언가를 도모해 나가는 거죠. 신시는 '태백산정'太白山頂, 즉 태백산 꼭대기에 있었습니다. 태백산 기슭이 아니고 태백산 꼭대기에 신시라는 공간이 마련된 거죠.

이 신시에 대해서는 해석이 분분합니다. 우선 신시를 삼한三韓의 '소도'蘇塗와 성격이 같은 신읍神邑으로 보는 견해가 있습니다. 또 신시의 '시'市를 새로 건설된 나라의 도읍지 혹은 도시로 보아, 신의 도시라고 보는 견해도 있지요. 그런데 근대 이전에 '시'라는 글자는 '저자'를 의미했습니다. 도시로 해석될 수는 없습니다. 그러니 신시를 신의 도시, 신의 도읍지로 보기는 어렵습니다. 그래서 신시의 '시' 자를 '시'로 읽어선 안 되고 '불'로 읽어야 한다는 주장도 제기되어 있습니다. 그러니까 신시가 아니라 '신불'이라는 거죠. 한자의 '시'市 자는 '불'巿 자와 모양이 비슷합니다. 시 자는 ㅗ을 쓴 뒤 巾을 씁니다. 그러니 획수로는 5획이 됩니다. 반면 불 자는 一을 쓴 뒤 冂을 쓰고 마지막에 내리긋는 획인 丨을 씁니다. 그러니 획수로는 4획이 됩니다. 불 자에는 '숲이 우거지다'라는 뜻이 있습니다. 그래서 이 견해에서는 신불을 신단수와 관련지어 신의 숲이라고 해석합니다. 이 견해를 좀 수정해 신불은 곧 '신벌'이라는 견해도 제기되어 있습니다. '벌판'이라고 할 때의 그 '벌'이라는 거죠. 우리말 '벌판'의 '벌'을 한자음으로 그렇게 적은 거라는 겁니다. 하지만 신시가 태백산 꼭대기에 있다고 했으므로, 벌판이라고 해석하는 것은 좀 무리가 있는 듯합니다.

저는 우선 이 신시를 '신화적 공간'으로 보는 것이 중요하다고
봅니다. 실제 공간이 아니고 신화적으로 상상된 공간이라는 거죠.
그리고 비록 신화적으로 상상된 공간이긴 하지만 한자로 '시'라고
표기했으니 이 '시'는 도시일 순 없고 저자를 가리키는 것으로 봐야
합당하다고 생각합니다. 저자, 즉 시장은 원래 사람들이 많이 모이
는 공간을 뜻합니다. 그래서 시 자에 우물 정井 자를 붙여 '시정'市
井이라는 말도 생겨났습니다. 옛날에는 우물을 중심으로 사람들이
모여 살았거든요. 사람들이 많이 모여 살다 보니까 거기서 거래가
이루어지기도 하고, 교환이 이루어지기도 하는 거죠. 즉 상업 행위
가 이루어지는 겁니다.

3천 명이나 내려왔으니 사람들이 많이 모인 공간이지 않습니
까? 그래서 거기서 뭔가를 제작하거나 생산하는 행위가 이루어지
고, 이를 토대로 교환 행위도 이루어지는 게 아닌가, 그래서 '시'라
고 하지 않았나 생각합니다. '시'市 앞에 '신'神 자를 붙인 건 신화적
공간이기에 '신령스럽다'는 의미를 부여한 것일 테죠.

옛 문헌에 산시山市라는 말이 발견됩니다. 산중에 개설된 저자
를 '산시'라고 합니다. 산중의 사람들이 모여 자기들이 생산한 것,
혹은 채취한 것을 교환하는 곳이죠. 원초적 교환 행위입니다. 신시
는 바로 이 산시와도 연결되지 않나 싶습니다.

환웅과 홍익인간

'3천 명을 거느리고 내려와서 신시를 열었다', 여기까지는 환웅에
대한 서술입니다. 바로 이다음에 여러분이 잘 아시듯 곰과 호랑이
가 등장합니다. 호랑이는 결국 탈락하고 곰이 환웅의 제안대로 쑥

과 마늘을 삼칠일, 즉 21일 동안 먹어서 마침내 사람으로 탈바꿈합니다. 탈바꿈한 다음에 신단수 아래에 와서 하늘에 빌죠. 뭐라고 비는가 하면, 아이를 갖고 싶다, 아이를 갖게 해 달라고 빕니다. 그래서 환웅은 신이니까 사람으로 잠시 탈바꿈해서 웅녀하고 관계하고 여기서 단군왕검檀君王儉이 탄생합니다. 단군왕검은 평양성에 도읍하여 고조선을 건국합니다.

'단군'이라는 칭호는 신단수에서 유래합니다. '신령스런 박달나무'라는 뜻의 '신단수'는 샤머니즘에서 말하는 세계수世界樹(world tree)와 통합니다. 그러므로 '단군'이라는 칭호는 사제司祭로서의 권능을 가리킨다고 할 것입니다. 한편 '왕검'은 군장君長으로서의 권능을 가리키는 말입니다. 이렇게 보면 '단군왕검'이라는 칭호는 사제이면서 동시에 군장인 존재를 가리킨다고 여겨집니다.

근데 이 신화를 우리가 단군 신화라고 부르고 있습니다만 실은 단군에 대한 서사가 거의 없습니다. 단군이 태어나면 이제 본격적으로 단군에 대한 이야기가 나올 법한데 그렇지 못합니다. 이 점에서 단군 신화는 문학으로서는 좀 싱거운 편이죠.

단군 신화에서는 환웅에 대한 서사가 비중이 높습니다. 왜 환웅이 인간 세상에 내려왔죠? 환웅은 원래부터 인간 세상에 관심이 많았습니다. 그래서 아버지인 환인이 자식의 뜻을 알고 "삼위태백三危太伯을 내려다보다가 가히 홍익인간弘益人間 함 직한지라 천부인天符印 세 개를 주었다"("삼국유사」)고 했습니다. '삼위태백'에서 '삼위'三危는 중국 고대의 책 『산해경』山海經에도 나오는 산 이름입니다. '삼위태백'이라는 것은 태백산을 가리킨다고 보통 해석합니다. 바로 이 대목에 유명한 '홍익인간'이라는 말이 나옵니다. 그런데 홍익인간이라는 말은 좀 잘못 알려져 있습니다. 이 말은 '인간을 널리 이롭게 한다'는 말이 아니고, '인간 세상을 크게 돕는다'라는 뜻입니다. 그게 그거 아니냐고 생각할지 모르지만 곰곰이 음미해 보면 의미상 상당한 차이가 있습니다. 옛 문헌에서 '인간'이라는 말은 오늘날처럼 사람을 뜻하는 단어가 아니라 '세상'을 뜻하는 단어입니다. 그래서 '인'人 자 뒤에 '사이'라는 뜻의 '간'間 자가 붙은 거죠.

그러니까 환인은 아들이 사람들이 사는 세상에 관심을 가진 것을 알고 가만히 인세人世 중의 태백산이라는 곳을 내려다보다가 여기에 자식을 내려보내면 '세상에 크게 도움이 되겠다' 싶어서 천부인 세 개를 줘서 내려보냈다는 거지요.

이 '천부인'에 대해서도 논란이 있습니다. 환웅은 환인에게서 천부인 세 개를 받아 풍백風伯, 운사雲師, 우사雨師, 셋을 거느리고 지상으로 내려왔다고 했는데, '풍백'은 바람의 신이고, '운사'는 구름의 신, '우사'는 비의 신입니다. 모두 농사와 관련된 신이지요. 천부인 셋은 이 세 신을 거느리는 것을 의미하는 인수印綬라고 보는 견해가 있습니다. '인수'라는 것은 관인官印의 끈을 말하는데, 옛날에 제왕이 장군을 전쟁에 내보내거나 관리를 지방으로 내려보낼 때 신표로 주는 인끈을 뜻합니다. 또 하나는 옛날에 굿할 때 무당들이 중시한 방울, 칼, 거울을 가리킨다고 보는 견해입니다. 단군 이야기는 '굿'과 관련된 이야기이기 때문에 셋을 받아 왔다는 것은 방울이나 칼이나 거울일 거라는 거지요. 천부인은 하늘의 '부인'符印이라는 뜻인데, '부인'은 부절符節이나 인신印信과 같은 증빙으로 삼는 물건을 의미합니다. 『삼국유사』의 단군 신화를 하나의 내적 의미 관련을 갖는 서사 텍스트로 간주한다면 첫째 해석이 좀 더 맥락에는 부합하지 않나 합니다. 천부인 셋과 풍백·운사·우사 셋이 서로 호응하기 때문이죠.

이처럼 환웅은 세 신을 거느리고 3천 명의 무리를 이끌고서 신시에 내려와 농사, 인간의 수명, 질병, 형벌, 선악 등 인간 세상의 360여 개 일을 주관한 것으로 되어 있습니다. 세상사를 다 주관해 다스렸다는 거죠.

이와 같이 단군 신화는 환웅 쪽에 더 비중이 있고 그쪽에 더 서사가 치중되어 있음을 볼 수 있습니다. 그래서 단군 신화는 일반적으로 환웅으로 대표되는 천신계天神系 집단과 웅녀로 대표되는 지신계地神系 집단의 결합을 보여 주는 신화로 해석되고 있습니다.

단군 전승과 고려 시대 문헌
―『삼국사기』,『삼국유사』,『제왕운기』

단군 전승을 수록한 고려 시대의 중요한 문헌이 둘 있는데요, 하나는 앞서 말한 일연一然의 『삼국유사』이고, 다른 하나는 이승휴李承休의 『제왕운기』帝王韻紀입니다. 두 문헌에는 내용 차이가 좀 있습니다만, 단군이라는 인물의 개성이 그다지 드러나지 않는다는 점에서는 동일합니다. 서사는 『삼국유사』 쪽이 좀 더 자세한 편입니다.

그런데 비록 '단군'이라는 단어를 쓰지는 않았고 또 지나가면서 한 짤막한 언급에 지나지 않습니다만 실질적으로 단군을 지칭한 것으로 보이는 말이 김부식金富軾의 『삼국사기』三國史記에 나옵니다. 즉 『삼국사기』 고구려본기高句麗本紀 동천왕東川王 21년 조에 이런 말이 나옵니다.

평양은 본래 선인仙人 왕검王儉의 거주지다.
平壤者, 本仙人王儉之宅也.

여기서 '선인 왕검'은 곧 단군왕검을 말합니다. 『삼국사기』에는 이 말 외에는 단군에 대한 언급이 일절 없습니다. 그렇지만 이 말을 통해 김부식의 시대에도 단군 전승이 있었음이 확인됩니다.

김부식의 『삼국사기』는 12세기 중반인 1145년에 편찬되었습니다. 『삼국유사』는 13세기 후반인 1281년에 편찬되었습니다. 『삼국사기』와는 140년 정도 시차가 있습니다. 『제왕운기』는 1287년에 간행되었습니다. 『삼국유사』가 편찬된 지 6년 뒤입니다.

일연은 단군이 고조선의 시조이며, 자국 역사가 고조선에서부터 시작된다고 봤어요. 이승휴 역시 단군이 동국東國에서 '최초로 나라를 세워 세상을 연' 군왕君王이라고 했습니다.

일연은 무신란武臣亂을 겪었을 뿐만 아니라, 고려가 원元나라의 침략과 간섭을 받던 시기에 활동한 인물입니다. 『삼국유사』의 편찬에는 고려의 국가적 위기가 배경으로 작용하고 있는데요, 일연은 단군 신화를 적극 긍정함으로써 민족적 긍지를 선양하고자 한 것으로 보입니다.

이승휴는 고려 말의 신흥사대부新興士大夫층에 속하는 인물입니다. 이 시기 신흥사대부층은 민족의식이 강한 편이었습니다. 그렇다고 모화적·사대적 의식이 전연 없었던 것은 아니지만 우리나라는 중국과는 다른 독자적인 나라라는 의식이라든가 자국의 역사와 문화에 대한 자주적인 의식이 상당히 높은 편이었습니다. 이승휴는 단군을 통해 공동체의 통합을 꾀할 수 있으며 민족적 정체성을 강화할 수 있다고 생각했고, 그래서 자각적으로 단군을 우리 역사의 출발점으로 삼았던 게 아닌가 합니다. 이승휴는 일연보다 좀 더 명시적으로 단군을 우리 민족의 시조로 내세우고 있죠.

고려 시대엔 고려 이전의 기록물들이 상당히 존재했다고 생각됩니다. 또한 고려 초에 전승을 토대로 상고사에 대한 저술들이 이루어지기도 했습니다. 이런 문헌들은 조선 시대에 와서 다 사라져 버렸습니다. 『삼국유사』에는 "고기古記에 이르기를"이라는 식으로 '고기'가 아주 많이 언급되고 있습니다. '고기'는 특정한 책을 가리키는 고유명사가 아니라 옛날 문헌이나 기록을 범칭하는 말로 여겨집니다. 그래서 구舊 『삼국사』를 '고기'라 부르고 있기도 합니다. 구 『삼국사』는 김부식의 『삼국사기』에 앞서 고려 초에 편찬된 책으로 추정됩니다. 『삼국유사』에는 '고려고기'라는 명칭도 보이는데, 이 경우 '고려'는 고구려를 가리킵니다. 『삼국사기』에도 '해동고기' 海東古記, '삼한고기'三韓古記 등의 명칭이 보입니다. 이런 문헌들 가운데 혹 단군 전승의 기록이 있었을 수 있습니다.

그뿐만 아니라 고려 시대에는 『단군기』檀君紀라는 책이 전하고 있었습니다. 『삼국유사』에 이 책 이름이 보이죠. 그런가 하면 『제왕운기』에는 『단군본기』檀君本紀라는 책 이름이 나옵니다. 두 책은 같은 책이 아닐까 합니다.

특이한 것은 『제왕운기』의 단군 신화에는 『삼국유사』와 달리 웅녀가 등장하지 않는다는 사실입니다. 그 대신 환웅의 손녀가 등장합니다. 환웅은 손녀에게 약을 먹여 사람이 되게 한 뒤 단수신檀樹神과 혼인하게 합니다. '단수신'은 박달나무의 신神으로, 『삼국유사』의 단군 신화에는 나오지 않습니다.

이처럼 『제왕운기』에는 단군의 부친이 '단수신'이라는 나무의 신이고, 모친이 환웅의 손녀로 되어 있습니다. 우리는 『제왕운기』를 통해 『삼국유사』와는 다른 단군 전승을 접할 수 있습니다.

단군/해모수/부루/주몽

『삼국유사』에는 세 군데에 단군에 대한 언급이 나옵니다. 그 하나는 '기이' 편의 「고조선」 조입니다. 앞에서 말했듯 우리가 지금 아는 단군 신화는 여기서 유래합니다. 다른 하나는 '왕력'王曆 편 「고구려」 조의 동명왕東明王 부분입니다. 여기에 이런 설명이 나옵니다.

이름은 주몽이며, (…) 단군의 아들이다.

동명왕 주몽을 단군의 아들이라 했습니다.

또 다른 하나는 '기이' 편의 「고구려」 조입니다. 여기서는 해모수解慕漱와 하백河伯의 딸 유화柳花 사이에 주몽이 태어났다고 한 뒤그 주註에서,

『단군기』檀君紀에서는 단군이 하백의 딸과 관계해 아들을 낳았는데 이름을 부루扶婁라고 했다. 그런데 이 글에서는 해모수가 하백의 딸과 사통해 주몽을 낳았다고 했으니 부루와 주몽은 배가 다른 형제다.

라고 했습니다. 그런데 '기이' 편의 「북부여」 조에서는, 천제天帝가 오룡거五龍車(다섯 마리 용이 끄는 수레)를 타고 지상으로 내려와 북부여라는 나라를 세우고 자칭 '해모수'라고 했는데 그 아들 이름이 부루라고 했습니다. 이처럼, 고구려 건국신화에서 해모수는 천제의 아들이고 그 아들이 주몽입니다만, 북부여 건국신화에서 해모수는 천제이고 그 아들이 부루입니다.

『삼국유사』의 세 군데 단군 관련 언급들 간에는 모순이 발견됩니다. '단군'과 '해모수' 간에는 착종이 있는 듯합니다. 이를 정리해 보면 다음과 같습니다.

부	자	출처
단군	주몽	'왕력' 편
해모수	부루	'기이' 편 「북부여」 조
해모수	주몽	'기이' 편 「고구려」 조
단군	부루	『단군기』

주몽을 단군의 아들이라고 한 것이 일연의 착각이 아니라면 이런 모순이 생긴 것은 단군 신화, 해모수 신화(북부여 건국신화), 주몽 신화가 전승되는 과정에서 착종이 생긴 때문이 아닌가 합니다. 원래 단군 신화와 주몽 신화는 역사적·발생론적 기반을 달리하는 별개의 신화지만 말입니다.

단군의 고조선 건국 시기

『삼국유사』에서는, 중국의 시조인 요堯임금이 즉위한 지 50년째 되는 해에 단군이 평양성에 도읍했다고 했습니다. 그런데 『제왕운기』에는 말이 조금 다르니, 요와 단군이 동시에 나라를 건국했다고 했습니다. 50년 뒤가 아니라 같은 때 건국한 것으로 앞당겨져 있죠. 이승휴는 이전에 전해 오는 문헌의 내용을 함부로 바꾸지 않고 그대로 기록한 것이 『제왕운기』라고 했습니다. 이 말에 따른다면 이승휴는 자기 마음대로 이전의 기록을 바꾼 것이 아니라 전승되던 어떤 단군 문헌을 보고서 이를 기록했다고 생각됩니다. 이승휴가 접했던 자료는 일연이 접했던 자료와 좀 차이가 있었다고 여겨집니다.

여기서 중요한 점은, 중국 최초의 군주이자 성인聖人으로 간주되는 요임금과 단군이 같은 때에 각각 나라를 세웠다고 함으로써 고려의 위상을 한껏 올려놓았다는 사실입니다. 중국과 우리나라는 똑같은 시기에 역사가 시작되었으며, 적어도 이 점에서 대등하다는 거죠.

조선 초의 단군 기록

고려 말의 단군 신화는 조선 초로 이어집니다. 그리고 조선조에 들어와 국가에서 단군의 제사를 지냅니다. 고려 시대에는 없었던 일이죠. 이제 단군은 명실공히 우리 역사의 출발점이 되고, 민족을 통합하는 구심점 역할을 하게 됩니다. 나라에서 제사를 지냈다는 것은 그런 의미를 갖습니다. 조선 전기에 편찬된 관찬官撰 역사서인 『삼국사절요』三國史節要와 『동국통감』東國通鑑은 모두 단군에서부터 역사 서술이 시작됩니다.

조선 초의 단군 기록으로서 주목되는 것은 권근權近(1352~1409)의 응제시應製詩입니다. 권근은 중국에 사신으로 가서 전후 세 차례 도합 24수의 시를 지어 황제에게 바쳤는데 이를 '응제시'라고 합니다. 황제의 명에 응해 지은 시라는 뜻이죠. 응제시는 귀국 후 간행되기에 이릅니다. 그리고 후에 권근의 손자인 권람權擥이 이 시들에 상세한 주註를 달아 『응제시주』應製詩註라는 책을 내기도 했습니다. 주목되는 것은 응제시 중 「태고에 개벽한 동이東夷의 임금」(始古

開闢東夷主)이 단군을 주제로 한 시라는 사실입니다. 이 시의 앞부분은 다음과 같습니다.

> 들으니 태초에
> 단군이 나무 아래 내려왔다네.
> 임금 되어 동쪽 땅 다스렸는데
> 요임금 시절에 해당한다오.
> 몇 대代나 이어졌는지 알 수 없지만
> 햇수로 천 년은 더 됐다 하네.
> 聞說鴻荒日, 檀君降樹邊.
> 位臨東國土, 時在帝堯天.
> 傳世不知幾, 歷年曾過千.

권근은 이 시 제목 밑에 다음과 같은 설명을 붙여 놓았습니다.

> 옛날에 신인神人이 단목檀木 아래에 내려오자, 나라 사람들이 그를 임금으로 세우고 단군檀君이라 이름하였다. 때는 요임금이 즉위한 무진년이었다.

단군이 요와 동시에 즉위했다고 한 것은 『제왕운기』를 따랐다고 할 수 있습니다. 그런데 『삼국유사』에서는 환웅이 하늘에서 내려와 웅녀와 관계해 그 사이에서 단군이 태어났다고 했고, 『제왕운기』에서는 환웅의 손녀와 단수신이 혼인해 단군이 태어났다고 했는데, 여기서는 신인神人 단군이 바로 하늘에서 내려온 것으로 바뀌었습니다. 그리고 『삼국유사』와 『제왕운기』에는 인민이 추대해

임금이 되었다는 말은 없는데, 여기서는 그렇게 말하고 있습니다. 스스로 왕이 된 것이 아니라 인민의 추대에 의해 왕이 되었다는 거죠. 유교적 방향으로의 수정인데, 중대한 변화라고 할 만합니다. 고려와 달리 조선은 유교를 이념적 기반으로 개국했습니다. 이런 사정이 단군 신화의 변화를 초래한 것이라고 여겨집니다. 이처럼 신화는 이념적·역사적 요구에 따라 수정되거나 재창조됩니다.

단군은 원래 고조선의 창업왕創業王이었으나, 고려 말에서 조선 초에 와 우리 민족의 시조신始祖神으로 재창조된 것으로 여겨집니다. 세종 11년(1429), 평양에 단군 사당이 건립됨으로써 단군은 마침내 국가가 공인하는 국조國祖가 됐습니다.

동명왕 신화가 기록된 네 자료

앞에 거론한 네 신화 가운데 단군 신화를 제외한 신화들은 건국주建國主가 다 알에서 태어납니다. 고구려 건국신화에서는 유화의 왼쪽 겨드랑이에서 알이 나오고, 그 알이 깨어져 주몽이 탄생하는 것으로 되어 있습니다. 박혁거세朴赫居世와 수로왕首露王도 다 알에서 나옵니다. 단군 신화만 알에 해당되는 신화소神話素가 없고, 다른 건국신화에는 다 이렇게 알이 나타납니다.

나머지 세 신화 가운데 문학사에서 특히 주목되는 것은 주몽 신화인데요, 주몽이 곧 동명왕이니 주몽 신화는 일명 동명왕 신화라고도 합니다. 동명왕 신화가 언급된 주요 자료로는 넷이 있습니다. 가장 이른 시기의 것으로는 광개토왕 비문碑文의 첫 부분을 꼽을 수 있습니다. 그다음의 것이 『삼국사기』 고구려본기 중의 「시조 동명성왕」始祖東明聖王입니다. 그다음으로 이규보가 쓴 「동명왕편」

東明王篇이라는 서사시가 있고, 맨 마지막으로 『삼국유사』 '기이' 편
의 「고구려」 조가 있습니다.

광개토왕비는 414년에 세워졌고, 『삼국사기』는 1145년에 완성
되었고, 「동명왕편」은 『삼국사기』보다 48년 뒤인 1193년에 지어졌
고, 『삼국유사』는 「동명왕편」보다 88년 뒤인 1281년경 성립되었습
니다. 『삼국유사』에 기록된 동명왕 신화는 『삼국사기』의 기록과 대
동소이합니다. 일연은 『삼국사기』의 기록을 옮겨 놓은 것 같습니
다. 그러니 『삼국사기』와 『삼국유사』는 하나로 묶어서 보면 됩니다.
이렇게 정리하면 검토 대상은 광개토왕비, 『삼국사기』, 「동명왕편」
셋이 되겠습니다.

먼저 광개토왕비부터 볼까요. 광개토왕 비문 서두에 이런 말
이 나옵니다.

> 옛날에 시조 추모왕鄒牟王이 나라를 창건했는데, 원래 북부
> 여北夫餘 출신이다. 천제天帝의 아들이며, 어머니는 하백의
> 딸인데, 알을 깨뜨리고 세상에 나왔으며 태어날 때부터 성
> 스러움이 있었다. ■■■■■■ 말을 타고 순행巡幸하여 남
> 쪽으로 내려왔는데, 부여夫餘의 엄리대수奄利大水를 지나갈
> 참이었다. 왕이 나루에 임해 말했다.
> "나는 천제의 아들이요 어머니가 하백의 딸인 추모왕이다.
> 나를 위하여 갈대를 연결하고 거북이를 떠오르게 하라!"
> 말을 하자마자 즉시 갈대가 연결되고 거북이가 떠올라 그후
> 건널 수 있었다.
> 惟昔始祖鄒牟王之創基也, 出自北夫餘. 天帝之子, 母河伯女郎,
> 剖卵降世, 生而有聖, ■■■■■■ 命駕巡幸南下, 路由夫餘奄利

大水, 王臨津言曰: "我是皇天之子, 母河伯女郎, 鄒牟王. 爲我連
葭浮龜!" 應聲卽爲連葭浮龜, 然後造渡.

주몽은 '추모'鄒牟로 표기하기도 합니다. 우리말을 한자로 적
다 보니 이런 표기상의 차이가 생겼습니다. 광개토왕 비문에 의하
면 주몽은 천제, 즉 하늘의 아들이자 하백의 외손입니다. 『삼국사
기』도 똑같습니다. 그런데 「동명왕편」에서는 주몽이 '천제지손'天帝
之孫, 즉 하늘의 손자이자 하백의 외손으로 되어 있습니다. 「동명왕
편」에서 주몽을 하늘의 '손자'라고 한 것은 광개토왕 비문과 『삼국
사기』에서 주몽을 하늘의 '아들'이라 한 것과 차이가 있습니다. 「동
명왕편」은 어디에 의거한 걸까요? 구『삼국사』입니다. 이규보는 구
『삼국사』를 읽고 동명왕 서사에 큰 감동을 받아 서사시를 지었습니
다. 26세 때죠. 이규보는 이 장편시의 곳곳에 구『삼국사』를 주석으
로 인용해 놓았습니다. 어떤 부분은 '운운'云云이라며 내용을 조금
줄여서 인용하기도 했지만, 대체로 구『삼국사』의 해당 대목을 길게
인용해 놓고 있습니다. 구『삼국사』는 현재 전하지 않는 책입니다.
다행히 우리는 지금 이규보 덕분에 구『삼국사』의 동명왕 기록이 어
땠는지를 조금 알 수 있습니다.

하늘의 아들/하늘의 손자

주몽을 하늘의 아들이라고 한 것과 하늘의 손자라고 한 것 사이에
는 어떤 의미 차이가 있을까요? 하늘의 아들이라고 하면 주몽과 하
늘의 중간에 개입하는 존재가 없으니, 주몽과 하늘의 관계가 보다
직접적이고 분명해집니다. 이 때문에 주몽의 권위가 보다 강화될

수 있습니다. 조선 초의 단군 신화에서 단군을 환웅의 아들이라고 하지 않고 바로 하늘에서 내려온 신인神人이라고 한 것도 이런 효과를 노린 것일 테지요.

아닌 게 아니라 광개토왕 비문에는 해모수가 나오지 않습니다. 소거消去된 거죠. 『삼국사기』는 어떤가요? 여기서는 해모수가 방계적으로 언급되고 있기는 하나 본격적으로 거론된다고 보기는 어렵습니다. 『삼국사기』의 (그리고 『삼국유사』의) 동명왕 신화에서 해모수는 존재의 독자성을 갖는 것으로 서사되고 있지 않으며, 유화의 말을 통해 잠시 언급되고 있을 뿐입니다. 즉 유화가 북부여의 왕 금와金蛙에게 자신의 사연을 말할 때 잠시 거론되죠. 해모수 자신이 서사의 한 주체로 등장해 서사를 이끌어 나가는 면모가 『삼국사기』에는 아예 없어요. 『삼국유사』도 마찬가지고요. 하지만 「동명왕편」을 통해 볼 때 구『삼국사』는 다릅니다. 구『삼국사』에서는 해모수가 뚜렷한 존재의 독자성을 가지며, 서사의 한 주체로 부각되어 있습니다. 이를테면 구『삼국사』에는 해모수가 하늘에서 내려오는 대목이 이렇게 서술되어 있습니다.

> 천제가 태자를 부여왕의 옛 도읍에 내려가 놀게 했는데 이름이 해모수였다. 오룡거五龍車를 타고 하늘에서 내려올 때 따르는 사람이 백여 인이었는데 모두 흰 고니를 탔다. 채색 구름이 뜨고 음악 소리는 구름 속에 울렸다. 웅심산熊心山에 머물렀다가 10여 일 뒤 내려왔는데 머리에는 오우관烏羽冠을 쓰고 허리에는 용광검龍光劍을 찼다.

이런 부분이 『삼국사기』에는 없습니다.

해모수가 서사에서 중요한 지위를 점하는가 아닌가에 따라 주몽은 천제의 아들이 되기도 하고 천제의 손자가 되기도 합니다. 해모수의 서사 비중이 큰 신화에서는 주몽은 당연히 천제의 손자가 됩니다. 천제의 아들이 해모수이고, 해모수의 아들이 주몽인 거죠. 이와 달리 해모수의 서사 비중이 작은 신화에서는 주몽이 바로 천제의 아들로 일컬어집니다. 이처럼 주몽이 천제의 아들로 설정되어 있는가 천제의 손자로 설정되어 있는가는 신화의 맥락과 중요한 관련이 있습니다.

하백의 딸 유화

구『삼국사』에는 해모수가 유화와 어떻게 관계를 맺는가가 자세히 서술되어 있습니다.

하백에게는 딸이 셋 있었습니다. 맏이가 유화柳花고, 둘째가 훤화萱花, 막내가 위화葦花입니다. '유화'는 버드나무 꽃이고, '훤화'는 망우초, 즉 원추리이고, '위화'는 갈대꽃입니다. 세 자매의 이름이 다 이렇게 꽃 이름이라는 게 특이한데요, 이 세 자매에 대한 언급은 구『삼국사』에만 보이죠.

어느 날 이 세 자매가 청하靑河라는 강에 나와 놀고 있었습니다. 세 자매의 자태는 아주 곱고 아리따웠습니다. 그때 해모수가 세 자매를 보고 좌우 사람들에게 말하기를, 왕비로 삼으면 후사를 둘 수 있겠다고 합니다. 여자들은 왕을 보자 곧 물로 들어갑니다. 해모수의 신하들이 말하기를, 궁전을 지어서 여자들이 방에 들어오기를 기다렸다가 못 나가게 하면 잡을 수 있다고 합니다. 이에 해모수가 말채찍을 땅에 긋자 갑자기 장려한 궁궐이 생겨납니다. 궁궐에 술상을 차려 놓으니 여자들이 들어와 거하게 술을 마신 뒤 취합니다. 그때 문을 걸어 잠그자 여자들이 놀라 달아났는데 맏딸인 유화만 왕에게 잡혔습니다. 하백이 그 소식을 듣고 화가 나서 사자를 보내어 '너는 누군데 내 딸을 잡아 가두느냐'고 나무라자, 해모수가 말하기를, '나는 천제의 아들이다. 지금 하백에게 구혼하고자 한다'라고 합니다. 하백이 다시 사자를 보내어 '구혼할 생각이 있으면 중매를 시켜서 해야지 왜 지금 내 딸을 잡아 두느냐'고 하자, 해모수가 부끄러워하면서 하백을 찾아뵈려고 합니다. 하지만 하백의 궁궐에 들어갈 수가 없었어요. 그래서 해모수는 유화를 보내 주려고 합니다. 바로 이때 유화가 자신의 목소리를 내며 존재감을 드러냅니다. 유화는 해모수와 정이 들어서 가지 않으려고 합니다. 그러면서 해모수에게 말하기를, 용의 수레가 있으면 우리나라에 갈 수 있다고 방법을 가르쳐 줍니다. 그래서 해모수가 하늘에서 오룡거를 내려오게 해서 그걸 타고 수중으로 들어갑니다.

하백은 해모수가 나타나자 '네가 천제의 아들이라고 했는데 그걸 한번 증명해 보라'고 합니다. 그래서 두 사람 사이에 도술 겨루기가 시작됩니다. 하백이 잉어로 변하자 해모수가 수달로 변해 잉어를 잡습니다. 또 하백이 사슴으로 변해서 달아나자 해모수가 승냥이로 변해 쫓아갑니다. 하백이 갑자기 꿩으로 변하자 해모수는 매로 변합니다. 그걸 보고서 하백은 '너는 정말 천제의 아들이 맞구나' 하고 인정합니다. 신화다운 이야기죠. 그런데 이런 부분이 『삼국사기』와 『삼국유사』에는 하나도 없어요. 이런 신화소神話素가 있느냐 없느냐는 신화의 자질과 관련되기에 중요하죠.

하백은 해모수가 천제의 아들이 맞구나 싶어 자기 딸하고 같이 살게 하려고 해모수에게 술을 진탕 먹입니다. 그리고 몹시 취했을 때 가죽으로 만든 수레에다가 딸과 고주망태가 된 해모수를 같이 넣어 물 밖으로 내보냅니다. 물 밖으로 나올 즈음 해모수가 정신이 들어 유화의 머리에 꽂힌 금비녀를 뽑아 그것으로 가죽을 찢어서 물 밖으로 나와 홀로 하늘로 올라가 버립니다. 그래서 유화는 혼자 남게 되었습니다. 하백은 화가 나서 유화에게 '네가 내 훈계를 따르지 않아 우리 가문을 욕되게 했다'면서 자기 딸의 입을 석 자 길이로 쭉 늘려서 내쫓아 버립니다.

그리하여 유화는 부여의 왕 금와에게 발견됩니다. 『삼국사기』에는 이 대목에서 비로소 유화가 등장합니다. 어부가 물고기를 잡는데, 물밑에 물고기를 도둑질해 가는 무언가가 있어 이상해서 나라에 보고를 합니다. 금와왕이 와서 살펴보니 입술이 길어서 말을 못하는 여자가 있길래 입술을 세 번 잘라 짧게 만들어 말을 하게 하자 자초지종을 이야기합니다. 그래서 별궁에 두었는데, 겨드랑이에서 알을 낳아 그 알 크기가 됫박만 했습니다. 금와왕은 상서롭지 않다고 여겨 마구간에 갖다 버리게 했는데, 말들이 밟지를 않아요. 그래서 깊은 산에 버렸는데 짐승들이 다 호위를 합니다. 그래서 금와왕이 도로 가져다가 유화한테 주는데, 이 알에서 주몽이 나옵니다.

해모수는 하늘로 올라간 뒤로는 이야기에 일절 등장하지 않습니다. 이후부터는 유화가 굉장히 중요한 역할을 합니다. 동명왕 신화에서 유화가 대단히 중요한 인물이라는 사실을 우리는 기억할 필요가 있어요.

「동명왕편」과 『삼국사기』의 차이

구『삼국사』의 동명왕 신화에는 신이한 부분이 아주 많습니다. 『삼국사기』와 『삼국유사』에는 신이한 부분이 아주 많이 제거되었습니다. 이를테면 도술담이 다 삭제되었습니다. 또 주몽과 송양왕松讓王이 겨루는 대목이 있는데 이런 것도 다 삭제되었습니다. 그리고 지모智謀로써 상대방을 제압하는 흥미로운 이야기들이 많이 나오는데 이런 것도 전부 다 소거돼 버렸어요.

이규보는 『삼국사기』에서 이런 부분이 제거된 것에 불만을 느꼈습니다. 그는 이런 것들이 '환'幻이나 '귀'鬼가 아니며, 신성한 것이라고 봤어요. 그래서 구『삼국사』를 토대로 「동명왕편」을 지은 거죠. 작가 이규보의 문제의식이 잘 드러난다 하겠습니다. 이에 대해서는 뒤에 이규보를 검토하는 강의(제8강)에서 따로 살피기로 하겠습니다. 김부식이 합리적 사관에 따라 신이한 신화소들을 배제해 버리는 쪽을 택했다면, 이규보는 '그게 비합리적이라고 배척할 게 아니다, 그게 오히려 신성한 우리 민족의 이야기다'라고 생각해 그것을 적극적으로 취하는 쪽으로 간 거죠. 이 때문에 「동명왕편」에는 신성한 이야기들이 고스란히 재현되어 있습니다.

또 하나의 차이는, 유화가 『삼국사기』에서는 굉장히 축소되어 있다는 점입니다. 이와 달리 구『삼국사』에 의거한 「동명왕편」에서는 유화가 굉장히 중요한 인물로 그려집니다. 「동명왕편」을 보면 동명왕 신화는 '여성 유화'를 빼고서는 생각할 수 없을 정도로 유화의 서사 비중이 높습니다. 특히 주몽의 아버지 해모수가 사라진 뒤 유화는 신화의 전개에서 막중한 역할을 합니다.

유화는 세 자매가 등장하는 장면에 아주 아리따우며 활기 있고 매력적인 인물로 그려집니다. 그리고 해모수와 만나서도 개성을 드러냅니다. 해모수가 돌아가라고 해도 돌아가지 않고, 하백의 나라로 들어가는 방법을 가르쳐 줍니다. 갈수록 존재감을 점점 더 드러내고 있는 거죠.

어머니 유화와 아들 주몽

동명왕 신화에서 '어머니' 유화는 굉장히 중요합니다. 금와왕에게는 아들이 일곱 있었습니다. 주몽은 이들과 함께 성장하는데, 주몽은 늘 이들의 시기를 받습니다. 워낙 출중해서죠. 금와왕의 태자 대소帶素는 주몽을 가만히 두면 후환이 있을 거다, 빨리 제거해야 한다고 아버지에게 고하기까지 합니다. 그래서 금와왕은 주몽에게 말을 기르게 해 주몽을 시험합니다. 어떤 놈인가를 살피기 위해서입니다. 말 기르는 건 궂은일입니다. 그래서 주몽은 한을 품고 어머니한테 말합니다. '저는 천제의 손자인데, 남을 위해서 말이나 기르고 사는 것이 죽는 것만 못합니다. 저는 남쪽 땅에 가서 나라를 세우려 하지만 어머니가 계셔서 마음대로 못 떠나겠습니다'라고요. 그러자 어머니가 이렇게 말합니다. '이것은 내가 밤낮으로 고심하던 일이다. 장사壯士가 먼 길을 가려면 반드시 준마가 있어야 한다. 내가 말을 고를 수 있다.' 그래서 목마장으로 가서 긴 채찍으로 말을 때리니 다들 놀라 달아나는데 유독 한 마리가 두 길이나 되는 난간을 뛰어넘었습니다. 주몽은 이 말이 준마라고 생각해 몰래 혀 밑에 바늘을 꽂아 놓아 음식을 먹지 못하게 했습니다. 이 말만 삐쩍 말랐고 다른 말들은 많이 먹어 모두 살이 쪘습니다. 왕은 야윈 말을 주몽에게 줍니다. 주몽은 입속의 바늘을 빼 버리고 도로 준마를 만들어 부여를 탈출합니다.

　주몽은 세 벗 오이烏伊, 마리摩離, 협보陜父와 도망을 갑니다. 이때 다시 어머니가 등장합니다. 주몽이 '어머니, 이제 떠나겠습니다' 이렇게 이별을 고하자, 어머니가 말합니다. '너는 어미 때문에 걱정하지 마라.' 내 걱정하지 말고 어서 떠나라는 뜻입니다. 그러고는 오곡 종자를 싸서 건네줍니다. 주몽은 어머니와 이별할 때 마음이 너무 슬퍼 어머니가 준 보리 종자를 챙겨 오지 못했습니다. 주몽이 도망 와 큰 나무 밑에서 쉬고 있을 때 비둘기 한 쌍이 날아옵니다. 주몽이 그걸 보고 이리 말합니다. '아마도 어머니가 보리 종자를 보내신 것이리라.' 그래서 활을 쏘아 두 비둘기를 떨어뜨려 목구멍을 벌려 보니 과연 그 안에 보리 종자가 있었습니다. 비둘기 이야기는 여기서 끝나지 않아요. 주몽은 종자를 얻은 뒤 죽은 비둘기를 향해서 입으로 물을 뿜습니다. 그러자 비둘기가 도로 살아나 하늘로 날아갑니다. 이 부분은 주목할 필요가 있습니다. 모든 신화가 다 그런 건 아닙니다만, 동명왕 신화는 생명에 대한 깊은 존중을 보여 주고 있죠. 놀라운 점입니다.

　동명왕 신화의 이 대목들은, 서로 깊이 이어져 있는 주몽과 어머니의 관계를 인상적으로 보여 줍니다. 이 대목들에서, 주몽과 어머니는 분리해 이해하기 어렵습니다. 주몽은 어머니 때문에 떠나지 못하고 고민하고 있었는데, 어머니는 '내가 네 고심을 다 알고 있다. 나도 이 때문에 늘 괴로웠으니까. 내 걱정 말고 이제 그만 떠나라'라는 취지의 말을 합니다. 그리고 탈출의 방책을 가르쳐 줍니다. 자애를 넘어 지혜로움을 엿볼 수 있지 않습니까? 근데 이게 다가 아닙니다. 먹고살 방책으로 보리 종자까지 챙겨서 보냅니다. 자식을 생각하는 어머니의 한량없이 깊은 마음이 느껴집니다. 보리 종자는 또한 이 신화가 농경 사회의 단계에서 성립된 것임을 보여 줍니다.

어머니 유화의 이런 모습은 『삼국사기』나 『삼국유사』에서는 하나도 안 나옵니다. 이건 구『삼국사』에만 나오죠. 이런 유화의 모습을 통해 우리는 동명왕 신화에 내재되어 있는, '사랑'이라든가 '돌봄'과 같은 가치들을 만날 수 있습니다.

주몽은 또 어떤가요? 어머니의 마음, 어머니의 처지를 주몽은 잘 읽고 있습니다. 이를 통해 우리는 주몽이 어떤 인간인지를 알게 되며, 주몽의 인간미를 생각하게 됩니다. 주몽은 떠나고 싶지만 어머니가 걱정되어 떠나지 못했습니다. 이 때문에 떠나는 마당에도 마음이 너무 황겁하고 애절해 어머니가 챙겨 준 보리 종자를 그만 놓고 온 것입니다. 이를 통해 떠날 때 주몽의 마음이 어떠했는지를 짐작할 수 있습니다. 동명왕 신화에서 가장 아름다운 대목이 바로 이 대목이 아닌가 싶은데요. 상고시대 문학사의 눈대목이요, 고전 문학사 명장면의 하나라 할 만합니다.

주몽과 어머니는 이처럼 상호 연결되어 있습니다. 그래서 주몽은 날아오는 비둘기를 보고서도 그것이 어머니가 보내온 것임을 당장 알아봅니다. '아, 어머니는 내가 떠날 때 너무 슬픔에 잠겨 정신이 없어 보리 종자를 챙기지 못한 것을 아시고 비둘기를 보냈구나' 하고 금방 알아봅니다. 어머니와 아들 간의 깊은 존재관련이 여기서 확인됩니다. 이 존재관련은 생명에 대한 존중으로 이어집니다.

주몽은 도망 와서 고구려를 건국합니다만, 유화는 아들이 세운 고구려로 오지 못하고 부여에서 죽습니다. 생전에 아들을 다시 만나지 못한 채 죽은 거죠.

고구려에서는 유화가 여신女神으로 숭배되었습니다. 『삼국사기』고구려본기 보장왕寶藏王 5년(646) 조에, "동명왕모東明王母의 소상塑像이 3일 동안 피눈물을 흘렸다"(東明王母塑像, 泣血三日)는 기사가 보입니다. '동명왕모'는 유화를 말합니다. 동명왕모의 신상神像이 피눈물을 흘린 건 당태종의 고구려 침략과 관련이 있습니다. 동명왕모가 장차 고구려가 망할 것을 알아 이런 반응을 보였다는 것이죠. 이 기사를 통해 고구려에서 주몽만이 아니라 유화도 신으로 받들어졌음을 알 수 있습니다.

유화와 비슷한 여신이 만주족 시조 신화에도 보여 눈길을 끕니다. 즉 아이신기오로 부쿠리용손愛新覺羅 布庫哩雍順의 어머니 퍼쿨런佛庫倫이라는 여신입니다. 천제의 딸인 퍼쿨런은 백두산 동쪽에 있는 부쿠리布庫哩 산기슭의 어떤 연못에서 두 언니와 목욕을 했습니다. 목욕을 마치고 나와 옷을 입으려고 하니 옷 위에 붉은 과일이 놓여 있었습니다. 신령스러운 까치가 물어다 놓은 것입니다. 퍼쿨런은 붉은 과일을 입에 넣고 옷을 입다가 그만 삼키고 말았습니다. 이후 몸이 무거워져 하늘로 돌아가지 못하고 부쿠리산에 머물러 있다가 아들 부쿠리용손을 낳습니다. 부쿠리용손은 태어나자마자 말을 하는 등 비범함을 보여 줍니다. 퍼쿨런은 부쿠리용손이 장성하자 그가 누구인지를 알려 주고 작은 배를 주면서 이걸 타고 어디어디로 가서 어지러운 나라를 평정하라고 합니다. 이 말을 한 뒤 퍼쿨런은 도로 하늘로 올라갑니다. 만주족 시조 신화는 여신 숭배적 면모가 두드러집니다. 만주족 시조 신화만큼은 아니지만 동명왕 신화에서도 여신 숭배적 면모가 없지 않다고 여겨집니다. 동명왕 신화와 만주족 시조 신화는 어머니와 자식의 깊은 존재관련을 보여 준다는 점에서 일치합니다.

동명왕 신화에서 유화를 주목해야 한다는 사실을 제일 먼저 간취한 사람은 단재丹齋 신채호申采浩입니다. 그래서 신채호는 동명왕 신화에서 유화를 독립시켜 연의소설演義小說『유화전』柳花傳을 창작했습니다. 신채호의 예리한 안목이 잘 드러난다 하겠습니다.

동명왕 신화의 풍부한 파란과 곡절

구『삼국사』를 통해 본 동명왕 신화는 서사의 파란과 곡절이 아주 풍부합니다. 현전하는 우리나라 건국신화 중 이 정도의 본격적 서사를 보여 주는 것은 동명왕 신화가 유일합니다. 등장하는 인물도 아주 다채롭습니다. 주요 인물로는 해모수, 주몽, 유화, 하백, 금와왕, 송양왕을 들 수 있고요, 주변적 인물로는 부여왕 해부루解夫婁, 부여국 정승 아란불阿蘭弗, 유화의 두 동생 훤화와 위화, 어부 강력부추强力扶鄒, 금와왕의 태자 대소와 그 여섯 형제들, 부여를 탈출하는 주몽의 세 벗 오이·마리·협보, 주몽의 시종신侍從臣 부분노扶芬奴 등을 꼽을 수 있지요. 또 사물로는 잉어, 수달, 승냥이, 꿩, 매, 보리 종자, 비둘기, 사슴, 오리말, 이런 게 보입니다. '오리말'이라는 것은 오리를 말처럼 타기에 붙인 말입니다. 『삼국사기』에는 이런 사물들이 등장하지 않습니다. 보리 종자, 비둘기, 사슴, 오리말, 이런 게 하나도 등장하지 않아요.

광개토왕 비문과 동명왕 신화

이제 끝으로 광개토왕 비문과 동명왕 신화의 관계를 살펴보기로 하겠습니다.

광개토왕 비문은 크게 네 부분으로 구성되어 있는데, 그 첫 부분에 고구려 왕실의 시조인 주몽에 대한 기술이 보입니다. 두 번째 부분에서는 광개토왕의 위업과 죽음이 개괄적으로 서술되어 있습니다. 세 번째 부분에서는 광개토왕의 훈적勳績과 전공戰功이 자세히 거론됩니다. 언제 어디에 가서 적의 성을 함락했는지가 아주 구체적으로 서술되어 있죠. 네 번째 부분에서는 광개토왕의 묘를 지키는 사람들에 대해 언급하고 있습니다.

눈여겨봐야 할 것은 주몽에 대한 언급이 나오는 첫째 부분인데요, 그 내용은 앞에서 이미 검토한 바 있습니다. 흥미로운 점은 주몽의 아버지 해모수는 전연 언급되지 않으며, 주몽을 바로 천제의 아들이라고 말하고 있다는 사실입니다. 이는 주몽의 권위 그리고 주몽을 잇는 광개토왕의 권위를 높이고자 해서입니다. 뿐만 아니라 주몽이 부여에서 달아나는 대목을 남쪽으로 순행巡幸하는 것으로 표현해 놓고 있습니다. '순행'이란 임금이 자기의 영토를 순시하는 것을 말합니다. 하지만 당시 주몽은 아직 왕이 아니었기에 이런 표현을 쓰는 것은 맞지 않는 일입니다. 광개토왕 비문의 찬자撰者는 고구려 왕실의 시조인 주몽의 사적을 한껏 미화함으로써 고구려와 광개토왕을 빛내고자 한 게 아닌가 합니다. 우리는 여기에서 신화가 역사 속으로 들어옴으로써 변형되거나 수정되는 과정을 목도합니다. 이처럼 국가적 요구에 의해 신화는 분식粉飾되거나 조작되거나 재창조될 수 있습니다.

광개토왕비는 장수왕 2년인 414년에 건립되었습니다. 당시의 주몽 전승이 꼭 그랬으리라고 생각되지는 않습니다. 실제 전승은 그렇지 않은데 주몽을 보다 위대하게 만들기 위해 도망간 것을 순행한 것으로 바꿔 놓지 않았나 합니다. 연구자들 중에는 이 비문에 나타나는 주몽 신화가 역사상 가장 이른 시기의 것이므로 이를 표준으로 삼아 주몽 신화를 판단해야 된다, 오히려 뒤에 주몽 신화가 바뀌거나 윤색되었을 것이다, 이렇게 보기도 하는데, 동의하기 어렵습니다. 문학적 입장에서 보면 그런 해석은 자연스럽지 않습니다. 왕이 순행하다 곤경에 처해 이런 초자연적인 일이 일어났다는 건데, 이상하지 않습니까? 뭔가 감추는 것, 분식하는 것이 있다고 봐야죠.

광개토왕 비문은 문학사에서 가장 이른 시기의 주몽 신화를 보여 준다는 점에서 주목될 뿐 아니라, 그 글쓰기 역시 주목됩니다. 이 비문은 아주 질박하고, 힘이 있습니다. 이 비문에는 특히 넉 자로 된 구절이 많이 나옵니다. 한 예를 들어 볼까요.

庶寧其業, 國富民殷, 五穀豐熟. 昊天不弔 (…)

번역하면 다음과 같습니다.

거의 왕업王業을 편안히 하여, 나라는 부강하고 백성은 넉넉해졌으며, 오곡이 풍성하게 익었다. 하늘이 불쌍히 여기지 않아 (…)

광개토왕 비문 두 번째 부분의 일부인데요, 광개토왕이 국가의 기틀을 안정시켜 국가가 부유하고 인민이 넉넉하게 되었지만, 하늘이 광개토왕을 불쌍하게 여기지 않아 일찍 죽게 되었다는 겁니다. 이 연속된 4자구는 질박하면서도 강건한 미감을 느끼게 합니다. 이 비문에는 종결 어조사인 '언'焉 자가 몇 번 보이기는 하나, '의'矣나 '호'乎나 '재'哉와 같은 종결 어조사는 보이지 않습니다. 이처럼 문장이 거의 모두 '실사'實詞로 채워져 있고, 어조사가 극도로 절제되어 있어 문장에 힘이 넘치는 게 아닌가 생각됩니다.

고전문학에서는 흔히 '비지전장'碑誌傳狀이라는 말을 쓰는데요, 이는 비문·묘지墓誌·전·행장, 이 넷을 총칭하는 말입니다. 비지전장은 모두 죽은 사람의 삶을 서술하는 장르들입니다. 광개토왕 비문은 문학사에서 이 비지전장의 시초를 보여 줍니다. 물론 제왕이고 일반인은 아니지만, 그럼에도 죽은 자를 위한 글쓰기인 비문이라는 형식 속에 한 인간의 삶을 강건하고 질박한 문체로 담아 놓았다는 점에서 흥미롭습니다.

마무리

오늘은 건국신화를 공부했습니다. 주로 단군 신화와 동명왕 신화를 살펴보았습니다. 그리고 동명왕 신화에 대한 언급이 서두에 나오는 광개토왕 비문이 문학사에서 어떤 의의가 있는지를 생각해 보았습니다.

그럼, 오늘 강의는 이것으로 마치겠습니다.

질문과 답변

*　　　　신화에 변이가 생기는 이유는 무엇일까요?

두 가지 측면에서 생각해 볼 수 있는데요, 하나는 구전 과정이고, 다른 하나는 문헌 전승 과정입니다. 구전 과정에서 변이가 생기기도 하고, 문헌 전승 과정에서 변이가 생기기도 합니다. 물론 구전되는 것이 문헌에 정착되므로 구전과 문헌 전승은 서로 연결되어 있습니다.

　신화는 특정 집단이 공유하는 이야기이기에 특정 집단이 존재하고 그 속에서 신화가 전승될 경우 구전 과정에서의 변이는 좀처럼 일어나기 어렵겠죠. 하지만 특정 집단이 붕괴하거나 사라질 경우 변이가 일어나기 쉬워집니다. 이 경우 신화는 단일하지 않습니다. 하지만 주요한 신화소는 공유됩니다.

　문헌에서의 변이는 왜 나타날까요? 왜 이 문헌의 기록과 저 문헌의 기록에 차이가 있을까요? 그건 아마 좀 다른 구전이 각각 정착되었기 때문에 그렇다고 우선 생각해 볼 수 있습니다. 구전이 단수가 아니고 여럿이기 때문에 그중 어떤 것을 듣고 기록했느냐에 따라 달라질 수 있는 거죠. 자기가 들은 대로 기록한 것을 '소극적 기록'이라고 부를 수 있습니다.

　이와 달리 '적극적 기록'도 있습니다. 이는 기록자의 의도나 관점이 개입된 기록을 말합니다. 이 경우 기록자는 여러 전승 가운데 의도적으로 어떤 것을 택하든가 전승에 수정이나 변형을 가할 수 있습니다. 기록자의 의식이나 이념, 이데올로기적 지향이 작용하는 거죠. 가령 이승휴가 요임금과 단군이 같은 때에 각각 건국했다고 했을 때 거기에는 신흥사대부로서 이승휴의 문제의식이랄까 가치 의식 같은 것이 작용하고 있다고 봐야 하지 않을까요.

한편 신화적 변이는 신화를 나르는 집단의 정체성 변화로 인해 야기될 수도 있어요. 현재 전하는 동명왕 신화 텍스트 중에는 해모수가 많이 들어와 있는 것이 있는가 하면, 해모수가 아주 살짝 들어와 있는 것도 있고, 해모수가 아예 들어와 있지 않은 것도 있지요. 구 『삼국사』의 기록이 첫 번째에 해당하고, 『삼국사기』와 『삼국유사』의 기록이 두 번째에 해당하고, 광개토왕 비문의 기록이 세 번째에 해당합니다.

해모수는 본래 북부여 신화에 등장하는 북부여 시조신입니다. 주몽은 원래 북부여 사람으로서 성이 해解씨인데, 졸본부여卒本夫餘로 와 고구려를 창건합니다. 그래서 애초 고구려 건국신화에 북부여 신화가 많이 들어오게 된 거지요. 구『삼국사』의 동명왕 신화는 비교적 성립 초기 신화의 모습을 보여 주지 않나 싶어요. 고구려는 주몽으로 시작해 5대 왕까지는 성이 해씨였는데, 6대 왕인 대조왕大祖王부터 고씨 성을 사용합니다. 19대 왕인 광개토왕의 비문에 보이는 동명왕 신화에 해모수가 소거된 것은 북부여 신화의 자취, 북부여 신화와의 관련을 밀어내 버리려고 해서가 아닌가 생각됩니다. 이는 이 무렵 고구려 지배 집단의 정체성을 반영하는 것으로 해석될 수 있지 않을까요. 북부여와의 관련을 끊고 고구려의 독자성을 드러내기 위해 시조인 주몽을 해모수와 관련 짓지 않고 바로 천제의 아들로 내세운 거지요. 광개토왕 비문에는 다음과 같이 동부여를 정벌하는 내용이 나옵니다. "동부여는 옛날에 추모왕(주몽)의 속민이었는데 중도에 반란을 일으켜 조공하지 않았다. 왕이 몸소 군사를 이끌고 가서 토벌하였다."(東扶餘舊是鄒牟王屬民, 中叛不貢, 王躬率往討.) 동부여는 북부여에서 나온 나라죠. 그러니 이 무렵 고구려 지배 집단의 정체성은 건국 초기 지배 집단의 정체성하고는 다르다고 봐야겠죠. 5세기 중반경 작성된 고구려 관리 모두루牟頭婁의 묘지명에도 "하백의 손자이며 일월日月의 아들인 추모鄒牟 성왕聖王"(河伯之孫, 日月之子, 鄒牟聖王)이라는 말이 보여 이런 추정을 뒷받침합니다. '일월의 아들'은 천제의 아들을 말하니까요. 이렇게 본다면 신화를 나르는 집단의 정체성 변화가 신화에 변이를 낳았다고 말할 수 있을 테지요.

앞서 적극적 기록의 한 사례로 이승휴를 들었습니다만, 조선 초의 단군 신화에서는 더욱 뚜렷한 변이가 확인됩니다. 그것은 조선조 건국 이념인 유가 이데올로기와 관련이 있습니다. 그래서 유교적 이념에 맞게 단군 신화를 변형했습니다. 이념이 신화의 변이를 초래한 경우라 하겠지요.

단군 신화는 20세기 초기에 또 한 번의 변이를 보입니다. 1909년에 창시된 대종교大倧敎는 단군을 교조敎祖로 삼는데, 단군에 역사적 계보를 부여합니다. 민족주의 사관에 의한 새로운 신화적 상상력이지요. 만세일계萬世一系를 뽐내는 일본의 신국神國 사관에 대항하기 위해서입니다. 그래서 우리 민족이 지금까지 단군으로부터 일사불란하게 쭉 하나의 계보로 내려온 것처럼 만들어 놓았죠. 역사의 신화화라 할 수 있겠죠. 이 역시 신화를 나르는 집단의 필요성에 따라 신화가 재편되면서 변이가 야기된 흥미로운 사례라고 할 수 있을 테지요.

동명왕 신화를 예로 들어 보겠습니다. 두 가지를 말할 수 있을 듯합니다. 첫째, 여성 유화의 형상화와 후대 여성 서사와의 관련이고, 둘째, 특정 신화소의 후대적 행방입니다. 그런 신화소로는 '태어난 아이가 버려짐', '버려진 아이를 동물들이 보호함', '도술', '변신' 같은 게 있습니다.

첫째, 여성 유화의 형상화와 후대 여성 서사와의 관련을 봅시다.

동명왕 신화에서 유화는 개성이 뚜렷한, 아주 인상적인 여성입니다. 유화의 고난과 주체적 면모는 후대의 한국문학사가 보여 주는 여성 서사의 한 '원형'을 보여 준다고 할 만합니다. 유화는 주체적 행위자로서 어려움 속에서 자식을 낳아 키우며, 지혜로써 자식을 인도합니다. 유화는 가부장제 사회 속의 인물이었습니다. 부친 하백이 유화를 꾸짖으며 집에서 내쫓는 데서 그 점이 단적으로 드러나죠. 하지만 이런 질곡 속에서도 유화는 고통의 견뎌 냄, 보살핌, 돌봄, 사랑, 지혜로움과 같은 덕성을 보여 주고 있습니다. 인간으로서 깊은 내면적 가치를 지니고 있는 거죠. 남편 해모수나 아버지 하백에게서는 이런 인간적인 가치가 발견되지 않습니다.

후대의 서사문학에서는 유화와 비슷한 여성이 종종 발견됩니다. 두어 가지 예를 들어 보겠습니다. 『삼국유사』에 「김현감호」金現感虎라는 글이 실려 있습니다. '김현이 호랑이에게 마음이 동하다'라는 뜻입니다. 이 글은 원래 최치원이 저술한 『수이전』殊異傳이라는 책에 「호원」虎願이라는 제목으로 실려 있던 건데, 일연이 제목을 바꾸어 『삼국유사』에 전재轉載했습니다. 이 작품에 등장하는 호녀虎女는 상대에 대한 깊은 배려와 자기희생적인 사랑을 보여 줍니다. 이 점에서 유화와 닮은 점이 있습니다. 다만 자식이 연인으로 환치換置된 점이 다르죠. 또 다른 예로는 17세기 초에 조위한趙緯韓이 쓴 소설인 「최척전」의 주인공 옥영을 들 수 있습니다. 옥영은 대단히 주체적인 여성으로서, 환난 속에서도 지혜로움과 강인한 정신으로 자식을 잘 인도합니다. 또 『박씨전』의 주인공 박씨부인도 그런 여성입니다. 박씨부인 역시 주체적인 여성으로서, 고난을 견뎌 내다가 종국에는 지혜로움으로써 남편을 이끌어 나라를 구합니다. 말〔馬〕을 알아보는 안목이 남다르다는 점에서도 박씨부인은 유화와 닮았습니다.

이처럼 유화는 후대 문학의 여성 서사와 내면적으로 연결됩니다. 그렇다면 신화가 후대 문학에 영향을 미친 것일까요? 꼭 그렇다고 말하기는 어렵습니다. 만일 '영향'이라는 것을 의식적인 어떤 작용으로 본다면 말입니다. 하지만 그런 의미의 영향은 아니라 할지라도 문학사에서는 시대를 뛰어넘어 어떤 '연결'이 발견되기도 합니다. 문학사에서는 이런 점을 확인하는 것 역시 중요합니다. 이런 관점에서 본다면 유화, 호녀, 옥영, 박씨부인은 문학사에서 내적으로 일정하게 연결되어 있다고 할 만하지요. 하나 더 보태어 말한다면, '전통'이라는 것 역시 비슷한 점이 있습니다. 문학사에서 전통의 계승은 꼭 자각적·의식적으로 이루어지는 것만은 아닙니다. 무자각적·무의식적으로 이루어지는 경우도 왕왕 있습니다. 우리는 이런 경우를 더 주목해야 할지도 모릅니다. 만일 전통이라는 견지에서 본다면 유화라는 캐릭터는 무자각적·무의식적 차원에서 후대 서사문학의 여성들로 계승되고 있다고 말할 수 있지 않을까 합니다.

둘째, 특정 신화소의 후대적 행방을 보기로 합시다.

유화가 낳은 알이 버려진다는 모티프나 버려진 알을 동물들이 돌본다는 모티프는, 16세기 후반에 창작된 소설인 「최고운전」崔孤雲

傳에 다시 등장합니다. 최고운의 어머니는 최고운을 낳기 전 금돼지의 소굴로 붙잡혀 갑니다. 우여곡절 끝에 금돼지를 죽이고 집으로 돌아와 최고운을 낳습니다. 그런데 그 부친은 최고운을 금돼지의 자식으로 의심해 갖다 버리라고 합니다. 길에다 버리니 소와 말이 다 피해 갑니다. 들에다 버리니 새들이 전부 덮어서 보호해 줍니다. 이처럼 「최고운전」의 이 화소는 동명왕 신화의 화소와 연결됩니다. 신화소가 천년의 시간을 건너뛰어 후대의 서사문학으로 이어지고 있음이 확인된다 하겠습니다. 비단 「최고운전」만이 아닙니다. 서사무가敍事巫歌인 「바리공주」에도 이 모티프가 나타납니다.

동명왕 신화에는 도술 모티프와 변신 모티프도 있는데요, 17세기 무렵 창작되었다고 추정되는 「전우치전」田禹治傳에도 이 모티프가 보입니다.

그런데 동명왕 신화는 '영웅의 일대기'를 보여 주는바, 후대 소설 중 '영웅의 일생'으로 이루어져 있는 소설은 모두 '영웅소설'로 보자는 주장이 일찍이 조동일 선생에 의해 제기된 바 있습니다. 영웅의 일생은 '고귀한 혈통―비정상적 출생―탁월한 능력―기아棄兒와 죽음―죽음의 극복―자라면서의 위기―투쟁에서의 승리'라는 구조를 취한다고 했습니다. 그리하여 신화의 구조와 영웅소설의 구조가 상동적相同的이라고 봤습니다. 만일 이 가설이 옳다면 신화가 조선 후기 영웅소설에 지대한 영향을 미친 거라고 봐야겠죠. 그러나 저는 이 주장에 회의적입니다. 신화가 보여 주는 영웅의 일대기와 비슷하게 보이도록 영웅소설의 '영웅의 일생'을 정식화定式化했지만, 이 정식화에는 무리가 있으며 영웅소설에 두루 부합하지도 않는 것 같습니다. 영웅소설의 구조 혹은 패턴을 신화와 연결시키는 것은 아무래도 좀 문제가 있지 않나 합니다. 신화와 후대 서사문학의 내적 관련은 역시 '구조'가 아니라 '모티프'에서 찾아야 하지 않나 생각해요.

단군 신화

옛날 환인桓因의 서자庶子 환웅桓雄이 자주 천하에 뜻을 두어 인간 세상을 탐하므로, 아버지가 자식의 뜻을 알아 삼위태백三危太伯을 내려다보니 인간 세상을 크게 도움 직한지라, 이에 천부인天符印 세 개를 주어 가서 다스리게 했다.

환웅은 3천 명의 무리를 거느리고 태백산 꼭대기 신단수神壇樹 밑으로 내려왔으니, 이곳을 신시神市라 하고, 이분을 환웅천왕桓雄天王이라 한다.

풍백風伯, 우사雨師, 운사雲師를 거느려 곡식·생명·질병·형벌·선악을 주관했으니, 무릇 인간 세상의 360여 가지 일을 주관하여 세상을 다스리고 교화했다.

당시 곰 하나와 범 하나가 같은 굴에 살고 있었는데, 항상 신웅神雄(환웅)에게 빌기를 "사람이 되기를 원하옵니다"라고 했다. 이때 신神(환웅)이 신령스러운 쑥 한 줌과 마늘 스무 개를 주면서 말했다.

"너희들이 이것을 먹고 백 일 동안 햇빛을 보지 않으면 사람의 모습이 될 것이다."

곰과 범이 그것을 먹고 삼칠일三七日 동안 금기를 지키고자 했는데, 곰은 여자의 몸이 되었지만 범은 금기를 지키지 못해 사람의 몸을 얻지 못했다.

웅녀熊女는 혼인할 상대가 없었다. 그래서 늘 신단수 아래에 가서 아이를 갖고 싶다고 빌었다. 이에 환웅이 사람으로 변신해 웅녀와 혼인하여 아들을 낳으니, 이를 단군왕검壇君王儉이라 한다.

단군왕검은 요임금이 즉위한 지 50년이 되는 경인년庚寅年에 평양성平壤城에 도읍해 비로소 국호를 조선朝鮮이라 했다.

다시 도읍을 백악산白岳山 아사달阿斯達로 옮겼는데, 궁홀산弓忽山이라고도 하고 금미달今彌達이라고도 한다. 천오백 년간 나라를 다스렸다.

주周나라 무왕武王이 즉위한 기묘년에 기자箕子를 조선에 봉했다. 이에 단군은 장당경藏唐京으로 옮겼고, 뒤에 다시 아사달에 숨어 산신이 되었는데, 나이가 일천구백여덟 살이었다.

— 일연, 『삼국유사』

제3강

향가, 그 서정의 깊이

향가鄕歌는 우리말 노래, 우리말 서정시입니다. 그래서 한문 서정
시인 한시漢詩와는 미의식이나 정취가 사뭇 다릅니다. 오늘 강의에
서는 향가를 전반적으로 개괄한 뒤 「제망매가」祭亡妹歌와 「찬기파랑
가」讚耆婆郎歌 두 작품을 자세히 들여다봄으로써 향가가 문학사에
서 이룩한 서정시적 깊이가 어느 정도인지 가늠해 보겠습니다. 먼
저, 향가에 들어가기 전에 잠시 향가 이전에 존재했던 노래들을 일
별해 봅니다.

향가 이전의 옛 노래들

노래라는 것은 아득한 태초부터 있었으리라 생각됩니다. 그러니
향가가 등장하기 이전에도 노래는 많았을 터입니다. 고구려의 노
래로 이름이 알려진 「내원성」來遠城·「연양」延陽 같은 것이 있고, 백
제의 노래로 이름이 알려진 「선운산」禪雲山·「무등산」無等山·「방등
산」方等山·「지리산」智異山·「정읍」井邑 같은 것이 있습니다. 모두 『고
려사』高麗史 「악지」樂志 「삼국속악」三國俗樂 조에 그 이름이 전합니다.

이들 노래들은 「정읍」 외에는 노랫말이 전하지 않습니다. 이런 노래는 고구려와 백제의 궁중 음악이었기에 그나마 문헌에 그 이름이 전할 수 있었습니다. 민간에서 불렸을 수많은 노래들은 이름조차 전하지 않습니다.

문학사의 이른 시기에 확인되는 노래로 「구지가」龜旨歌, 「공무도하가」公無渡河歌, 「황조가」黃鳥歌 셋을 주목할 만합니다.

「구지가」는 가락국의 민중이 김해 구지봉龜旨峯에서 수로왕首露王을 맞이하면서 불렀다는 노래입니다. 가락국이 건국된 게 서기 42년이니, 1세기 전기의 노래라고 할 수 있습니다. 집단적이면서 주술적인 지향을 갖는 노래지요. 개인의 정서를 읊은 노래는 아닙니다. 그 점에서 좀 특별합니다. 이와 달리 나머지 두 작품은 개인적인 정서를 읊었습니다.

「공무도하가」는 후한 시대 인물인 채옹蔡邕의 『금조』琴操라는 책에 처음 수록되었습니다. 채옹은 132년에 태어나 192년에 죽었으니, 「공무도하가」는 줄잡아 2세기 이전에 성립된 노래라고 하겠습니다. 조선 후기 한치윤韓致奫(1765~1814)이 중국 문헌에 전하는 이 노래를 『해동역사』海東繹史에 수록함으로써 비로소 우리나라에 알려졌습니다. 이 노래는 "공무도하, 공경도하. 타하이사, 당내공하"公無渡河, 公竟渡河. 墮河而死, 當奈公何 이렇게 네 구절입니다. 우리말로는, "공이여 강을 건너지 마소서 / 공은 끝내 강을 건넜네 / 강에 빠져 죽었으니 / 공을 어찌할 건가"라고 번역할 수 있습니다. 아주 간단한 노래입니다만 「구지가」와 달리 서정시의 면모를 보여 주고 있습니다. 소박하면서도 여운이 많은 노래입니다. 그렇긴 하나 아직 서정시의 본령을 충분히 보여 준다고 하기는 어렵습니다.

「황조가」는 『삼국사기』에 실려 있는데, 고구려 제2대 왕인 유리왕琉璃王이 지은 노래입니다. 유리왕 재위 3년째 되던 해에 지었다고 하니 창작 시기는 서력기원전 17년입니다. 지난번 건국신화를 공부할 때 언급된 주몽의 아들이 바로 유리왕입니다. 유리왕의 처는 비류국沸流國 송양왕松讓王의 딸 송씨인데, 일찍 죽었습니다. 유리왕은 왕비가 죽은 뒤 화희禾姬와 치희雉姬를 맞아들였는데, 화희는 고구려인이고 치희는 중국인이었습니다. 둘은 사이가 안 좋아 늘 싸웠습니다. 싸움 끝에 치희가 가 버립니다. 유리왕이 데리러 갔는데 치희는 화가 나 돌아오지 않았습니다. 어느 날 유리왕은 나무 밑에서 쉬다가 꾀꼬리를 보고 이 노래를 불렀다고 합니다. 노래는 이렇습니다: "편편황조, 자웅상의. 염아지독, 수기여귀."翩翩黃鳥, 雌雄相依. 念我之獨, 誰其與歸. 우리말로는, "훨훨 나는 꾀꼬리는/암수 서로 의지하네/내 외로움 생각거늘/뉘와 함께 돌아갈꼬"라고 번역할 수 있습니다. 꾀꼬리 암수가 사이좋게 노니는 모습을 먼저 읊었습니다. 『시경』詩經에서는 이런 수사법을 '비'比라고 합니다. '비'는 비유를 말합니다. 이 노래는 앞의 2구에서 꾀꼬리 암수가 화락한 모습을 제시하고, 뒤의 2구에서 그것과 대비되는 서정 자아의 외로움을 토로합니다.

똑같은 4구이지만, 앞의 「공무도하가」보다는 좀 더 개인의 내적 정서가 토로되어 있습니다. 그러나 이 시 역시 서정이 충분히 발현되어 있다고 말하기는 어렵습니다. 이게 고대가요의 면모죠.

「구지가」, 「공무도하가」, 「황조가」 이 세 노래는 모두 한문으로 전하고 있습니다. 이것들은 원래 다 우리말로 불린 노래인데, 당시 한자 외에는 우리말을 표기할 수 있는 문자 체계가 없었기 때문에 한문으로 번역되어 문헌에 실린 것입니다. 이때에는 아직 향찰 표기도 존재하지 않았습니다.

주목되는 것은 한문으로의 번역 방식입니다. 「공무도하가」든 「황조가」든 다 4언 4구입니다. 「구지가」도 4언이 주축입니다. '4언' 하면 『시경』이 떠오릅니다. 4언의 시 형식은 『시경』에서 확립되었습니다. 이런 점을 고려한다면 당시 우리말 노래를 한역할 때 『시경』의 시 형식을 참조했다고 볼 수 있겠지요. 이 점에서 동아시아적 연관이 확인된다 하겠습니다. 한국문학사라는 것이 고립된 속에서 전개된 것이 아니라 외부에서 뭔가를 계속 받아들이면서 그것을 자기대로 원용하고 변용하고 재창조해 간 과정이기도 합니다. 그래서 한국문학사를 공부할 때 시야를 열어, 같은 시기에 중국이나 일본 쪽에서 어떤 상황이 벌어졌으며 문학사가 어떻게 전개되어 갔는지 관심을 가질 필요가 있습니다.

향가란 무엇인가

향가는 향찰鄕札로 표기된 우리말 노래로, 신라 시대에 성행했으며 고려 전기까지 창작되었습니다. '향가'라는 명칭에서 '향'鄕은 우리나라를 가리킵니다. 그러므로 향가는 중국 노래가 아닌 '우리 노래'라는 뜻입니다. 중국 노래와 우리 노래는 뭐가 다를까요? 중국 노래는 중국어로 되어 있지만 우리 노래는 우리말로 되어 있다는 점이 다르죠.

향가는 간단한 4구체도 있고, 8구체와 10구체도 있습니다. 「서동요」薯童謠 · 「풍요」風謠 · 「헌화가」獻花歌 · 「도솔가」兜率歌는 4구체 향가이고, 「모죽지랑가」慕竹旨郎歌 · 「처용가」處容歌는 8구체 향가이며 (「모죽지랑가」가 10구체라는 주장도 있습니다), 「원왕생가」願往生歌 · 「원가」怨歌 · 「제망매가」祭亡妹歌 · 「찬기파랑가」讚耆婆郎歌 · 「안민가」

安民歌·「도천수관음가」禱千手觀音歌·「우적가」遇賊歌·「보현십원가」普賢十願歌는 10구체 향가입니다. 작품 이름이 다 좀 어려운데요, 이들 작품 명칭은 대개 20세기에 붙여진 것입니다. 이해를 돕기 위해 작품 이름을 풀이하면 다음과 같습니다: '서동요'는 서동의 노래라는 뜻이고, '풍요'는 민民의 노래라는 뜻이며, '헌화가'는 꽃을 바치며 부른 노래라는 뜻입니다. '도솔가'는 도솔천의 미륵에게 기원하는 노래라는 뜻이고, '모죽지랑가'는 화랑 죽지랑을 추모하는 노래라는 뜻이며, '처용가'는 처용의 노래라는 뜻이고, '원왕생가'는 극락왕생을 바라는 노래라는 뜻입니다. '원가'는 임금을 원망하는 노래라는 뜻이고, '제망매가'는 죽은 누이를 제사 지내며 부른 노래라는 뜻이며, '찬기파랑가'는 화랑 기파랑을 찬미하는 노래라는 뜻입니다. '안민가'는 백성을 편안히 다스리는 이치를 밝힌 노래라는 뜻이고, '도천수관음가'는 천 개의 손을 가진 관세음보살에 기도하며 부르는 노래라는 뜻이고, '우적가'는 도적을 만나 부른 노래라는 뜻이며, '보현십원가'는 보현보살의 열 가지 서원誓願을 찬미한 노래라는 뜻입니다.

향가에는 민요에 해당하는 「서동요」·「풍요」와 같은 작품이 있는가 하면, 종교적인 기구祈求를 노래한 「원왕생가」·「도천수관음가」·「보현십원가」 같은 작품도 있고, 주술적 성격을 갖는 「도솔가」·「처용가」 같은 작품도 있으며, 개인의 서정을 노래한 「헌화가」·「모죽지랑가」·「원가」·「제망매가」·「찬기파랑가」·「우적가」 같은 작품도 있습니다. 한편, 「안민가」는 유교적인 치국治國의 방도를 노래한 작품입니다.

향가는 이처럼 성격이 다양하지만 그 주종을 이루는 것은 역시 서정적인 성격의 작품이 아닌가 합니다. 다시 말해 향가의 본령은 '서정'抒情에 있다 할 것입니다. 향가는 그 성격이 다양한 만큼 작자도 비교적 광범해, 일반 백성이 있는가 하면, 승려도 있고 화랑도 있습니다. 귀족이나 관료도 향가를 짓지 않았나 합니다. 고려 전기인 현종顯宗 때 건립된 현화사비玄化寺碑에는 조정의 신하들이 향가를 지었다는 기록이 보입니다. 이에 대해서는 조금 뒤에 다시 말하겠지만, 이런 기록을 통해 신라 시대에 귀족이나 관료도 향가를 지었으리라는 추정을 해 볼 수 있습니다.

요컨대 향가는 꼭 상층이 독점한 노래는 아니며 하층에서도 지어진 노래라고 할 수 있습니다. 지배층만이 아니라 백성에게도 열려 있는 노래라는 점이 향가의 주목되는 특징입니다. 그렇기는 하지만 현재 전하는 향가 가운데 문학적으로 높은 세련미를 보여 주는 작품은 대체로 화랑이나 승려가 지은 것입니다.

이른 시기의 향가로는 「혜성가」를 꼽는데, 진평왕眞平王 때인 6세기 말경에 지어진 것으로 보고 있죠. 신라 시대의 향가 가운데 가장 늦은 시기의 것으로 확인되는 작품은 「처용가」인데, 헌강왕憲康王 5년(879)에 창작되었습니다. 그러므로 현재 전하는 신라 향가는 대체로 6세기 말에서 9세기 말 사이에 지어진 것들이라고 할 수 있습니다.

향가는 『삼국유사』에 14편, 「균여전」均如傳에 11편, 총 25편이 전하고 있습니다. 「균여전」은 고려 초에 혁련정赫連挺이 지었는데요, 이 속에 「보현십원가」 11편이 실려 있습니다.

고려 예종睿宗이 1120년에 지은 「도이장가」悼二將歌를 향가의 잔존 형태로 보는 관점도 있고, 일반적으로 고려가요의 한 작품으로 간주되는, 정서鄭敍가 12세기 후반에 지은 「정과정곡」鄭瓜亭曲을 향가와 관련시켜 보는 관점도 있습니다만, 누구나 향가로 인정하는 작품은 25편입니다.

향가는 신라가 망하자 바로 쇠락했나

향가는 흔히 '신라의 노래'로 알려져 있죠. 신라 시대에 성행했으니 신라의 노래라고 하는 게 꼭 틀린 말은 아니지만, 그렇다고 향가를 신라 시대의 노래로만 고착시킬 수는 없습니다. 특정 왕조 때 성행한 어떤 장르나 양식이 그 왕조가 망한다고 같이 사라지는 건 아닙니다. 왕조가 망해도 장르나 양식은 상당 기간 동안 지속됩니다. 문학적 관습은 왕조의 멸망과 관계없이 지속될 수 있기 때문입니다. 향가도 마찬가집니다. 향가는 고려 시대에 들어와서도 지배층에서 계속 창작되었다고 생각됩니다. 그 증거를 1022년에 쓰인 현화사비의 음기陰記에서 찾을 수 있습니다. 현화사비는 고려 제8대 왕인 현종이 부친을 위해 세운 비석입니다. 비석의 뒷부분에 적힌 글을 '음기'라고 합니다. 이 음기 중에 현종을 수행해 현화사에 온 문신들 중 일부는 한시를 짓고 일부는 사뇌가를 지었다는 말이 보입니다. 사뇌가를 지은 문신은 11명입니다. 이 기록을 통해 신라가 망한 지 86년이나 된 11세기 초반에도 향가가 활발히 창작되고 있었던 사정이 확인됩니다.

그러므로 승려인 균여均如가 「보현십원가」 11수를 지은 것을 향가 쇠락기의 산물로 이해해서는 안 될 것입니다. 균여는 923년에 태어나 973년에 죽었습니다. 「보현십원가」를 지은 것은 10세기 중·후반 무렵으로 보입니다. 문학사에 이런 연작 사뇌가가 나타난 건 이때가 처음인데요, 이는 향가의 쇠락을 보여 준다기보다 향가가 여전히 문학적으로 성행하고 있었음을 보여 주는 현상으로 간주돼야 할 듯합니다. 「균여전」에는 균여와 동시대의 문인 최행귀崔行歸의 「보현십원가」 한역漢譯이 실려 있는데, 최행귀는 한역시漢譯詩 앞에 서문을 붙여 놓았습니다. 이 서문에는 향가에 대한 중요한 통찰이 담겨 있습니다.

최행귀는 고려 초에 문장으로 왕조의 창업에 큰 기여를 한 최언위崔彦撝의 아들입니다. 일찍이 중국에 유학을 가 거기서 벼슬을 한 적이 있고, 돌아와 한림학사翰林學士와 지제고知制誥를 지냈습니다. 그러니 대단한 집안 출신으로 문재文才를 갖춘 인물이라고 할 만하지요. 그가 서문에서 한 말을 대충 추리면 다음과 같습니다.

> 중국에는 중국말로 엮은 '한시'가 있고, 우리나라에는 우리 말로 엮은 '향가'가 있다. 비록 소리는 서로 다르지만 그 이치는 막상막하다. 중국의 시에 5언, 7언의 형식이 있듯, 우리나라의 향가에는 그 나름의 독자적 형식이 있다. 「보현십원가」는 사구辭句가 맑고 아름답다. 하지만 우리나라 사람이 향찰鄕札을 쉽게 읽는 것과 달리 중국 사람은 향찰을 이해할 수 없다. 그래서 이 노래를 번역한다.

향가에 대한 자부가 아주 높은 것을 알 수 있습니다. 중국의 한시와 마주 세우고 있으니까요. 만일 당시가 향가의 쇠락기였다면 우리말 노래에 대한 이런 자부를 드러낼 수 있겠습니까.

이렇게 본다면 고려 16대 왕인 예종이 1120년 팔관회를 관람하고 돌아와 「도이장가」라는 노래를 지은 일도 당시까지 향가가 지어지고 있었음을 보여 주는 사례로 해석될 수 있을 듯합니다. 물론 이때가 되면 향가는 이전과 같은 성세聲勢를 보여 주지 못하고 잔

존 명맥을 유지하고 있었을 뿐으로 추정되지만 말입니다.

그렇다면 고려 건국 이후 12세기 전반까지 지어진 향가들은 다 어디로 갔을까요? 향찰로 기록되다 보니 거개 일실逸失되어 전하지 않게 된 것으로 보입니다. 균여의 「보현십원가」가 살아남은 것은 참으로 행운이라 하겠지요.

신라의 향가가 실린 책 『삼국유사』

신라의 향가는 다른 문헌에는 실려 있지 않고 오로지 일연의 『삼국유사』에 14편이 실려 전합니다. 이 점에서 일연의 공은 아주 큽니다.

일연은 승려였습니다. 그래서 『삼국유사』에 실린 향가는 대부분 승려로서의 관심과 취향에 따라 선택되었습니다. 『삼국유사』에는 매 향가마다 그 창작의 배경이 되는 설화가 함께 실려 있는데, 대개 영험하거나 신비한 일들이 많습니다.

신라 시대에 향가가 어디 14수만 있었겠습니까. 엄청나게 많은 작품이 지어지고 향유되었을 테죠. 2백 몇 십 년간 지어졌으니까요. 『삼국사기』 신라본기新羅本紀의 진성왕 2년(888) 조에는, 왕이 "(각간角干 위홍魏弘에게) 대구화상大矩和尙과 함께 향가를 모아 편찬할 것을 명하고, 이를 『삼대목』三代目이라 이름했다"라는 말이 보입니다. 향가집 『삼대목』은 아쉽게도 현재 전하지 않습니다만, 나라에서 이런 가집歌集을 엮을 정도로 향가가 많이 창작되었음을 알 수 있습니다.

하지만 『삼국유사』에 실린 14편만 가지고 판단하면 향가는 주술성呪術性과 깊은 관련을 갖는 노래라는 결론을 내리기 쉽습니다. 『삼국유사』는 앞에서도 말씀드렸습니다만 제약이 있는 책입니다.

일연이 당시 어느 정도의 향가를 봤는지는 알 수 없지만 적어도 그가 『삼국유사』에 실어 놓은 작품들이 꼭 향가의 성격을 '보편적'으로 보여 준다고 확언하기는 어렵습니다. 그가 『삼국유사』에 실어 놓은 향가들은 특이한 배경 설화 때문에 문헌에 정착되어 일연의 시대까지 전해지던 게 아닐까 합니다. 그렇다고 한다면 『삼국유사』만 보고 신라 향가의 특성이 어떻다고 단정하는 것은 좀 우스운 일이 됩니다.

어느 시대든지 노래에는 인간의 희로애락, 즉 슬픔·기쁨·원망과 같은 인간의 원초적 감정이 표출됩니다. 왜냐하면 노래란 인간의 내면적인 정서의 발로이기 때문이죠. 인간은 살면서 온갖 일을 겪습니다. 사랑하는 사람과 이별하기도 하고, 이런저런 고통을 겪기도 하고, 억울한 일을 당하기도 합니다. 기쁨과 즐거움을 마주하기도 하고, 힘든 상황과 맞닥뜨리기도 하고, 가까운 사람의 죽음을 겪기도 합니다. 신라인이라고 이런 게 없었겠습니까. 신라의 향가는 2백 년 이상 창작되어 오면서 기쁨과 슬픔을 위시한 신라인의 감정과 고뇌를 다채롭게 담아냈으리라 생각합니다. 인간의 삶이라는 게 단순하지 않고 다채로우니까요. 신라인이 영위한 몇 백 년 동안의 삶에서 주술적이거나 효용성을 갖는 노래만 지어졌겠습니까? 사실 그런 노래만 주야장창 짓기도 어려운 일입니다. 우리는 비록 자료적인 제약에 직면해 있지만, 그 제약을 넘어 이런 생각을 좀 해 볼 필요가 있지 않나 합니다.

이와 관련해 「균여전」의 다음 말이 참조가 됩니다.

균여 대사가 사뇌詞惱에 익숙해 (…) 노래 11장을 지었는데, 그 서문에 이르기를, "대저 사뇌라는 것은 세상 사람들의 놀이 도구다. (…)"라고 했다.

閑於詞腦, (…) 著歌十一章, 其序云: "夫詞腦者, 世人戲樂之具.
(…)"

앞서 말했듯 균여의 향가는 10세기 중·후반 무렵에 지어졌습
니다. 신라가 망한 지 몇 십 년밖에 되지 않은 시점입니다. 그러니
균여의 "대저 사뇌라는 것은 세상 사람들의 놀이 도구다"라는 말은
신라의 향가에도 해당된다고 보아 무방할 것입니다.

균여가 쓴 서문 원문에서 "世人"(세인)은 일반인을 가리키는 말
입니다. 불교에서는 승려와 대비해 출가하지 않은 속세의 사람을
가리킬 때 이 말을 씁니다. 이렇게 말한 것으로 보아 향가는 꼭 승
려가 주로 지었던 것이 아님이 분명합니다. 비록 『삼국유사』에 충
담사忠談師나 월명사月明師 같은 승려가 향가의 주목되는 작자로 소
개되어 있지만 이는 역시 『삼국유사』의 특수한 성격과 관련지어
봐야 할 것입니다. 『삼국유사』 권2 '기이' 편의 「사십팔 경문대왕」
四十八景文大王 조에,

국선國仙 요원랑邀元郎, 예흔랑譽昕郎, 계원桂元, 숙종랑叔宗郎
등이 금란金蘭을 유람할 때 은근히 임금을 위해 나라를 다스
리고자 하는 뜻이 있어 노래 세 수를 지었다.

라는 말이 보입니다. 우리는 이를 통해 화랑들이 향가를 즐겨 지었
음을 알 수 있습니다.

다시 균여가 쓴 서문으로 돌아가 봅시다. 원문의 "戲樂"(희락)
은 '즐겁게 논다'는 뜻입니다. '오락'이라고 보면 됩니다. 그러니 "戲

樂之具"(희락지구)는 '놀이 도구'라는 뜻이 됩니다. 균여는 이처럼 향가를 '세상 사람들의 놀이 도구'로 규정하고 있습니다.

균여의 이 말은 『삼국유사』를 통해 우리가 갖게 된 향가에 대한 선입견과 편견을 깨뜨리고 있으며, 향가에 대한 진실을 전하고 있다고 여겨집니다. 그렇다면 균여가 말한 '향가는 세상 사람들의 놀이 도구'라는 건 대체 무슨 뜻일까요? 세상 사람들이 마음속의 희로애락을 푸는 형식 내지 장치라는 뜻이겠지요. 문학이라는 것이 본래 그런 거지만, 노래는 특히 그러합니다. 우리는 기쁘든가 시름이 많든가 가슴이 답답할 때 노래를 부릅니다. 향가라는 노래도 이런 관점에서 봐야 하지 않을까 합니다.

사뇌가

'사뇌가'詞腦歌라고 할 때의 '사뇌'詞腦는 '시뇌'詩腦로 표기되기도 하고 '사내'思內로 표기되기도 합니다. '사내'思內라는 표기는 『삼국사기』에 등장하니, '사뇌'詞腦나 '시뇌'詩腦보다 뒤에 나타난 표기라고 해야겠지요.

사뇌(사내)라는 말은 노래만이 아니라 '음악'이나 '춤'을 가리키는 데도 사용된다는 점이 주목됩니다. 즉 『삼국사기』 잡지雜志 「악」樂 조에는, 신라 내해왕 때 '사내악'思內樂이 있었다는 기록이 나오는데 "사내악을 일명 시뇌악詩腦樂이라고도 한다"라는 주가 붙어 있습니다. 『삼국사기』 「악」 조에는 '사내무'思內舞라는 말도 보입니다. '사내악'은 음악의 명칭이고, '사내무'는 춤의 명칭입니다.

이처럼 사뇌(사내)라는 말은 '가'歌·'악'樂·'무'舞, 즉 노래·음악·춤에 모두 쓰였습니다. 그러면 사뇌라는 말은 대체 무슨 뜻일까요?

이에 대해서는 여러 설이 제기되어 있습니다만, 그중에 주목되는 것은 '시골'이라는 뜻으로 해석한 견해입니다. 이 견해는 오래전 양주동 선생이 처음 제기했습니다. 이 견해에 의하면 '사뇌' 혹은 '시뇌'는 '시골'이라는 우리말의 향찰 표기입니다. 이리 보면 「균여전」에 실린 최행귀의 한역가漢譯歌 서문에서, 사뇌가를 향가라고 한 것이 이해가 됩니다. '사뇌'를 한자로 옮기면 '향'鄕이 됩니다. 그러니 사뇌가와 향가는 같은 말입니다. 우리말로 하면 둘 다 '시골 노래'가 되지요. 사내악, 사내무 역시 향악鄕樂, 향무鄕舞라는 뜻입니다.

　노래, 음악, 춤에 '향'鄕 자를 붙인 것은 '당'唐, 즉 중국과 구별하기 위해서입니다. 즉 중국의 시인 '당시'唐詩, 중국의 음악인 '당악'唐樂, 중국의 춤인 '당무'唐舞와 구별하기 위해 '향가' '향악' '향무'라는 말을 사용한 것입니다. 이 경우 '시골', 즉 '향'을 사대주의적 혹은 중화주의적 관점에서 꼭 나 자신을 폄하하는 말로 받아들일 필요는 없습니다. '향리'鄕里나 '고향'故鄕이라는 말에도 '향'이 들어가지 않습니까. 그러니 '향'을 공간적으로 본디 내가 있는 곳을 가리키는 말로 보면 될 줄 압니다.

　여기서 잠시 생각해 봐야 할 것은, '시'와 '노래'에 대한 구분입니다. 한국문학사에서 이 둘에 대한 자각적 구분은 「균여전」에 실려 있는 최행귀의 한역가 서문에서 처음 나타납니다. 최행귀는 이리 말하고 있어요.

　　당시唐詩는 중국어(즉 한자)로 엮고, 향가는 우리말로 엮어
　　향찰鄕札로 표기한다.

　최행귀의 이런 이론적 인식 이래 시와 노래의 이원적 구분은

근대문학에 돌입하기 전까지 한국문학사에서 쭉 지속되어 왔다는 점을 기억할 필요가 있습니다.

최고 수준의 향가 두 작품

향가는 남아 있는 작품이 많지 않아 애석한 마음을 금할 수 없지만, 그래도 다행히 남아 있는 것 중에 아주 수준 높은 작품이 몇 있습니다. 이들 작품에서 우리는 이 시기 우리말 서정시의 정수를 맛볼 수 있습니다.

이런 신라 향가의 수준은 이 시기 동아시아 서정시의 수준과 견주어 볼 때 과연 어떨까요? 최행귀가 말한 대로 언어는 비록 달라도 막상막하의 수준일까요? 아니면 팔이 안으로 굽는다고, 최행귀가 좀 과장한 것일까요?

신라에서 향가가 한창 향유될 때 중국에서는 이른바 '당시'唐詩라는 것이 서정시의 높은 수준을 구현하고 있었습니다. 지금도 '당시'라고 하면 이백李白이라든지 두보杜甫라든지 백거이白居易라든지, 이런 불후의 작가들을 떠올리게 됩니다. 한편 일본에서는 이 시기 일본어로 불린 노래인 단카短歌가 성행했습니다.

신라 향가의 최고 수준을 보여 주는 작품으로 「제망매가」와 「찬기파랑가」를 꼽을 수 있습니다. 그럼 이제 이 두 작품을 좀 자세히 들여다보기로 하겠습니다.

── 「제망매가」

이 작품은 유명합니다만 작품 해석은 그리 간단하지 않아, 학계에 여러 해석이 제기되어 있습니다. 향가 해석에 논란이 많은 것은 향가의 어석語釋, 즉 향찰 해독의 문제와 관련이 있습니다. 향가는 향찰 표기로 되어 있는데 이를 해독하는 데는 어려움이 있습니다. 그리하여 학자들마다 견해 차이를 보이는 어구 해석이 상당 부분 존재합니다.

하지만 「제망매가」의 해석에 논란이 있는 것은 단지 이 때문만은 아닙니다. 이 작품의 시적 맥락에 대한 이해 여부와도 관련이 있습니다. 이 노래를 제대로 이해하려면 이 노래를 지은 사람의 '마음'을 잘 헤아려야 하고, 이런 마음이 어떻게 언어적으로 맥락화되어 있는가를 파악하는 것이 아주 중요합니다. 그래야 이 작품의 문예적 성격에 대한 깊이 있는 이해가 가능해질 것입니다. 하지만 지금까지의 연구는 이와는 거리가 있다고 보입니다.

향가 해독은 남북한에서 모두 이루어졌습니다. 북한에서 이루어진 향가 해독은 홍기문洪起文, 류열柳烈 두 분의 것을 참조할 만합니다. 남한에서 시도된 해석 중에는 양주동梁柱東과 김완진金完鎭 두 분의 것이 참조할 만합니다. 향가에 대한 어학적 해독 중에는 문학적으로 볼 때 맥락이 이상한 것이 없지 않습니다. 이는 해독이 잘못된 때문일 가능성이 높습니다. 「제망매가」의 경우, 류열의 해독이 비교적 이상한 맥락이 적은 듯합니다. 류열의 해독은 다음과 같습니다.

죽고 살고 하는 길은
바로 이렇게 가까이 있어 두려운데
나는 간다는 말도
하지 못하고 가는가
어느 가을 이른 바람에

이리저리 떨어지는 나뭇잎처럼

한 가지에서 나고

가는 곳 모르는가

아, 미타찰에서 만날 나

도 닦아 기다리노라

生死路隱

此矣有阿米次肹伊遣

吾隱去內如辭叱都

毛如云遣去內尼叱古

於內秋察早隱風未

此矣彼矣浮良落尸葉如

一等隱枝良出古

去奴隱處毛冬乎丁

阿也 彌陀刹良逢乎吾

道修良待是古如

"죽고 살고 하는 길은"의 원문은 "生死路"(생사로)입니다. '미타
찰'彌陀刹은 극락, 곧 서방 정토세계淨土世界를 말합니다. "도 닦아 기
다리노라"의 '도'는 '불도'佛道를 말합니다.

『삼국유사』에는 다음과 같은 「제망매가」 창작의 배경 설화가
실려 있습니다.

월명사月明師가 또한 일찍이 죽은 누이동생을 위해 재齋를
올릴 때 향가를 지어 제사 지냈다. 그때 홀연 회오리바람이
일어나더니 지전紙錢을 날려 보냈다. 지전은 날아올라 서쪽

으로 가 사라졌다.

이 배경 설화 바로 뒤에 「제망매가」가 나옵니다. '지전'은 돈 모양으로 오린 종이를 말합니다. 저승길에 망자가 가져갈 노잣돈을 상징합니다. 이 설화에서, 지전이 날아간 서쪽은 '서방정토'西方淨土를 말합니다. 지전이 서쪽으로 가 사라졌다는 것은 누이동생이 극락왕생해 서방정토에 있음을 암시합니다.

연구자들 중에는 이 배경 설화에서 말한 '재'를 천도재薦度齋로 이해하는 분도 있습니다. '천도재'는 죽은 사람의 넋을 좋은 곳으로 보내 달라고 비는 불교 의식입니다. 이런 관점을 취하면 이 향가는 불교 의식에서 불린 노래니 어떻게든 불교적인 맥락에서 해석되어야 합니다. 그래서 '생사로'生死路를 '죽고 살고 하는 길' 즉 '삶과 죽음의 길'이 아니라 '생사윤회'生死輪廻를 가리키는 말로 봅니다. 사실 불교에서는 '생사로'라는 말을 '생사윤회'를 가리키는 말로 씁니다. 불교적인 맥락에서 생사로는 벗어나야 할 길입니다. 인간은 생사로에 처해 있기 때문에 괴롭거든요. 그러니 생사로를 벗어나는 게 곧 해탈입니다. 그런데 이 노래에서는 '생사로가 이리 가까이 있어' 혹은 '여기 있어' 두렵다고 했습니다. 그렇다면 윤회가 여기 있어 두렵다는 말인데, 이건 좀 동이 닿지 않습니다.

게다가 이어지는 제3·4구에서는 "나는 간다는 말도／하지 못하고 가는가"라고 했습니다. 이를 보면 '생사로' 운운이 윤회가 아니라 삶과 죽음의 길을 가리킨다는 것을 알 수 있습니다.

대부분의 사람은 죽을 때 '나 간다. 잘 있어!' 이런 말 한마디도 못 하고 죽습니다. 그냥 숨이 넘어갑니다. 이 노래의 제3·4구는 이걸 말하고 있습니다. 그러니까 이는 인간이 죽음을 맞이하는 일반적인, 보편적인 존재 상황을 말하고 있습니다. 꼭 윤회와 관련해 종교적인 성찰을 하고 있는 그런 진술은 아니라는 거지요.

이어지는 5·6·7·8구도 마찬가지입니다. 윤회 어쩌고 하는 불교적인 맥락 같으면 '한 가지에서 나고 가는 곳 모른다'라는 말을 왜 하겠습니까. 극락으로 간다든지 뭐 이런 말을 해야지, 어디로 가는지 모르겠다고 말할 리가 있겠습니까.

이 노래는 마지막 두 구절에서는 불교적 연관을 확실히 드러내고 있습니다만, 그 앞의 제8구까지는 불교적 연관을 보여 주는 진술로 보기 어렵습니다.

그러면 어떻게 봐야 할까요? 우선 그 배경 설화에 언급된 '재'를 꼭 천도재로 단정할 이유는 없다고 할 것입니다. 죽은 사람의 명복을 비는, 죽은 사람을 위해 제의祭儀를 행하는 것은 동서고금에 늘 있는 일입니다. 이를 꼭 천도재로 못 박을 이유는 없습니다. 화랑이면서 승려인 월명사가 죽은 누이를 위해서 간단한 의식을 치르고 나서 이런 노래를 불렀다고 보면 될 일입니다. 천도재에서 송축하는 노래는 보통 '영가靈駕 노래'라고 합니다. 천도재를 주관하는 승려가 이 노래를 부릅니다. 그 내용은 대체로 '영가여, 여기 머물지 말고 마음을 놓고 이제는 편안히 서쪽으로 가라. 극락왕생하라. 영가여, 이제 모든 짐을 벗어 놓고 훌훌 떠나라'라는 것입니다. 「제망매가」는 이런 내용이 아닙니다. 이리 본다면 이 노래는 승려로서 누이의 천도를 위해 부른 노래라기보다, 한 인간이(이 인간은 물론 승려입니다만) 누이를 위해 재를 올리고 나서 자신의 마음을 진솔하게 토로한 노래로 보는 것이 맥락에 맞지 않는가 합니다.

『삼국유사』에 의하면 월명사는 「제망매가」만 지은 게 아니고 임금의 요청에 따라 「도솔가」라는 노래도 지었습니다. 근데 월명사는 비단 이 두 작품만이 아니라, 그 이상의 많은 작품을 지었을 가능성이 있는 향가 작가라는 생각이 듭니다. 그래서 이런 문학적 완성도가 높은, 소박한 듯 보이면서도 굉장히 깊이가 있고 세련된 작품을 쓸 수 있지 않았나 해요. 그러므로 이 작품을 누이의 극락왕생을 비는 종교시의 프레임으로 보는 것은 적절하지 않지요. 이 작품을 제대로 읽기 위해서는 이런 시각에서 일단 벗어날 필요가 있습니다.

생각해 보면 '생사로', 즉 '죽고 살고 하는 길'은 참 묘한 말입니다. 그것은 인간이 보편적으로 맞닥뜨리는 삶과 죽음의 길을 가리키고 있습니다. 옛날의 제문祭文 같은 데 보면, '생사로수'生死路殊, 즉 '생사의 길이 다르다', 이런 말이 이따금 나옵니다. 정말 생사의 길이 다르지 않습니까. 산 사람은 이쪽 세계에 속해 있고, 죽은 사람은 저쪽 세계에 속해 있습니다. 생과 사의 길은 이렇게 다릅니다. 그러므로 이 노래에서 말한 '생사로'는 우리가 문학적으로 구사하는 말인 '생사의 길이 다르다'라는 말과 연결지어 생각하는 것이 좋지 않을까 합니다. 우리는 늘 생사의 길 앞에 서 있습니다. 인간의 운명이자, 모든 살아 있는 존재의 운명일 것입니다. 생사의 길 앞에서 우리는 늘 누군가를 떠나보냅니다. 그리고 종내는 자신도 누군가를 이 길에 남겨 두고 저 길로 떠나가야 합니다. 그러니 슬프기도 하고, 두렵기도 합니다.

근데 흥미로운 점은, 이 노래는 죽은 누이를 추모해 불렀으며 죽음과 관련되기 때문에 자칫하면 좀 공허하거나 관념적이 되기 쉬운데, 전연 그렇지 않다는 사실입니다. 이는 이 노래가 굉장히 구체적인 단어들을 구사하고 있는 것과 관련이 있습니다.

'길'이라는 단어를 한번 생각해 봅시다. 어떤 구체적인 이미지가 떠오르지 않습니까? 우리는 늘 길을 가고 있으니까요. 바로 지금도 길을 가고 있습니다. 이 길이라는 말은 '간다'라는 말과 결부됩니다. 이 노래에서는 제3구, 제4구, 제8구에 '간다'라는 말이 나오니, 도합 세 번 이 단어가 나온다 할 것입니다. '간다라는 말도 못하고 간다'라는 진술에서 두 번 나오고, '한 가지에서 형제가 났는데 가는 곳을 모른다'라는 진술에서 한 번 나옵니다. 이 노래에 나오는 이 세 번의 '가다'라는 동사는 '길'과 계속 연관을 맺고 있죠. 누이는 길 저쪽으로 갔습니다. 이쪽에서는 알 수 없는 저쪽의 길로 간 거지요. 저쪽은 기실 알 수 없는 세계입니다. 그럼에도 '길'이라는 굉장히 구체적인 이미지로 제시되고 있습니다. 이것이 첫 번째로 주목할 점입니다.

앞에서 말했듯 이 노래는 마지막 2구에서 종교적 연관이 나타납니다. 하지만 제8구까지는 종교적 연관이 발견되지 않으며, 인간 보편의 정서와 존재론적인 상황이 노래되고 있습니다. 그러니 이념이나 종교와 같은 틀 속에서 이 노래를 이해하려 말고, 죽음 앞에 망연히 선 인간의 마음을 읊조린 하나의 서정시로 이 작품에 다가가려는 태도가 필요합니다.

하지만 이 작품은 여기서 끝나지 않습니다. 만일 여기서 끝났다면 이 작품은 그리 특출한 것이 못 됐을지도 모릅니다. 이 작품은 마지막 두 구절에서 종교적 도약을 보여 줍니다. 바로 이 점이 이 노래의 특별한 점이라고 생각됩니다. 제8구까지는 인간이 보편적으로 맞닥뜨리는 상황과 죽음에 대한 두려움, 느닷없는 죽음에 대한 당혹감, 가 버린 사람에 대한 막막함과 그리움, 이런 마음이 진솔하게 토로되고 있습니다. 근데 그런 마음이 마지막에서 종교적으로 연결되며 승화되고 있는 점이 이 노래의 매력이고 힘이 아닌가 생각됩니다. 이것이 두 번째로 주목해야 할 점입니다.

마지막으로 주목해야 할 점은, 이 노래에 '나'라는 말이 두 번 나온다는 사실입니다. 제3구와 제9구에 나오죠. 그런데 이 두 '나'는 다릅니다. 앞의 '나'는 누이라고 해석하는 연구자들도 있는데, 누이도 포함될 수 있겠습니다만 꼭 누이로 한정할 필요는 없습니다. 누이를 포함해 인간 일반의 상황을 지칭하고 있다고 봐야겠죠. 그러니 이 '나'는 모든 인간의 현존을 표상하고 있다고 할 만합니다. '나 간다!', 이렇게 한마디 말이라도 하고 가면 덜 서운하고 덜 가슴 아프련만 그러지 못하고 인간은 떠나갑니다. 모든 '나'가 그러합니다. 이 노래는 이 점을 말하고 있습니다. 말은 평이하고 간단하지만, 거기에 담긴 의미는 심오합니다.

두 번째의 '나'가 누구인가에 대해서는 두 가지 견해가 있습니다. 하나는 누이라는 견해입니다. 다른 하나는 월명사 자신이라는 견해입니다. 유의해야 할 점은 두 번째의 '나'가 속한 맥락이 첫 번째의 '나'가 속한 맥락과는 다르다는 사실입니다. 첫 번째의 '나'는 누이를 포함한 모든 인간을 표상하고 있지만, 두 번째의 나는 특정한 한 사람을 표상합니다. 그러니 이 '나'는 다른 누구도 아닌 바로 '나', 즉 서정 자아인 월명사일 수밖에 없습니다.

누이는 극락왕생해 지금 미타찰에 가 있습니다. 제9·10구에서 나는 이리 말하고 있습니다: 나는 도를 열심히 닦아 죽어서 미타찰에 왕생해 누이를 만나리라, 그런 날을 기다리겠노라.

이처럼 이 마지막 두 구에서는 그리움과 이별의 슬픔이 재회에 대한 종교적 희망으로 승화되어 있습니다. 그 희망은 간절하기에 진실합니다.

한편, 연구자들 중에는 이 노래의 제5·6·7·8구가 무상감을 피력하고 있다고 보는 분도 있습니다. 죽음 앞에서 삶에 대한 무상함을 피력하고 있다는 거죠. '무상감'은 '덧없음의 느낌'을 말합니다. 하지만 이 구절은 덧없음을 말하고 있는 게 아닙니다. 무상감과는 다른 뉘앙스의 감정이 언표되어 있습니다. 함께 이 세상을 살다가 갑자기 떠나 버린 누이를 추념하면서, 죽음의 느닷없음과 거기서 느끼는 당혹감과 격절감隔絶感을 토로하고 있어 무상감과는 결이 좀 다릅니다. 무상감이 어떤 것인지는 조금 후『만엽집』萬葉集의 작품을 이야기할 때 다시 보기로 하겠습니다. 이 노래는 무상감이 아니라 죽음 앞에 선 인간의 망연함, 그리고 누이를 떠나보낸 오빠의 마음, 이런 것을 절절히 표현하고 있다고 보아야 할 것입니다.

이처럼 「제망매가」는 서정시로서의 깊이를 보여 줍니다. 특히 끝부분에 종교적 맥락을 살짝 개입시킴으로써 독특한 미감을 빚어내고 있습니다. 작가는 이를 통해 자신의 정신적 지향을 드러내 보여 줍니다.

이렇게 본다면 이 작품은 처음서부터 종교적 언어를 구사하고 있어 서정시로서 깊이가 있는 게 아니라, 종교적 지향을 드러내지 않고 인간의 일반적 존재론적 상황과 보편적 심리를 평이하면서도 절실한 어조로 노래하다가 끝에 가서 슬쩍 종교적인 지향을 덧붙이고 있다는 점에 서정시로서의 묘미가 있지 않은가 합니다. 이러기가 쉽지 않거든요. 당시唐詩에서도 이런 면모를 보여 주는 시를 찾기 어렵고, 『만엽집』에서도 이런 미적 지향을 보이는 시를 찾기가 쉽지 않습니다.

── 「찬기파랑가」

「찬기파랑가」는 충담사忠談師라는 승려가 지었습니다. 충담사는 월

명사와 마찬가지로 경덕왕景德王 때 활동한 인물입니다. 경덕왕의
재위 기간은 8세기 중반입니다. 이 시기에 향가가 아주 난숙했음
을 알 수 있습니다.

다음은 김완진과 류열의 해독을 참조한 것입니다.

우러러보매

환히 비치는 밝은 달이

흰 구름 좇아 떠가는 것이 아닌가

푸른 냇물에는

기랑耆郎의 모습이 비쳐 있구나

일오逸烏내 자갈 벌에서

낭이 지니시던

마음의 끝을 좇고 싶어라

아아, 잣나무 가지 높아

눈이라도 덮지 못할 고깔이여

咽烏爾處米

露曉邪隱月羅理

白雲音逐于浮去隱安支下

沙是八陵隱汀理也中

耆郎矣皃史是史藪邪

逸烏川理叱磧惡希

郎也持以支如賜烏隱

心未際叱肹逐內良齊

阿耶 栢史叱枝次高支好

雪是毛冬乃乎尸花判也

'일오逸烏내'에 대한 해석에는 좀 논란이 있습니다만, 지명, 즉 '일오'라는 시내를 뜻한다는 견해를 따르기로 합니다. '벌'은 벌판을 뜻합니다.

『삼국유사』에는 다음과 같은 기술 뒤에 이 노래가 소개되고 있습니다.

> 왕이 말했다.
> "짐은 일찍이 그대의 「찬기파랑사뇌가」가 뜻이 몹시 높다고 들었는데, 과연 그런가?"
> 충담사가 대답했다.
> "그렇습니다."
> 왕이 말했다.
> "그렇다면 짐을 위해 「안민가」를 지으라."
> 충담사가 곧 명을 받들어 노래를 지어 올렸다.

「안민가」安民歌도 현재 전합니다. 월명사와 마찬가지로 충담사도 두 편의 향가를 지었음이 확인됩니다. 아마 더 많은 작품을 지었으리라 생각됩니다. 월명사든 충담사든 당시 이름이 알려진 향가 작가이지 않았을까 합니다.

왕이 「찬기파랑가」의 뜻이 몹시 높다는 것을 익히 알고 있음으로 보아 이 노래는 당시 인구에 회자되던 노래로 여겨집니다. 그런데 이 노래의 "뜻이 몹시 높다"고 했을 때 '뜻'은 무얼 말하는 걸까요? 이 작품의 이해에 이 점이 퍽 중요하다고 여겨지므로 좀 따져보기로 합니다.

여기서 뜻은 쉽게 말하면 '생각'을 말합니다. 이 경우 생각은 문학적으로 표현된 생각입니다. '문학적으로 표현된 생각'은, 한자어로는 '문의'文意나 '시의'詩意라고 하는데요, 이 작품은 노래이니 '문의'보다 '시의'가 더 적절하겠지요. 시의가 높다는 것은 '의취'意趣, 즉 '정취'情趣가 높다는 뜻입니다. 그런데 의취는 '의상'意象이 잘 표현되어야 높을 수 있습니다. 그럼 '의상'이란 뭘까요. '의상'은 깊은 생각을 거쳐 만들어진 시적 형상을 말합니다. 서정시에서 의상은 '의경'意境을 창조하는 데 핵심적으로 관여합니다. '의경'은 작품의 정조情調와 경지를 말합니다. 이른바 시적 상관물과 시인의 마음이 융합되어 의경이 만들어지는 거죠. 객관과 주관의 창조적 상호 침투라고 말할 수 있습니다. 동아시아의 전통적인 시학에서는 늘 이 의경의 높이와 독창성이 문제가 되곤 합니다. 의경을 말하기 위해 좀 긴 사고의 단계를 거쳤습니다만, 요컨대 「찬기파랑가」의 뜻이 높다 함은 바로 이 의경이 높다는 말로 요약할 수 있습니다.

그런데 왕이 충담사에게 '이 노래의 의경이 높다고 들었는데 과연 그런가'라고 묻자 충담사가 '예, 그렇습니다'라고 대답한 것으로 보아 작자 스스로도 그 점을 자부하고 있다는 것을 알 수 있습니다. 그러니 오늘날의 우리도 이 작품의 의경을 제대로 이해해야 이 작품을 제대로 읽은 것이라 할 수 있을 테지요.

이 작품은 "우러러보매"라는 말로 시작됩니다. '우러러본다'는 것은 하늘을 우러러본다는 말입니다. 이 작품의 제2구와 제3구에는 '달'과 '구름'이 나옵니다. 이 둘은 중요한 서정적 상관물입니다. 이 밝은 달과 흰 구름에서 작자는 고인의 모습을 떠올립니다.

여러분, 한번 생각해 보세요. 나와 가까운 누군가가 죽었습니다. 몹시 보고 싶습니다. 마침 밤이고, 나는 혼자 밖에 있습니다. 그때 하늘에 밝은 달이 떠 있고, 구름이 흘러갑니다. 달은 마치 구름을 따라 흘러가는 것처럼 보입니다. 그냥 달만 있으면 덜할 텐데 흘러가는 구름이 있으면 죽은 사람의 심상이 더 잘 떠오릅니다. 그래서 이 작품에서는 환한 달만을 노래하지 않고 달이 흰 구름을 따라 흘러가고 있는 모습을 노래한 것이라 여겨집니다. 흘러가고 있기에 기파랑의 모습이 더욱 아련히 떠오르는 거죠. 바로 여기서 의경이 창조되고 있습니다.

제4구에 와서 위로 향하던 시선은 갑자기 아래로 향합니다. 푸른 냇물이 눈에 들어옵니다. 거기에도 기파랑의 모습이 보입니다. 그런데 하늘의 달과 냇물에 비치는 기파랑의 모습은 서로 연결되어 있습니다. 어디를 봐도 기파랑입니다. 제6·7·8구에서는 시선이 다시 벌판으로 향합니다. 벌판에서 기파랑의 마음의 끝을 좇는다고 했습니다. '마음을 좇고 싶다' 하지 않고 '마음의 끝'을 좇고 싶다고 했습니다. '끝'이라는 단어에 주목할 필요가 있습니다. 이것은 마음을 감각화한 수법입니다. 마음은 추상이기 때문에 잘 잡히지 않습니다. 하지만 '끝'은 구체입니다. 구체이기 때문에 감각적으로 바로 잡힙니다. 그래서 '마음'이라고 하는 것보다 '마음의 끝'이라고 하면 마음이 훨씬 감각화됩니다. 그래서 마음을 좇는 행위가 훨씬 더 이미지화됩니다. 이를 보면 이 작가가 의상의 창조에 얼마나 뛰어난지, 그 문학적 역량이 얼마나 빼어난지 알 수 있습니다.

이런 경우 한시에서는 '심서'心緒 혹은 '심단'心端이라는 말을 씁니다. '서'緒는 실마리라는 뜻이고, '단'端은 끝이라는 뜻입니다. 이역시 마음이라는, 추상적인, 손에 잡히지 않는 것을 감각화하는 방식에 해당합니다. 이처럼 이 노래의 의상 창조 수법은 한시와 비교함 직한 데가 있어 흥미롭습니다.

이어서 마지막 구에서는 높은 잣나무가 나오고 눈이 나옵니다. 「찬기파랑가」는 우리 문학사에서 잣나무가 주요한 존재로 등장하는 첫 작품이 아닌가 합니다. 우리나라에서는 소나무와 잣나무를 흔히 '송백'松柏이라 칭합니다. 송백은 후대로 가면 〈세한도〉歲寒圖와 연결됩니다. 이 작품에서처럼 〈세한도〉에도 눈이 나옵니다. 눈을 맞은 채 고고하게 서 있는 송백의 자태가 〈세한도〉가 구현하고 있는 주제입니다. 이 노래의 마지막 두 구는 〈세한도〉가 보여 주는 그런 높고 고고한 기상을 그리고 있습니다. 죽은 기파랑의 높은 기상을 표현한 것이죠.

우리는 기파랑이 어떤 사람인 줄 모릅니다. 하지만 이 작품을 읽으면 기파랑의 모습이 잠시 떠오르고, 그가 얼마나 훌륭한 인간인지 사념思念하게 됩니다. 이 점에서 이 노래는 기파랑을 문학적으로 아주 빼어나게 찬미했다고 할 만합니다. '찬기파랑가'라는 제목은 '기파랑을 기리다'라는 뜻인데, 정말 제목에 딱 맞는 내용이라 하겠습니다.

이 작품에서는 시선의 이동이 아주 역동적입니다. 처음에 시선은 위로 향합니다. 그다음 아래를 향합니다. 마지막에 다시 위로 향해 높은 잣나무 가지 끝으로 우리를 데려갑니다. 이처럼 시선이 이동하면서 계속 기파랑의 이미지를 만들어 내고 있습니다. 이와 함께 주목할 점은 이 작품에서 서정적 상관물이 아주 다양하게 활용되고 있다는 사실입니다. 밝은 달, 흰 구름, 푸른 냇물, 벌판, 높은 잣나무 가지, 눈, 고깔 등이 그것입니다. 잣나무도 그냥 잣나무라고 하지 않고 '잣나무 가지'라고 했습니다. '가지'라고 하면 훨씬 더 감각적으로 포착되죠. 그리고 높은 잣나무 꼭대기를 '고깔'이라고 표현했습니다. 높은 기상을 지닌 기파랑이라는 화랑을 상징하는 말입니다. 이처럼 이 노래는 다양한 의상을 통해 빼어난 의경을 빚어

내고 있으며, 격조가 높습니다.

이 작품은 특히 시상詩想의 전개가 놀랍습니다. 제1·2·3구는 정말 명구名句라 할 만합니다. 어쩌면 이렇게 서두를 열 수 있을까 탄복합니다. 이 서두를 받아 시상은 세 번의 변전變轉을 보여 줍니다. 시상을 천의무봉으로 엮어 내고 있어 정말 그 역량에 놀라게 됩니다.

중국, 일본 시가와의 비교

우리는 신라 향가의 수준을 가늠해 보기 위해 「제망매가」와 「찬기파랑가」 두 작품을 살펴봤습니다. 그 결과 신라 향가의 미학적 수준이 여간 높은 게 아니라는 걸 알 수 있었습니다. 두 작품 모두, 언어가 비교적 평이하며, 꾸미거나 아로새김을 일삼지 않았습니다. 그럼에도 굉장히 절실하고 깊이가 있는 서정을 만들어 내고 있습니다. 이게 쉬운 경지가 아니거든요. 이를 통해 적어도 8세기 중엽 무렵 신라 향가 미학의 수준을 대강 짐작해 볼 수 있습니다.

신라 향가의 수준이, 비슷한 시기 중국과 일본에서 창작된 시가와 비교하면 어떤지가 궁금한데요. 먼저 당나라의 시인 원진元稹(779~831)이 창작한 시를 한 수 보기로 하겠습니다.

큰 바다를 겪으면 물이 되기 어렵고
무산巫山을 빼면 구름이 아니네.
꽃떨기를 데면데면해하며 돌아보지 않는 것은
반은 도를 닦아서고 반은 그대 때문이네.
曾經滄海難爲水,

除却巫山不是雲.

取次花叢懶回顧

半緣修道半緣君.

이 시는 「이별한 마음」(離思)이라는 연작시의 제5수에 해당하며, 809년에 지어졌습니다. 원진은 백거이白居易와 함께 중당中唐을 대표하는 시인입니다. 흔히 당시唐詩는 초당初唐, 성당盛唐, 중당中唐, 만당晚唐 네 시기로 구분합니다. 이백과 두보가 성당을 대표하는 시인입니다. 원진은 스물세 살 때 결혼했습니다. 당시 아내는 스무 살이었습니다. 그런데 7년 뒤에 아내가 죽습니다. 이 시는 죽은 아내를 그리워하며 쓴 시입니다.

제1구 "큰 바다를 겪으면 물이 되기 어렵고"는, 큰 바다를 본 사람은 여간해서는 물을 봐서 감동하지 못한다는 말입니다. 『맹자』孟子에, "바다를 본 사람에게는 물이 물 되기 어렵다"(觀於海者, 難爲水)라는 말이 있는데, 여기서 유래하는 말이지요. 제2구 "무산을 빼면 구름이 아니네"에서 '무산'은 고사가 있는 말입니다. 초나라의 회왕懷王이 이 산에서 신녀神女를 만나 운우지락雲雨之樂을 나눈 일이 그것입니다. 운우지락이나 운우지정雲雨之情은 남녀가 관계 맺는 것을 의미합니다. 그러니 "무산을 빼면 구름이 아니네"라는 말은, 자기 아내 외에 여자로 인정할 사람은 없다는 뜻입니다. 죽은 아내에 대한 지극한 사랑을 드러낸 말이죠. 그래서 제3·4구에서, 아내가 죽었지만 다른 여자를 일절 돌아보지 않거늘, 이는 반은 내가 도를 닦아서고 반은 당신 때문이라고 했습니다.

중국문학사에서 '당시'는 서정시의 최고봉으로 늘 칭송되었습니다. 형식적으로든 내용적으로든 높은 미학적 수준에 도달한 점이 인정됩니다. 그래서 동아시아의 후대 시인들은 대부분 당시를 배우고자 했습니다. 당시는 전근대 중국문학사, 나아가 전근대 동아시아 문학사에서 서정시의 표준이었다 이를 만합니다. 원진의 이 시는 이런 당시의 한 수준을 보여 준다고 할 수 있습니다.

「제망매가」가 죽은 누이에 대한 마음을 노래했다면, 이 시는 죽은 아내에 대한 그리움을 노래했습니다. 하지만 가까운 사람의 죽음을 노래했다는 점에서는 같습니다. 주목할 것은 이 시 제4구에 '도'道라는 말이 나온다는 사실입니다. 「제망매가」에서도 '도'라는 말이 나오지 않았습니까. 그런데 이 시에서 비록 '도'라는 말이 나오기는 하나 그럼에도 시의 종결부에서 어떤 종교적 연관이라든가 비상飛翔이 나타나지는 않습니다. 이것이 「제망매가」와는 다른 점입니다. 이 점에서 「제망매가」가 초월적 지향을 갖는다면, 「이별한 마음」은 현세적 지향으로 일관한다고 할 수 있겠죠. 또 하나 다른 점은, 「제망매가」는 일상의 평이한 말들을 구사해 깊은 울림을 갖는 서정을 풀어 놓고 있는 데 반해, 「이별한 마음」은 고사를 원용해 죽은 이에 대한 시인의 마음을 표현하고 있다는 사실입니다.

이처럼 「제망매가」와 「이별한 마음」은 그 작시법과 그 미학적 지향이 퍽 다릅니다. 그럼에도 최행귀가 말했듯 둘은 막상막하로 여겨집니다. 적어도, 「이별한 마음」의 서정시적 수준과 정신적 수준이 「제망매가」보다 윗길이라고는 생각되지 않습니다.

『만엽집』에는 4세기에서 8세기까지 약 450년간의 노래가 실려 있습니다만, 대체로 조메이舒明 천황 시대와 준닌淳仁 천황 시대 약 130년간에 집중되어 있습니다. 이 시기는 7, 8세기에 해당합니다. 시가의 형식은 다섯 구로 된 단카短歌가 대부분을 차지합니다. 『만엽집』에 수록된 작품 중 불교와 관련이 있는 것은 40여 편쯤 됩니다. 이 중 두 편의 단카를 보기로 하겠습니다.

다음은 승려가 지은 단카입니다.

삶과 죽음의
두 개의 바다를
싫어해
피안의 정토를
그리워하는 걸까

生死の
二つの海を
厭はしみ
潮干の山を
しのひつるかも

"삶과 죽음의/두 개의 바다"는 생사해生死海를 말합니다. '생사해'는 생사윤회의 길을 말합니다. 「제망매가」에서 말한 '생사로'와는 의미가 다릅니다. 이 노래에는 생사윤회를 벗어나 피안의 정토에 이르기를 희구하는 마음이 표현되어 있습니다. 생사윤회를 벗어나는 것이 목표입니다.

'삶과 죽음의 바다'나 '피안'이나 '정토'는 다 종교적 언어입니다. 이처럼 이 노래는 처음부터 끝까지 종교적인 색채가 강합니다. 이 점에서, 「제망매가」가 생사의 나뉨에 대해 인간 일반이 갖는 두려움, 당혹감, 망연함 등의 존재론적 감정을 먼저 노래한 다음 끝에 살짝 정토에서 만나기를 간구하는 마음을 피력한 것과는 차이가 있습니다. 「제망매가」를 꼭 종교시라고 할 수는 없지만, 이 노래는 종교시에 가깝습니다.

다음은 8세기에 활동한 오토모노 야카모치大伴家持라는 귀족 출신 관리가 지은 단카입니다.

인간 목숨은
짧고 헛된 것이네
산과 강들의
맑은 경치 보면서
도를 닦아 보세
うつせみは
數無き息なり
山川の
清けき見つつ
道を尋ねな

제1·2구는 무상감을 노래하고 있습니다. 삶이 덧없음을 말하고 있습니다. 이런 게 바로 '무상감'입니다. 「제망매가」의 '한 가지에서 나서 어디로 가는지 모르겠다'와는 감정의 성격이 다릅니다.

이 노래는 인생이 헛되니 도를 닦자는 메시지를 담고 있습니다. 여기서 말한 '도'는 불도입니다. 그러니 「제망매가」에서 불도를 닦겠다는 말과 비슷합니다. 하지만 전체적 맥락은 다릅니다. 「제망매가」에서는 그리운 누이와 재회하기 위해 도를 닦아 미타찰에 왕생하겠다는 것이지만, 이 노래에서는 삶이 헛된 것이기에 도를 닦겠다는 것입니다. 그러므로 야카모치의 노래는 종교적 지향이 강하다고 말할 수 있습니다.

단카는 짧은 형식 속에 소박하고 진솔한 감정을 절제된 언어로 담고 있다는 특징을 보입니다. 이 점에서 향가와 통합니다. 그렇기는 하지만, 지금 살핀 두 편의 단카에서 확인되는 것은, 종교를 떠나 인간의 보편적 감정을 표출하기보다는 종교적 지향을 곧바로 드러내 보여 준다는 사실입니다. 그러므로 이런 노래는 종교적인 맥락 안에 들어와 있는 사람에게는 호소력이 있을지 모르지만, 그렇지 않은 사람에게는 큰 호소력을 가지기 어렵지 않을까요. 이와 달리 「제망매가」는 끝에 종교적 연관성을 부여하기는 했습니다만, 그 외에는 종교적인 것을 직접 드러내기보다는 인간 일반의 자연스럽고 보편적인 감정을 노래하고 있기에 종교적 맥락 밖에 있는 사람에게도 큰 호소력을 갖는 게 아닌가 싶습니다. 이렇게 본다면, 신라 향가의 시학적·지적 수준은 일본 단카와 비교해 봐도 결코 손색이 없다고 말할 수 있을 듯합니다.

자, 어떻습니까? 죽은 이를 그리워하는 시에 해당하는, 9세기 초 당나라 시인이 지은 한시와 불교적인 연관을 가지면서 삶과 죽음에 대해서 사유하는 면모를 보여 주는 일본의 단카를 살펴봤습니다. 이렇게 비슷한 시기 동아시아에서 지어진 작품을 음미하며 향가 작품을 들여다보면, 향가에 독자적인 미학이 있고 우리대로의 시학이 있음을 발견하게 됩니다. 저거보다 이게 낫다, 혹은 이거보다 저게 낫다, 이런 걸 말하려는 게 아닙니다. 다 독자성이 있습니다. 중국 당시는 당시대로, 일본 단카는 단카대로 그 미적 독자성이 있습니다만, 우리 향가 역시 독특한 미적 지향과 세계가 있다, 이런 걸 발견할 수 있다는 말입니다.

그럼, 오늘 강의는 이것으로 마치겠습니다.

질문과 답변

*　　「제망매가」와 「찬기파랑가」를 예전에 알았던 것과 좀 다르게 해석함으로써 다른 생각의 여지를 열어 주신 듯합니다. 특히 「제망매가」는 종교시가 아니다, 그리고 삶의 무상감을 노래한 것이 아니다, 이런 말씀에서 새로운 시각을 얻은 것 같습니다. 어떻게 하면 이처럼 작품을 새로운 관점에서 읽어 낼 수 있을까요?

「제망매가」를 종교적 혹은 제의적祭儀的 관점에서 해석한 연구도 물론 있지만, 예전의 선학들 중에는, 가령 김열규 선생처럼, 제가 강의에서 말한 취지와 비슷하게 「제망매가」의 앞부분에 월명사의 인간적 슬픔이 토로되어 있으며 뒷부분에 와서 종교적 희구希求가 표출된다고 보신 분도 계십니다. 이런 점을 전제하고 말씀드려야 할 것 같네요.

　우선, 편견이나 선입견을 가지지 말고 작품에 스며 있는 작자의 '마음'을 읽어 내려는 자세가 중요하다는 점을 강조하고 싶습니다. 작품 이해에서 이념이나 사상이 중요할 경우도 때로 있습니다만, 그런 경우조차도 이념이나 사상에 기계적으로 매이지 말고 작자의 마음을 읽어 나가면서 이념이나 사상의 문제를 검토할 필요가 있는 게 아닌가, 저는 그런 생각을 갖고 있습니다. 문학 공부에서 특히 중요한 것은, 텍스트를 마주해 작자의 마음을 읽어 내는 것입니다. 작자의 마음은 복잡한 경우도 있고, 꼬여 있는 경우도 있고, 분식粉飾되어 있는 경우도 있고, 가벼운 것도 있고, 침울한 것도 있고, 고상한 것도 있고, 비속한 것도 있고, 양양한 것도 있고, 불평스런 것도 있고, 강직한 것도 있습니다. 우리의 마음처럼 작자의 마음 역시 이처럼 다양할 수 있기에, 이 작품에 담겨 있는 작자의 마음은 대체 어떠한 것일까라는 호기심을 갖고서 작품 읽기에 임할 필요가 있는 거지요. 그러면 기존의 해석에 잘 동의할 수 없는 부분들이 포착될지 모릅니다. 이 지점에서 새로운 해석의 실마리, 새로운 해석의 가능성이 생겨납니다. 이를 위해서는 '역지사지'易地思之해서, 특정한 작품을 쓴 작자의 마음이 되어 보는 것이 좋겠지요.

제가 첫 강의에서 말했듯, 나의 문학사 강의는 단순히 지식을 배우는 데 목적이 있지 않고, 문학사에 등장하는 주요 작품에 즉해 '인간 알기'를 하는 데 목적이 있습니다. 그런데 문학의 경우 '인간 알기'는 작품을 통해 가능합니다. 그러니 작품을 물신적物神的으로 대하지 말고, 작품에 투사되어 있는 작자의 고심苦心이라든가 진정眞情이라든가 허위의식을 읽어 내려는 노력이 필요하지요. 작자의 사회적 처지라든가 시대적 환경의 탐구가 이 때문에 요구되는 것입니다.

*
  *   『삼국유사』에 전하는 향가들을 기준으로 '향가는 주술성을 지닌 노래다'라고 판단하는 것은 좀 잘못된 일반화라고 했습니다. 오늘날 우리는 과학적 합리성이 중시되는 시대를 살고 있다 보니까 주술성이라고 하면 비과학적인 것, 합리적이지 않은 것이라는 생각을 하게 되는데, 고대사회에는 주술적인 사고방식이 현대보다 더 많은 영향력을 발휘하지 않았나 합니다. 그렇다면 향가의 주술적인 면모는 고대인들의 사유 방식과 통하는 게 아닐까요?

네, 향가는 역시 주술성과 깊은 관련이 있다고 봐야 되지 않느냐는 질문인데요. 현대사회와 비교해 신라 사회가 주술의 영향을 더 받았으리라는 점은 저도 동의합니다. 그렇지만 신라 사회가 주술에 긴박緊縛되거나 주술에 좌우된 사회였다고 보는 것은 좀 과장된 것이며, 실제에 부합하지 않는다고 생각합니다. 이른 시기의 노래는 주술과 관련될 수도 있지만 그렇다고 다 그런 것만은 아닙니다. 사람살이에서 느끼는 희로애락과 같은 다양한 감정은 노래로 풀어야 합니다. 『만엽집』에 실린 4천5백여 수의 노래들이 거의 4세기 반에 걸쳐 지어졌듯이, 향가도 몇 세기에 걸쳐 창작되었습니다. 중국의 당시나 『만엽집』의 노래와 달리 우리의 향가만이 유독 주술성에의 긴박을 보여 준다는 것은 합리적인 판단이라고 하기 어렵고, 동아시아 문학사의 전체 맥락에도 맞지 않습니다.

오늘 강의에서 검토한 「제망매가」나 「찬기파랑가」 같은 작품은 주술적 사고와 어떤 관련도 발견할 수 없으며, 현대의 서정시와 비교해도 손색이 없습니다. 수업에서 검토하지는 않았지만, 「모죽지랑가」, 「원가」, 「안민가」 같은 작품도 마찬가지지요.

** 향가를 '사뇌가'詞腦歌라고 표기한 데도 있고 '시뇌가'詩腦歌라고 표기한 데도 있는 듯한데, 왜 이런 표기상의 차이가 생겼는지 알고 싶습니다.

이 점을 알려면 한자음에 대한 음운학적 지식이 좀 필요합니다. 한자음은 고정되어 있지 않고 시간이 흐르면서 변화했습니다. 한어漢語(중국어) 자체가 상고음上古音에서 중고음中古音으로, 중고음에서 근대 한어로 바뀌어 왔거든요. 한자 '詞'의 한국어 독음은 고려시대인 13세기 초 이전에는 '시'였습니다. 13세기 초 이후 '詞'의 음가는 '시'에서 '사'로 바뀝니다. 그래서 지금 '사'로 읽히고 있습니다. '詩腦歌'라는 표기는 현화사비玄化寺碑 음기陰記에 보이는데, 이 음기는 1022년 쓰였습니다. '詞'의 독음은 당연히 '시'입니다. 이렇게 보면 '詞腦歌'와 '詩腦歌'는 표기만 다를 뿐 고려 전기까지는 똑같이 '시뇌가'로 읽혔으리라 여겨집니다. 당시 '詞'와 '詩'의 음가가 같았기 때문이죠.

'시뇌가'는 향찰 표기입니다. '시'는 한자음으로 읽어야 하고 '뇌'와 '가'는 훈으로 읽어야 합니다. '뇌'의 훈은 '골'이고 '가'의 훈은 '노래'죠. 그러니 '시뇌가'는 '시골 노래'를 가리킵니다. 향찰로 표기된 단어는 시간이 많이 지나면 훈독되어야 할 글자조차 음독되면서 원래 뜻이 망각되는 현상이 생깁니다. 게다가 한자음까지 변했으니 단어의 뜻은 마치 암호처럼 되어 버립니다. 오늘날 '사뇌가'를 사뇌가로만 알지 '시골 노래'로 읽지 못하는 것은 이 때문이죠.

『삼국사기』「악지」에 보면 '思內樂'이라는 말이 나오는데요, "思內樂을 일명 詩惱樂이라고도 한다"라는 주가 달려 있습니다. 이를 통해 '思'와 '詩'의 독음이 같았음이 유추됩니다. 실제로 당시에 '思'는 '사'가 아니라 '시'로 발음되었습니다. '思'의 독음이 '시'에서 '사'로 바뀐 것은 역시 13세기 초엽 이후의 일입니다. 김부식의 『삼국사기』가 성립된 것은 1145년이죠. 그러니 『삼국사기』가 편찬될 당시 '思'는 '시'로 읽혔을 것입니다. '思內'와 '詩腦'는 동일한 대상을 가리킵니다. 즉 기표記標는 다르나 기의記意는 같아, '시골'을 뜻합니다. 그러니 사내악은 '향악'鄕樂을 가리킵니다. 사뇌가가 '향가'鄕歌를 가리키는 것과 같습니다.

그런데 문제는 '思內'라는 한자 표기에서는 '시골'을 읽어낼 수 없다는 점입니다. 왜 이런 문제가 생겼을까요? 시간이 많이 지나자 차자 표기에서 우리말은 망각되어 버리고 한자의 독음만 남았기 때문이죠. 그래서 '시뇌'詩腦가 '시내'思內로 바뀔 수 있었던 것입니다. 그 결과 단어의 의미를 알 수 없게 되어 버렸습니다.

**
** 향가가 주로 창작된 7세기, 8세기, 9세기가 사실은 지금으로부터 천 년 이상 오래된 시대인데요. 그런 이른 시기에 이 정도로 깊이 있는 서정시가 창작될 수 있었던 동인動因이랄까, 계기가 무엇인지요? 그리고 이런 향가가 이룩한 높은 서정시의 성취가 후대의 우리말 노래에서는 어떤 장르로 이어졌을까요?

질문이 두 가지인데요, 도대체 천 년 이전의 오래된 시대에 어떻게 이런 깊은 서정이 구가될 수 있었나 하는 것이 첫 번째 질문의 요지 같습니다. 우선 근대인의 잘못된 특권 의식부터 지적해야 합니다. 근대인은 근대를 '특권화'해 근대 이전의 시대를 열등하다고 치부하거나 근대보다 좀 모자란 것으로 간주하는 인식의 편향이 있습니다. 문학사 공부에서는 이를 지양해야 합니다. 각 시대는 각 시대마다의 특성이 있으며, 이전 시대의 인간이나 문학이 이후 시대의 인간이나 문학보다 꼭 못하지는 않습니다. 물론 기준을 어디에 두느냐에 따라 달라질 수 있겠지만, 적어도 인간 '정신'의 높이와 '마음'의 깊이를 문제 삼을 경우, 시간이 흐를수록 문학이 진보한다는 단순 논리에서 벗어날 필요가 있다고 봅니다. 요컨대 근대를 절대적 기준으로 삼아서는 안 된다는 거지요. 만일 근대인의 정신이나 마음이 무조건 상고나 중고시대 인간의 정신이나 마음보다 높고 깊다고 한다면, 이는 대단한 착각이 아닐 수 없습니다.

신라 시대에 어떻게 이런 작품이 가능했나? 이 질문은 같은 시기의 중국과 일본에도 똑같이 할 수 있을 것입니다. 그 시기에 당시가 어찌 가능했나? 그 시기에 대체 『만엽집』의 노래가 어찌 가능했나? 중국문학사에는 당시만이 아니라 송시宋詩도 있고 명시明詩도 있고 청시淸詩도 있습니다. 그럼에도 후대인들은 늘 당시를 전범으로 삼아 배우려고 했고, 당시의 높이를 따라갈 수 없다고 생각하곤 했습니다. 현대 일본인들은 『만엽집』의 노래들이 보여 주는 소박하고 진실한 언어에 경탄해 지금도 그것을 외우고 배우려고 하고 있습니다.

「제망매가」나 「찬기파랑가」의 높은 문학적 성취는 당시 신라 지배층에 속한 인물들, 특히 화랑이나 승려의 문화 수준과 지적 수준의 높이를 반영한다고 봐야 할 것입니다. 이들이 지녔던 문화적·지적 수준이 이런 작품을 가능하게 한 거지요.

신라는 불교 국가였습니다. 그래서 의상義湘과 원효元曉를 비롯해 훌륭한 승려가 많이 나왔습니다. 이것은 거저 된 것이 아니고 크나큰 분투가 있었습니다. 이로 인해 신라 불교의 수준은 동아시아 내에서 아주 높아졌습니다. 불교는 종교이면서 학문입니다. 인간의 삶은 무엇인가, 인간의 삶 너머에는 무엇이 있는가, 진리는 무엇인가, 근본적으로 이런 것들을 참구參究합니다. 조선이 국시로 삼은 유교와는 좀 다른 지향입니다. 유교가 현세에 관심을 둔다면, 불교는 현세 너머의 세계에까지 관심을 둡니다. 조선 시대 유자儒者들은 유교를 우위에 두어 불교를 사교邪敎, 즉 잘못된 학문으로 간주했지만, 이는 자기중심적 사고에 불과합니다. 가치론적으로 유교가 불교보다 우월한 사상이라는 근거는 찾기 어렵습니다. 유의해야 할 점은,

조선 시대의 문학을 보는 관점으로 신라 시대의 문학을 봐서는 안 된다는 사실입니다.

요컨대, 신라인들은 불교를 통해 정신을 향상하고 마음을 웅숭깊게 만들어 갈 수 있지 않았나 합니다. 이것이 「제망매가」나 「찬기파랑가」 같은 작품이 나온 정신적 배경이 아닌가 생각됩니다.

또 하나 생각해 보아야 할 점은, '중국문학에 대한 공부'입니다. 신라의 상층 인물들은 시간이 흐를수록 중국문학에 대한 이해와 학습이 심화되어 갔다고 생각됩니다. 육두품 문인이나 지식인은 물론이고 승려나 화랑도 그러했을 것입니다. 「찬기파랑가」가 보여 주는 빼어난 의경意境의 창조는 중국문학에 대한 공부가 하나의 바탕이 되고 있지 않나 합니다. 물론 전적으로 중국문학에 대한 공부로 인해 이런 게 가능했다, 이렇게 말하는 것은 어폐가 있겠지만, 중국문학에 대한 공부가 신라인의 미의식을 심화시키는 데 도움이 되었다고 말할 수는 있지 않을까 합니다.

두 번째 질문은, 향가가 후대의 우리말 노래에 어떻게 계승되는가 하는 것인데요. 「제망매가」나 「찬기파랑가」처럼 말은 평이하나 뜻이 깊고 고상하며, 숭고한 미의식을 보여 주는 노래는 후대의 문학사에서는 발견하기 어렵습니다. 이런 미학은 신라 시대 향가에서만 발견되며, 고려가요, 시조, 가사와 같은 후대의 노래들에서는 잘 보이지 않습니다.

이는 각 시대의 문화적 상황과 관련이 있습니다. 그리고 조금 좁혀서 생각해 보면 문학 담당층의 성격과 깊은 관련이 있습니다. 향가의 주요한 작자층을 이루는 신라의 화랑이나 승려 같은 문학 담당층이 이후 시기에는 존재하지 않습니다. 물론 신라 이후에도 승려는 존재합니다만 신라의 승려처럼 신라 문화를 체화한 승려는 더 이상 존재하지 않습니다.

연구자들 중에는 향가가 「정과정곡」鄭瓜亭曲과 같은 고려가요에 영향을 미쳤다고 보는 분도 있지만, 설사 그렇다 하더라도 그것은 형식 방면의 지적일 뿐입니다. 「제망매가」나 「찬기파랑가」의 미학, 그리고 이 작품들의 독특한 서정시학적 성취는 오직 신라에서만 가능한 것이지 않았나 생각됩니다.

헌화가獻花歌

성덕왕聖德王 때에 순정공純貞公이 강릉 태수로 부임해 가다가 바닷가에서 점심을 먹고 있었다. 그 옆에 석벽石壁이 마치 병풍처럼 펼쳐져 바다에 임해 있는데, 높이가 천 길이나 되었으며 위에 철쭉이 활짝 피어 있었다. 공의 부인 수로水路가 이를 보고 좌우의 사람들에게 말했다.

"저 꽃을 꺾어다 바칠 자가 뉜가?"

시종하던 자들이 말했다.

"사람이 갈 수 있는 데가 아니옵니다."

다들 못 한다고 마다했는데, 옆에 암소를 끌고 지나가던 어떤 노인이 부인의 말을 듣고 꽃을 꺾어 와서 노래를 지어 함께 바쳤다. 그 노인이 어떤 사람인지는 알지 못한다. 그 노래는 다음과 같다.

> 자줏빛 바위 가에
> 잡고 있는 암소 놓게 하시고
> 나를 아니 부끄리시면
> 꽃을 꺾어 바치오리다.

— 일연, 『삼국유사』

제4강

신라의 문호 최치원

최치원은 우리나라 한문학漢文學의 비조鼻祖로 일컬어지고 있습니다. 그는 통일신라를 대표하는 문호文豪입니다. 최치원은 비단 문학 방면만이 아니라 사상 방면에서도 주목되는 인물이죠. 그는 유儒·불佛·선仙 삼교三敎를 회통하는 면모를 보여 줍니다. 또한 지식인으로서 그가 취한 태도 역시 문학사에 큰 족적을 남기고 있으며, 오늘날 우리에게 생각할 거리를 줍니다.

생애

최치원은 9세기 중엽인 857년에 태어났습니다. 열두 살 때인 868년 당唐나라로 유학을 떠납니다. 아버지는 최치원에게 "10년 안에 과거에 합격하지 않으면 내 아들이 아니다"라고 말했습니다. 왜 '10년'이라고 했는가 하면, 당시 신라의 법에 당나라에 간 지 10년 안에 과거 합격을 못 하면 귀국하게 되어 있었습니다. 당시 최치원의 부친 최견일崔肩逸은 하급 관리였던 것으로 추정됩니다. 최치원이 신라로 돌아오기 전에 부친은 세상을 떴습니다. 그러니 최치원은 이

때 아버지를 마지막으로 본 것이죠.

최치원은 당나라에 들어간 지 7년 만인 열여덟 살에 빈공과賓貢科에 합격합니다. 그리고 2년 후 선주宣州 율수현漂水縣의 지방관으로 부임합니다. 율수현은 지금의 강소성江蘇省 양주시揚州市 부근입니다. 중국에서는 2007년 양주에 최치원 기념관을 건립했습니다. 율수 현위縣尉가 되고 3년 뒤에 황소黃巢의 난亂이 일어납니다. 이때 최치원은 고변高駢이라는 사람의 종사관從事官이 되어 종군從軍합니다. 유명한 「토황소격문」討黃巢檄文을 지은 것이 바로 이때입니다. 최치원은 고변의 막하에서 격문檄文을 비롯해 갖가지 글을 작성하는 직책인 서기書記를 맡아 4년간 근무했습니다.

885년, 최치원은 당나라에 들어간 지 17년 만에 고국 신라로 귀국합니다. 9세기 말입니다. 당시 중국 황제는 희종僖宗인데, 최치원은 귀국할 때 사신使臣의 자격으로 황제의 조서詔書를 가지고 들어옵니다. 이게 좀 특별한데요. 금의환향이라 할 만하죠. 그때 신라 임금이 헌강왕인데요, 헌강왕은 최치원이 돌아오자 바로 벼슬을 내립니다. 시독 겸 한림학사侍讀兼翰林學士라는 벼슬입니다. 그다음 해인 886년, 최치원은 중국에서 쓴 글들을 엮어 헌강왕에게 책을 올립니다. 이것이 유명한 『계원필경』桂苑筆耕입니다. 이 책을 헌강왕에게 올린 것은 자기의 능력을 알아 달라는 뜻이겠죠. 바로 이 해에 헌강왕으로부터 사산비명四山碑銘의 하나인 「지증대사비명」智證大師碑銘을 지으라는 명령을 받습니다. 사산비명에 대해서는 나중에 다시 이야기하겠습니다.

당시 신라는 국운이 기울고 있었습니다. 최치원은 고국에 돌아와 자신의 뜻을 실현하고자 했으나, 의심과 시기를 많이 받아 용납되지 못했습니다. 그래서 경주에서 벼슬하는 걸 그만두고 지방관으로 나갑니다. 여러 곳에서 지방관을 했는데요, 지금의 전북 태인에 해당하는 태산군太山郡의 태수太守를 지냈고, 지금의 경상도 함양에 해당하는 천령군天嶺郡의 태수를 지냈습니다. 그리고 지금의 충청도 서산에 해당하는 부성군富城郡의 태수를 지냈습니다. 최치원은 지방관을 하면서 백성들의 동향과 민심을 잘 읽을 수 있었으리라 봅니다. 이 무렵 최치원은 사신으로 당나라에 가기도 했습니다.

그리고 38세 때인 894년, 진성여왕眞聖女王에게 시무책時務策 10여 조를 올립니다. 진성여왕은 그걸 받아 보고 퍽 기뻐하면서 육두품으로서는 최고의 벼슬인 아찬阿飡 벼슬을 내립니다. 당시 신라의 귀족인 진골들은 부패하여 나라를 생각하는 사람을 찾아보기 어려웠고, 지방에서는 호족들이 발호했습니다. 정치 개혁안을 담은 시무책은 실현될 리 만무했습니다. 최치원은 이런 상황 앞에서 벼슬을 버리고 은거에 들어갑니다. 가야산 해인사海印寺에 은거한 것으로 알려져 있는데, 언제 죽었는지, 어떻게 죽었는지, 전부 미상입니다. 최치원은 이렇게 일생을 마칩니다.

저술들

중국의 역사서인 『신당서』新唐書 「예문지」藝文志에, 최치원의 저술로 사륙집四六集 1권과 『계원필경』 20권이 기록되어 있습니다. '사륙집'이라는 것은 사륙변려문四六駢儷文으로 지은 글 모음을 말합니다. 한편 『삼국사기』 열전 「최치원전」에는, 최치원의 문집 30권이 세상에 유포되어 있다는 기록이 보입니다. 이로 보아 김부식이 『삼국사기』를 쓸 때만 해도 최치원의 문집이 세상에 전하고 있었음을 알 수 있습니다.

이외에도 최치원은 『선사』仙史라든가 『수이전』殊異傳이라든가 『제왕연대력』帝王年代曆과 같은 책을 저술한 것으로 알려져 있습니다. 『선사』는 국선도國仙徒의 역사를 서술한 책으로 보입니다. '수이전'은 '참 이상한 이야기'라는 뜻인데, 신라에 전해 오는 기이하고 신비한 이야기들을 채록해 놓은 책입니다. 이 책의 저자를 고려전기의 박인량朴寅亮(?~1096)이라고 보기도 하지만, 박인량은 『수이전』을 증보增補한 것이지 원저자는 아닙니다. 『삼국유사』에 언급된 '고본'古本 『수이전』이 곧 최치원의 저술입니다. 조선 중기의 문인 권문해權文海도 자신이 편찬한 백과사전인 『대동운부군옥』大東韻府群玉에서 신라 『수이전』이 최치원의 저술임을 명기했습니다. 『제왕연대력』은 중국과 신라 왕들의 연대年代를 기록해 놓은 일종의 연표年表가 아닌가 합니다.

이들 책 가운데 현재 온전히 전하는 것은 『계원필경』밖에 없습니다. 문집은 일실逸失되어 시문 잔편殘篇이 약간 전하고 있으며, 『수이전』에 실려 있던 글 일부가 후대의 이런저런 문헌에 전하고 있을 뿐입니다. 다만 고국에 돌아와 임금의 명으로 지은 사산비명은 다행히 비석이 남아 있어 작품 전모를 알 수 있습니다.

최치원은 불교에 조예가 있어 사산비명 외에도 화엄 승려의 전을 여러 편 썼는데 다 사라지고 한 편이 전하고 있습니다. 일명 '현수전'賢首傳이라고도 하는 「법장화상전」法藏和尙傳이 그것입니다.

지금 전하는 것은 이 정도에 불과합니다. 『계원필경』에 실린 글들은 모두 중국에 있을 때 쓴 것입니다. 아쉽게도 신라에 돌아와서 지은 시문들은 대부분 일실되어 현재 조금밖에 볼 수 없습니다.

새벽을 읊은 부賦

남아 있는 작품들을 대상으로 최치원의 문학 세계를 살펴보기로 합니다. 먼저 부賦부터 보기로 하겠습니다. '부'는 사물이나 풍경을 쭉 나열하는 특성을 갖습니다. 그래서 일정하게 산문적인 면모를 띱니다. 부에도 여러 가지가 있는데, 최치원은 당나라에서 유행하던 이른바 '율부'律賦를 배웠습니다. 율부는 대구對句와 평측平仄을 몹시 따집니다. 규식規式을 중시하는 거죠. 최치원의 부는 한 편이 전하는데, 「새벽」(詠曉)이 그것입니다. 이 작품은 우리나라 최초의 부에 해당합니다. 율부는 형식주의적인 성향이 강한데, 이 작품은 꼭 그렇지만은 않으며, 내용이 퍽 주목됩니다.

우선 작품 제목부터 눈길을 끕니다. '새벽'이란 어떤 겁니까? 어둠이 걷히고 먼동이 트면서 희미하게 밝아 오는 그 여명의 시공간이 새벽 아닙니까? 이 작품은 바로 이걸 읊었어요. 먼동이 틀 때 궁궐이 희미하게 보이고, 길에 수레가 움직이기 시작하고, 새들이 울고, 멀리서 말이 웁니다. 새벽별은 먼 숲의 나무 끝에서 반짝입니다. 그리고 사방의 희미함 속에 저 천 리 밖까지 푸르고 아득한 기운이 보이기 시작합니다. 님을 그리는 아낙은 밤새 잠을 이루지 못하다가 창이 밝아 오는 것을 봅니다. 장사꾼은 홀로 일어나 길을 나섭니다. 그리고 저 변방의 군사들은 호각 소리를 듣습니다.

이 작품은 아주 긴데요, 다음과 같은 여러 물상物象이 등장합니다. 은하수, 궁궐, 수레, 길, 새벽별, 어슴푸레한 숲, 나무들, 주막집의 푸른 깃발, 닭 울음소리, 마을에 쭉 펼쳐져 있는 집들, 제비, 변방의 병영, 호가胡笳 소리, 변방에서 들려오는 말 울음소리, 아득한 모래밭, 흘러가는 강물, 어부, 산봉우리들, 멀리 보이는 들판, 꾀꼬리 소리, 화려한 집의 비단 장막, 멀리서 들려오는 종소리, 님 그리는 여인, 시름겨운 사람, 날아가는 기러기 떼, 조각달, 장사꾼, 여관, 다듬이 소리, 귀뚜라미 소리, 먼 언덕에 내린 서리, 화려한 단청집의 미인, 잔치 끝난 누각 등등. 이처럼 동트기 시작할 때 눈에 들어오는 온갖 자연물과 각계각층의 사람들을 읊고 있습니다. 스케일이 참 크지 않습니까? 최치원이 당나라 장안에 있을 때 쓴 작품으로 여겨집니다.

제가 젊은 시절 부산의 대학에 근무할 때 일입니다. 제주도로 수학여행을 가는데, 마침 제가 인솔자였습니다. 제3부두에서 저녁 8시경 승선해 아침에 제주도에 도착했습니다. 지금과 달라 당시에는 열 시간쯤 걸린 듯합니다. 아직 제주도에 도착하기 전, 새벽에 뱃전에 나가 보니, 동이 틀 듯 말 듯 어슴푸레할 때 지평선 저 멀리 아스라이 육지가 눈에 들어오는 거예요. 하늘의 별들이 아직 총총하고, 달이 바야흐로 지려 할 때였습니다. 저 멀리 육지의 숲이 어슴푸레 보이고, 한라산이 보였습니다. 그리고 고깃배들이 주변에 띄엄띄엄 떠 있는 것이 보였어요. 그때 저는 뱃전에서 새벽을 온몸으로 느끼면서 문득 최치원의 이 작품을 떠올렸습니다. 지금도 이 작품을 읽으면 닫혔던 가슴이 열리는 기분이고, 뭔가 희망 같은 것이 생기는 걸 느낍니다.

최치원은 이 부의 끝을 이렇게 맺고 있습니다.

상쾌한 새벽이 되니
내 영혼 푸른 하늘처럼 맑아라.
온 세상에 밝은 해 비치자
어둠이 바위 골짜기로 사라지네.

천 개의 문과 만 개의 창이 비로소 열리고
넓은 천지가 활짝 펼쳐지누나.

及其氣爽淸晨,

魂澄碧落.

藹高影於夷夏,

蕩回陰於巖壑.

千門萬戶兮始開,

洞乾坤之寥廓.

　　이 결미 부분에서 잘 드러나듯, 이 부는 드넓은 제국 당나라에
유학 온 청년 최치원의 기백과 포부, 근거 없이 설레는 가슴으로 맞
는 미래에 대한 기대와 희망의 정념情念이 투사되어 있습니다. 그
래서 풋풋하고 맑은 최치원의 영혼이 잘 느껴집니다.

　　시 세계

최치원이 남긴 시들은 몇 가지 경향성을 보여 줍니다.
첫째, '그리움'의 정서입니다. 그리움이라는 것을 한국문학사에 처
음으로 뚜렷하게 각인한 문인이 최치원입니다. 그리움이라는 감정
은 예나 지금이나 우리에게 굉장히 중요한 감정이고, 늘 우리를 따
라다니는 감정이지 않습니까? 그것은 우리를 좀 더 인간답게 만드
는 감정 중의 하나입니다. 근데 이 그리움에도 여러 가지 종류의 그
리움이 있는데요, 떠나간 사람에 대한 그리움이 있는가 하면, 만나
지 못하는 어떤 존재에 대한 그리움도 있습니다. 이처럼 여러 종류
의 그리움이 있습니다. 그런데 최치원의 시에 보이는 그리움은 고

국에 대한 그리움이라는 점이 주목됩니다. 예를 하나 들어 보겠습니다.

> 그대와 서로 만나 노래하고 시 읊나니
> 흐르는 세월이 장대한 마음 꺾음을 한탄 마세나.
> 다행히 봄바람이 길 영접하면
> 꽃피는 좋은 시절 계림鷄林에 닿겠지.
> 與君相見且歌吟, 莫恨流年挫壯心.
> 幸得東風已迎路, 好花時節到鷄林.

「벗이 제야에 보내 준 시에 화답하다」(和友人除夜見寄)라는 시인데, 최치원처럼 당나라에 유학 온 어떤 신라인 벗에게 화답한 시입니다.

최치원은 어린 나이에 외국에 가 고생을 하면서 공부했고, 그리고 빈공과에 급제했습니다. 하지만 이민족이 보는 과거인 '빈공과'는 제국 당나라의 위용을 과시하기 위한 것이었습니다. 일종의 장식품 같은 것이죠. 빈공과는 당나라에 원래부터 있었던 것도 아니고 9세기에 설치되었습니다. 중국인 과거 합격자와 빈공과 합격자 간에는 차별이 있었습니다. 일종의 민족 차별이죠. 최치원은 능력을 인정받아 일찍 빈공과에 합격했지만 차별을 받아야 했습니다. 이 때문에 고국에 대한 그리움의 감정이 더 컸을지 모릅니다.

둘째, '이별의 슬픔'입니다. 이별의 슬픔은 그리움과는 좀 다른 것이지만, 종종 그리움과 연결됩니다. 최치원이 남긴 시 중에는 이런 정서가 표출된 작품이 많습니다. 우리 문학사에서 이런 정서의 표출이 집중적으로 나타나는 것은 최치원의 작품이 처음입니다.

그것은 아주 절절해 사람의 심금을 건드립니다. 다음과 같은 시를
예로 들 수 있습니다.

> 만나서 잠시 초산楚山의 봄 즐기다가
> 다시 헤어지려니 눈물이 수건을 적시네.
> 바람 맞으며 슬피 바라본들 이상타 마오
> 타향에서 고향 친구 만나기 참 어려우니.
> 相逢暫樂楚山春, 又欲分離淚滿巾.
> 莫怪臨風偏悵望, 異鄉難遇故鄉人.

「산양山陽에서 고향 친구와 만나 이야기 나누다가 헤어지며」
(山陽與鄉友話別)라는 시입니다. 시 중의 '초산'은 산양을 가리키는데,
지금의 중국 강소성 회안淮安에 해당합니다. 떠나가는 벗을 하염없
이 바라보고 서 있는 최치원의 모습이 떠오릅니다.
셋째, '술회'述懷입니다. 술회는 회포, 즉 마음을 서술하는 것을
말합니다. 술회를 주로 한 시를 '술회시'라고 합니다. 최치원의 술
회시는 지식인으로서 또 배운 사람으로서 느끼는 번뇌와 삶에 대
한 성찰을 담고 있습니다. 특히 어지러운 세상에서 자신의 양심을
지키면서 살아감의 어려움을 읊고 있습니다. 작품 하나를 예로 들
어 보겠습니다.

> 여우는 미녀로 잘 둔갑하고
> 살쾡이는 선비로 잘 가장하네.
> 뉘 알리 짐승들이
> 사람 몸으로 변신해 홀리는 줄을.

하지만 변신은 외려 쉬운 일이요
양심 지키기가 제일 어렵네.
그러니 참과 거짓 알고 싶다면
마음의 거울 닦아 비춰 보게나.
狐能化美女, 狸亦作書生.
誰知異物類, 幻惑同人形.
變化尙非艱, 操心良獨難.
欲辨眞與僞, 願磨心鏡看.

「옛 뜻」(古意)이라는 제목의 시입니다. 간사하고 위선적인 소인배가 설치는 세상에서 양심을 지키며 사는 일이 참 어렵다는 것, 참과 거짓을 분간하려면 마음을 닦아야 한다는 것을 말하고 있습니다. 자기 성찰적 면모가 강한 시라고 하겠지요. 후대의 문학사에는, 가치가 훼손된 이 세계를 어찌 살아야 할지에 대한 고뇌와 번민을 담은 술회시를 쓴 시인들이 많습니다. 문제적 시인일수록 술회시를 많이 남깁니다. 최치원의 술회시는 문학사에 연면히 이어지는 이런 문제적 문인의 술회시의 출발이라는 점에서 주목됩니다.

넷째, 하찮거나 미천한 존재에 대한 '연민'입니다. 최치원은 사람들이 돌아보지 않는 바닷가의 철쭉, 적막한 황무지에 피어 있는 접시꽃, 산골짜기 바위 위의 키 작은 소나무 같은 외따로운 존재에 따뜻한 눈길을 보내고 있습니다. 다음과 같은 시를 예로 들 수 있습니다.

거친 밭 가의 적막한 곳에
다복하게 꽃피어 가지 휘었네.
매화비 겪어 향기 그치고

보리바람에 그림자 비스듬하네.

수레 탄 이 뉘라서 보아 줄까?

벌과 나비만 엿보고 있네.

천한 땅에 태어난 것 스스로 부끄리니

사람들에게 버림받은 것 슬퍼할 만하네.

寂寞荒田側, 繁花壓柔枝.

香經梅雨歇, 影帶麥風欹.

車馬誰見賞, 蜂蝶徒相窺.

自慙生地賤, 堪恨人棄遺.

　「접시꽃」(蜀葵花)이라는 시입니다. 이 시에는 중국에 있을 때 외
국인으로서 차별받은 최치원 자신의 경험이 투사되어 있다고 여겨
집니다. 즉 차별에 대한 감수성이 보입니다. 최치원의 시에 차별에
대한 예민한 감수성이 발견된다는 것은 주목해야 할 점입니다. 이
런 감수성은, 비록 사회역사적 맥락은 다르지만 후대의 신분 차별
이라든가 적서嫡庶 차별이라든가 젠더적 차별에 대한 감수성과 연
결됩니다.

　다섯째, '향악鄕樂'에 대한 관심'입니다. 최치원은 「향악 잡영」鄕
樂雜詠이라는 다섯 수의 시를 지었습니다. 『삼국사기』「악지」樂志에
이 작품이 전합니다. 다섯 수의 시 중 「대면」大面과 「속독」束毒은 탈
춤을 노래한 것이고, 「산예」狻猊는 사자춤을 노래한 것입니다. 이를
통해 신라에 다채로운 토속 놀이들이 있었음을 알게 됩니다. 악무
樂舞를 노래한 이런 시는 후대의 '악부시'樂府詩와 연결됩니다. 악부
시란 자국의 노래나 놀이나 풍속 따위를 읊은 시인데, 고려 후기에
슬슬 나타나기 시작해, 조선 시대에 오면 아주 많이 창작됩니다. 최

치원의 「향악 잡영」은 우리 문학사에서 이런 악부시의 출발점을 보여 줍니다.

최치원의 한시들이 창작된 때는 신라 말기인데, 그 시적 성취가 아주 높습니다. 이 무렵 신라 한시의 수준이 높았음은 최치원이 쓴 사산비명 중의 하나인 「대숭복사비명」大崇福寺碑銘을 통해 알 수 있습니다. 여기에 이런 내용이 보입니다.

> 중국의 사신 호귀후胡歸厚가 신라의 한시들을 많이 채록採錄해 중국으로 돌아가 재상에게 보고하기를, "저 이후로는 무인武人을 신라에 보내지 않았으면 합니다. 신라의 임금이 시를 모아 인쇄한 책을 주기에 저는 전에 시 짓는 것을 배웠기 때문에 억지로 부끄러움을 참고 화답했지만, 그렇지 않으면 웃음거리가 될 뻔했습니다"라고 했는데, 식자識者들이 옳은 말로 여겼다.

이 기록은 당시 신라의 한시 수준이 어떠했는가를 잘 보여 줍니다.

『수이전』 외

『수이전』은 당시 신라에 전해지던 이야기들을 기록한 책입니다. 그 시공간적 배경은 다 신라입니다. 그러니 지금 읽어도 친근감이 느껴지지요. 그런데 여기 실린 이야기는 모두 초현실적이고 신비한 이야기들입니다. 예를 하나 들어 보겠습니다.

신라 때에 어떤 노인이 김유신의 집 앞을 서성이고 있었다. 유신은 그의 손을 이끌어 집으로 데려와 음식을 대접하였다. 유신이 노인에게 말했다.

"옛날처럼 변신할 수 있나요?"

그러자 노인은 호랑이로 변했다가 닭으로 변했다가 매로 변하더니만 마지막에는 집에서 키우는 강아지로 변해 밖으로 나가 버렸다.

이 이야기는 조선 시대 선조 때 성립된 백과사전인 『대동운부군옥』에 「노옹화구」老翁化狗라는 제목으로 실려 전합니다. '노옹화구'는 '늙은이가 개로 변하다'라는 뜻입니다. 최치원은 민간에 전해지던 이런 유의 이야기에 흥미와 애착을 가져 책을 저술했을 것입니다. 『수이전』에 실린 이야기들은 대부분 지괴志怪에 해당합니다. '지괴'란 기괴한 이야기들을 짤막하게 기록한 글을 말합니다. 중국에서는 4, 5세기에 해당하는 육조시대의 남조南朝 때 지괴가 성행했는데, 동진의 간보干寶가 지은 『수신기』搜神記를 대표적인 성과로 들 수 있습니다. 최치원의 『수이전』은 우리 문학사에 처음 등장하는 지괴집이라 할 것입니다. 하지만 이 책에는 단지 지괴만이 아니라 소설도 일부 포함되어 있었던 것으로 보입니다. 『수이전』은 인기가 있었던지 고려 시대 초의 문인인 박인량이 증보 작업을 꾀했습니다. 그 뒤 김척명金陟明이라는 고려 문인이 다시 『수이전』의 개작을 시도했습니다. 박인량은 최치원보다 두 세기쯤 뒤의 인물입니다.

고려 말부터 이런 종류의 글을 흔히 '패설'稗說이라고 불렀습니다. '패설'은 '자질구레한 이야기'라는 뜻입니다. 패설이라 불린 것들은 대부분 지괴지만, 간혹 소설에 해당하는 것도 있습니다.『수이전』에 실려 있던「호원」虎願 역시 지괴라기보다는 소설에 가깝습니다. 이 작품은『삼국유사』에는「김현감호」金現感虎, 즉 '김현이 호랑이에게 마음이 동하다'라는 제목으로 실려 있는데,『대동운부군옥』에는「호원」, 즉 '호랑이의 소원'이라는 제목으로 실려 있습니다. 작품 내용을 볼 때 '호원'이 원래 제목일 것으로 보이며, '김현감호'는 일연이 임의로 바꾼 제목 같습니다.

「호원」은 호녀虎女에 대한 이야기입니다. 이 작품은 간단하고 짧은 이야기인 지괴를 넘어서는 복잡하고 심각한 메시지를 담고 있어, 초기 전기소설傳奇小說로 간주할 수 있습니다. 이리 본다면 최치원은 우리 문학사 최초의 소설 작가이기도 하다고 할 것입니다. 사실 최치원이 유학한 당에서는 전기소설 창작이 성행했습니다. 중국문학사에서는 왕조별로 대표적인 장르를 꼽는데, 당나라의 경우 '당시'와 '당 전기'唐傳奇를 꼽습니다. 최치원은 당에서의 독서 경험이 있던 터에 신라의 토속에 관심이 있어「호원」 같은 작품을 창작할 수 있지 않았나 합니다. 요컨대, 최치원은 지괴만이 아니라 그것보다 좀 더 복잡하고 발전된 문제의식을 담고 있는 소설을 창작한 작가이기도 하다는 점이 주목됩니다. 우리는 이런 데서 최치원의 또 다른 면모를 읽을 수 있습니다.

최치원은『선사』라는 책도 썼습니다. 이 책은 지금 전하지 않습니다만, 국선國仙 즉 화랑의 역사를 기술한 것으로 생각됩니다. 최치원은「난랑비서」鸞郞碑序에서,

나라에 현묘한 도가 있으니 이를 '풍류'風流라고 한다. 이 교敎를 베푼 근원에 대해서는『선사』仙史에서 자세히 말했다.

라고 했습니다. '풍류도'는 화랑도를 말합니다. 최치원은 풍류도가 공자와 노자와 석가모니의 가르침을 망라하고 있다고 했습니다. 화랑을 적극적으로 긍정했기에 이런 책을 쓴 것으로 보입니다.

최치원이 쓴 고승전高僧傳으로는 「법장화상전」法藏和尙傳이 전합니다. 법장은 의상義湘과 동문수학한 당나라의 고승입니다. 최치원은 장안長安의 법문사法門寺에 머물 때 이 글을 썼습니다. 최치원은 이외에도 몇몇 화엄 승려의 전을 썼습니다만 남아 있는 것은 이한 편밖에 없습니다. 우리 문학사에서 고승전은 최치원 이전에도 창작되었으니, 「원효전」元曉傳 같은 것이 그러합니다. 하지만 현재하나도 전하는 게 없습니다.

명문 사산비명

「진감선사비명」眞鑑禪師碑銘, 「낭혜화상비명」朗慧和尙碑銘, 「지증대사비명」智證大師碑銘, 「대숭복사비명」大崇福寺碑銘, 이 넷을 합해 '사산비명'四山碑銘이라고 합니다. 네 군데의 산에 세워진 비명이라고 해서이리 불립니다. '비명'은 비문碑文과 명문銘文을 말합니다. '비문'은비주碑主(비의 대상 인물)의 사적을 기록한 글이고, '명문'은 비문의 끝에 붙인, 비주를 칭송한 글을 말합니다. 명문은 비문과 달리 운문으로 되어 있습니다. 넷 가운데 「대숭복사비명」을 제외한 셋은 모두고승을 위해 쓴 글입니다. 「대숭복사비명」은 대숭복사라는 절을 창건한 연유 및 이 절이 왕실과 어떤 연관을 맺고 있는지 그 전말을기록한 글입니다.

사산비명은 다 왕명에 따라 지어졌습니다. 비문은 전부 사륙변려문으로 되어 있으며 장문인데, 최치원의 문장력을 유감없이 보여 줍니다. 이 글을 읽어 보면 최치원이 왜 '문호'인지 알 수 있습니다.

네 개의 비문은 그 형식이 일률적이지 않고 저마다 다릅니다. 똑같이 안 쓰려고 고심한 결과로 보입니다.「진감선사비명」에는 서론이 앞부분에 길게 나오는데, 비주에 대한 서술이 아니라, 유교와 불교의 도가 서로 다르지 않으며 한곳에 귀착한다는 주장을 펼치고 있습니다.「낭혜화상비명」에는 비문의 끝에 긴 논평이 첨부되어 있습니다.「지증대사비명」의 경우, 비문의 끝에 최치원이 자기 이야기를 하면서 비명을 쓰게 된 경위를 자세히 밝히고 있습니다. 보통 비문은 시종 비주의 사적을 기술함이 일반적입니다. 그런데 최치원의 비문은 그렇지 않습니다. 이를 통해 최치원이 독창적인 비문을 쓰려고 굉장히 고심했음을 알 수 있습니다. 그 결과 이런 명문名文 중의 명문을 남길 수 있었습니다.

사산비명의 비문이 모두 변려문인 것은 당시의 문풍을 따랐기 때문입니다. 고려 전기가 되면 이제 형식에 아무런 구속이 없는 '고문'古文으로 쓰인 비문도 나타납니다만, 신라 시대에는 변려문이 일반적이었습니다. 변려문은 대구對句를 맞춰 써야 하고, 고사를 많이 구사하기에 글을 읽기가 쉽지 않습니다.

최치원이 신라에 돌아와 쓴 글들은 거의 대부분 사라졌는데, 이 사산비명이 남아 있다는 것은 참 다행스런 일이라 하겠습니다. 우리나라는 전쟁을 많이 겪어, 고구려 글이나 백제 글도 남아 있지 않고 신라 글도 남아 있는 게 별로 없지 않습니까? 그런데 돌에 새긴 덕에 이 4개의 비명이 지금까지 남아 있어 정말 고맙기 짝이 없습니다.

사산비명과 최치원의 사상

사산비명에서 최치원의 불교에 대한 깊은 조예를 볼 수 있습니다. 조선 시대의 승려들은 최치원의 이 사산비명으로 문장 공부와 불교 공부를 했습니다. 이걸 교본敎本으로 삼았던 거지요. 그래서 조선의 고승들이 사산비명에 주석을 붙인 게 여럿입니다. 글이 어려워 주석을 붙인 겁니다. 자세한 주석을 단 사산비명을 책으로 엮어 산중에서 이걸 가지고 공부를 했습니다.

사산비명은 최치원의 유불 회통儒佛會通 사상을 보여 줍니다. 유교와 불교가 하나로 귀착된다는 것, 유교 우위 입장에도 서지 않고 불교 우위 입장에도 서지 않으며 유교나 불교는 결국 도가 하나라는 것, 이것이 유불 회통 사상입니다.

다음으로, 사산비명에서 우리는 신라 불교에 대한 최치원의 적극적 긍정을 읽을 수 있습니다. 신라 불교에 대한 최치원의 자부는 아주 강합니다. 신라가 불도佛道의 융성함에 있어 중국을 능가하며, 미륵이 신라에 강생降生할 거라 했으며(「낭혜화상비명」), 해인海印이 동쪽으로 흘러 군자의 나라에 부처의 도가 나날이 깊어지고 있다(「지증대사비명」)고 한 데서 그 점이 확인됩니다. 요컨대 최치원은 신라를 불국토佛國土로 보고 있습니다. 신라 불교에 대한 최치원의 적극적 긍정은 자국 신라에 대한 자부심과 연결되어 있습니다.

사산비명과 최치원의 문인적 자의식

그런데 문학사적으로 정말 주목되는 것은, 사산비명의 여기저기에 문인으로서 최치원의 자의식이 아주 뚜렷하게 각인되어 있다는 사실입니다. 자신의 글에 대한 강한 자부심, 그리고 남과는 다른 창의적인 글을 쓰겠다는 마음이 두드러집니다. 가령 「지증대사비명」에는 이런 말이 보입니다.

> 지증대사 비문을 쓰기 위해 기존의 비문들을 검토해 보니 '무거무래'無去無來(가는 것도 없고 오는 것도 없다), '불생불멸'不生不滅(태어나지도 않고 사라지지도 않는다)과 같은 진부한 말 일색이고, 새로운 뜻이 없다.

최치원은 신라로 돌아온 이듬해 헌강왕으로부터 「지증대사비명」을 쓰라는 명을 받습니다. 하지만 최치원은 바로 쓰지 못했어요. 최치원이 이 비명을 쓴 것은 헌강왕이 죽고 진성여왕이 즉위한 뒤였습니다. 그사이 8년이 흘렀는데요. 그럼 8년 동안 뭐 했나? 최치원은 뭔가 좀 창의적으로 새로운 글을 쓰고 싶었는데 그게 잘 되지 않았던 것 같습니다. 최치원 스스로 말하고 있어요. 이 글을 쓰는 데 8년 걸렸다고. 바로 이런 데서 최치원의 문인적 자의식이 확인됩니다. '나는 문인이야!'라고 스스로 자부하는 인간, 문인이라는 데 대해 특별한 자의식을 가진 인간이 문학사에 선연히 그 모습을 드러내고 있는 거지요.

최치원은 「낭혜화상비명」에서 자신이 이 글을 쓰게 된 내적 동기를 다음과 같이 밝히고 있습니다.

> 중국에 유학한 것은 대사와 내가 모두 같이 하였는데, 누구는 스승이 되고 누구는 글을 짓는가? 아마 심학자心學者는

높고, 구학자口學者는 수고로운 것인가. (…) 그런데 심학자는 덕을 세우고 구학자는 말을 세우니, 덕이란 것은 혹 말에 의지해야 가히 일컬어질 수 있으며, 말이란 것은 혹 덕에 기대어야 썩지 않고 오래도록 전할 것이다. 가히 일컬어질 수 있다면 마음이 능히 멀리 뒷사람에게 보일 것이며, 썩지 않고 오래도록 전한다면 말 또한 옛사람에게 부끄럽지 않으리라. 가히 할 만한 일을 가히 할 만한 때에 하니, 다시금 어찌 글 짓는 일을 굳게 사양하겠는가.

'심학자'는 마음을 닦는 학자라는 뜻으로, 승려를 뜻합니다. '구학자'는 언어 행위로 학문을 하는 사람으로, 문인을 뜻합니다. 도 닦는 사람과 문인을 마주 세우면서 문인의 글 짓는 행위에 각별한 의미를 부여하고 있음을 볼 수 있습니다.

방금 인용한 글에서 보듯, 최치원에게는 남과 다른 창의적인 글을 쓰겠다는 마음과 함께 불후不朽의 문장을 남기고자 하는 욕구가 강했습니다. 즉 훌륭한 대사들의 비문을 씀으로써 길이길이 후대까지 자기를 전하고자 하는 욕구지요. 요컨대 우리는 한국문학사에서 최초의 문인적 자의식을 최치원에게서 발견할 수 있다고 하겠습니다.

앞서 『계원필경』이라는 책 이름을 언급한 바 있는데, 이 책 이름에도 문인적 자의식이 반영되어 있어요. '필경'筆耕이라는 말은 '붓으로 농사를 짓는다'라는 뜻입니다. 이 말에 벌써 최치원이 무엇을 자신의 본분으로 자임하는지가 잘 드러납니다. 최치원보다 한 세대 뒤의 인물로 최승우崔承祐가 있습니다. 최승우 역시 빈공과에 급제해서 신라로 돌아온 사람인데, 지금 전하지 않지만 『호본집』糊

本集이라는 문집을 저술했습니다. 이 책 이름 중의 '호'糊는 '풀'이라는 뜻입니다. 입에 풀칠한다는 뜻인 '호구'糊口라는 말에 이 글자가 쓰입니다. '본'本은 바탕이라는 뜻입니다. 그러니 '호본'은 '호구의 바탕', 즉 '생계의 바탕'이라는 뜻이 됩니다. 최승우는 자신의 글쓰기가 생계의 밑천이라는 자의식을 갖고 있었기에 문집 이름을 '호본집'이라 붙였을 터입니다. 이처럼 '필경'이라든가 '호본'이라는 말은, 9세기 후반 이후 문인적 자의식이 문학사에 뚜렷이 대두됨을 보여 줍니다.

최치원의 자국 인식

신라인 가운데 최치원만큼 당 제국을 들여다본 사람은 없을 것입니다. 그렇다면 최치원의 자국 신라에 대한 인식이라든가 자국 문화에 대한 인식이 어떠했는지가 궁금해집니다.

최치원은 신라가 '해 뜨는 나라'라는 말을 여러 군데서 했습니다. 그리고 신라를 곧잘 '인역'仁域이나 '인방'仁方으로 불렀습니다. '인역'이나 '인방'에는 동방東方이라는 뜻도 있지만, '어진 지역'이라는 뜻도 있습니다. 이런 인식의 연장선상에서 신라를 '군자국'君子國이라고 부르기도 했습니다. 이를 통해 최치원이 자국에 대해 큰 자긍심을 지녔던 것을 알 수 있습니다. 자국에 대한 최치원의 이런 인식은 풍류도나 신라 불교에 대한 긍정이라든가 향악이나 설화 등 자국 문화나 풍속에 대한 애정과 연결됩니다.

그러나 꼭 이런 면만 있는 건 아닙니다. 최치원은 시종일관 신라를 중국의 제후국으로 인식했습니다. 중국의 천하 질서를 적극 긍정하는 속에서 신라를 동쪽 변방의 한 제후국으로 본 거지요. 최치원은 어린 나이에 당나라에 갔으며, 당나라에서 17년간이나 있었습니다. 이런 경험과 관련이 있다고 봅니다만, 최치원은 신라의 중국화中國化를 적극 지지하고 긍정했습니다. 다른 말로 하면 '한화'漢化라고 하겠는데요, 이는 자국의 고유문화를 소중히 여기면서 그것을 지켜 나가려고 하는 태도와는 상반된 것입니다. 자국의 제도나 언어나 습속이 낙후되거나 열등한 것이니 그것을 중국식으로 바꾸는 것이 더 낫다는 관점입니다.

그래서 「낭혜화상비명」에서, 무열왕이 신라의 복식을 중국식 복식으로 바꾼 것을 적극 찬미했으며, 「지증대사비명」에서, 헌강왕이 "화풍華風으로 폐풍弊風을 일소"(以華風掃弊)한 것을 찬미했습니다. '화풍'은 중국의 풍속을 말합니다. 최치원이 한시만 짓고 향가를 짓지 않은 것도, 화풍을 따르고 폐풍을 일소하고자 해서일지 모릅니다.

김부식은 『삼국사기』 신라본기新羅本紀 「지증마립간」智證麻立干 조에서 이렇게 논하고 있습니다.

> 최치원은 『제왕연대력』이라는 책에서 거서간居西干, 차차웅次次雄, 이사금尼師今, 마립간麻立干, 이런 신라의 말들을 모두 '왕'王으로 바꿨는데, 이런 말이 비루해서 일컫기에 적당하지 않다고 생각해서 그런 것일까. 지금 신라사를 기록할 때 신라의 말을 그대로 두어야 마땅하다.

김부식은 모화주의자慕華主義者라는 비난을 받기도 하는 인물이지만, 적어도 이 발언만 갖고 본다면 김부식은 최치원보다 고유문화에 대한 긍정이 있다고 말할 수 있을 터입니다. 김부식은 역사

기술에 신라어를 쓰는 것이 아무 문제가 없다고 봤는데, 최치원은 그것이 좀 꼬질꼬질하고 촌스러운 일이라고 여겨 한자어로 대체해 버렸으니까요.

이처럼 최치원 내부에는 일면으로는 자국 문화나 풍속에 대한 긍정과 애착이 있었지만, 다른 일면으로는 중국의 제도나 문화나 습속에 신라의 그것을 맞추려고 하는 지향이 존재한 것으로 보입니다. 일종의 모순입니다. 우리는 당대 최고의 문인이자 지식인인 최치원 내부에 이런 모순이 존재했다는 것을 직시할 필요가 있습니다. 이 모순 내지 양가적 태도는 후대 문학사에 등장하는 문인들에게서도 계속 관찰됩니다. 중국을 배운다 할지라도 우리 고유 문화는 그것대로 긍정하고 존중하면서 계속 발전시켜 나가고자 하는 태도나 노력은 불가능한 것일까요? 여기서 이런 물음 하나를 제기해 둡니다.

최치원은 균형 감각을 지녔다기보다는 중국화하는 것이 보다 가치가 있고 의미가 있다고 믿어 그런 쪽으로 나아갔던 게 아닌가 합니다. 그래서 향가 같은 것은 남기지 않고, 한문으로만 글쓰기를 했을 터입니다.

최치원의 은거와 그 의미

최치원은 결국 은거를 택합니다. 은거 이후의 종적은 묘연합니다. 최치원의 이 행위는 '지식인에게 은거란 무엇인가'라는 물음을 묻게 합니다. 최치원은 왜 은거했을까요? 최치원의 은거는 어떤 의미를 가지며, 어떤 평가를 내릴 수 있을까요? 한국문학사에서는 최치원 이후에도 계속 지식인이나 문인의 은거가 문제가 됩니다. 최치원은 한국문학사에서 이 독특한 동아시아적 행위 패턴의 원형이라 할 만합니다.

최치원의 죽음과 관련해선, 나중에 신선이 되었다는 전설도 있고 결국 자살했을 거라는 설도 있습니다. 한편, 1833년 4월 전라도 관찰사로 부임한 서유구徐有榘는 전라감영에서『계원필경』을 간행한 바 있는데, 최치원이 충청도 홍산鴻山의 극락사極樂寺라는 절 뒤에 묻혔다고 했습니다. 이처럼 최치원의 죽음과 관련해서는 여러 설이 분분합니다.

지식인이 자살한다는 것은 뭐 그리 이상한 일은 아닙니다. 지식인은 자신의 가치를 지키기 위해, 뭔가가 어긋나거나 전망이 닫혀 버리면 자살할 수 있습니다. 이 경우 자살은 꼭 잘못된 것도 아니고 비난받을 일도 아닙니다. 왜냐면 그것은 자기를 실현하는 한 방식으로 선택된 것이기 때문입니다. 자신이 원하지 않는 삶을 살지 않겠다는 의지의 표현이니까요. 그러니 만일 최치원이 자살했다면 그다운 행로라고 해야 하지 않을까 합니다.

은거에도 여러 가지가 있습니다. 조선 시대에는 은거를 팔아 이름을 얻은 사람들이 종종 있었습니다. 이런 은거는 '가은거'假隱居, 즉 가짜 은거라 하겠지요. 이와 달리 최치원의 은거는 '진은거'眞隱居, 즉 진짜 은거입니다. 일종의 내적 망명이라 할 만합니다. 최치원이 남긴 시 중에 어떤 스님에게 말하는 투로 되어 있는 게 있는데요. 이 시에서 최치원은 '스님아! 나는 정말 산에 들어가면 다시는 안 나올 테니 정말 두고 봐라', 이렇게 읊고 있습니다. 이 시에서 볼 수 있듯, 최치원의 은거는 절체절명의 상황에서 선택된, 비장한 은거입니다. 그러므로 이 행위는 지식인에게 있어 자살과 그리 다르지 않습니다. 자신의 존재를 건 행위니까요. 요컨대 한적하게 지내기 위해 택한 행위가 아닙니다.

『삼국사기』 열전 「최치원전」에는, 최치원이 왕건王建이 비상한 인물이라 반드시 하늘의 명을 받아 나라를 세울 것이라 여겨 문안 편지를 보냈는데 거기에 "계림황엽, 곡령청송"鷄林黃葉, 鵠嶺青松이라는 말이 나온다고 했습니다. '계림은 누런 잎이고, 곡령은 푸른 소나무다', 이런 뜻입니다. 계림은 신라를 가리키고, 곡령은 왕건이 있는 땅을 가리킵니다. 신라는 이제 끝났고, 왕건이 흥기할 것이라는 말이지요. 그래서 고려 시대 제8대 임금 현종은 최치원이 은밀히 태조太祖의 사업을 도왔으니 그 공을 잊을 수 없다며 죽은 최치원에게 내사령內史令이라는 벼슬을 내립니다. 하지만 이런 기록은 다 믿을 수 없습니다. 최치원처럼 명망이 높은 유학자가 우리를 몰래 지지했다고 하면 고려 왕조 창업의 정당성이 더 확보되니 이런 이야기가 만들어졌을 터입니다. 그런데 최치원은 표리부동이나 이중적 행태와는 거리가 먼 인간입니다. 앞서 소개한 시의 내용처럼 최치원에게 은거 행위는 세상과의 완전한 절연絶緣을 뜻합니다. 그러므로 뒤로 왕건에게 아첨하는 내용의 편지를 보냈다는 것은 영앞뒤가 맞지 않는 말입니다.

은거는 지식인으로서 자신의 양심을 지키려는 태도입니다. 다시 말해 자신의 어떠한 뜻, 어떠한 지향, 어떠한 입장을 고수하고자 하는 행위입니다. 옛날 말로 하면 곧 '지조'를 지키는 것이지요. 최치원은 신라의 왕들로부터 인정받아 신라의 녹을 먹었습니다. 신라는 이제 저물어 가고 있지만 어떻게 손을 쓸 도리가 없습니다. 그야말로 '무가내하'無可奈何, 즉 어찌할 수 없는 상황입니다. 그렇다고 지금 한창 세력을 키우고 있는 지방의 호족 세력에 빌붙을 수도 없습니다. 이런 상황에서 최치원은 긴 고민 끝에 세상을 버리는 쪽을 택한 것이 아닌가 합니다.

최치원의 선택에 대해, 역사 전환기에 우물쭈물 고민만 할 것이 아니라 역사의 새 주체가 될 신흥 세력에 힘을 보태야 옳지 않은가, 소극적으로 현실을 도피하는 것은 비겁한 일이 아닌가, 이런 지적도 가능할지 모릅니다. 하지만 저는 그런 지적이 꼭 온당하다고 보지 않습니다. 최치원이 고심 끝에 내린 행위에 섣부른 평가를 내리기보다는, 역사 앞에서 최치원이 선택한 길을 우선 존중하고, 최치원은 왜 그랬을까, 최치원이 택한 길은 어떤 의미가 있을까를 사념해 볼 필요가 있습니다. '이 사람 좀 어리석구나', '그런 길이 아니고 저런 길을 갔어야지', 이런 식으로 말하는 것은 최치원이라는 인간을 이해하는 데 정작 아무 도움도 되지 않기 때문입니다.

최치원의 은거에는 최치원 개인의 '윤리적 물음'이 개입되어 있다고 보입니다. 나는 어떻게 살아야 하는가? 어떻게 사는 것이 나다운 길이며, 최소한의 양심을 지키는 일인가? 이런 물음이지요. 최치원이 남긴 시들에도 그런 게 있습니다. 내가 어떻게 살아야 하는가? 위선자와 모리배가 횡행하는 이 어수선한 세상에서 내가 어떻게 '나'를 잃지 않고 이 세상을 살아갈 것인가. 이런 고민을 담은 시들이지요. 최치원이 떠오르는 새로운 권력을 붙좇지 않고 역사 밖으로 나와 버린 것은, 이런 시들이 보여 주는 마음의 연장선상에서 이해해야 합니다. 역사에서 나와 버린다는 것은 자신의 모든 것을 버림을 의미합니다. 자신의 재능, 희망, 욕망, 이 모두를 버리는 행위지요. 이제 세상에 더 이상 쓰일 데가 없으니, 죽은 목숨이나 다름없습니다. 이것을 자기 스스로 선택한 겁니다. 스스로 역사 밖으로 걸어 나와 버린 것, 이것이 최치원의 은거의 의미입니다.

육두품 문인의 행방

최치원에 대해서는 이쯤 하고, 시야를 조금 넓혀 역사적 전환기인 나말여초羅末麗初 시기 육두품 문인의 역사적 행방을 좀 들여다보기로 하겠습니다.

최치원과 마찬가지로 당에 유학해 빈공과에 급제한 후 신라에 돌아왔지만, 최치원과는 전연 다른 길을 간 두 육두품 문인이 있습니다. 한 사람은 최승우고, 또 한 사람은 최언위崔彦撝입니다.

최승우는 893년에 입당入唐했습니다. 앞서 말한 『호본집』이라는 문집을 저술한 사람이지요. 최승우는 귀국 후 견훤甄萱을 위해 일합니다. 당시 견훤은 신흥세력으로서 힘이 셌습니다. 최승우는 견훤을 위해 왕건에게 보내는 격문을 짓기도 했습니다.

최언위는 최치원의 사촌 동생입니다. 최언위는 18세 때 당에 유학해 빈공과에 급제했으며, 42세 때인 909년에 귀국합니다. 귀국해서는 신라에서 집사성 시랑執事省侍郎 서서원 학사瑞書院學士라는 벼슬을 제수받습니다. 하지만 나중에 고려 왕건에 귀의해 태자 태부太子太傅가 됩니다. 그리고 한림원 대학사 평장사翰林院大學士平章事의 지위에까지 오릅니다. 평장사는 재상에 해당합니다. 아주 높은 고위직까지 올라간 거죠. 최언위는 왕건을 위해서 견훤에게 보내는 편지를 대신 쓰기도 합니다. 최승우와 정반대편에 선 것입니다. 고려 초기 고승의 비문은 거의 다 최언위가 썼습니다. 최언위는 애초 최인연崔仁渷이라는 이름을 썼습니다. 그러다가 고려에 귀부歸附한 후 이름을 최언위로 바꿨습니다. 최언위는 고려의 제도적인 초석을 놓는 데 큰 기여를 한 인물입니다. 이 점에서 조선 건국의 초석을 놓은 삼봉三峯 정도전鄭道傳을 떠올리게 합니다.

주목되는 것은 이 두 사람은 은거를 택하지 않고 새로 떠오르는 권력에 가담했다는 사실입니다. 그리하여 현실에 참여해 자신의 문학적 재능을 실현했습니다. 최치원이 가지 않은 길이죠.

나말여초 육두품 문인의 행방과 관련해 최승로崔承老(927~989)도 주목됩니다. 최승로는 최은함崔殷含의 아들인데, 최은함의 신분이 육두품입니다. 고려 시대에는 골품제가 없어졌으니, 최승로를 육두품 문인이라 할 수는 없습니다. 그렇기는 하나 그 부친이 육두품이니, 육두품의 행방을 아는 데 도움이 됩니다. 최승로는 고려 제6대 임금인 성종成宗에게 시무책時務策을 올렸는데, 성종은 시무책의 제언提言을 많이 채택했습니다. 이 점에서 최승로는 고려의 유교화儒教化에 큰 기여를 했습니다.

신라는 무열왕武烈王 이래 중국화가 점차 진행되었습니다. 그리하여 복식이라든가 법제라든가 습속이 점차 중국화되었습니다. 신라 말에 최치원은 이런 추세를 긍정하고 거기에 힘을 보탰습니다.

그러다가 고려 때 와서 최승로에 의해 중국화가 다른 단계로 진입합니다. 비록 최승로 자신은 육두품이 아니지만 아버지가 육두품이어서 그 영향을 받았기 때문에, 고려 사회의 이런 추세는 육두품의 행방과 관련이 없다고 하기 어렵습니다. 그러니 육두품이 한국 역사나 문학사나 사상사에 어떤 역할을 했는지를 좀 따져 볼 필요가 있습니다.

빈공과 출신 육두품 문인의 공과

최치원을 위시한 빈공과 출신 육두품 문인에게는 공과功過가 있습니다. 우선 공功으로는, 한시문의 수준을 크게 향상시켰다는 점을 지적할 수 있습니다. 이로써 신라의 문학은 동아시아 보편의 높이로까지 올라갈 수 있었습니다. 이는 신라 문학의 심미적·정신적 수준의 향상을 낳았다는 점에서 의미가 적지 않습니다.

하지만 한문학은 중국을 전범典範으로 삼는다는 점에서 문제가 없지 않습니다. 동아시아 보편의 높이라는 것은 결국 중국문학을 염두에 둔 것이니까요. 이렇게 본다면 한시문 창작 수준의 향상은 신라의 문학을 좀 더 '한화'漢化하는 쪽으로 가져갔다고 말할 수 있을 것입니다. 즉 결과적으로 자국 문학의 고유성을 억제하거나 약화시키면서 중국을 따라가려 한 면이 있음을 부정할 수 없습니다.

물론 '자기'와 '타자'는 연관을 맺고 있으며, '타자'의 학습과 수용 위에서 '자기'가 더 풍부해지고 발전할 수 있습니다. 하지만 여기에는 '자기'에 대한 고려 내지 고민이 있어야 한다는 전제가 필요합니다. 그렇지 않으면 '자기'는 점점 위축되거나 황폐해지기 쉽습니다. 이리 생각한다면 빈공과 출신 육두품 문인은 '밖'은 열심히 배워 왔지만 '안'에 대한 성찰, '안'에 대한 고려는 부족하거나 없었던 게 아닌가 합니다. 만일 이게 있었다면 한시와 향가를 대등하게 보면서 양자를 함께 발전시켜 갈 수도 있지 않았겠습니까. 이 점이 아쉽습니다.

이 점에서 제국에서 공부한 육두품 출신 문인은 '보편과 주체' 간의 문제에 대해 많은 생각할 거리를 줍니다. 오늘날 '글로벌'이란 걸 많이 말하지 않습니까? 자, 한번 생각해 봅시다. '글로벌'이란 우리를 외부의 보편에 맞추기만 하면 끝나는 걸까요? '보편'이란 선험적으로 주어져 있는 걸까요? 그렇다면 주체는 어디에 있습니까? 보편에 나를 맞추는 것으로 끝난다면 주체는 결국 소외되거나 무화되지 않을까요? 이런 의문들이 대두됩니다.

'글로벌'이라는 것을, 우리가 거기에 참여함으로써 글로벌 자체를 재글로벌화하는, 다시 말해 글로벌의 새로운 의미를 만들어 나가는 것으로 이해할 수는 없을까요? 즉 주체를 배제하지 말고 어디까지나 주체를 '매개해' 보편에 참여함으로써 보편을 새롭게 업그레이드시키고 ─ 어려운 말로 하면 지양止揚하고 ─ 새롭게 만들어 나가는 것은 불가능할까요?

최치원을 비롯한 나말여초 육두품 문인들은 한국문학의 지적·심미적 수준을 향상시킨 것이 분명합니다. 하지만 이들이 만들어 낸 세계는 결국 지배층의 문화입니다. 이들은 본격적인 한시문을 지배층의 문화로 자리 잡게 함으로써 종전보다 상층과 백성 간의 문화적 거리를 벌려 놓은 것으로 보입니다. 하지만 백성은 여전히 공동체 고유의 문화와 풍속을 지켜 나갔습니다. 이른바 기층문화입니다. 중요한 것은 상층문화와 기층문화의 간격이 나말여초의 전환기에 좀 더 커진 것으로 보인다는 사실입니다. 육두품 문인들이 이를 주도했습니다. 그리하여 상층은 외부에서 도입한 문화를 추수하고, 하층은 그와 떨어져 있는 고유한 것을 담지합니다. 하지만 괴리가 크면 안 좋습니다. 양자가 서로 융합하면서 새로운 게 만들어지고 창의적인 문화가 이룩되는 건데, 나말여초에 괴리가 좀 더 커졌고, 급기야 고려 시대에는 이것이 문화적 틀로 고착되어 간 느낌이 듭니다. 이 괴리를 어떻게 좁힐 것인가, 어떻게 극복할 것인가, 이는 문학사의 새로운 과제라 하지 않을 수 없습니다. 최치원이 그 중심에 있는 나말여초의 한문학은 이런 난제를 한국문학사에 떠안겼습니다.

그럼, 여기서 오늘 강의를 마치도록 하겠습니다.

질문과 답변

　　　　최치원은 이후의 한국문학사에서도 계속 소환되는데요, 그 이유
　　　　가 무엇인지요?

최치원은 고려 시대와 조선 시대에 계속 소환됩니다. 이는 최치원이
그만큼 문제적이며, 큰 작가이기 때문입니다.

　　최치원은 한국한문학의 비조鼻祖에 해당하는 인물입니다. 물론
최치원 이전에도 한시문을 쓴 문인들은 있습니다만, 문호로서의 족
적을 뚜렷이 남긴 인물로는 최치원만 한 사람이 없습니다. 이것이
후대의 문학사에 최치원이 자꾸 소환되는 큰 이유입니다.

　　최치원은 중국에 유학해 17년간 중국에서 지냈는데, 중국에서
도 그 능력에 상응한 대접을 못 받고 조국 신라에서도 자신의 능력
을 제대로 펴 보지 못했습니다. 그러다가 결국 은거해 종적을 감췄
습니다. 말하자면 최치원에게는 소외된 문인·지식인의 표상이 있
습니다. 고려 초 육두품 출신의 어떤 문인이 이런 점에 공감해「최치
원」이라는 전기소설傳奇小說을 창작했으며, 11세기 중후반경 박인량
이 자신이 증보한『수이전』에 이 작품을 수록했습니다.

　　최치원은 문학적으로만이 아니라 사상적으로도 소환되었는데
요, 불교에 대해서는 강의 중에 이야기했으니 더 이상 말하지 않겠습
니다만, 최치원은 도가道家 쪽에서도 중요한 인물로 간주되어 왔습
니다. 중국 도교와 달리 우리나라에서 오랫동안 기층에 쭉 전승되어
온 도교가 있습니다. 그것을 중국 도교와 구분해 '해동도가'海東道家

라고 합니다. 본국 도가라는 말이죠. 조선 시대에는 바로 이 해동도 가와 관련해 최치원이 소환됩니다. 해동도가 도맥道脈의 맨 앞자리 에는 단군이나 해모수가 있습니다. 최치원은 신라 말기에 이들을 계 승한 인물로 간주됩니다. 이는 최치원이 신선이 되었다는 전설과 관 련이 있을 터입니다.

이런 분위기 속에서 도가적 면모를 지닌 최치원을 주인공으로 한 소설 「최고운전」崔孤雲傳이 16세기 후반에 지어지기도 했습니다. 물론 「최고운전」의 주인공 최치원은 완전히 허구적 인물이며, 실제 의 최치원과는 아무 관련이 없지만 말입니다.

_* 최치원 이외의 신라 시대 문인으로 어떤 인물들이 있는지요?

지난 강의(제3강)에서 향가를 공부할 때 거론한 월명사와 충담사는 신라의 주목할 작가라 할 것입니다. 그렇지만 두 사람은 한시문을 남기지는 않았습니다.

한문으로 글을 지은 문인으로는 7세기에 활동한 강수强首라는 인물이 우선 주목됩니다. 『삼국사기』 열전 「강수전」强首傳에 보면, 삼 국 각축기 때 강수가 주로 신라의 외교 문자를 맡아 지었다고 했습 니다. 강수는 원래 임나가야任那伽倻 출신인데, 임나가야가 신라에 복속되었으므로 신라를 위해 일하게 된 거죠.

『삼국사기』「강수전」의 말미에는, "문장은 강수, 제문帝文, 수진守 眞, 양도良圖, 풍훈風訓, 골포骨枲다"(文章則强首、帝文、守眞、良圖、風訓、骨枲) 라는 신라 고기古記의 말이 인용되어 있으며, '제문' 이하의 사람은 사적이 일실되어 열전을 쓸 수 없다라는 말이 덧붙여져 있습니다.

제문, 수진 등은 모두 최치원 이전의 문인들이 아닐까 합니다. 하지만 남아 있는 문헌이 없어 이들이 어떤 인물이며 어떤 글을 썼는지는 알 수 없습니다.

강수보다 조금 뒤인 7세기 후반에서 8세기 전반 사이에 활동한 문인으로 김대문金大問이 주목됩니다. 김대문은 진골 신분으로, 704년에 한산주漢山州 도독都督을 지낸 것으로 알려져 있습니다. 『삼국사기』에는 그가 지은 『화랑세기』花郎世紀, 『계림잡전』鷄林雜傳, 『악본』樂本, 『한산기』漢山記, 『고승전』高僧傳과 전기傳記 몇 권이 지금도 남아 있다고 적혀 있습니다. 『악본』은 신라의 음악에 대해 쓴 책 같고, 『한산기』는 한산주 도독을 하면서 쓴 한산에 대한 인문지리학적인 책이 아닌가 싶습니다. 이로 보면 김대문은 지적 관심이 폭넓은 대단한 저술가였던 듯합니다.

『삼국사기』「김대문전」의 말미에는 박인범朴仁範·원걸元傑·왕거인王巨仁·김운경金雲卿·김수훈金垂訓 등의 문인이 거론되어 있으며, 이들의 경우 사적이 망실되어 열전을 쓰지 못한다는 말이 덧붙여져 있습니다. 이 인물들도 다 신라의 주목할 문인들이라고 여겨집니다. 이 중 김운경은 신라인 중 당나라 빈공과에 처음 합격한 사람입니다. 빈공과는 9세기에 처음 생겼는데, 김운경은 821년에 급제했습니다. 박인범은 최치원과 동시대의 인물인데, 빈공과에 급제한 후 귀국해 한림학사가 되었습니다. 조선 초에 편찬된 『동문선』東文選에 칠언율시 10수와 산문 2편이 실려 전하는데, 특히 시를 잘 썼던 것으로 알려져 있습니다. 불교에도 조예가 있었습니다.

최광유崔匡裕라는 인물도 거론할 만합니다. 최치원과 동시대의 인물인데요, 최치원·최승우·박인범과 함께 신라 십현十賢의 한 사람으로 꼽힙니다. 당에 유학했지만 빈공과에 급제하지는 못한 듯합니다. 『동문선』에 칠언율시 10수가 실려 전하는데, 이방인의 외롭고 힘든 삶을 노래한 것이 많습니다.

공부하다 보면 이 시기 문학사에 아쉬움을 많이 느낍니다. 문인들의 이름과 책 이름은 전하는데 정작 문헌이 남아 있지 않기 때문입니다.

신축년에 진사進士 오첨吳瞻에게 부치다

위태로운 시절 정좌正坐한 채 장부 못 됨을 한탄하나니
나쁜 세상 만난 걸 어찌하겠소.
모두들 봄 꾀꼬리의 고운 소리만 사랑하고
가을 매 거친 영혼은 싫어들 하오.
길 물으면 남의 비웃음만 살 뿐
곧은길 가려거든 스스로 어리석어야 하지요.
장한 뜻 세운들 어디에 말하겠소
속인俗人은 상대하지 않는 게 나으니.

危時端坐恨非夫, 爭奈生逢惡世途.
盡愛春鶯言語巧, 却嫌秋隼性靈麤.
迷津懶問從他笑, 直道能行要自愚.
壯志起來何處說, 俗人相對不如無.

— 최치원, 『계원필경』

나말여초 소설의 성립

나말여초羅末麗初는 신라 말 고려 초를 말하는데, 이 시기는 역사 전환기에 해당합니다. 그런데 이런 역사 전환기에는 곧잘 상층과 하층의 말과 생각, 상층과 하층의 세계관이 활발하게 섞이고 교섭을 합니다. 바로 이 점이 이 시기 소설 발생 및 형성의 언어적·문화적 기초를 이룬다고 할 수 있습니다.

소설의 장르적 본령

먼저, 소설이 발생하기 전 서사문학의 상황이 어떠했는지부터 보겠습니다. 소설이 등장하기 전에는 '설화'와 '전'傳이 서사문학의 전부였습니다. 설화는 구전문학으로서 사실과 허구가 교직交織되기도 하지만 본질상 허구에 해당하는 장르입니다. 전은 기록문학으로서 사실에 입각한 글쓰기에 해당합니다. 소설은 선행한 이 두 장르의 영향을 받으면서도 근본적으로 그와 구별되는 전연 새로운 장르입니다. 그래서 이 시기 소설의 발생과 형성은 문학사에서 특별히 주목을 요하는 문제라고 할 수 있죠.

소설은 허구라는 점에서 이 시기 소설은 설화와 밀접한 관련이 있습니다. 설화를 들은 그대로 기록하거나 들은 설화를 약간 윤색해 기록한 것을 '지괴'志怪라고 합니다. '지괴'는 '괴이한 일을 기록하다'라는 뜻입니다. 소설은 이 지괴 장르와 아주 밀접한 관련을 맺고 있습니다. 지난 시간에 최치원이 저술한 『수이전』에 대해 공부했습니다만 거기 실린, 개로 변신한 노인 이야기, 불귀신이 된 지귀志鬼 이야기, 대나무통 안의 미녀 이야기, 연오랑延烏郎 세오녀細烏女 이야기 같은 것은 모두 지괴에 해당합니다. 대개 서술이 간략하고 서사의 길이가 짧다는 특징을 보여 줍니다. 그렇다면 지괴와 소설의 차이는 뭘까요?

기본적으로 지괴는 한 개인의 창작물이라기보다 집단 속에서 형성된 설화가 기록된 것입니다. 이와 달리 소설은 특정 개인의 창작물입니다. 이 점에서 소설은 본질상 개인적 글쓰기에 해당합니다. 즉, 소설의 서사는 개인적 탐구 행위에 속합니다. 그러므로 개인의 글쓰기에 대한 자각이 생기고, 그것이 중요한 문제로 떠오르기 시작한 문학사의 단계에서만 소설이라는 장르가 성립될 수 있습니다.

방금 '개인적 탐구 행위'라고 했는데, 무엇을 탐구하는가, 그리고 어떤 방식으로 탐구하는가에 따라 소설의 하위 장르가 결정됩니다. 가령 조선 시대의 소설을 예로 들면, 전기소설傳奇小說이 있는가 하면, 영웅소설도 있고, 역사소설도 있고, 가문소설도 있습니다. 이것들은 모두 소설의 역사적 하위 장르들에 해당합니다. 하지만 어떤 하위 장르인지와 무관하게 소설이란 허구적 상상을 통한 탐구 행위에 속합니다.

그런데 이 탐구 행위는 본질상 삶과 세계의 가치 혹은 의미를 모색하는 것입니다. 대개 답은 주어져 있지 않습니다. 그러니 답을 찾아 나서는 행위라고 할 수 있습니다. 설사 답을 못 찾는다 할지라도 답을 찾아 나선다는 그 자체가 중요한 의미를 갖습니다. 이처럼 소설은 개인에 의한 탐구 행위라는 점에서 본질적으로 '반성적'인 것입니다. 이 말은 소설이 '나'와 '세계'에 대한 서사적 거리 두기 및 성찰 위에서 성립된다는 뜻입니다. 서사 장르가 여럿 있습니다만, 소설만큼 서사적 거리 두기가 미학적으로 문제 되는 장르는 없습니다. 왜냐하면 소설은 '반성'(Reflexion)이라는 인간의 정신 행위 위에서 비로소 성립되는 장르이기 때문입니다. 반성의 깊이, 반성의 높은 수준이 문제 되는 장르인 거죠. 반성이라는 정신 행위는 개인의 글쓰기와 떼려야 뗄 수 없는 관련을 맺고 있습니다. 그러므로 설화라든가 지괴가 즉자적卽自的인 것에 가깝다면, 소설은 대자적對自的인 것에 가깝습니다. 소설은 이처럼 없는 길을 찾아 떠나는 하나의 여로旅路입니다. 그래서 작가 의식이라든지, 주제 의식이라든지, 창작 의식 따위가 늘 문제가 되는 것입니다.

나말여초 소설의 발생과 형성을 살피는 이 자리에서 왜 느닷없이 소설의 본령이 뭔가부터 이야기하는 걸까요? 여기에는 이유가 있습니다. 이 시기의 소설은 설화와 깊은 관련을 맺으면서 새로운 장르로 성립되었기 때문에, 그것을 소설이 아니라 설화의 일종으로 보는 관점이 있는가 하면, 설화와 소설의 중간쯤에 해당하는 것으로 보는 관점도 있고, 이전의 설화에서 볼 수 없는 새로운 지적·정신적 면모를 보여 준다는 점에 주목하면서 소설로 보는 관점도 있기 때문입니다. 그래서 작품들에 대해 말하기 전에 잠시 소설이란 무엇인가, 소설과 설화는 본질상 어떻게 다른가를 이야기했습니다.

나말여초 소설의 관법

이 시기 소설을 보는 관법觀法으로 다음의 세 가지를 유의할 필요가 있습니다.

첫째, 이 시기 소설은 후대의 소설과 달리 '설화의 바다'에서 떠올라 처음 문학사에 자태를 드러낸 장르이기에 설화적 요소가 발견되거나 설화와의 관련이 있을 수 있다는 점입니다.

둘째, 소설을 애초부터 완성된 어떤 장르로 보려 하거나, 고정되어 있는 어떤 것으로 보려는 관점은, 발생기에 해당하는 이 시기 소설을 보는 정당한 관점일 수 없다는 점입니다. 왜냐하면 소설이라는 것은 역사적으로 볼 때 계속 형성되어 왔고, 지금도 형성 중이고 발전해 가고 있는 장르이기 때문입니다. 그러니 근대소설을 보는 관점이나 조선 후기 소설을 보는 관점으로 발생기의 소설을 재단裁斷하는 것은 옳지 않습니다.

셋째, 이 시기 소설은 한국 고전소설의 역사적 하위 장르 가운데 하나인 전기소설傳奇小說에 해당한다는 점입니다.

이 세 가지 점에 유의하면서 이 시기 소설을 봐야 합니다.

전기소설 — 동아시아의 보편적인 소설 양식

그렇다면 '전기소설'이 무언지에 대해 좀 알아야겠는데요. '전기소설'은 줄여서 '전기'傳奇라고도 합니다. '전기'는 '기이함을 전한다'라는 뜻입니다. '기이함'이란 뭘 말하는 걸까요? 기괴하거나 신이神異한 사건, 즉 초현실적이거나 환상적인 일을 의미합니다. 그래서 전기소설에는 귀신이나 요괴가 종종 등장합니다. 물론 전기소설 중에는 현실적인 사건으로 일관하는 작품도 없지는 않습니다만, 이 경우에도 낯설거나 기이한 이야기가 전개된다는 점은 같습니다.

그러면 동아시아에서 전기소설은 언제 나타났을까요? 초당初唐 말기에 장작張鷟이라는 사람이 「유선굴」游仙窟이라는 작품을 창작했는데, 이것이 동아시아 최초의 전기소설입니다. '유선굴'은 '신선의 굴에서 노닐다'라는 뜻입니다. 제목에서 이미 '전기'의 풍이 느껴지지 않습니까? 장작은 7세기 후반에서 8세기 전반 사이에 살았던 문인입니다. 「유선굴」은 나말여초의 전기소설 「최치원」에 영향을 미쳤습니다. 이 점은 뒤에 다시 언급하겠습니다.

「유선굴」은 주인공이 변방의 지방관에 임명되어 부임하는 도중 선녀들이 사는 별세계를 방문해 하룻밤 머물며 환락을 누린 뒤다시 임지를 향해 떠난다는 이야기입니다. 이 작품에는 서사의 과정 중에 여러 편의 시가 나옵니다. 이 작품 이후 시와 산문의 교직은 전기소설의 주요한 미적 특징의 하나가 됩니다. 전기소설에서 시는 인물의 내면을 드러내거나 서사의 복선을 제시하는 등 아주중요한 역할을 합니다.

당나라에서는 「유선굴」이 나온 후 만당晚唐까지 전기소설이 많이 창작되었습니다. 전기소설은 당에만 한정되지 않고 송宋, 원元, 명明으로 이어져 계속 창작되었습니다. 특히 14세기 후반인 원나라 말에 구우瞿佑라는 문인은 『전등신화』剪燈新話라는 전기소설집을 내기도 했습니다. 『전등신화』는 15세기 후반에 쓰인 『금오신화』金鰲新話에 영향을 미쳤고, 16세기 전반에 쓰인 베트남의 『전기만록』傳奇漫錄에도 영향을 미쳤습니다. 『금오신화』나 『전기만록』은 모두 전기소설집입니다. 이처럼 전기소설은 동아시아 한자 문화권의 보편적인 소설 양식이라 할 수 있습니다.

중국의 경우 전기소설 작자의 대부분은 중하층 사인±ㅅ입니다. 우리의 경우 나말여초 전기소설의 작자는 대체로 육두품 문인이지 않았나 합니다. 육두품 문인 중에는 당나라 유학생이 많았습니다. 이들은 당에서 전기소설을 접할 기회가 있었던 데다가 한문을 능수능란하게 구사할 줄 알았습니다. 게다가 이들은 신라 말 새로운 지식인층을 형성했기에 인간의 삶과 세계에 대한 고민과 문제의식이 없지 않았을 터입니다. 이로 인해 이들은 새로운 글쓰기 형식인 전기소설의 창작을 통해 생生의 형식과 의미에 대한 가치론적 탐색을 시도하게 되었다고 여겨집니다.

나말여초의 전기소설로는 어떤 작품들이 있나

나말여초에 창작된 전기소설로는 대략 다음 여섯 작품을 들 수 있습니다: 「최치원」, 「조신전」調信傳, 「호원」虎願, 「온달전」溫達傳, 「설씨」薛氏, 「백운제후」白雲際厚.

　「최치원」은 조선 성종 때의 문신인 성임成任이 편찬한 책인 『태평통재』太平通載에 실려 있는데, 원출전은 『수이전』입니다. 최치원 스스로 이런 작품을 썼을 리는 없으니, 이 작품은 최치원 원작의 『수이전』이 아니라 11세기 중·후반에 박인량이 『수이전』을 증보해 엮은 책인 『증보 수이전』에 실려 있던 것으로 여겨집니다.

　「조신전」은 『삼국유사』에 실려 있습니다. 작품 서두에 "옛날 서라벌이 서울일 적에"(昔新羅爲京師時)라는 말이 보이는 것으로 보아, 고려 초에 창작된 작품인 듯합니다.

　「호원」은 일반적으로 「김현감호」金現感虎로 알려져 있습니다. 『삼국유사』에 이 제목으로 작품 전문이 수록되어 있거든요. '김현

'감호'라는 제목에서 '감'感은 '마음이 동하다'라는 뜻입니다. 김현이 호녀虎女에게 사랑의 감정을 느낀 것을 말합니다. 그러므로 '김현 감호'는 '김현이 호랑이에게 마음이 동하다'라는 뜻입니다. 혹 '김현이 호랑이를 감동시키다'라고 번역하기도 하나 잘못된 번역입니다. 김현이 호랑이를 감동시킨 일은 작품에 나오지 않습니다. 조선 중기인 16세기 후반에 활동한 문인 권문해가 편찬한 『대동운부군옥』에도 이 작품이 축약되어 실려 있는데, 여기서는 작품명을 '호원'이라고 했습니다. '호원'은 '호랑이의 소원'이라는 뜻입니다. '김현감호'라는 제목은 김현에 초점을 맞추고 있고, '호원'이라는 제목은 호녀에 초점을 맞추고 있습니다. 작품 내용을 보면 김현이 아니라 호녀가 서사의 중심에 있습니다. 그러니 이 작품의 원래 제목은 '호원'이 아닌가 합니다. 「호원」은 원래 『수이전』에 실려 있던 작품입니다. 일연이 『수이전』의 이 작품을 『삼국유사』에 옮겨 실으면서 제목을 바꾼 게 아닌가 싶습니다. 『삼국유사』에는 이런 유의 네 글자 제목이 많습니다. 이를테면 '원광서학'圓光西學, '사복불언'蛇福不言, 이런 식입니다.

「온달전」은 『삼국사기』 열전에 실려 있는 작품입니다. 아마 소설로 전해지던 원작이 있었는데 이를 사료로 삼아 열전이 작성된 것으로 보입니다. 전기소설의 열전화列傳化는 중국의 『신당서』新唐書에서도 발견됩니다. 즉 「오보안전」吳保安傳과 「사소아전」謝小娥傳은 원래 전기소설로 창작되었지만 훗날 각각 『신당서』의 열녀전列女傳과 충의전忠義傳에 축약되어 실렸습니다.

「설씨」 역시 『삼국사기』 열전에 실려 있습니다. 이 작품도 따로 소설로 전해지던 원본이 있었는데 이를 열전화한 것으로 여겨집니다. '온달 이야기'와 마찬가지로 '설씨 이야기'도 열전화하는 과정에 표현이 좀 바뀌거나 내용이 상당 부분 축약되지 않았나 합니다.

「백운제후」는 백운이라는 화랑과 제후라는 여성의 변치 않는 사랑을 그린 작품인데, 조선 초에 서거정徐居正 등이 편찬한 편년체 사서史書인 『삼국사절요』三國史節要에 실려 있습니다. '절요'는 요점만 간단히 기록한다는 뜻입니다. 이 이야기는 파란곡절이 많은데, 『삼국사절요』에는 그 줄거리만 실려 있습니다.

이 강의에서는 이들 작품 중 「최치원」, 「호원」, 「조신전」 셋을 좀 자세히 살펴보도록 하겠습니다.

「최치원」

줄거리를 따라가며 작품을 들여다보겠습니다.

최치원이 중국의 율수현溧水縣이라는 곳 현위縣尉가 되어 부임합니다. 율수현은 강소성 남경南京에 있던 현縣입니다. 현위는 조선 시대의 현감縣監쯤에 해당하는 지방관입니다. 율수현에 쌍녀분雙女墳이 있었습니다. '쌍녀분'이란 '두 여인의 무덤'이라는 뜻입니다. 최치원이 어느 날 밤 그 무덤에 가서 이런 시를 짓습니다: "어느 집 두 여인이 이 무덤에 묻혀/쓸쓸한 저승에서 몇 번이나 봄을 원망하나/나의 그림자 시냇가 달빛 아래 부질없이 머무니/무덤 속 그대들의 이름 묻기 어렵네/그윽한 꿈속에서 혹 마음을 허락해/긴 밤에 나그네를 위로해 주면 어떨지/외로운 객관客館에서 사랑을 나눌 수 있다면/그대들과 함께 「낙신부」洛神賦를 이어 지으리."

「낙신부」는 중국 삼국시대 위魏나라 조식曹植이, 낙수洛水라는 강에 빠져 죽어 낙수의 신이 되었다는 복비宓妃라는 여인을 읊은 부賦입니다.

시를 읊조린 뒤 조금 있으니 한 시녀가 나타나 무덤 속 두 여인의 화답시를 전합니다. 읽어 보니 최치원이 읊은 시에 감사하는 내용입니다. 최치원이 그에 화답하는 시를 지어 주자 조금 있다 두 여인이 나타납니다.

세 사람은 서로 대화를 나눕니다. 대화를 통해 다음과 같은 사실이 드러납니다. 두 여인은 장씨張氏 성의 부잣집 딸입니다. 아버지는 큰딸을 소금 장수에게, 작은딸을 차茶를 매매하는 상인에게 시집보내려 했습니다. 소금 장수라든가 차를 매매하는 상인은 당시의 중국에서는 다 부호들이었습니다. 그러니까 아버지는 두 딸을 자기 집 지체에 맞는 부자에게 시집보내려고 한 거지요. 하지만 두 딸은 교양과 문예 취향이 있어, 돈은 많지만 무식한 부자에게 시집가는 것이 마뜩잖았던 모양입니다. 그래서 두 자매는 아버지의 강요에 괴로워하다가 세상을 하직합니다. 심적 갈등이 엄청났던 거죠. 최치원과의 대화 중에 이런 사실이 드러납니다.

대화가 끝나자 세 사람은 시를 수창酬唱합니다. 이를 통해 서로를 더 이해하게 되고, 서로 깊은 교감을 갖게 됩니다. 마침내 세 사람은 잠자리를 같이합니다. 이런 설정은 당나라 전기소설 「유선굴」의 영향입니다. 하지만 작자는 이 부분이 윤리적으로 문제가 있음을 의식했던지 여인의 입을 빌려 이리 말하고 있습니다.

순舜이 임금이 되자 두 여인이 곁에서 모셨고, 주유周瑜가 장군이 되자 두 여인이 그를 따랐습니다. 옛날에도 그런 일이 있었거늘, 지금인들 왜 그럴 수 없겠습니까?

'주유'는 적벽대전에서 조조를 꺾었던 영웅입니다.

이 세 사람의 동침 부분에 대해서는, 참 기가 막힌 남성의 판타지를 심어 놨다, 순전히 남성 중심으로 이야기를 엮어 가고 있다, 이런 비판이 제기되어 있기도 합니다. 공감이 가는 지적입니다. 그런데 유교가 사회와 문화를 통제한 조선 시대에는 이런 상상력이 불가능합니다. 이리 본다면 「최치원」은 아직 유교가 굳건해지기 전 단계 사회의 성적 분방함을 반영하고 있는 면이 있지 않나 합니다.

날이 밝자 두 여인은, 생사의 길이 다르고 이승과 저승의 길이 다르다고 하면서 이리 탄식합니다: "겨우 하룻밤 즐거움을 얻은 것이 이제 천년의 한이 되고 말았으니, 처음에는 함께 밤을 보낸 행운에 기뻤지만 별안간 기약 없는 만남이 되고 보니 한숨이 나옵니다." 두 여인은 슬퍼하며 최치원에게 시를 지어 줍니다. 이튿날 아침 최치원은 다시 무덤을 찾아갑니다. 무덤 앞을 서성이면서 슬픈 마음으로 시를 읊조립니다. 이 시는 대단히 긴데, 그 일부를 소개하면 다음과 같습니다: "웅대한 재주로 이역異域 땅 관리 노릇 한스러워 / 어쩌다 외로운 객관客館에 와 그윽한 곳을 찾았네 / 장난삼아 석문石門에 시를 썼더니 / 선녀가 감동하여 밤을 틈타 찾아왔네 / (…) / 정이 깊고 마음이 가까워져 사랑을 구하니 / 때는 화창한 봄날 복사꽃 피는 시절 / 밝은 달은 잠자리의 은정恩情을 더하고 / 향기로운 바람은 비단결 같은 몸을 잡아끄네 / (…) / 말은 길게 울며 갈 길을 바라보는데 / 미친 나그네는 옛 무덤을 다시 찾네 / 아름다운 그 모습 만나지 못하고 / 아침 이슬 맺힌 꽃가지만 보이네 / (…) / 인간 만사 시름겹기도 하지 / 툭 트인 길인가 했더니 또 길을 잃었네 / (…)"

'툭 트인 길인가 했더니 또 길을 잃었다'는 구절이 큰 여운을 남기는데요. 최치원은 그 후 신라로 돌아옵니다. 그리고 벼슬에서 물러나 세상 밖에 숨어 살다 일생을 마쳤다는 말로 작품은 종결됩니다. 최치원이 벼슬을 그만두고 세상 밖에 숨어 살게 된 것은 쌍녀분에서 만난 두 여인과의 하룻밤 인연과 관련이 있죠.

　이런 줄거리의 작품인데요. 우선 이 작품에는 불우한 문인의 분만감憤懣感과 불평지심不平之心이 표현되어 있습니다. 이 작품의 남자 주인공은 고독한 존재로 그려져 있습니다. 사회적으로 소외되어 있기 때문에 고독합니다. 고독감, 고립무원의 감정 상태가 무언지를 아는 것이 이 작품을 이해하는 데 아주 중요합니다. 불우한 문인이 느끼는 소외감이라든가 고립무원의 감정 상태가 직접적으로 그리고 본격적으로, '서사'의 문제가 된 것은 우리 문학사에서 이 작품이 처음입니다.

　두 여인의 불행은 아버지와 관련이 있습니다. 즉 '가부장제'와 관련이 있죠. 두 여인은 아버지의 강요된 결혼 때문에 분한憤恨을 품고 죽었다고 말할 수 있습니다. 무덤 속의 두 여인은 짝이 없는 외로운 존재입니다. 그래서 최치원이 자기들을 생각하며 지은 시에 감사하는 마음을 갖게 된 거지요.

　이 작품의 남녀 주인공은 이런 존재론적 상황에 처해 있어 쉽게 서로에게 다가가면서 친근감을 느낄 수 있었고, 그래서 서로 하룻밤 사랑을 나누게 됩니다. 요컨대 이 작품에서의 사랑은 고독감과 깊은 관련이 있습니다. 남녀 모두 외로운 존재들이기에 금방 깊은 사랑에 빠진 거죠. 마음이 통하는 상대와의 사랑에서 깊은 일체감을 느끼게 된 겁니다. 바로 이 점에서 이 작품의 사랑은 다분히 '은유'로서의 의미를 갖게 됩니다. 그리고 이 은유는 작자의 존재론적 상황과 밀접히 연관되어 있습니다.

　그렇다면 이 작품의 작자는 누구일까요? 우선 최치원이라는 설이 제기되어 있습니다. 하지만 최치원 본인이 이런 작품을 썼으리라고 생각되지 않습니다. 「최치원」이 수록된 『증보 수이전』을 편찬한 박인량이 작자일 거라는 견해가 제기되어 있기도 합니다. 박인량은 아주 현달한 인물입니다. 이런 현달한 인간이 불우한 문인의 분만감과 불평지심이 여실히 토로되어 있는 소설을 짓기는 아주 어려운 일입니다. 고독감이나 소외감은 고독하거나 소외된 사람만이 알 수 있습니다. 한편, 육두품 문인 최광유가 작자일 거라는 견해도 있습니다. 최광유는 불우한 인물입니다. 당에 유학해 10년간 공부했지만, 빈공과에 합격하지 못해 신라로 소환되었습니다. 이 때문에 최광유가 남긴 시에는 애환이 담긴 것이 많습니다. 최광유는 적어도 존재론적 처지는 이런 작품을 씀 직한 위치에 있는 사람이라고 할 수 있습니다. 그러나 확실한 증거가 없기에 단언하기는 어렵습니다. 그래서 나는 고려 초에, '익명의 불우한 육두품 출신 문인이 아니면, 육두품 출신 문인의 후예가 쓴 작품일 거다', 대체로 이리 생각하고 있습니다.

이처럼 불우한 처지의 작가가 자신의 심회心懷를 사랑에 가탁하는 이런 소설 문법은 이후 한국 전기소설의 주요한 장르 관습을 이룹니다. 「최치원」은 작품 자체로서는 아직 미숙한 점이 많고, 또 특출한 문제의식을 보여 주고 있지도 못합니다. 생에 대한 감각과 관련해서 어떤 특별한 문제의식을 제기하거나 탐구하거나 그러고 있지 못해요. 그럼에도 불구하고 이 작품이 문학사에서 중요한 까닭은, 이 작품이 후대의 문학사와 이어지는 굉장히 중요한 출발점이 되고 있어서지요. 즉, 15세기 후반에 나온 『금오신화』라든가, 17세기 초에 창작된 「운영전」雲英傳이라든가, 18세기 말에 창작된 「심생전」沈生傳이 보여 주는 서사 문법과 미학의 원류를 소급해 올라가면 「최치원」에 가 닿게 됩니다. 하나의 소설적 계보가 그려지는 거죠.

「최치원」에는 시가 많이 나옵니다. 남성 주인공만이 아니라 여성 주인공도 시를 여러 편 창작합니다. 여성도 문예 취향을 보여 주고 있는 거죠. 근데 여성 주인공이 보여 주는 이런 문예 취향 자체가 남성 중심적 욕망의 소설적 표현이 아닌가, 남성의 구미에 맞게 여성을 그려 놓은 게 아닌가, 결국 여성은 이 작품에서 성적 대상물이 아닌가, 이런 관점도 가져 볼 수 있습니다. 하지만 또 달리 생각하면, 이 작품에서 남성의 욕망이 그려지고 있음은 분명한 사실이지만, 그렇다고 해서 '여성이 성적 대상물로 그려지고 있다' 꼭 이렇게만 말하기는 어렵지 않나 합니다. 이들은 가부장의 결혼 강요에 희생된 여성들인 데다가, 자발적으로 욕망을 추구하고 있습니다. 게다가 이 작품에서는 이런 여성의 모습을 부정적으로 그리거나 타자화他者化하지 않고 적극 긍정하고 있다는 점이 유의될 필요가 있습니다. 물론 이 작품에서 이런 면모가 얼마나 '충분히' 구현되고 있는가는 좀 더 따져 봐야 할 문제지만, 적어도 이런 면모가 후대의 소설로 이어지고 있다는 점, 이를테면 『금오신화』라든가 「운영전」 같은 작품에서 여성의 정욕情欲에 대한 적극적 긍정이 나타난다는 점에 주의를 기울여 봄 직합니다. 그러므로 「최치원」에 그려진 여성의 욕망에 대해, 일방적으로 여성에 대한 성적 착취와 성적 대상화에 불과하다, 이렇게만 보는 것은 좀 재고가 필요하지 않은가 합니다.

「호원」

이 작품의 진짜 주인공은 김현이 아니라 호녀虎女, 즉 호랑이 여인입니다. '김현감호'라는 제목은 이 작품의 주제를 모호하게 만들기 때문에 문제가 있습니다. 젠더적 관점에서 '김현감호'라는 제목은 원래 주체의 자리에 있던 여성 주인공을 타자의 자리로 밀어내 버립니다. 이와 달리 '호랑이 여인의 소원'이라는 뜻을 갖는 '호원'이라는 제목은 작품의 내용에 상응하게 여성을 주체로 상정하고 있죠.

이 작품의 줄거리를 보면 다음과 같습니다.

신라에는 2월 8일에서 15일 사이에 남녀들이 서라벌의 흥륜사興輪寺에 있는 탑을 돌며 복을 비는 풍습이 있었는데, 김현이라는 청년이 탑돌이 하던 중 한 여성을 만납니다. 김현은 그녀에게 호감을 느껴 인적 없는 곳으로 데리고 가 사랑을 나눕니다. 관계를 마친 후 그녀가 돌아가려 하자 김현은 그녀를 따라갑니다. 그녀는 따라오지 말라고 했지만 김현은 그 말을 듣지 않습니다.

집에 가자 노파가 '따라온 사람이 누구냐'고 묻습니다. 사정을 말씀드리자 노파는 '네 오빠들이 해칠까 걱정이다'라고 말합니다. 노파는 김현을 집 안 깊숙한 곳에 숨게 했습니다. 잠시 후 호랑이 세 마리가 나타났는데, 여인의 오빠들입니다. 오빠들은 김현의 냄새를 맡고 잡아먹으려고 합니다. 그때 하늘에서, '너희들이 남의 목숨을 많이 해쳤으니 한 놈을 죽여 악을 징계해야겠다'라는 소리가 들립니다. 그러자 여인은 자신이 그 벌을 대신 받겠다며 오빠들을 피신하게 합니다. 그리고 김현에게 이리 말합니다. "처음에 저는 서방님이 저희 집에 오시는 게 수치스러웠기 때문에 따라오지 못하게 막았어요. 하지만 이제 숨길 게 없으니 속마음을 털어놓겠습니다. 더구나 서방님과 저는 비록 유類는 다르나 하룻밤의 즐거움을 함께했으니 그 의리가 부부 사이만큼이나 무겁지요." 이어 말하기를, '제가 내일 시장에 들어가서 사람들을 해칠 테니 그때 서방

162

님이 저를 죽이세요. 그러면 서방님은 그 공으로 벼슬을 할 수 있을 거예요'라고 합니다. 김현이 '어찌 차마 배필의 죽음을 팔아서 벼슬을 구하겠소'라고 말하며 난색을 표하자, 여인은 이리 말합니다. "서방님, 그런 말 마셔요. 지금 제가 죽는 건 천명이고 제 소원이기도 하며 서방님께 경사스러운 일이 되고 제 가족에게 복이 되며 온 나라 사람들에게 기쁨이 될 거예요. 제 한 몸 죽어 다섯 가지 이로움이 생기는데 어찌 이를 어길 수 있겠어요." 마침내 김현은 그녀의 말대로 해, 그 공으로 벼슬을 얻습니다. 그리고 그녀가 부탁한 대로 절을 세워 그 명복을 빕니다. 김현은 죽기 직전에 자기가 겪은 이 기이한 일을 전傳으로 써서 남깁니다.

이처럼 호녀는 자신을 희생해 오빠들을 구하고 김현을 벼슬에 오르게 합니다. 호녀는 또 죽기 직전 김현에게, 자신의 발톱에 상처를 입은 사람들을 치료하는 방법을 일러 줍니다. 그리고 김현이 차고 있던 단검을 뽑아 스스로 목을 찔러 죽습니다. 김현을 위해 스스로 목숨을 끊은 거지요.

전기소설에는 크게 염정류艶情類, 신괴류神怪類, 호협류豪俠類가 있습니다. '염정류'는 남녀의 사랑 이야기이고, '신괴류'는 귀신이나 이물異物이 등장하는 신이하고 괴기한 이야기를 말합니다. '호협류'는 '검협류'劍俠類라고도 하는데, 협객이나 검객이 등장하는 이야기입니다. 「호원」은 「최치원」처럼 '신괴'와 '염정'이 결합되어 있습니다. 비록 불교적 색채를 띠고 있기는 하지만, 불교 교리를 전파하기 위해 창작된 작품은 아닙니다.

이 작품에서 주목되는 것은 '희생'입니다. 희생이란 누군가를 위해 자기를 던지는 행위입니다. 희생 행위의 정점에 있는 건 목숨을 버리는 것입니다. 희생 중에는 강요된 것도 있을 수 있습니다.

하지만 「호원」에 그려진 희생은 '자발적'인 것입니다. 그러니 의미가 심중합니다. 호녀는 다섯 가지 이로움을 이야기하면서 자기를 희생했습니다. 이를 통해 그녀의 희생이 맹목적인 것이 아니라 자기 결단에 의한 것임을 알 수 있습니다.

이 작품은 인간의 삶에서 자기희생의 의미와 가치가 무엇인가를 처음으로 묻고 문제 삼은 작품입니다. 그런데 주목되는 점은, 희생의 주체가 여성이라는 사실입니다. 그것도 금수로 그려진 여성입니다. 금수로 그려진 이 여성은 하층 신분의 여성을 은유하고 있다 할 것입니다. 이 점에서 이 여성은 이중二重의 타자성他者性을 띱니다. 호녀는 지배 체제 주변이나 바깥에 있는, 제어하기 쉽지 않은 하층 신분에 속한 여성일 터입니다. 이 여성의 희생은 단지 김현만을 위한 것이 아니라, 오빠들을 위한 것이기도 합니다. 이 점에서 남성 중심적인 가부장제의 맥락이 느껴지기도 합니다. 이런 점은 비판적으로 읽을 필요가 있지만, 그럼에도 불구하고 이 작품이 자기희생의 문제를 우리 문학사에 처음으로 뚜렷하게 제기하고 있다는 점은 주목을 요합니다. 희생이란 무엇인가? 그것은 얼마나 고결하면서 참담한 것인가? 희생은 그 행위 주체와 타자에게 무슨 의미를 갖는가? 이 작품은 이런 어려운 물음을 묻고 있는 듯합니다.

예수도 십자가에 못 박혀 죽지 않았습니까? 인류의 죄를 대신 짊어지고 간 거지요. 이는 종교적 차원의 희생입니다. 호녀의 희생은 종교적 차원의 것은 아니지만, 그럼에도 종교적 차원과 통하는 점이 없지 않습니다. 이타적 정신에서 발현되는 숭고한 행위이기 때문입니다.

이 점에서 호녀의 희생은 어찌 보면 '사랑'의 한 방식이라고 할 수 있습니다. 사랑에도 여러 가지가 있지만, 자발성 위에서 행해진 호녀의 희생은 사랑의 한 특별하고 고귀한 방식일 것입니다. 그것은 어쩌면 인간이 상상할 수 있는 최고 심급의 사랑일지 모릅니다.

우리 문학사에서는 조선 후기에 나온 『심청전』에서 또 이런 심중한 의미의 희생이 목도됩니다. 심청은 아버지를 위해 자신을 인당수에 던집니다. 심청의 이런 행위가 가부장제와 모종의 연관이 있다는 비판도 있습니다. 그런 비판은 그것대로 의미가 있다 할지라도, 그런 비판과는 별도로 이런 희생 행위가 인간다움과 인간의 선한 본성이라는 것이 어떤 것인지를 깨닫게 하면서 인간 삶을 근원적으로 되돌아보게 만든다는 사실을 간과해서는 안 될 줄 압니다. 「호원」이 문학사의 이른 시기에 이런 문제의식을 보여 준다는 것은 놀라운 일입니다.

「호원」은 『수이전』에 수록된 작품으로, 그 작자는 최치원입니다. 이 작품은 그 서두의 "신라에는 해마다 2월 8일부터 15일까지 서라벌의 남녀들이 흥륜사에 있는 탑 주위를 돌며 복을 비는 풍습이 있었다"라는 말이라든가, 말미의 "지금도 민간에서는 호랑이에게 입은 상처를 치료할 때 (호녀가 가르쳐 준) 이 방법을 쓴다"라든가, "(호녀가 죽은) 숲을 '논호림'이라 이름 붙여 지금까지 그리 부른다"라는 말을 통해, 신라의 풍습을 환히 알고 있던, 다시 말해 신라의 풍습 속에 있었던 사람이 지은 작품임을 알 수 있습니다. 이런 작품을 신라가 망한 지 백 몇 십 년 뒤의 인물인 박인량이 지었다고 보기는 어렵습니다. 그러니 작자는 신라 사람 최치원일 수밖에 없습니다. 최치원은 살신성인殺身成仁을 행하는 미천한 여성을 주인공으로 한 전기소설의 창작을 통해 인간에 대한 탐구를 꾀하고 있다고 여겨집니다.

김현은 죽기 전 자신이 겪은 호녀의 일에 깊은 감회를 느껴 전

傳을 썼다고 했습니다. 이는 영화 〈타이타닉〉의 끝 장면에서, 여주 인공 로즈가 과거 자신이 잭과 함께 겪은 일을 눈물을 글썽이며 사람들에게 전하는 장면을 떠올리게 합니다.

「조신전」

이 작품은 앞의 두 소설과 의미 지향이 퍽 다릅니다. 줄거리는 다음과 같습니다.

승려 조신調信이 태수太守 김흔金昕의 딸에게 반해 사랑의 감정을 느낍니다. 그래서 낙산사洛山寺 관음보살觀音菩薩 앞에 나아가 제발 나의 사랑을 이루게 해 달라고 빕니다. 2, 3년 후에 그 여인은 딴 사람의 아내가 됩니다. 조신은 낙산사로 가서 관음보살이 자신의 소원을 이루어 주지 않은 걸 원망하며 슬피 웁니다.

그러다가 잠시 잠이 드는데, 꿈에 김씨 여인이 웃으며 나타나 '스님을 사랑해 잠시도 잊은 적이 없어요. 그렇지만 부모님의 명령을 거역할 수 없어 억지로 딴 사람에게 시집갔는데, 스님과 부부의 연을 맺고 싶어 이리 찾아왔어요'라고 말합니다. 조신은 너무 기뻐하며 그 여인과 함께 고향으로 갑니다.

고향에서 40년을 함께 살며, 자식 다섯을 둡니다. 하지만 찢어지게 가난했습니다. 급기야 살아갈 방도가 없어 사방을 떠돌면서 유랑민으로 10년을 지냅니다. 그 와중에 열다섯 살 큰아이는 굶어 죽습니다. 부모는 통곡하며 굶어 죽은 큰아이를 길가에 묻습니다. 조신 부부는 남은 네 아이를 데리고 지금의 강릉에 있던 고을인 우곡현으로 가서 길가에 초가집을 짓고 삽니다. 부부는 늙고 병들어 자리에서 일어나지 못해, 열 살 된 딸아이가 동네를 돌아다니며 구걸을 해 연명했습니다. 그러던 중 딸아이가 마을 개에 물려, 집에 와 부모 앞에 누워 고통스럽게 비명을 지릅니다. 이걸 보면서 부모는 눈물을 흘립니다.

이에 아내가 이리 말합니다. "당신과 내가 어쩌다 이 지경에 이르게 되었을까요? (…) 형편이 좋으면 합하고 형편이 나빠지면 헤어지는 건 인정상 차마 못 할 짓이지요. 하지만 사람의 일이란 인력으로 어찌할 수 없고, 만남과 헤어짐에는 정해진 운명이 있는 법이에요. 이제 헤어지기로 해요." 눈물을 머금고 하는 말입니다. 사랑함에도 불구하고 함께 살아갈 방도가 없으니 헤어지자는 거지요. 아내의 이 말에 조신은 아주 기쁜 기색을 하면서 그러자고 합니다. 그리하여 각자 아이 둘씩을 데리고 떠납니다. 아내와 헤어져 길을 떠나는 순간 조신은 꿈에서 깹니다.

짧은 편폭의 이야기입니다만 그 의미는 깊습니다. 꿈에서 깬 다음 조신은 탐욕이 얼음 녹듯 사라져 관음보살 앞에 가서 참회합니다. 그러고 나서 사재私財를 기울여 정토사淨土寺라는 절을 창건하고 선업善業을 닦습니다. 작품은 "그 후 조신이 어떻게 살다 생을 마쳤는지 알 수 없다"라는 말로 끝납니다. 한문으로 하면 '후막지소종'後莫知所終입니다. '막지소종'莫知所終 혹은 '부지소종'不知所終이라는 말은 전기소설 말미의 상투어입니다. 어떻게 되었는지 모른다고 처리함으로써 여운을 남기는 거죠.

이 작품은 서두가 다음과 같습니다: "옛날 경주가 서울이던 시절 세달사世達寺의 장원莊園이 명주溟州 나리군에 있었다." 이 말로 볼 때 이 작품의 창작 시기는 신라 말이 아니라 고려 초로 보입니다.

이 소설은 앞에서 살펴본 「호원」과 마찬가지로 불교적 색채가 느껴집니다. 그럼에도 이들 작품이 불교 교리를 전파하기 위한 목적으로 지어진 것으로 보이지는 않습니다. 불교적인 외피外皮를 취하고 있음에도 불구하고 그 외피 안에는 심각한 현실이 그려져 있죠. 즉 신라 말 농민들이 겪은 참혹한 현실입니다. 이 점에서 이 작품의 현실 반영은 아주 심각한 것입니다.

「조신전」은 '꿈의 형식'을 우리 문학사에 최초로 선보인 작품입니다. 17세기 후반에 창작된 『구운몽』의 꿈의 내용이 비현실적이라면, 「조신전」의 꿈의 내용은 지극히 현실적입니다. 동일한 꿈의 형식이지만 「조신전」의 꿈은 현실의 반영입니다. 그래서 이 작품은 비록 그 편폭은 짧지만, 『구운몽』에 비할 수 없이 심각한 주제를 담고 있으며, 대단히 문제적입니다. 『구운몽』에서 성진이 꾼 꿈의 내용은 온갖 부귀공명을 누리는 것으로 채워져 있습니다. 여덟 명의 여자와 차례로 조우하면서 화락하고 행복한 삶을 사는 내용입니다. 「조신전」에는 그와 달리 현실의 두 가지 중요한 문제가 반영되어 있습니다. 하나는 '신분 갈등'의 문제입니다. 남녀 주인공은 신분이 다릅니다. 김흔의 딸은 조신보다 지체가 높습니다. 둘은 현실에서 맺어질 수 없는 사이입니다. 그래서 두 사람은 꿈속에서 부부가 됩니다. 다른 하나는 신라 말 '하층민의 곤고상困苦狀'입니다. 즉 토지에서 유리되어 유망流亡하는 농민의 삶입니다. 극한의 빈곤이 닥치면 '가족 해체'가 야기되죠. 조신 가족도 결국 그런 길을 갑니다. 한국 사회는 IMF를 겪으면서 이런 현상을 목도한 바 있습니다. 가족 해체와 노숙자가 그 시기에 대거 발생했습니다.

이 작품은 현실 속에서 사랑의 '경계'는 어디인가 묻고 있음이 흥미롭습니다. 즉 현실 속에서 사랑은 어디까지 버텨 낼 수 있는가? 사랑의 경계 지점은 어디까지인가? 이를 캐묻고 있는 거죠. 사랑은 어디까지 지속될 수 있는가? 지극한 사랑은 어떠한 고난, 어떠한 고통도 견딜 수 있으며, 그런 것하고 관계없이 지속될 수 있는 가? 심각한 물음이지 않습니까.

이 물음에 대해서는 두 가지 답이 가능할 것입니다. 하나는 지속될 수 있다는 전망을 보이는 것입니다. 그런 소설로는 『금오신화』의 「이생규장전」, 「만복사저포기」라든가 「운영전」 같은 게 있습니다. 남녀 주인공은 끝까지 지조를 지킵니다. 비록 세계의 폭력 앞에 패배하지만, 거기에 굴하지 않고 죽음을 넘어 끝까지 서로에 대한 신의와 지조를 견지합니다. 사랑이 극한의 현실에도 불구하고 지속될 수 있다는 전망을 보여 주는 작품들이죠.

이와 달리 「조신전」은 지속될 수 없다는 전망을 보이는 쪽에서는 작품입니다. 이 점에서 이 작품은 불편한 진실을 담고 있으며, 리얼리즘의 정신을 구현하고 있다고 할 만합니다. 두 남녀는 헤어질 때도 사랑하는 마음에 변함이 없습니다. 사랑하는 마음을 가지고 있지만 헤어질 수밖에 없습니다. 살아야 하니까요. 사회학적으로 볼 때 극도의 경제적 곤핍은 사랑을 불가능하게 합니다. 「조신전」은, 사랑은 지난한 현실 속에서도 지속될 수 있다는 전망을 담고 있는 소설과는 다른 메시지를 전하고 있는 거죠.

이와 관련해 이 작품은 '가난'의 묘사를 참으로 리얼하게 하고 있다는 점이 주목됩니다. 한국문학사에서 극빈의 고통에 대한 이런 절절한 묘사는 이 작품이 처음일 터입니다. 유랑하다 굶어 죽은 자식을 통곡하며 길가에 묻는다든지, 구걸하다 개에 물려 돌아와 고통스럽게 비명을 지르는 어린 자식을, 눈물을 주르르 흘리며 바라보는 부모에 대한 묘사는 눈시울을 뜨겁게 합니다. 정말 끔찍할 정도로 리얼하고 비참합니다. '고통'의 문제를 처음으로 본격적으로 제기하고 있는 거죠. 인간이 겪는 고통에도 여러 가지가 있는데,

이 작품에서 고통은 경제적 곤핍에 기인합니다.

당나라 전기소설 중에 「침중기」枕中記라는 작품이 있습니다. 주인공 노생盧生이 꿈에서 평생 온갖 영화를 누리다가 꿈을 깬다는 내용이지요. 동아시아 문학사 속에서 본다면 「조신전」은 「침중기」와 비교될 만합니다. 춘원春園 이광수李光洙는 해방 직후인 1947년 「조신전」을 패러디해 『꿈』이라는 제목의 중편소설을 창작했습니다. 『꿈』은 신상옥 감독에 의해 1955년과 1967년에, 배창호 감독에 의해 1990년에, 도합 세 차례 영화로 제작되었습니다. 영화 제목도 〈꿈〉입니다.

「온달전」, 「설씨」, 「백운제후」

지금까지 「최치원」, 「호원」, 「조신전」 세 작품을 중심으로 나말여초 전기소설의 면모를 살펴봤습니다. 나말여초 전기소설로는 이외에도 「온달전」, 「설씨」, 「백운제후」를 거론할 수 있습니다. 이들 작품을 자세히 살필 수는 없지만, 여기서 간단히라도 일별해 두고 싶습니다.

우선 「온달전」부터 볼까요. 이 작품은 신분의 벽을 넘어선 사랑을 보여 줍니다. 즉 여기도 신분 갈등이 나타납니다. 여성은 왕의 딸이고, 온달은 허름하게 살아가는 평민입니다. 하지만 둘의 사랑은 지극해 죽음조차도 이들의 사랑을 퇴색시키지 못합니다. 이 작품에서는 이런 점이 주요하게 의미화되어 있습니다. 그러므로 앞서 말한 사랑에 대한 두 가지 전망 중 '지속' 쪽에 서 있는 작품이라 할 만합니다. 요컨대 「온달전」은 진정한 사랑은 신분적 제약과 관계없다는 것, 그리고 죽음도 어찌할 수 없다는 것을 말하고 있습니다.

「설씨」는 인간이 지켜야 할 중요한 가치로서 신의信義를 부각시키고 있습니다. '신의'야말로 인간을 인간답게 한다는 거죠. 자기 아버지를 대신해서 변방에 수자리 살러 간 남자가, 돌아올 기한이 지났는데도 돌아오지 않습니다. 그래서 아버지는 딸을 딴 사람한테 시집보내려고 합니다. 딸은 한사코 시집가지 않겠다고 합니다. 딸, 즉 설씨의 생각은 이렇습니다: '아버지를 위해서 그 사람이 그런 어려운 선택을 했는데, 그분에게 무슨 일이 생겼는지는 모르지만, 기한을 넘겨서 돌아오지 않는다고 해서 내가 지금 딴 사람한테 시집갈 수는 없다. 더 기다리겠다.'

결국 그 청년은 돌아옵니다. 이처럼 이 작품은 신의의 문제를 다루고 있습니다. 이는 후대 문학사의 '절의'의 문제라든가 '지조'의 문제와 연결됩니다. '인간의 삶에서 절의나 지조만큼 중요한 것은 없다', '그것은 인간이 인간임을 담보하는 대단히 중요한 가치이다', 이런 생각과 태도가 후대의 문학사에서 계속 문제가 되곤 하는데, 「설씨」는 그 출발점이 된다고 할 만합니다.

「백운제후」도 마찬가지입니다. 이 작품도 인간이 기본적으로 견지해야 할 가치인 '신의'에 대해 묻고 있습니다.

이처럼 이 세 작품도 인간의 삶에서 무엇이 중요하고, 무엇이 의미와 가치가 있는지를 저마다 묻고 있다는 점에서, 즉 생의 의미에 물음을 제기하며 그 답을 진지하게 모색해 나가고 있다는 점에서, 앞에서 자세히 살핀 세 작품과 비록 그 주제는 다르다 할지라도 공통점이 있습니다. 이 점에서 이 여섯 작품은 비록 설화나 지괴와 일정한 관련을 맺고 있기는 해도, 본질상 그것들과는 성격을 달리한다고 해야겠죠.

나말여초 전기소설의 의의

나말여초의 전기소설은 발생기의 소설에 해당하기에 소설로서 미숙한 점이 없지 않습니다. 가령 서사적 편폭이 협소하다든가 갈등이 충분히 구현되고 있지 못하다든가 묘사의 구체성이 부족하다든가 하는 점을 지적할 수 있지요. 그런 한계가 있음에도 하층민의 사유와 삶, 하층민의 현실을 상층의 문학 형식 속에 담아냄으로써 상하층의 교섭을 꾀하는 한편, 상층 문학을 새롭게 하면서 확장한 의의가 있습니다.

지난 시간 최치원에 대한 강의(제4강)에서, 신라 말 빈공과 출신 육두품 문인이 중국문학을 배워 온 이래 우리 문학은 점차 중국문학을 전범으로 삼는 방향으로 나아감으로써 상층과 하층의 괴리가 점점 더 벌어지는 문제가 생겼는데 이것을 해소하고 극복하는 문제가 문학사의 과제로 대두된다라는 취지의 말을 한 바 있습니다. 이 시기의 전기소설은 상하층의 교섭을 보여 준다는 점에서 일정하게 이런 추세의 완화에 기여하고 있다고 평가할 만합니다.

그리고 비록 한계는 있지만 젠더적으로 여성 주체를 현시顯示하고 있다는 점 역시 의의가 있습니다. 그 결과 우리 문학은 좀 더 깊어지고 향상되었다 할 것입니다.

나말여초 전기소설은 향가라든가 한시라든가 고승전이라든가 구전 설화와는 차별되는 주제와 문제의식을 내장하고 있습니다. 이런 문제의식을 담기 위해 새로운 문학 장르가 요청된 거지요. 그리하여 이 장르에서 생과 세계에 대한 작가의 탐구 의식은 기존의 다른 장르들보다 한층 예각화된 양상을 보여 줍니다. 이로 인해 인간과 그 삶에 대한 좀 더 깊고 새로운 이해가 이루어질 수 있었

습니다. 즉 생의 의미에 대한 진지하고 깊은 성찰과 탐색이 이루어
지게 된 거죠.

나말여초의 소설 작자들은 거개가 익명입니다만, 「호원」의 작
자만큼은 최치원임을 알 수 있습니다. 그러니 최치원은 우리 문학
사에서 현재 확인되는 최초의 소설 작가라 할 것입니다.

이상으로, 오늘 강의를 마치겠습니다.

질문과 답변

　저는 이 시기의 전기소설들을 읽으면서 여성 주인공의 캐릭터가 상당히 흥미롭다고 생각했습니다. 「호원」이라든지 「최치원」이라든지 「조신전」이라든지 「온달전」의 여성 주인공은 자신의 애정을 표현하는 데에 있어서 남성 주인공 이상으로 적극적이고, 결단력이나 행동력도 남성 주인공 이상으로 뛰어난 것으로 보입니다. 또 사랑에 있어서 굉장히 진지하고 용기 있고 숭고한 모습을 보여 줍니다. 그리고 후대에 쓰인 『금오신화』에서도 이런 캐릭터가 보이는 것 같은데, 이런 여성 캐릭터가 어떻게 해서 생겨났다고 보시는지요?

나말여초 전기소설에 이런 적극적인 여성 캐릭터가 나타난 데에는 몇 가지 요인이 있다고 보입니다.

　우선 '소설'이라는 장르의 본령을 다시 상기할 필요가 있습니다. 기본적으로 소설이라는 것은 인간의 '욕망'에 대한 승인 위에서 성립될 수 있는 장르입니다. 다시 말해 욕망을 부정하고서는 소설이 성립될 수 없습니다. 소설만큼 욕망의 문제에 관심을 갖고 탐구하는 장르도 없습니다. 남녀가 정욕에 이끌림은 인지상정입니다. 만일 소설에서 남성의 욕망만 인정하고 여성의 욕망은 인정하지 않는다면 과연 서사가 가능하겠습니까? 그러므로 이 시기 전기소설에서 여성이 보여 주는 적극적인 면모에 대해서는 먼저 소설의 장르적 특성과 관련해 생각해 보는 것이 필요하지 않나 합니다.

두 번째로는, 구전문학과의 관련입니다. 나말여초 소설들이 보여 주는 적극적인 여성상女性像은 하층의 행위 양식과 사고방식을 담고 있는 구전문학으로부터 넘어온 것일 가능성이 큽니다.

세 번째로는, 전기소설의 장르 관습과의 관련입니다. 전기소설은 한문으로 쓰인 상층의 문학 형식입니다. 전기소설은 기본적으로 단편 형식입니다. 나중에 가면 중편 형식으로 발전하기도 하지만 그럼에도 그 기본 형식은 단편이라고 말할 수 있습니다. 그래서 그 편폭이 비교적 짧으며, 등장인물도 비교적 제한되어 있습니다. 특히 애정 전기는 남성 주인공과 여성 주인공의 일대일 애정 관계가 서사의 중심을 이룹니다. 이 때문에 여성은 애정 실현에서 보다 적극적인 면모를 보여 주게 되며, 이것이 하나의 장르 관습으로 구축됩니다. 요컨대 나말여초 전기소설의 여성 주인공들은 남성 주인공과 일대일의 관계에 있기 때문에(「최치원」에서는 자매가 등장하니 여성이 둘이지만 그럼에도 실질상 하나로 볼 수 있을 것입니다), 이런 구도에 힘입어 좀 더 적극적이고 발랄한 면모를 보여 줄 수 있었던 게 아닌가 합니다. 일대일 관계에서는 무엇보다 남녀의 마음이 서로 통해야 됩니다. 그러니 여성의 적극성이 요청되는 거죠. 애정 전기의 문법에서는 여성의 이런 적극성이 장르적으로 전제되는 면이 있습니다.

*
*
이 시기의 소설이 하층의 사고방식과 현실을 상층의 글 속에 받아들인 것이라면, 후대 전기소설에도 이런 면모가 있는지요? 또 같은 시기 중국의 전기소설에도 이런 특징이 있는지요?

나말여초의 소설은 후대의 소설에 비해 설화 내지 지괴와의 관련이 상대적으로 큽니다. 이 시기의 소설은 설화 내지 지괴를 그 원천으로 삼으면서도 그것들과 미학적 차별을 이뤄 내야 했습니다. 이런 서사문학사적 상황으로 인해 이 시기의 소설에는 민간의 사고방식이 풍부하게 들어올 수 있었습니다. 하지만 후대의 전기소설은 발생기의 전기소설과 달리 설화 내지 지괴와의 장르적 관련이 그리 크지 않습니다. 후대가 되면 전기소설은 그 장르적 독자성이 확고해집니다. 그래서 후대의 전기소설은 대개 그 장르 관습 내에서 창작되었습니다. 이로 인해 설화나 지괴와는 대체로 멀어졌습니다. 이 때문에 설화나 지괴에 담지된 민간적 사고가 소설 속으로 들어오기 좀 힘들어졌습니다. 그 대신, 17세기 전기에 창작된 「최척전」崔陟傳의 예에서 보듯, 실제 사실의 전기화傳奇化가 관찰되는데요. 후대의 전기소설에서 민간의 현실이나 민간적 사고는 혹 이런 방식으로 수용되고 있다고 보입니다.

당나라 때의 전기소설은 육조六朝시대에 성행한 지괴를 탈피한 것입니다. 이 점에서 지괴와의 관련성은 나말여초의 전기소설보다 희박한 편입니다. 당나라 전기소설은 초당 말기 이후 창작되었습니다. 나말여초의 전기소설처럼 중대한 역사 전환기에 발생한 것이 아닙니다. 이 때문에 상하층의 사고와 시각, 상하층의 문화 의식과 세계관이 소설 속에 혼용된 양상을 보이기보다는, 현실에서 소외된 선비의 실의와 울분과 체험이 소설 창작의 바탕이 되고 있다고 보입니다. 이 점과 관련되지만, 당나라 전기는 소외된 선비가 자신의 문재文才와 시재詩才를 과시해 출세의 기틀로 삼기 위해 창작한 측면이 있다는 지적도 있습니다. 실제 당나라 전기는 문장이 화려하고, 미사여구가 많습니다. 이 점에서 나말여초의 전기와는 큰 차이가 있다

하겠습니다.

신라, 고려 시대 전기소설이 애정 전기소설이 주主라고 하셨는데,
일각에서는 그보다는 '불교 전기소설'이 지배적이라고 말하는 학
자도 있습니다. 또한 여전히 15세기 『금오신화』가 최초의 소설이
라고 말하는 학자도 있습니다. 이런 주장에 대해서 어떻게 생각하
시는지요? 그리고 나말여초의 소설들과 15세기 『금오신화』 사이
에는 어떤 소설들이 있는지, 이 둘 사이를 잇는 전기소설의 계보
가 있는지 궁금합니다.

세 가지를 질문하셨는데요. 자세히 답해야 될 문제들이라고 생각되
지만, 시간에 제한이 있으니 요점만 말하겠습니다.

첫 번째 질문에 대한 답변입니다. 신라·고려 시대 전기소설은
애정 전기가 아니라 불교 전기가 지배적이라는 견해가 학계의 일각
에 제기되어 있습니다. 그 근거로 「조신전」이나 「호원」 같은 작품이
제시되고 있습니다. 이 작품들에 불교적인 색채가 있는 것은 사실
입니다. 하지만 불교적 색채가 있다고 해서 이들 작품을 '불교 전기'
라고 규정할 수 있을지는 의문입니다. '불교 전기'의 정의도 모호하
고, 이런 용어가 성립될 수 있는지도 따져 봐야 할 문제 같습니다. 유
교적인 색채가 있으면 '유교 전기'라 부르고, 도교적인 색채가 있으
면 '도교 전기'라 한다면 좀 이상하지 않습니까? 아무래도 이 주장은
개념 규정이나 용어 사용에 문제가 있는 것 같고, 입론立論도 과장된
면이 있는 것처럼 여겨집니다.

강의 중에도 말했지만, 「조신전」이나 「호원」은 불교적인 색채가

있음에도 불교를 전파하기 위해 쓴 작품이거나 불교 귀의를 말하기 위해 쓴 작품이 아닙니다. 다른 주제가 있어요. 불교를 배경으로 하고 있지만, 말하고자 하는 다른 심각한 주제가 있습니다. 그런데 만일 이 작품들을 '불교 전기'라고 말하면, 불교가 이 작품의 중심이 되고 있고, 이 작품의 주제적 지향점이 불교에 있는 것처럼 오인될 수 있죠. 이 때문에 이 시기 전기소설에 담긴 문제의식이 모호해지거나 무화無化되어 버릴 수 있습니다. 정말 중요한 것은, 이 작품들이 불교 소설인가의 여부가 아니라, 이 작품들에 의해 어떤 새로운 물음이 문학사의 지평 위에 제기되는가 하는 것이지요.

두 번째 질문에 대한 답변입니다. 지금도 고등학교에서는 『금오신화』가 한국 최초의 소설이라고 가르치고 있는 것으로 압니다. 제가 고등학교 때 그렇게 배웠는데, 50년이 지나도 달라지지 않았습니다. 오늘 강의를 '소설이란 무엇인가'를 이야기하는 데서부터 풀어 나간 것은 이유가 있습니다. 「최치원」, 「조신」, 「호원」 등과 같은 작품을 소설이 아니라고 보는 견해가 있어서입니다. 소설이 아니라고 주장하는 연구자들은 이 작품들을 뭐라고 볼까요? '전기'傳奇라고 보고 있습니다. 이들은 '전기'는 지괴와 소설의 중간쯤에 있는 것으로서, 전기소설과는 다른 것이라고 주장합니다. 사실 동아시아적 맥락에서 본다면 이 둘을 다른 것이라 주장하는 것은 좀 억지스런 일입니다. 중국이든 한국이든 소설과 관련된 용어로서 전기는 대체로 전기소설을 의미하거든요.

소설 발생의 문제는 일국적一國的으로 이해해서는 안 되며, 동아시아 문학사 전체에 대한 조망이 필요합니다. 자, 한번 돌아봅시다. 중국에서 전기소설이 처음 창작된 것은 7세기 후반입니다. 일본에서는 『겐지 모노가타리』源氏物語라는 소설이 11세기 초에 창작되었습니다. 11세기 초면 나말여초에 해당합니다. 『금오신화』가 창작된 것은 15세기 후반입니다. 만일 『금오신화』가 우리나라 최초의 소설이라면 한국은 중국보다 8백 년쯤 뒤에 소설이 창작된 셈입니다. 동아시아에서 활발히 이루어진 문화 교류를 생각한다면 이건 좀 이해하기 힘든 일입니다. 지금도 그렇지만 문화는 교류합니다. 저쪽에서 무언가 새로운 것이 나타나면 좀 시차는 있을지라도 이쪽에서도 나타납니다. 일본에서 11세기에 『겐지 모노가타리』 같은 소설이 나온 걸 보면, 우리나라에서도 그 무렵쯤이면 소설이 있었으리라고 보는 것이 합당합니다. 더구나 우리나라는 일본보다 중국에 더 가까워 중국 문화를 더 빨리 받아들였습니다. 그러니 중국보다 8백 년이나 뒤에, 일본보다 4백 년이나 뒤에, 소설이 나타났다는 것은 아무리 생각해도 이해가 되지 않는 일입니다.

그러므로 「최치원」, 「조신」, 「호원」 등의 작품을 소설이 아니고 '전기'라고 보는 것은, 논리적인 측면에서든 역사적인 측면에서든 성립되기 어려운 주장으로 여겨집니다. 문제는 이런 입장이 이 작품들의 문제의식, 이 작품들의 새로운 문학사적 의의를 제대로 읽어 내지 못하게 하는 데 기여한다는 사실입니다.

세 번째 질문에 대한 답변입니다. 고려 시대의 문헌은 현재 전하는 것이 그리 많지 않습니다. 그래서 이 시대의 상황을 아는 데는 자료적 제약이 많습니다. 박인량의 『증보 수이전』이 편찬된 것이 11세기 후반경이고 『금오신화』가 창작된 것이 15세기 후반경이니, 둘 사이에는 4백 년의 시간적 거리가 있습니다. 『증보 수이전』을 거론한 것은 여기에 「최치원」이 실려 있어서지요. 박인량은 이전에 누군가가 창작한 이 작품을 『증보 수이전』에 실어 놓았습니다. 「최치원」과 『금오신화』의 거리는 4백 년이 더 됩니다. 이 기간이 문제인데요. 나말여초에 소설이 발생했거니와, 나말여초를 잇는 이 시기에 소설이 창작되지 않았다고 보는 것은 통 말이 되지 않습니다. 아마 연면히 창작되었으리라 봅니다. 다만 문헌이 별로 전하지 않아 지금 그 실상을 알 수 없을 뿐이죠.

여초 이후 여말 사이에 창작된 소설로는 현재 세 편이 확인되니, 「백월산양성성도기」白月山兩聖成道記, 「김천전」金遷傳, 「연화부인」蓮花夫人이 그것입니다. 「백월산양성성도기」는 『삼국유사』에 실려 있는데, '백월산의 두 성인聖人이 성도成道한 이야기'라는 뜻입니다. '두 성인'은 달달박박과 노힐부득입니다. 두 사람은 친구인데 머리 깎고 불도를 닦습니다. 어느 날 밤, 한 여인이 달달박박이 수행하는 곳에 와 하룻밤 좀 재워 달라고 합니다. 달달박박은, 절은 청정함을 지키는 곳이니 그리할 수 없다며 거절합니다. 여인은 다시 노힐부득에게 찾아가 재워 달라고 청합니다. 노힐부득은, 그리하면 안 되는 일인 줄 알면서도 불쌍한 마음에 재워 줍니다. 이 여인은 실은 관음보살이었습니다. 그녀의 도움으로 노힐부득은 성불합니다. 달달박박도 노힐부득의 도움으로 성불합니다. 대충 이런 이야기로, '자비' 혹은 '연민'을 주제로 삼고 있는 작품입니다. 이 작품에는 시가 두 편 나옵니다. 전기소설의 창작 방법을 따르고 있는 거지요. 하지만 그 주제나 서사 전개는 나말여초의 전기소설에서는 볼 수 없던 것입니다. 전기소설을 종교적인 쪽으로 가져가면서 새로운 창의를 이룩했다 할 만합니다. 「백월산양성성도기」는 원작이 따로 있었는데, 일연은 이를 『삼국유사』에 실으면서 약간 — 많이는 아닙니다 — 고쳐 놓았습니다. 고친 측면을 중시한다면 이 작품은 일연의 개작으로 볼 수도 있지 않을까 합니다. 만일 그렇다고 한다면, 『삼국유사』가 13세기 말에 저술되었으니, 이 작품은 13세기 말에 개작된 것으로 간주될 수 있겠지요.

「김천전」은 『고려사』 열전에 실려 있는데, 전쟁으로 인한 가족 이산의 문제를 다루고 있는 작품입니다. 고종高宗과 충렬왕忠烈王 때를 배경으로 삼고 있는 것으로 보아 13세기 후반에 있었던 일을 작품화한 것으로 보입니다. 이 이야기가 실린 『고려사』는 조선 초에 편찬된 책입니다. 흥미롭고 감동적인 김천의 이야기는 13세기 말 무렵 이미 소설화되지 않았나 합니다. 『고려사』 편찬자는 이를 사료로 삼아 김천의 열전을 썼을 터입니다. 소설의 열전화는 『삼국사기』의 「온달전」이나 「설씨」에서도 이미 확인된 바 있습니다.

「연화부인」은 고려 말 명주溟州 태수를 지낸, 신흥사대부에 해당하는 이거인李居仁(?~1402)이 지은 소설입니다. 이 작품은 나말여초 애정 전기의 전통을 잇고 있습니다. 허균許筠의 문집인 『성소부부고』惺所覆瓿藁에 「별연사고적기」鼈淵寺古迹記라는 글이 실려 있는데, 이 글에 이 작품이 소개되어 있습니다. 「연화부인」은 원래 퇴계退溪 이황李滉의 문인인 한강寒岡 정구鄭逑가 명주(지금의 강릉)에서 지방관을 할 때 호장戶長에게서 얻은 『고기』古記라는 책에 실려 있던 건데, 허균이 이 책을 빌려 보고 작품을 소개한 거지요. 허균의 말로는, 『고기』에 이거인이 지은 글이 아주 많았다고 합니다. 이로 보면 14세기에 생존한 이거인은 「연화부인」뿐만 아니라 다른 소설도 여러 편 지었을 가능성을 배제하기 어렵습니다. 이거인은 명주 태수를 할 때 명주에 전승되는 이야기들을 소재로 여러 편의 글을 썼는데, 이것이 『고기』에 수록된 듯합니다. 앞에서 말한 「김천전」의 김천도 명주 사람입니다. 그의 아버지는 명주의 호장이었습니다. 이리 보면 원래의 「김천전」도 이거인이 지은 작품일 수 있으며, 『고기』에 포함되어 있었을 가능성이 높아 보입니다. 그렇다고 한다면 이거인은 고려 말의 주목할 소설 작가라 할 수 있겠지요.

곁들여, 고려 시대의 소설 향유 분위기에 대해 한마디 하고 답변을 마치겠습니다. 경기체가景幾體歌에 해당하는 「한림별곡」翰林別曲은 13세기 초 고종 연간에 창작된 노래인데, 그중에 『태평광기』太平廣記가 『모시』毛詩, 『상서』尙書, 『주역』周易 등의 경전과 함께 거론되고 있습니다. 『태평광기』는 송宋나라 초인 10세기 말에 편찬된, 중국 서사문학을 집대성해 놓은 몇 백 권이나 되는 거질巨帙의 책입니다. 당 전기는 여기 대부분 다 실려 있습니다. 이 책을 당시 사대부들이 보고 있었다는 거죠. 소설의 향유는 창작과 직결됩니다. 이 점에서 「한림별곡」에서 『태평광기』를 노래하고 있음은 주목을 요한다 하겠습니다.

조신전調信傳

옛날 경주慶州가 서울이던 시절 세달사世達寺의 장원莊園이 명주溟州 나리군捺李郡에 있었다. 세달사에서는 승려 조신調信을 파견하여 장원의 관리인으로 삼았다. 장원에 온 조신은 태수太守 김흔金昕의 딸에게 반하여 깊이 미혹되었다. 조신은 낙산사洛山寺의 관음보살 앞에 자주 나아가 사랑을 이루게 해 달라고 남몰래 빌었다. 그러나 두어 해가 지나는 동안 그 여인은 다른 사람의 아내가 되고 말았다.

조신은 또 낙산사로 가서 관음보살이 자기 소원을 이루어 주지 않은 것을 원망하며 서글피 울었다. 울다 보니 어느새 날이 저물었다. 조신은 마음이 고달프고 지쳐서 설핏 잠이 들었다. 꿈에 문득 김씨 여인이 반가운 얼굴로 나타나 환히 웃으며 말했다.

"예전에 스님을 뵌 뒤 마음속으로 사랑하며 잠시도 잊은 적이 없지만, 부모님의 분부를 거역할 수 없어 억지로 다른 사람에게 시집을 가고 말았어요. 하지만 이제 스님과 한 무덤에 묻힐 부부의 연을 맺고 싶어 이렇게 왔어요."

조신은 뛸 듯이 기뻐하며 여인과 함께 고향으로 돌아갔다.

조신 부부는 40여 년을 함께 살며 자식 다섯을 두었지만, 집에는 사방 벽만 휑할 뿐 세간 하나 없고, 나물죽 따위의 변변찮은 음식조차 제대로 먹지 못했다.

마침내 조신 가족은 실의에 빠져 사방을 떠돌며 겨우 입에 풀칠을 하고 살았다. 이렇게 10년을 지내며 이 고을 저 고을을 유랑하다 보니 여기저기 기운 누더기 옷이 몸도 제대로 가리지 못할 지경이 되었다.

명주 해현蟹峴을 지나다가 열다섯 살 된 큰아이가 굶어 죽었다. 조신 부부는 통곡하며 시신을 거두어 길가에 묻었다. 그러고는 남은 네 아이를 데리고 우곡현羽曲縣으로 가서 길가에 초가집을 짓고 살았다.

조신 부부는 늙고 병든 데다 굶주림까지 더해져 자리에서 일어날 수 없었다. 그리하여 열 살 된 딸아이가 돌아다니며 구걸을 했는데, 그러다가 마을의 개에게 물리고 말았다. 딸이 부모 앞에 누워 고통스럽게 비명을 지르자 부모는 한숨을 쉬며 주르르 눈물을 흘렸다. 아내는 목이 메어 눈물을 훔치고 있다가 갑자기 이렇게 말했다.

"당신을 처음 만났을 때 나는 얼굴도 예쁘고 나이도 젊었으며, 옷도 곱고 깨끗했어요. 맛있는 음식이 있으면 당신과 함께 먹었고, 약간의 옷감을 얻으면 당신과 함께 옷을 지어 입었지요. 50년을 함께 살며 깊은 정이 생겼고, 은의恩義와 사랑이 간절하니 참으로 두터운 인연이라 할 만해요.

하지만 몇 년 전부터 해가 갈수록 더욱 노쇠하여 병이 깊어지고, 날이 갈수록 굶주림과 추위가 더욱 혹독해지는군요. 이웃집에서는 마실 것조차 주려고 하지 않으며, 여러 집 문 앞에서 당한 수모가 산처럼 커요. 아이들이 추위와 굶주림에 시달려도 마땅한 대책을 마련하지 못하니 부부간에 사랑하는 마음이 어느 겨를에 생기겠어요?

젊은 날의 얼굴과 어여쁜 웃음은 풀잎 위 이슬처럼 덧없고, 난초처럼 고결한 약속은 바람에 날리는 버들개지처럼 부질없어졌어요. 당신에겐 내가 짐이 되고, 나는 당신 때문에 근심스러워해요. 가만히 생각해 보면 지난날 즐거웠던 시절이 모든 근심 걱정의 출발점이었어요. 당신과 내가 어쩌다 이 지경에 이르렀을까요? 새들이 무리 지어 함께 굶어 죽느니, 짝 잃은 난새가 거울에 비친 제 모습을 보고 슬피 우는 게 차라리 낫지 않을까요? 형편이 좋으면 합하고 형편이 나빠지면 헤어지는 건 인정상 차마 못 할 짓이지요. 하지만 사람의 일이란 인력으로 어찌할 수 없고, 만남과 헤어짐에는 정해진 운명이 있는 법이에요. 이제 헤어지기로 해요."

조신은 그 말을 듣고 매우 기뻐하며 각자 아이 둘씩을 데리고 떠나기로 했다. 아내가 말했다.

"나는 고향으로 갈 테니 당신은 남쪽으로 가세요."

아내와 헤어져 길을 떠나는 순간 조신은 꿈에서 깨어났다. 꺼져 가는 등불에서 희미한 빛이 새어 나오고 밤이 끝나 가고 있었다. 아침이 되어 보니 머리카락과 수염이 모두 하얗게 세어 있었다. 조신은 하릴없어 속세를 향한 마음이 조금도 없었다. 힘겨운 삶이 이미 진저리 나게 싫어져 백 년의 고생을 물리도록 맛본 것 같았다. 탐욕에 물든 마음이 얼음 녹듯 깨끗이 사라졌다. 그리하여 조신은 관음보살 앞에 부끄러워하며 참회해 마지않았다.

조신은 해현으로 가서 꿈속에서 큰아이를 묻었던 땅을 파 보았다. 그곳에는 돌미륵이 묻혀 있었다. 돌미륵을 깨끗이 씻어서 가까운 절에 봉안했다.

조신은 서울로 돌아가 장원 관리인 직책에서 물러난 뒤 사재를 기울여 정토사淨土寺를 창건하고 선업善業을 힘써 닦았다. 그 뒤로 조신이 어떻게 살다 생을 마쳤는지는 알 수 없다.

— 일연,『삼국유사』

고려 전기의 토풍과 화풍

토풍과 화풍이란

동아시아적 보편성은 이미 신라 말기에 최치원에게서 문제가 됩니다만, 고려 왕조가 들어서면서 바야흐로 본격적으로 문제가 됩니다. 그리하여 고려 전기 문학사는, 중국에 의해 마련된 동아시아적 보편성을 공유하되 자국의 주체성을 어떻게 담보할 것인가 하는 2중의 과제에 직면합니다. 이 2중의 과제는 서로 길항적拮抗的이며 모순적인 관계에 있습니다. 이 때문에 지난한 과제라 하지 않을 수 없습니다. 맹목적인 보편성의 추구는 주체성의 몰각을 낳으며 자기상실로 이어질 위험이 있습니다. 그런가 하면, 보편성의 무시는 문명의 낙후를 낳을 수 있습니다. 두 쪽 모두 바람직한 길이 아닙니다.

보편성과 주체성은 반드시 대립·모순 관계에 있는 것만은 아닙니다. 쉽지는 않지만 둘 사이의 균형을 모색하면서 상생을 도모할 수도 있고, 주체성을 견지하면서 보편성을 받아들이는 방안도 있을 것입니다. 비록 아주 좁은 길이기는 하나 여러 가능성이 존재한다는 말입니다. 어느 쪽으로 가는가는 일차적으로 국가를 끌고

가는 지배층의 의식과 태도 여하에 달려 있지만, 민民의 태도나 입장 역시 무시할 수 없는 요인입니다. 지배층이 보여 주는 과도한 보편성의 추구를 민이 좋아하지 않는다고 합시다. 이 경우 상하上下는 괴리되고 대립이 야기될 수 있습니다. 또한 지배층은 보편성을 좇더라도 민은 그에 아랑곳하지 않고 주체성을 견지할 수도 있습니다. 이렇게 본다면 보편성과 주체성의 문제는 꼭 지배층 내부의 문제만은 아니며 피지배층까지 포함한 공동체 구성원 모두의 문제가 됩니다. 이번 강의에서는 이런 문제를 화두로 삼아 고려 전기의 토풍土風과 화풍華風에 대해 살펴보도록 하겠습니다.

'토풍'과 '화풍'이라는 말은 좀 생소하게 들릴 텐데요.『고려사』「여복지」輿服志에 이런 말이 나옵니다.

> 동국東國은 삼한三韓 때부터 의장儀章과 복식服飾에서 토풍을 따랐다. 신라의 태종 무열왕 때 이르러 당唐의 의례儀禮를 따를 것을 청하였으니, 이후 관복冠服의 제도는 중화中華를 따르게 되었다.

의장儀章(의식儀式의 표장標章) 및 의복 제도와 관련해 '토풍'이라는 말이 사용되고 있습니다. 여기서 보듯, '토풍'은 고유한 풍속이라는 뜻으로, 우리나라에 수용된 중화의 풍속을 의미하는 '화풍'이라는 말과 대비됩니다. '화풍'이라는 말은『고려사』에 많이 보입니다. 예를 들어 보겠습니다. 다음은『고려사』열전「김인존전」金仁存傳에 나오는 말입니다: "왕이 (…) 유교를 숭상하고, 즐겨 화풍을 사모했다." '왕'은 예종睿宗을 가리킵니다. 또「서희전」徐熙傳에는 이런 말이 보입니다: "화풍을 국인國人들이 좋아하지 않았다." '국인'이란 백성을 가리킵니다.

그런데 토풍이라는 말을 꼭 복식에만 한정해서 쓸 것은 아닙니다. 우리나라의 고유한 풍속, 의례, 제도, 음악, 종교, 제사, 언어, 문학을 포괄적으로 지칭하는 말로 사용해도 좋다고 여겨집니다. 화풍도 마찬가지입니다. 우리나라에 수용된 중국 고유의 풍속과 문물 전반을 지칭하는 말로 사용할 수 있습니다.

토풍이 문학과 관련하여 특히 문제가 되는 것은 언어, 즉 말입니다. 우리말은 중국말과 다르지 않습니까? 문학은 언어로 이루어집니다. 그러니 언어가 문제가 되죠.

하지만 세종대왕의 한글 창제 이전에는 우리의 독자적인 문자가 존재하지 않았기에 우리말을 우리 문자로 표기할 수 없었습니다. 그래서 궁여지책으로 한자의 음과 훈을 빌려 우리말을 문자화했습니다. 곧 향찰입니다. 중국인은 향찰 표기를 해독할 수 없습니다. 우리말을 모르니까요. 이 점에서 향찰 표기에 의거한 향가는 다 토풍입니다. 조선 시대의 한글로 쓰인 시가나 편지, 수필이나 소설 같은 것도 그 언어적 지표指標로 보면 토풍이라고 할 수 있겠죠.

한글이라는 우리의 문자가 존재하기 전의 문학사에서 우리말로 된 문학은 구전문학과 노래(우리말 시가) 빼고는 생각하기 어렵습니다. 달리 말해 이 시기에 토풍에 속하는 문학은 구전문학과 노래밖에 없습니다. 구전문학은 말로 된 문학이라, 다 사라져 버려 실제의 면모를 알 수 없습니다. 그 내용이 한문으로 기록된 것이 전연 없지는 않으나 우리말 어투를 느낄 수는 없습니다. 그러니 토풍이 확인되는 고려 시대의 문학으로는 노래에 특히 주목할 수밖에 없습니다. 향가, 경기체가, 고려속요, 시조 같은 것이 그것입니다.

한편, 토풍과 달리 화풍에는 중국을 전범으로 삼는 의식이 내

재되어 있습니다. 중국 사상 가운데 유교는 중화주의와 화이론華
夷論을 담지하고 있습니다. 화풍에는 바로 이 중화주의와 화이론
이 스며들어 있습니다. 중화주의와 화이론은 중국을 '중심'이라 높
이고, 중국 외의 나라들은 오랑캐로 낮추어 보는 관점을 취하고 있
습니다. 일종의 자기중심적 이데올로기입니다. 중화주의는 이것이
지나치게 강고하다는 점이 문제입니다. 화풍은 중국을 '전범'典範으
로 삼습니다. 그러니 화풍이 강해질 경우 은연중에 중국 중심주의
를 받아들이게 되어 '나'를 비하하고 중국을 높이는 허위위식을 가
질 위험이 있습니다. 그러니 주체성의 약화가 초래될 가능성이 커
집니다.

　앞서 말했듯, 토풍과 화풍은 꼭 문학에만 한정되지 않으며, 문
화 전반의 문제에 해당합니다. 즉 제도, 풍속, 이념, 사상, 종교에 걸
쳐 있습니다. 이 때문에 그것은 고려 지배층의 가치 지향, 문화적
지향과 밀접한 관련을 맺고 있습니다. 그러므로 여러 영역에 걸쳐
있는 토풍과 화풍의 관계를 살피는 것은, 고려 전기의 문학은 물론
이고 이후의 우리 문학사를 이해하는 데 퍽 도움이 됩니다. 그래서
이번 강의에서는 문학에만 한정 짓지 말고 보다 넓은 차원에서 고
려 전기 토풍과 화풍의 성쇠를 들여다보기로 하겠습니다.

　미리 말해 둘 것은, 신라 시대와 마찬가지로 고려 전기의 문헌
은 남아 있는 것이 별로 없습니다. 실제로 없었던 게 아니라 외세
의 침입과 잦은 전란을 겪으며 다 소실되어 버렸기 때문입니다. 이
때문에 토풍과 화풍의 성쇠에 대한 탐색은 조선 초에 편찬된『고려
사』에 크게 의존할 수밖에 없습니다.『고려사』는 비록 조선 초에 편
찬되었지만 고려 시대에 쓰인 문헌들에 의거하고 있어 고려 시대
의 사정을 파악하는 데 큰 도움이 됩니다.

태조의 「훈요십조」

고려 태조는 「훈요십조」訓要十條의 제4조와 제6조에서 이렇게 말했습니다.

> 넷째, 우리 동방은 옛날부터 중국의 풍속을 흠모하여 문물과 예악이 다 그 제도를 따랐으나, 지역이 다르고 인성人性도 각기 다르므로 꼭 같게 할 필요는 없다.
>
> 여섯째, 내가 지극하게 바라는 것은 연등회燃燈會와 팔관회八關會에 있으니, 연등회는 부처를 섬기는 까닭이고, 팔관회는 하늘의 신령 및 오악五嶽·명산名山·대천大川·용신龍神을 섬기는 까닭이다. 후세에 간신들이 이 행사를 더하거나 줄일 것을 건의하는 것을 절대 금지하라.

태조가 남긴 「훈요십조」는 『고려사』에 실려 있습니다. 제4조에서, '우리가 예로부터 중국 풍속을 따르기는 했으나 지역과 사람이 중국과 다르니 반드시 중국과 같을 필요는 없다'고 했습니다. 토풍을 일정하게 긍정하고 있다는 점에서 주목을 요합니다. 제6조에서는, 연등회와 팔관회를 절대 없애지 말고 잘 유지하라고 당부하고 있습니다. 태조의 이 유훈에 따라 연등회와 팔관회는, 비록 시기에 따라 부침은 좀 있었습니다만, 고려가 망할 때까지 유지되었습니다.

『고려사』 '예지'禮志는 태조 때 팔관회가 어떻게 국가적인 의례로 자리 잡게 되었는지를 잘 보여 줍니다.

태조 원년(918) 11월, 유사有司가 말하기를, "이전 신라의 임금은 매년 11월에 크게 팔관회를 열어 복을 기원하였는데, 바라건대 그 제도를 따르시옵소서"라고 하자, 왕이 이를 따랐다. 마침내 구정毬庭에 윤등輪燈 1좌座를 설치하고 향등香燈을 사방에 진열하였으며, 또한 2개의 채붕彩棚을 설치하였는데, 각기 높이가 5장丈 남짓 되었다. 앞에서는 백희가무百戱歌舞를 공연하였는데, 사선악부四仙樂部와 용·봉風·코끼리·말·수레·배는 모두 신라의 고사故事였으며, 백관은 도포와 홀笏을 갖춰 의례를 행하니, 관람하는 자가 도성에 넘쳐났다. 국왕은 위봉루威鳳樓에서 이것을 보았고, 해마다 상례로 삼았다.

『고려사』 '예지'의 이 기록을 통해 팔관회의 제도를 대략 알 수 있습니다. 먼저 구정에 윤등 1좌를 설치하고, 향등을 사방에 진열하며, 높이가 5장쯤 되는 2개의 채붕을 설치한다고 했습니다. '구정'은 격구擊毬 하는 뜰을 말합니다. '격구'는 말을 타고 달리며 막대기로 공을 치는 무예인데, 고려 시대에 크게 성행한 놀이였습니다. 구정은 아주 넓어 길이가 5백 미터나 됩니다. '윤등'은 놋쇠로 만든 수레바퀴 모양의 둥근 등을 말합니다. 위는 뚜껑이 있으며, 아래는 뚜껑을 담는 접시와 그것을 받드는 말발굽 모양의 금속으로 되어 있습니다. '향등'은 향을 사르는 등을 말합니다. '채붕'은 나무를 엮어 비단 장막으로 덮은 가설 무대입니다. 그 높이가 5장이었다고 했는데, 1장이 10척(고려 시대에는 1척이 32.21cm였습니다)이니 16미터쯤 되겠네요.

이런 무대를 설치해 백희가무를 공연했다고 했는데, '백희가

무'는 갖가지 놀이와 노래와 춤이라는 뜻입니다. '사선악부'에서 '사선'은 영랑永郎, 술랑述郎, 남랑南郎, 안상安詳 등 신라의 네 화랑을 말합니다. 4선으로 분장해 악기를 연주했으며, 용·봉새·코끼리 등의 형상을 만들어 놀이를 했던 것을 알 수 있습니다.

이처럼 고려 시대의 팔관회는 국가적 차원의 놀이마당이었습니다. 팔관회는 원래 신라 진흥왕眞興王 때 시작된 불교 의식입니다. 불교의 여덟 가지 계율을 지키는 것과 관련된 의식이었는데, 고려 때 와서 성격이 이렇게 바뀌었습니다. 그리고 신라 때는 국가의 정례적인 의례가 아니었는데, 고려 때는 정례적인 의례로 자리 잡고, 그 성격도 토속신土俗神에 대한 제사, 특히 자국 산천에 대한 제사와 관련된 것으로 바뀝니다. 또한 고려의 팔관회는 신라의 풍류도와 연관을 맺고 있습니다. 풍류도는 화랑들이 산천에 노닐면서 가무를 하고, 심신을 수양하고, 하늘과 산악신山嶽神을 숭배하는 풍습인데, 우리의 민간 신앙에서 유래합니다.

태조의 유훈에 따라 후대의 고려 왕들은 개성開城에서는 11월 15일에 팔관회를 열었고, 서경西京에서는 그 한 달 전인 10월 15일에 열었습니다. 제18대 임금인 의종毅宗 때 만들어진 법식에 의하면 팔관회의 의장대儀仗隊는 3천 명을 상회했습니다. 얼마나 대규모 행사였는지 알 수 있습니다. 그래서 이 팔관회가 어떻게 간주되는가는 토풍의 향방을 살피는 데 중요합니다.

정리하자면, 고려의 창업주인 왕건의 「훈요십조」에는 자국의 고유성과 독자성에 대한 긍정이 확인됩니다. 중국의 문물을 배우는 건 무방하지만 그렇다고 자국의 고유성과 독자성을 부정할 이유는 없다는 거죠. 토풍의 긍정입니다.

광종의 과거제 시행

고려 제4대 임금인 광종光宗 때 처음 과거제가 시행됩니다. 쌍기雙冀라는 중국 사람이 있는데요, 고려에 사신의 일행으로 왔다가 병이 나서 본국으로 돌아가지 못하고 고려에 눌러앉았습니다. 광종이 불러 이야기를 해 보니 너무 뜻이 맞았어요. 그래서 돌아가지 말고 자기를 좀 도와 달라고 합니다. 그리하여 쌍기는 광종의 측근으로 행세하면서 과거제 시행을 주도합니다. 과거 시험을 주관하는 사람을 '지공거'知貢擧라고 하는데, 쌍기는 지공거를 여러 번 맡았습니다. 그 결과 많은 문인이 등용되었습니다. 이제 고려는 신라의 골품제 대신 과거 시험으로 인재를 기용하는 쪽으로 제도를 정한 것이지요.

『고려사』 열전 「쌍기전」에 보면 '이때 와서 비로소 문풍文風이 일어났다'라고 말하고 있습니다. 과거제는 능력에 따라 인재를 뽑아 벼슬을 부여한다는 점에서 골품제보다 나은 제도라고 할 수 있지만, 다른 각도에서 보면 '한화'漢化의 진행을 가속화 내지 심화하는 결과를 초래했습니다. 왜냐하면 과거제라는 것이 다 중국의 경전으로 시험을 보거든요. 과거 시험 과목 중에 우리나라의 역사나 지리, 우리나라의 제도나 문헌에 대한 건 하나도 없습니다. 시부詩賦나 문文을 짓는 것도 다 중국의 고사를 원용해 한문으로 짓습니다. 그러다 보니 과거 시험에 합격한 문인들은 자기도 모르게 대부분 모화적慕華的 관념을 갖게 됩니다. 과거제로 인해 이런 문인·지식인이 고려 사회에 차곡차곡 쌓인 거죠. 광종 때 시행된 과거제는 이 점에서 화풍의 강화에 크게 기여했다 할 만합니다.

최승로의 「시무28조」와 팔관회의 위축

광종 다음 임금인 성종成宗 때 와서 팔관회가 중지됩니다. 『고려사』 「성종세가」 성종 즉위년 11월의 기사에, "이달, 왕은 팔관회의 잡기 雜技가 상도에 맞지 않고 번잡하다고 해 모두 혁파했다"라는 말이 보입니다. 팔관회에서 공연되는 잡희雜戲, 즉 여러 가지 놀이를 못 하게 한 겁니다. 그리고 성종 6년 10월의 기사에, "개경과 서경에서 의 팔관회를 정지시켰다"라는 말이 보입니다. 팔관회를 못 하게 한 겁니다. 태조가 고려의 정체성과 관련된 중대한 문제로 인식해 '이 건 절대 없애면 안 된다'라고 유언을 남겼는데, 70년이 채 안 되어 중지되고 말았습니다.

성종 때 왜 이런 일이 벌어졌을까요? 그 배후에는 최승로崔承老 라는 유학자가 있습니다. 성종은 신라 육두품인 최은함崔殷含의 아 들 최승로의 건의를 받아들여 이런 조처를 취했습니다. 성종의 시 대에 최승로만큼 국가의 이념적 방향을 잡는 데 큰 역할을 한 사람 은 없습니다. 그가 올린 「시무時務28조」 중에 이런 말이 보입니다.

중화의 제도는 따르지 않을 수 없습니다. 그러나 천하의 습 속은 각기 그 지역의 특성을 따르는 것이므로, 모두 바꾸기 는 어려울 것 같습니다. 예악禮樂이나 시서詩書의 가르침과 군신·부자의 도리는 마땅히 중화를 전범으로 삼아서 비루 한 습속을 개혁하도록 하고, 그 나머지 거마車馬와 의복의 제도는 토풍을 따라도 좋으니, 사치와 검약의 균형을 맞추 되 중국과 꼭 같아질 필요는 없습니다.

화풍을 따르지 않을 수 없다고 하면서도 거마와 의복의 제도는 토풍을 따라도 좋다고 한 것은, 「훈요십조」의 제4조와 대동소이합니다. 그런데 주목되는 점은, '예악이나 시서의 가르침은 중화를 전범으로 삼아 비루한 습속을 개혁해야 한다'라고 했다는 사실입니다. '비루한 습속'은 토풍을 말합니다. 요컨대 토풍을 화풍으로 대체해야 한다는 주장이지요. '예악'은 유교적 통치의 근간입니다. '시서'는 문학을 뜻하는데, 중국을 모범으로 삼아야 한다고 했습니다. 이런 입장에 서면 우리말 노래인 향가는 '비루한 습속'으로 간주될 수밖에 없죠. 우열의 관점이 생기는 겁니다. 토풍에 해당하는 우리말 노래는 열등하고 남루한 것으로 인식되고, 한문으로 된 시는 우등하고 고상한 것으로 인식됩니다.

「시무28조」 중에는 연등회와 팔관회에 대한 언급도 있습니다.

우리나라는 봄에 연등회를 열고 겨울에 팔관회를 개최하여 사람들을 널리 징발해 노역勞役이 대단히 번거로우니, 원컨대 이를 대폭 줄여 백성의 수고를 덜어 주십시오. 또한 여러 종류의 우인偶人을 만드느라 공역과 비용이 매우 많이 드는데, 한번 공연한 뒤 부수어 버리는 것 역시 심각함이 이루 말할 수 없습니다. 또한 우인은 상례喪禮가 아니면 사용하지 않는데, 중국 사신이 예전에 와서 이것을 보고 상서롭지 못하다고 하면서 얼굴을 가리고 지나갔던 일도 있으니, 바라옵건대 지금부터는 이것을 사용하는 것을 허락하지 마시옵소서.

팔관회를 준비하기 위해서는 비용도 많이 들고 백성들의 노역도 필요합니다. 이 점을 고려한다면 백성의 수고를 덜어 주기 위해 팔관회를 개혁하자는 최승로의 주장은 일리가 있습니다. 그렇기는 하나 팔관회는 고려의 토풍을 표상하는 중요한 의례의 하나입니다. 화풍을 규준規準으로 삼는 입장에서는 팔관회는 유교적 이념에 맞지 않는 비루한 습속으로서 배척되어야 할 대상일 터입니다. 이 점과 관련해 최승로가 '우인'을 언급하고 있음이 주목됩니다. '우인'은 우상偶像을 말합니다. 짚 같은 것으로 만든 사람 모양으로, 연극에 사용됩니다. 이게 구체적으로 무엇인지는 나중에 이야기하도록 하겠습니다.

최승로는 우인 제도를 혁파해야 할 이유로, 우인을 만드는 데 비용이 많이 든다는 점을 지적하고 있지만 이는 표면적인 이유에 불과할 뿐이고, 실은 유교적 예법에 맞지 않다는 점이 주된 이유일 것입니다. 이런 잡희는 중국적 기준에서 보면 창피하고 비루하기 짝이 없는 일이라는 거지요.

하지만 태조의 유훈이 있으니 팔관회를 없애라는 말은 못 하고, 팔관회를 간소하게 할 것을 건의하고 있습니다. 그리고 무엇보다 팔관회에서 우상을 만들어서 연희하는 일은 안 하는 게 좋다, 이렇게 건의하고 있습니다. 이 건의를 받아들여 성종은 즉위년에 팔관회의 잡기雜技를 다 혁파해 버립니다. 요컨대 성종 때 와서 고려 사회는 최승로로 인해 유교화가 좀 더 진전되었다 할 수 있습니다.

서희와 이지백의 말

서희徐熙는 성종 때의 문신입니다. 성종 12년인 993년 거란이 침략해 왔을 때 적장 소손녕蕭遜寧과 담판을 벌여 거란군을 철수시킨 일로 유명하죠. 당시 전세가 불리해지자 조정의 분위기는 거란의 요구대로 서경 이북 땅을 거란에게 내주고 강화하자는 쪽으로 돌아가고 있었습니다. 서희는 이에 반대해 적장과 외교적 담판을 벌인 거죠. 『고려사』 열전 「서희전」에 보면, 당시 서희와 민관어사民官御事를 지낸 이지백李知白이 성종에게 아뢴 말이 실려 있는데, 토풍과 화풍의 추이를 살피는 데 도움이 됩니다. 다음은 서희의 말입니다.

> 거란의 동경東京으로부터 우리 안북부安北府까지 수백 리 땅은 모두 생여진生女眞이 살던 곳인데, 광종이 그것을 빼앗아 가주嘉州·송성松城 등의 성을 쌓았습니다. 지금 거란이 왔으니, 그 뜻은 이 두 성을 차지하려는 것에 불과한데, 그들이 고구려의 옛 땅을 차지하겠다고 떠벌리는 것은 실제로 우리를 두려워해서입니다. 지금 그들의 군세가 강성한 것만을 보고 급히 서경 이북 땅을 떼어 그들에게 주는 것은 나쁜 계책입니다. 게다가 삼각산 이북도 고구려의 옛 땅인데, 저들이 한없는 욕심을 부려 요구하는 것이 끝이 없다면 우리 국토를 다 줄 수 있겠습니까? 하물며 땅을 떼어 적에게 주는 것은 만세萬世의 치욕이오니, 원하옵건대 주상께서는 도성으로 돌아가시고, 신들에게 한번 그들과 싸워 보게 한 뒤에 다시 의논하는 것도 늦지 않습니다.

다음은 이지백의 말입니다.

> 태조께서 창업하시고 자손에게 전하시어 오늘에까지 이르렀는데, 충신 한 사람도 없이 갑자기 국토를 경솔하게 적국

에 주고자 하니 통탄하지 않을 수 없습니다. (…) 청컨대 금은과 보물을 소손녕에게 뇌물로 주어 그의 뜻을 살펴보시옵소서. 게다가 경솔히 국토를 분할하여 적국에 버리는 것보다는, 선왕께서 설치하신 연등회·팔관회·선랑仙郎 등의 행사를 다시 거행하고, 다른 나라의 괴이한 법을 본받지 말며, 국가를 보전하고 태평을 이룩하는 것이 어떠하겠습니까? 그렇다고 여기신다면 먼저 천지신명께 고하시고 그 후에 싸우거나 강화하는 것은 오직 주상께서 결정하셔야 할 것입니다.

"연등회·팔관회·선랑 등의 행사를 다시 거행하고, 다른 나라의 괴이한 법을 본받지 말며"라는 말이 주목됩니다. 성종이 최승로의 건의에 따라 폐지한 연등회와 팔관회를 다시 거행하라는 요구입니다. '다른 나라의 괴이한 법'이란 중국의 제도와 풍속, 즉 화풍을 가리킵니다. 「서희전」에는 이지백의 이 말 바로 뒤에 "성종도 옳은 말이라 여겼다. 당시 성종이 화풍을 즐겨 따르는 것을 백성들이 좋아하지 않았기 때문에, 이지백이 이것을 언급한 것이다"라는 말이 나옵니다.

성종 때 와서 화풍이 강화된 결과 고려의 자주적 기상은 크게 약화되었습니다. 지배층은 화풍을 따랐지만, 백성들은 지배층이 화풍을 따르는 걸 좋아하지 않았음을 이 기록을 통해 알 수 있습니다.

현화사비 음기 — 향가와 한시의 창작 양상

성종 다음다음 왕인 현종 때에는 다시 팔관회가 개최됩니다. 최승로도 죽고 했으니까요. 그런데 현종과 관련해서 주목할 것은 현화사비玄化寺碑라는 비석입니다. 현종은 부모의 명복을 빌기 위해 개성 부근에 현화사玄化寺라는 절을 새로 짓고, 이를 기념하는 비석을 세웠습니다. 절이 완공된 것은 현종 12년인 1021년인데, 바로 이때 비석이 건립되었습니다. 그리고 이 비석에 음기陰記를 새긴 것은 이듬해인 1022년입니다. '음기'란 비석 뒷면의 글을 말하는데, 문신 채충순蔡忠順이 짓고 썼습니다. 현화사비의 음기를 보면, 현종은 백관들을 현화사로 데리고 가 먼저 자신이 한시 한 수를 짓고 신하들에게도 각각 한시를 한 수씩 지으라고 합니다. 그리고 지은 한시들을 판자에 새겨 절에 걸었습니다. 이 진술 바로 다음에 다음과 같은 말이 나옵니다.

> 겸하여, 방언方言과 풍속은 비록 중국과 같지 않지만, 일을 찬미하고 서술하는 것은 뜻이 모두 다르지 않다. 그래서 『시경』에서 "차탄嗟歎하는 것으로 부족하므로 노래를 부르며, 노래하는 것으로 부족하므로 춤을 춘다"라고 한 것이다. 성상聖上은 이에 향풍체鄕風體에 의거한 노래를 짓고, 신하들에게 절의 개창開創을 경축하는 '시뇌가'詩腦歌를 지어 바치라고 했는데, 또한 열한 사람이 지었다. 판자에 그것을 써서 법당의 밖에 걸어, 이 절에 놀러 온 사람들로 하여금 저마다 익힌 바에 따라 그 맑은 정취의 뜻을 알게 했다.

'방언'은 우리말을 가리킵니다. '차탄한다'는 것은 시를 짓는 것을 말합니다. 시에 영탄의 말이 많기 때문입니다. 시는 노래가 아니고 읊는 것인데, 읊는 것으로 부족하면 노래를 부르고, 노래로도 성이 차지 않으면 춤을 추게 됩니다. 『시경』의 말은 이를 지적한 것입니다. 사실 시보다 노래가 마음을 푸는 데 더 원초적인 힘을 갖고 있습니다. 더군다나 한자로 된 시로는 한국인의 흥취나 신명을 제대로 풀기 어렵습니다. 채충순은 『시경』을 인용해 표기 문자와 관련된 이런 문제를 예리하게 지적하고 있습니다. 『시경』의 이 어구를 가져온 것은 실은 향가 창작을 정당화하기 위한 것입니다. 비록 조금 전에 왕과 신하들이 저마다 한시를 한 수씩 지었지만, 그것으로는 흥취를 제대로 풀 수 없었던 거지요. 그래서 우리말 노래인 향가를 짓기로 한 겁니다. '시뇌가'는 '사뇌가', 즉 향가를 말합니다.

마지막의 말이 주목되는데요. 한시와 향가를 판자에 적어 절에 거니, 보는 사람들은 각자 익힌 바에 따라 그 맑은 뜻을 감상하라는 말입니다. "저마다 익힌 바에 따라"라는 말은, 한시를 익힌 사람은 한시를 감상하고, 향가를 익힌 사람은 향가를 감상하라는 뜻입니다. 이를 통해 11세기 초엽에도 여전히 향가를 짓거나 향유할 수 있는 사람이 상당히 많았음을 알 수 있습니다.

조선 시대에는 도저히 상상할 수 없는 일입니다. 임금과 신하가 함께 한시를 지은 후 그게 성이 안 차 다시 다들 우리말 노래인 시조나 가사를 짓는다는 게 상상이나 됩니까? 이로 보면 조선 시대 지배층 내부의 한화漢化는 고려 시대와 비교할 수 없을 만큼 심했음을 알 수 있습니다.

현화사비 음기는 11세기 초 현종조 때의 문학에서 토풍과 화풍의 양상이 어떠했는지를 알려 줍니다. 임금과 신하들은 한시도 짓고 향가도 지었습니다. 이를 통해 이 시기는 화풍이 일방적인 우위를 점하지는 않았으며, 토풍과 화풍이 병존하고 있었음을 알 수 있습니다.

문종 때의 상황 ― 혁련정, 최충, 박인량

문종은 고려 제11대 왕입니다. 재위 기간은 1046년에서 1083년까지입니다.

문종 때 혁련정이라는 선비가 「균여전」을 짓습니다. 「균여전」 속에 향가인 「보현십원가」 11수가 실려 있음은 이전 강의(제3강)에서 말한 바 있는데요, 이 향가를 통해 당시 토풍의 한 존재 양상이 확인됩니다. 「균여전」에 의하면, 당시 「보현십원가」는 널리 사람들의 입에 올라 전파되었고, 가끔 담과 벽에도 적혀 있었다고 했습니다.

문종 때의 인물로는 최충崔沖과 박인량朴寅亮이 주목됩니다. 최충은 고위직인 시중侍中에까지 올랐습니다. 『고려사』 열전 「최충전」에 이런 말이 보입니다.

> 최충이 후진들을 모아 부지런히 가르치니, 생도生徒들이 줄지어 모여들어 거리에 가득 찼다. 그래서 낙성재樂聖齋·대중재大中齋·성명재誠明齋 등 9재齋로 나누어 가르쳤으며, 이를 시중 최공의 생도라고 불렀다. 무릇 과거에 응시하려는 자제는 반드시 먼저 생도로 들어가 공부하였다. 매년 여름에는 승방僧房을 빌려 공부했는데, 생도 가운데 과거 시험에 급제하고 학문은 우수하나 아직 관직에 나가지 않은 사람들을 택하여 교도敎導로 삼아 9경經·3사史를 가르치게 하였다. 혹 선배가 내방하면 시간을 정해 놓고 시를 지었으며, 석차를 게시한 뒤 조촐한 잔치를 베풀었다. 어린이와 성인이 좌우로 줄을 지어서 술잔과 안주 그릇을 받드는데, 나아가고 물러남에 예절이 있었으며, 연장자와 연소자 간에 차례가

있었다. 시문을 지어 서로 주고받다가 날이 저물면 마쳤다. 최충이 죽으니 시호를 문헌文憲이라 하였다. 후에 대개 과거에 응시하려는 사람은 역시 모두 9재의 명부에 이름을 올렸으니, 이들을 일러 문헌공도文憲公徒라 하였다. 또 유학자로 문도門徒를 세운 사람이 11명이나 있었다.

'9경'은『주역』·『서경』·『시경』등 중국의 경전을 말하고, '3사'는 중국의 고대 역사서인『사기』·『한서』·『후한서』를 말합니다. 9재에서는 9경과 3사를 가르치고, 한시문 짓는 법을 가르쳤으며, 유교의 예법을 익히게 했다고 했습니다. 오늘날도 마찬가지지만 시험제도와 교육은 서로 표리 관계를 이룹니다. 광종 때 과거제가 시행되자 문종 때 이르러 9재에 들어가 죽어라 한문을 공부하는 사람이 넘쳐나게 된 거지요. 그래야 급제해서 출세할 수 있으니까요. 최충은 '해동공자'海東孔子로까지 추앙되었습니다. 그런데 당시 고려에는 최충의 9재 같은 게 11개나 더 있었다니 사교육이 얼마나 성행했는지 알 수 있습니다. 그 결과 한문학은 점점 더 발전할 수 있었지만, 토풍은 약화되거나 위축될 수밖에 없었습니다. 한시를 가르치는 곳은 여럿 있지만, 우리말 노래를 가르치는 곳은 없었습니다. 이는 고전문학이 끝나는 19세기까지 그랬습니다.

박인량은 지난 수업(제5강)에서 거론한『증보 수이전』을 편찬한 바로 그 인물인데요, 문종 때 과거에 급제했습니다. 박인량은 김근金覲이라는 인물과 함께 사신단의 일원으로 송나라에 간 적이 있습니다. 김근은, 나중에 언급됩니다만 김부식의 부친입니다. 중국인들은 박인량과 김근이 쓴 시문을 보고 참 훌륭하다고 칭찬했습니다. 그래서 중국에서 책이 간행됩니다. 책 이름은『소화집』小華集

인데요, '작은 중화에서 온 사람들의 글' 정도의 뜻입니다. 이를 통해 이맘때쯤이면 고려 문인들의 시문 짓는 실력이 중국에 방불하게 되었음을 알 수 있습니다.

박인량은 한림학사를 지냈는데요. 당시 남조南朝인 남송南宋과 북조北朝인 요遼에 보내는 외교문서는 모두 박인량의 손에서 나왔습니다. 그만큼 한문에 능했던 거지요. 박인량은 저서를 두 종 남겼는데, 모두 전하지 않습니다. 하나는 『고금록』古今錄 10권입니다. 이 책은 역사서로 여겨집니다. 후대인 충렬왕 때 원부元傅 등도 『고금록』이라는 책을 편찬했는데, 이 책과는 다른 책입니다. 박인량이 엮은 또 다른 책은 『증보 수이전』입니다. 『증보 수이전』은 한문으로 기록된 책이지만 토풍에 귀속된다 할 것입니다. 이처럼 한 작가 내부에도 화풍과 토풍이 병존할 수 있습니다.

만일 우리말 노래(그리고 후대의 국문 문학)와 한문학을 마주 세워 말할 경우, 전자는 토풍이고 후자는 화풍이라고 말할 수 있을지 모릅니다. 하지만 한문학만 갖고 말할 경우, 한문학이라고 해서 다 화풍이라고 말할 수는 없습니다. 표기 문자상의 한계가 있기는 하나, 한문학 내에도 화풍의 지향이 있는가 하면, 토풍의 지향도 있을 수 있습니다. 또 화풍에 좀 더 가까운 지향이 있는가 하면, 토풍에 좀 더 가까운 지향이 있을 수도 있습니다. 시대나 작가나 작품에 따라 그것이 좀 달라질 수 있습니다. 그러니 두 지향의 길항 관계를 잘 따져 볼 필요가 있지요. 이를 위해서는 텍스트에 담지된 의식이나 정서를 잘 파악해야 할 줄 압니다.

예종과 「도이장가」

예종은 고려 제16대 왕으로서, 재위 기간이 1105년에서 1122년까지입니다. 『고려사』 「예종세가」 예종 10년 11월 기사에 이런 말이 보입니다.

> 팔관회를 열었다. 왕이 구정毬庭에서 돌아오다가 합문閤門 앞에 이르러 어가御駕를 멈추고 한참 동안 시를 주고받았으며, 창우倡優들에게 호위 행차에서 노래와 춤을 벌이게 하여 밤 12시 무렵까지 계속하였다. 어사대부御史大夫 최지崔贄와 잡단雜端 허재許載가 간언하자, 왕이 흔쾌히 받아들였다.

'창우'는 팔관회의 배우들을 말합니다. 국왕이 창우들의 춤과 노래를 즐겼다는 것은 토풍에 대한 애호를 보여 주는 것으로 해석할 수 있습니다.

『고려사』 「예종세가」 예종 15년 10월의 다음 기사는 더 흥미롭습니다.

> 팔관회를 열고 왕이 잡희雜戲를 관람하였다. 국초國初의 공신 김락金樂과 신숭겸申崇謙의 모습을 본뜬 우상偶像이 있었는데, 왕이 감탄하여 시를 지었다.

『예종실록』은 예종이 죽은 뒤 김부식이 찬수撰修했습니다. 『고려사』 「예종세가」는 이를 토대로 편찬된 것입니다. 주지하다시피 김부식은 화풍에 경도된 인물입니다. 이 때문에 그가 찬수한 『예종실록』에는 토풍과 관련된 일들이 많이 배제되어 있다고 보입니다. "왕이 감탄하여 시를 지었다"라고 한 데서 시란 당연히 한시입니다. 그런데 예종은 실은 이때 한시만이 아니라 우리말 노래도 지었어요. 「도이장가」悼二將歌가 그것이죠. 이 사실을 증언하는 자료가 남아 있는데, 평산 신씨平山申氏 집안에 전해지는 「장절공유사」壯節公遺事가 그겁니다. 장절공은 신숭겸을 가리킵니다.

「장절공유사」에 의하면, 태조는 늘 팔관회를 열어 군신이 함께 즐겼는데, 전사한 공신이 자리에 없어 마음이 안 좋았습니다. 그래서 담당관에게 명해 볏짚을 엮어 신숭겸과 김락의 모습을 만들어 거기에 관복을 입힌 뒤 반열에 앉혀 팔관회를 즐기게 하라고 했습니다. 그리고 그들에게 술과 음식을 하사했습니다. 그런데 술이 금방 없어지더니 짚으로 만든 사람이 일어나 춤을 추는데, 살아 있을 때와 같았습니다. 이후 팔관회를 열 때 무대에 이 두 사람의 우상을 배치하는 것이 상례가 되었습니다. 예종 15년에 서경에서 팔관회가 열렸는데, 붉은 옷을 입은 두 우인偶人이 말을 타고 구정을 한 바퀴 돌았습니다. 예종이 그 광경을 보고 기이한 일이다 싶어 옆의 신하들에게 저건 뭐냐고 물었습니다. 신하들이 그 사연을 아뢰자 예종은 감개스런 마음이 되었습니다. 예종은 개경으로 돌아와 그 후손들을 불러 어제시御製詩와 단가 이장二章을 하사했습니다.

「장절공유사」의 이 내용 중 '단가 이장', 즉 '짧은 노래 2장'이 바로 「도이장가」입니다. '도이장가'는 '두 장수를 애도하는 노래'라는 뜻입니다. 향찰로 쓴 노래죠. 예종이 지은 노래로는 「도이장가」 외에 「벌곡조」伐谷鳥도 전합니다. 예종은 신하들에게 언로를 개방해 적극적으로 말들을 하라고 했는데도 그리 잘 안 해 이 노래를 지었다고 합니다. '벌곡'은 뻐꾸기를 말합니다. 노래 내용은 이렇습니다:

'비둘기도 비둘기도 울음을 울지만, 뻐꾸기가 뻐꾸기가 나는 좋아.'

여러분, 혹 산비둘기 울음소리를 들어 봤나요? 요즘 한창 울 철인데요. 산비둘기는 '구구구구' 이렇게 웁니다. 소리가 꽤 큽니다. 그런데 그거보다 훨씬 큰 게 뻐꾸기 소리입니다. 뻐꾸기 소리는 훨씬 맑고 뚜렷합니다. 그러니까 이 노래는, 새들의 울음에 견주어서, 너희들은 뻐꾸기처럼 적극적으로 내게 의견을 개진하라, 내가 경청하겠노라, 이런 메시지를 담고 있는 거지요. 재미있는 노래입니다.

예종은 신하들과 시 짓기를 좋아하는 등 풍류만 즐긴 임금이 아니라 아주 영명한 군주였습니다. 예종은 통치 이념에서 유불도儒佛道의 균형을 잡으려고 노력했는데, 이는 토풍과 화풍의 균형 잡기와 연결됩니다. 김락과 신숭겸의 후손들에게 한시와 우리말 노래를 함께 지어 줬다는 데서도 그런 균형 감각이 확인됩니다.

예종은 태자로 있을 때부터 열심히 중국의 경전들을 공부했습니다. 당시 김인존金仁存이라는 학식이 빼어난 인물이 『논어신의』論語新義라는 책을 저술했는데요, 예종은 태자일 때 김인존에게 『논어신의』를 배웠어요. 임금이 되어서는 수시로 신하들에게 경연經筵에서 유교 경전을 진강進講하라 명합니다.

예종은 유교와 불교는 물론이고 도교에도 관심을 가졌습니다. 당시 도가에 경도된 곽여郭輿라는 인물이 있었습니다. 예종은 동궁 시절부터 곽여와 친교가 있었는데, 임금이 되자 곽여를 불러 궁궐에서 살게 하고 그를 존중하는 뜻에서 '선생'이라 칭합니다. 곽여는 원래 아전 출신입니다. 예종은 그런 건 아랑곳하지 않고 그를 우대했습니다. 당시 사람들은 곽여를 '금문우객'金門羽客이라 칭했습니다. '우객'은 도사를 이르는 말입니다. 곽여가 궁궐이 갑갑해 나가겠다고 하자 예종은 개성 근처의 산에다가 집을 하나 지어 줍니다.

이 집 이름이 허정재虛靜齋입니다. 예종은 몰래 허정재에 찾아가기
도 했는데, 어떤 때는 곽여가 집에 없어 배회하다가 벽에 시를 적어
놓고 오기도 했습니다. 『고려사』에 그런 기록이 보이죠. 곽여는 예
종 다음 임금인 인종仁宗 때 죽는데, 인종은 지제고知制誥 벼슬에 있
던 정지상鄭知常에게 곽여를 위해 「산재기」山齋記라는 글을 짓게 합
니다. '산재'는 허정재를 말합니다.

곽여는 해동도가에 속한 인물로 보입니다. 그러므로 이념적으
로 화풍 쪽이 아니라 토풍 쪽에 속해 있다 할 것입니다. 이런 인물
을 대우하고 높인 데서 예종이 단지 유가 쪽만 숭상하지 않고 이념
적으로 균형을 잡으려고 했던 것을 알 수 있습니다.

예종 치세 때 윤관尹瓘은 당시 여진족이 차지하고 있던 땅을
회복해 9성을 쌓습니다. 이로 볼 때 예종 때까지만 하더라도 고려
초의 진취적 기상이 아직 남아 있었다고 보입니다. 아마 거의 마지
막 시기가 아닌가 싶은데요.

이처럼 예종은 문학을 애호했으며, 성종처럼 유교에 지나치게
치우치지 않고 유불도의 균형을 잡으려고 했던 임금입니다. 토풍
과 화풍의 균형을 보여 준 거죠.

김부식과 묘청

예종의 아들이 인종입니다. 재위 기간은 1122년에서 1146년까지입
니다. 인종 때 와서 동아시아 정세가 확 바뀝니다. 인종 3년인 1125년
금金나라에 의해 요遼나라가 망합니다. 그리고 2년 후인 1127년 금
나라에 의해 북송北宋이 망하고, 남송南宋이 들어섭니다. 금은 여진
족이 세운 나라입니다. 예종 때만 하더라도 윤관이 여진 땅을 정벌

해 9성을 쌓은 적이 있는데, 그로부터 얼마 지나지 않아 이렇게 판도가 바뀌어 버린 것입니다.

이렇게 동아시아 정세가 요동칠 때 고려 내부에서는 이자겸李資謙의 반란이 일어납니다. 인종 4년인 1126년의 일입니다. 이자겸은 인종의 외조부이자 장인이었습니다. 그는 외척으로 막강한 권력을 휘둘렀습니다. 이자겸의 난으로 개성의 궁궐이 불타고, 왕권이 크게 훼손되었습니다.

인종 초년에 동아시아 정세가 급변한 데다가 내부적으로 이자겸의 난까지 일어나자, 개성은 지세地勢가 다했으니 수도를 서경으로 옮겨야 한다, 그러면 운세가 트여 고려가 천하를 제압하고 호령할 수 있다, 이런 주장을 서경 출신의 승려 묘청妙淸이 하고, 서경 출신의 관료이자 문인인 정지상이 이를 지지합니다.

서경은 고려 초부터 중시되어 왔습니다. 왕건도「훈요십조」에서, 서경은 우리나라 지맥地脈의 근본을 이루니 매년 네 차례 순행巡幸하여 백 일을 머물러야 한다고 했습니다. 인종도 이자겸의 난을 겪은 후 실추된 왕권 회복이 필요했기에 처음에는 서경 천도遷都 주장을 지지했습니다.

묘청의 서경 천도 주장에 호응한 조정 신하들은 적지 않았습니다. 하지만 김부식을 위시해 서경 천도에 반대하는 문신들도 있었습니다. 이처럼 두 세력은 대립했습니다. 서경에 대화궁大華宮이라는 궁궐을 짓는 등 서경 천도가 어느 정도 진행되자, 묘청은 인종에게 서경으로 행차해 '칭제건원'稱帝建元하라는 뜻을 상주上奏합니다. 인종 12년의 일입니다. '칭제건원'이란 황제를 칭하고 독자적 연호를 세우는 것을 말합니다. 그것은 고려가 금나라와 대등한 국가임을 천하에 천명하는 의미가 있습니다. 하지만 김부식 등 일부 신하들의 반대로 인종은 서경으로 행차하지 않았습니다. 우여곡절을 겪으며 서경 천도가 여의치 않게 되자 이듬해(1135년, 인종 13년입니다) 묘청은 서경 사람들을 규합해 칭제건원을 합니다. 그리하여 국호를 '대위'大爲라 하고 연호를 '천개'天開라 합니다. '대위'는 '대유위'大有爲를 말하는데, 큰 업적을 이룸을 뜻합니다. 나라 이름치고는 좀 이상하게 보입니다만, 의욕과 자긍심이 많이 들어가 있는 이름인 것은 분명합니다. '천개'는 '하늘이 열린다'라는 뜻입니다. '개천절'이라고 할 때의 '개천'開天과 같은 뜻이지요. 국호와 마찬가지로 연호 명칭에서도 주체성이 느껴진다는 점은 인정해야 하지 않을까 합니다.

오해하기 쉬운데, 묘청이 스스로 황제가 된 건 아닙니다. 묘청은 단지 칭제건원을 선포했을 뿐이며, 인종에게 서경으로 와서 황제에 오를 것을 계속 청합니다. 그런데 평소 서경 천도를 반대하던 문신들은 이런 상황이 벌어지자 이를 반란으로 규정하며, 임금이 가면 안 된다, 반란을 토벌해야 한다고 주장했습니다.

이런 주장이 힘을 얻어, 김부식을 원수元帥로 삼아 반란을 진압하게 합니다. 김부식은 출발하기 전에 김안金安, 백수한白壽翰, 정지상, 세 문신을 불러내 궁궐문 밖에서 참수시켜 버립니다. 이들이 묘청과 반란을 공모했다는 게 그 이유였습니다. 김안은 인종의 근신近臣으로 묘청을 지지했던 인물이고, 백수한은 묘청을 스승으로 섬긴 관리입니다. 하지만 묘청은 이들과 공모해 반란을 일으킨 것이 아니라 혼자 거사한 것으로 보입니다. 더군다나 정지상은 묘청의 하수인도 아니고, 묘청의 지시를 받는 사람도 아니었습니다. 그는 서경 출신 문신으로서 이념적·세계관적 입장과 정치적 전망에서 묘청과 공감대가 있었고, 그래서 묘청과 연대를 꾀했던 것으로 보입니다.『고려사』에서는 정지상에 대해 이렇게 말하고 있습니다.

젊을 적부터 총명하고 시를 잘한다는 명성이 있었는데, 장
원급제하여 관직을 역임해 기거주起居注(종5품 벼슬)에까지
이르렀다. 사람들은 이렇게 말한다. "김부식이 평소 정지상
과 더불어 문학으로 이름을 나란히 해 그새 불만이 쌓였으
므로 이때 이르러 그가 (묘청과) 내응內應했다고 칭탁해 살
해했다."

이 말을 통해 당시 사람들도 김부식이 정지상을 참수한 것에
의문을 품고 있었음을 알 수 있습니다. 김부식은 난을 진압하고 최
고의 공신 자리에 오릅니다. 정지상을 필두로 한 서경파가 제거됨
으로써 바야흐로 개경파 문신 귀족 세력의 독주가 시작됩니다.

근대 역사학자이자 독립운동가인 단재丹齋 신채호申采浩는 묘
청의 난을 '조선 역사상 일천 년래 제일 대사건'이라고 했습니다.
'우리나라 천 년 역사에서 제일 중대한 사건'이라는 뜻입니다. 신채
호는 이 사건이 '낭불 양가'郎佛兩家와 '한학파'漢學派의 싸움이고, '독
립당' 대 '사대당'事大黨의 싸움이라고 보았습니다. '낭불'은 낭가 사
상郎家思想, 즉 화랑도의 풍류 사상과 불교를 말합니다. 이 싸움에서
서경파가 패함으로써 유교의 사대주의가 득세하는 쪽으로 우리 역
사의 방향이 잡히게 되었다는 거지요. 흥미로운 관점입니다. 신채
호의 관점에는 과장이나 단순화가 없지는 않으나, 우리의 시야를
넓혀 주는 바가 없지 않습니다.

인종 때 와서 서경파와 개경파의 대립이 첨예해진 것은 대외
정세의 변화 때문입니다. 그동안 고려가 사대事大해 왔던 송나라가

망하고 금나라라는 새로운 강자가 동아시아에 등장한 겁니다. 이로 인해 고려 지배층 내부는 두 파로 갈립니다. 정치적 노선의 차이죠. 우리가 오랑캐로 얕봤던 여진족이 금나라를 세워 황제를 칭하면서 천하에 군림하는데, 우리가 금나라가 요구하는 대로 머리를 숙이고 그 신하가 되어서는 안 된다, 우리도 칭제건원해야 한다, 즉 우리도 황제 칭호를 하고 독자적인 연호를 쓰며 금나라와 대등하게 맞서야 한다, 이렇게 생각한 신하들이 한 편에 있었습니다. 그리고 다른 한편에서는, 그렇지 않다, 그렇게 하다가는 큰일 난다, 원래 작은 나라가 큰 나라를 섬기는 것은 고래古來의 법도인데 지금 금나라가 대국이 되었으니 대국을 잘 섬겨야 된다, 이렇게 생각한 신하들이 있었습니다. 전자를 대표하는 인물이 정지상이고, 후자를 대표하는 인물이 김부식입니다. 그리고 전자를 흔히 서경파라고 합니다만, 이런 정치적 노선에 동조한 문신이 꼭 서경 출신만은 아닙니다. 윤관의 아들 윤언이尹彦頤는 서경 출신이 아니지만 칭제건원에 적극 동조했습니다. 윤언이에 대해서는 조금 있다 다시 언급하겠습니다.

중요한 것은 이런 정치적 노선 차이의 배후에 이념적 입장 차이가 존재한다는 사실입니다. 묘청이라는 인물을 조금 살펴볼까요. 묘청의 머릿속에는 민간 신앙과 결부된 불교 사상, 민간 신앙과 결부된 도가 사상, 풍수도참風水圖讖 사상, 음양비술陰陽祕術 등이 들어와 있었습니다. 민간 신앙과 결부된 불교 사상이나 도가 사상은 화랑도의 풍류도, 즉 신채호가 말한 낭가 사상과 연관됩니다. 묘청은 인종에게 서경의 궁성에 팔성당八聖堂을 설치할 것을 건의했는데, '팔성'의 첫째가 '호국 백두악 태백선인 실덕 문수사리보살'護國白頭嶽太白仙人實德文殊師利菩薩이고, 넷째가 '구려 평양선인 실덕 연등

불'駒麗平壤仙人實德燃燈佛이고, 다섯째가 '구려 목멱선인 실덕 비파호
불'駒麗木覓仙人實德毗婆尸佛이고, 여덟째가 '두악천녀 실덕 부동우파
이'頭嶽天女實德不動優婆夷입니다. 이름들이 아주 긴데요. 도가의 명칭
과 불교의 명칭이 결합되어 있음이 특징적입니다. 여성 성인聖人도
한 사람 있습니다. 유교에서 성인이라고 하면 늘 요堯·순舜·문무文
武·주공周公·우禹·탕湯이 거론됩니다만, 팔성八聖은 유교의 성인과
는 다른 동방의 성인들이라 하겠는데, 그 명칭에서 단군 신화라든
가 산신 신앙이 감지된다는 점이 주목됩니다. 이 팔성을 그림으로
그려서 당堂에 비치해 놓고 제사를 지냈다고 했는데요. 정지상은
팔성의 술법이 '나라를 이롭게 하고 왕업王業을 늘린다'고 보아, 그
제문을 짓기까지 했습니다. 제문은 다음과 같습니다.

> 달리지 않아도 빠르고, 가지 않아도 도달하니, 이를 '득일'得
> 一의 신령이라 이름합니다. 없으면서 있고, 실재하면서 비어
> 있으니, '본래本來의 부처'라 일컫습니다. 오직 천명天命만이
> 만물을 제어할 수 있고, 오직 토덕土德만이 사방四方의 왕 노
> 릇을 할 수 있습니다. 그리하여 평양 중에 이 대화大華의 지
> 세를 골라 궁궐을 짓고 삼가 음양을 좇아 여기에 팔선八仙을
> 모셨습니다. 백두白頭를 받들어 으뜸으로 삼으니, 밝은 빛이
> 여기에 있는 듯하고, 신묘한 현상이 눈앞에 나타나려 합니
> 다. 황홀하도다! 지극한 진리는 비록 그 고요한 모습을 형상
> 화할 수 없지만 실덕實德은 곧 여래如來이거늘, 초상을 그려
> 장엄하게 했으니, 현관玄關을 두드려 흠향하소서.

'득일'은 『노자』에 나오는 말로서, '도를 얻는다'는 뜻입니다.

'현관'은 불교 용어로서, 현묘한 경지로 들어가는 관문을 뜻합니다. 정지상은 팔성을 '팔선'八仙이라고 했습니다.

'팔성'의 상상력에는 토풍이 반영되어 있습니다. 팔성의 명칭이라든가 정지상이 지은 제문에서는 고려인의 주체성을 지키려는 분투 같은 게 느껴져 왠지 좀 짠한 기분이 됩니다. 만일 유교적 입장에서 본다면 이는 이단에 해당하며 미신으로 치부될 수 있을 테지만, 유교적 입장을 벗어나서 본다면 자주적이며 고유한 관념 형태라고 할 수 있을 것입니다. 이것이 이른바 서경파가 갖고 있던 이념적·세계관적 기반입니다. 그러므로 이들이 주창한 '칭제건원'이 정치적으로 과연 현실적인 방안이었는가 하는 문제와는 별도로 칭제건원 담론의 기저에 토풍이 자리하고 있다는 사실은 부정하기 어렵습니다.

그렇다면 김부식의 출신 배경은 어떨까요? 김부식은 선조가 대대로 신라 사람입니다. 경주에 근거를 둔 신라 사람이니 평양에 근거를 둔 사람들과 체질이나 지향이 잘 맞을 것 같지는 않습니다. 김부식의 아버지는 앞에서 말한 대로 박인량과 송나라에 함께 간 김근인데요, 국자감 좨주國子監祭酒와 좌간의대부左諫議大夫를 역임했습니다. 김부식의 동생은 김부철金富轍입니다. 김부식의 이름에서 '식'軾은 송나라 문학가 소식蘇軾의 이름을 따른 것이고, 김부철의 이름에서 '철'轍은 소식의 동생인 소철蘇轍의 이름을 따른 것입니다. 김근은 자신의 아들들이 소식 형제처럼 훌륭한 문장가가 되기를 바라 이렇게 이름을 지었습니다. 이름에서부터 중국에 대한 강한 경사傾斜가 확인되는데요.

묘청의 난이 진압된 지 5년 뒤인 인종 19년(1141)에 고려는 드디어 금의 번국藩國이 됩니다. 신하가 되어 금을 황제국으로 섬기는 거죠. 그리하여 이해 7월부터 금의 연호를 쓰기 시작합니다. 4년 뒤인 인종 23년 12월 김부식은 『삼국사기』를 임금에게 바칩니다. 김부식의 『삼국사기』 편찬은 묘청의 난의 평정과 깊이 결부되어 있습니다. 김부식은 이 관찬官撰 사서史書를 통해 유교적 이념과 사대적 정치 노선을 정당화하고자 했습니다. 자국 역사의 인식에서도 고구려가 아니라 신라를 중심으로 삼는 사관을 정립했습니다. 그렇기는 하지만 『삼국사기』는 문학적으로 볼 때 적지 않은 의의가 인정됩니다. 형식이 까다로운 사륙변려문을 탈피해 형식이 자유로운 고문古文이 구사되어 있다는 점도 주목되고, 열전에 「온달전」溫達傳이나 「설씨전」薛氏傳과 같은 문예성이 높은 글이 포함되어 있다는 점도 주목됩니다.

김부식은 인종 사후 『인종실록』의 편찬을 맡았는데, 거기에 이런 찬贊을 붙였습니다.

금金이 갑자기 세력을 떨치게 되자 여러 사람의 의견을 물리치면서까지 표문表文을 올려 신하라 칭하였고, 예禮로 북사北使를 대접하길 매우 공손히 하니, 이 때문에 북인北人들도 모두 공경하고 좋아하였다. 글 짓는 신하가 왕명을 받아 글을 지을 때 혹 북조北朝를 오랑캐라 하면 곧바로 두려워하면서 말하기를 '어찌하여 신하로서 대국을 섬기면서 오만하게 이같이 부를 수 있는가'라고 하였다. 마침내 이렇게 매년 즐거이 맹서하니 변경에는 아무런 우환이 없게 되었다. (…) 애석한 것은, 도읍을 옮기자는 묘청의 말에 현혹되어 결국 서경인의 반란을 초래해, 군대를 일으켜 해를 넘겨서야 겨우 이들을 평정했으니, 이 일이 곧 성덕盛德에 누가 되는 일이었다.

'북사'는 금나라 사신을 말하고, '북인'은 금나라 사람을 말하며, '북조'는 금나라를 말합니다. 이 글은 김부식의 사대주의적 입장을 잘 보여 줍니다. 대국은 무조건 잘 섬겨야 한다는 거지요. 이런 정치적 입장은 개경파 귀족 문신의 체질과 이해관계에 말미암습니다. 기득권의 유지를 위해서는 변화가 아니라 현상 유지가 필요하거든요. 그러니 변화를 추구한 서경파와 첨예하게 대립할 수밖에 없었습니다.

여기서 잠시 윤언이에 대해 이야기하겠습니다. 윤언이는 윤관의 아들로, 문장에도 뛰어나고 『주역』에 정통했습니다. 정지상과 가까워 칭제건원의 주장에 동조했습니다. 집안 내력을 생각하면 그럴 만하지요. 묘청의 난이 일어나자 김부식의 막하에서 활약해 큰 공을 세웠습니다. 칭제건원에 동조했지만 자신은 묘청과 아무 관련이 없음을 입증하고 싶어서였을 겁니다. 그런데 김부식은 난을 평정하고 돌아온 뒤 임금에게 윤언이의 공을 아뢰기는커녕 윤언이가 정지상과 한패이니 그 죄를 용서할 수 없다며 시골로 좌천시킬 것을 주청奏請합니다. 그래서 윤언이는 오랫동안 고생하며 불우하게 지냈습니다. 『고려사』의 기록에 의하면, 김부식은 이전부터 윤언이에 대한 감정이 좋지 않았습니다. 언젠가 인종이 국자감에 가서 김부식에게 『주역』을 강론하게 하고 윤언이에게 어려운 곳을 질문하게 했는데, 윤언이의 거침없는 질문에 김부식은 제대로 답을 못 하고 땀을 뻘뻘 흘렸다고 합니다. 이 일로 김부식은 윤언이에게 좋지 않은 감정을 품고 있던 터에 정치적 입장도 달랐으므로 윤언이를 숙청해 버린 거지요.

묘청의 난 이후 서경파의 견제가 사라져 개경파가 독주하게 됩니다. 그리하여 결국 무신란이 야기됩니다. 김부식 아들의 행적을 따라가 보면 이 점이 잘 이해됩니다. 김부식의 아들 김돈중金敦中은 인종 때 과거 시험에서 1등으로 급제합니다. 당시 시험을 관장한 지공거는 한유충韓惟忠이었습니다. 한유충은 김돈중을 2등으로 올렸는데, 인종은 그 부친인 김부식을 의식해 등수를 1등으로 바꿉니다. 그래서 1등으로 합격했습니다. 하지만 이 김돈중이 결국 문제를 일으킵니다. 김돈중은 궁중에서 나례儺禮 의식을 하는 밤에 촛불로 무신 정중부鄭仲夫의 수염을 태웁니다. 나라의 자주적 기상이 없어지면서 임금과 신하들은 술 마시며 시나 짓고 이러면서 세월을 보냈습니다. 그러니 점점 더 숭문주의崇文主義에 빠지면서 무인武人들을 경멸하게 된 거죠. 그러다 보니 이런 사태가 발생하게 된 겁니다. 정중부는 이 일에 원한을 품어 다음 왕인 의종 때 난을 일으켜, 의종의 근신近臣들은 물론, 문신들을 닥치는 대로 죽입니다. 이때 김돈중도 살해됩니다.

마무리

지금까지 고려 초로부터 무신란 이전까지의 시기를 대상으로 토풍과 화풍의 추이를 살펴보았습니다. 화풍이 유교와 주로 관련된다면, 토풍은 풍류도·선가仙家·불교와 더 관련을 맺고 있습니다. 화풍은 숭문적崇文的이거나 사대적 지향이 강한 데 반해, 토풍은 자주적이며 좀 더 상무적尙武的인 지향을 갖습니다.

문학 방면에서 토풍은 우리말 노래에 대한 애호와 결부됩니다. 화풍이 강하면 강할수록 우리말 노래에 대한 애호는 약해지고,

한시문에 대한 애호가 커지는 것으로 보입니다. 그렇지만 한시문을 무조건 화풍으로 규정할 일은 아닙니다. 텍스트에 담지된 의식, 정신, 사상을 잘 헤아려 봐야 할 것입니다. 한시문 중에는 토풍이 반영된 것도 있습니다. 후대의 악부시 같은 것이 그러합니다. 이번 강의 중에 공부한 정지상의 「팔성 제문」도 표기 문자는 한문이지만 담겨 있는 내용은 토풍이라 할 것입니다. 이 점에서 한문으로 표기된 시문에는 불가피하게도 내용과 형식 간의 모순이 존재한다고 볼 수도 있습니다. 형식은 화풍이지만 내용은 토풍일 수 있다는 거죠.

정지상은 참수되고, 그 처자와 가족은 모두 노비가 되고 말았습니다. 그래서 아주 빼어난 문학가였음에도 전하는 시문詩文이 얼마 되지 않습니다. 『동문선』에 10여 수의 시가 실려 있는데, 「어떤 사람을 떠나보내다」(送人)라는 시가 절창으로 꼽힙니다. 익히 잘 아는 시일 테지만 잠시 보기로 하겠습니다.

비 갠 둑에 풀빛 짙은데
그대를 남포로 보내며 슬픈 노래 부르네.
대동강 물 어느 때 다하리
이별의 눈물 해마다 푸른 물결에 더해지니.
雨歇長堤草色多, 送君南浦動悲歌.
大同江水何時盡, 別淚年年添綠波.

빼어난 서정敍情이 담겨 있습니다. 거기다 서경파를 대표하는 문인답게 서경의 향토적 색채가 짙게 그려져 있습니다. 풀, 둑, 물이 모두 서경을 떠올리게 합니다.

묘청이 거론한 팔성 중 으뜸은 태백선인입니다. 태백선인은 단군을 가리킬 터입니다. '묘청의 난 이후 화풍이 토풍을 제압하고 승리했다', 적어도 정치적으로는 이렇게 해석할 수 있을 듯합니다. 신채호는 이를 '한문파'의 승리로 봤습니다. 하지만 한문학을 모두 화풍으로 규정할 수는 없습니다. 그리 보는 건 단견이겠지요. 한문학 내에서도 민족적 모색이나 민중적 모색이 나타나니까요. 그러니까 요는 어떤 한문학인지를 물어야겠지요.

현화사비 음기에서, 한시를 짓는 것으로 성이 차지 않으면 그때는 노래를 부른다고 했습니다. 노래는 우리말로 해야 합니다. 이처럼 고려 초에 쓰인 현화사비 음기는 우리 문학사에서 시와 노래의 이원적 구조가 정착됐음을 확인해 주는 의미가 있습니다. 이 이원 구조는 19세기 말까지 쭉 지속됩니다. 시詩와 가歌의 이원 구조죠. 유의해야 할 점은 이 구조에 기본적으로 토풍과 화풍의 대립이 반영되어 있다는 사실입니다.

그럼, 오늘 강의는 이것으로 마치겠습니다.

질문과 답변

한시와 노래의 이원 구조는 꼭 우리나라만이 아니라 일본도 마찬
가지가 아닐까 생각되는데, 혹 일본과 우리나라에 차이가 있는지
요?

일본도 대략 8세기에 해당하는 나라奈良 시대나 9세기에서 12세기
까지의 헤이안平安 시대에 와카和歌와 한시가 공존했습니다. 와카는
일본어 노래로서, 한시와 대립됩니다. 우리나라 사람과 마찬가지로
일본인도 한시로 풀 수 없는 마음을 자국어 노래로 푼 게 아닌가 합
니다. 이 점에서 동아시아의 일원으로서 일본의 문학도 우리와 마찬
가지로 기본적으로 '시'와 '가'의 이원 구조를 갖고 있었다고 하겠지
요. 다만 일본의 경우 현존하는 작품들로 판단할 때 우리와 비교해
자국어 노래가 더 융성하지 않았나 합니다. 일본은 우리와 달리 한
문 능력을 시험 보는 과거제가 없었으며, 한문 문화권으로서는 변방
의 변방이었습니다. 이 때문에 자국어 문학을 애호하기에 좀 더 유
리한 조건에 있지 않았나 합니다.

　　베트남도 한자 문화권입니다. 베트남에는 '쯔놈'字喃이라는 우
리의 향찰 표기 비슷한 것이 있었습니다. 쩐陳 왕조(1225~1400) 때 널
리 쓰이기 시작했는데, 쯔놈으로 표기된 노래를 '국어시'國語詩라고
불렀습니다. 우리의 경우 우리말 노래를 '시'라고는 하지 않고 '가'歌
라고 했으며, 한시만을 시라고 한 것과는 좀 다릅니다. 베트남은 자
국어 문학에 대한 긍정과 자의식이 우리보다 더 높았던 것으로 보입

니다. 그렇기는 하지만 베트남에서도 한시와 국어시가 함께 창작되었다는 점에서 이원적 구조가 존재했다고 말할 수 있습니다.

한국, 일본, 베트남, 세 나라 가운데 지배층의 한시 창작 능력은 한국이 단연 으뜸이었습니다. 이는 한국이 중국과 지리적으로 가까워 중국의 문화적 영향을 더 많이 받았기 때문으로 보입니다. 세 나라 모두 한문학과 자국어 문학이 공존했지만, 둘의 역학 관계는 나라마다 달랐습니다. 이는 세 나라 지배층의 '주체성'의 양상과 관련이 있다고 봐야겠지요.

*
*
유교나 화풍이 숭문주의라든가, 주체적 의식의 약화를 낳은 점이 있음을 인정한다 하더라도 다른 한편에서 그것이 한국인의 사고와 심미적 능력을 향상시킨 점도 있지 않은가, 그런 점을 함께 인정해야 하지 않는가, 라는 생각이 들기도 합니다.

유교와 화풍은 우리 문학사에서 부정적인 작용을 한 것만은 아니며 긍정적인 작용도 했습니다. 세상일에는 다 양면이 있지 않습니까? 그러므로 유교와 화풍의 공과功過도 균형 있는 시각으로 파악할 필요가 있겠지요. 요컨대 유교와 화풍을 무조건 부정적으로만 볼 일은 아니라는 거죠. 유교와 화풍은 무엇보다도 합리적·현실적 사고와 심미적 능력의 제고에 기여한 면이 있습니다.

한국에서 지어진 한시는, 비록 그 형식은 중국에서 유래하지만 그 내용은 한국인의 정서와 미감, 한국인의 삶이나 정신과 관련된 것입니다. 하나의 텍스트에서 형식과 내용은 통일적입니다. 이 점에서 한국 한시의 미적 성취에는 민족적인 것이 담보되어 있습니다.

그렇기는 하지만 고려 전기, 그리고 이후의 시기에 지배층의 문인들은 우리말 노래보다는 한시를 더 가치 있는 것으로 여겼습니다. 한시가 창작의 중심이 되었고, 우리말 노래는 부수적인 지위밖에 점하지 못했습니다. 이 점에서 신라 시대와는 중대한 차이가 있지요. 왜 이렇게 되었을까요? 지배층이 갈수록 화풍을 받아들임으로써 한문학이 중시되었기 때문입니다. 한문학의 융성은 우리말 노래를 부차적인 것으로 만들고 말았습니다. 한문학이 발전하면서 우리말 노래도 함께 발전했으면 좋으련만 그런 길을 가지는 못했습니다. 한문학이 우등하고 세련된 것이며, 우리말 노래는 열등하고 비루한 것이라는 인식이 자리 잡아 갔기 때문입니다. 이는 결국 지배층의 한화漢化된 의식에 연유합니다. 오늘 강의에서는 이 과정을 살피고자 했습니다. 우리말 노래와 한시의 창작 양상이 토풍과 화풍의 역학 관계에 따라 긴 시간에 걸쳐 어떻게 변해 갔는지를 들여다본 거죠.

　그러므로 유교와 화풍이 문학사에 긍정적 작용을 한 점이 많다는 점을 인정할지라도 문제는 여전히 남습니다. '시/가'의 이원 구조가 고착됨으로써 '정신', '사유', '인식', '예술성' 같은 고상하거나 심오한 가치는 한시가 주로 떠맡는 것으로 되어 버려, 우리말 노래에서는 그런 것에 대한 모색이 어렵게 되어 간 게 문제입니다. 우리말 노래는 문학장文學場에서 주변부로 밀려난 거죠. 그럼에도 불구하고 우리말 노래가, 물론 시대에 따라 부침은 있습니다만, 문학사의 전개 내내 한시가 할 수 없는 역할을 하면서 발전해 온 것은 주목할 일이라 하겠습니다.

토풍과 화풍이라는 프레임에서 봤을 때, 이후 문학사에서 어떤 시기를 눈여겨봐야 할까요?

조선 후기를 눈여겨봐야 하지 않을까 해요. 이 시기에 주목할 점은 하층 문학 혹은 하층의 현실이 한문학에 수용되거나 반영되어 한문학을 내부적으로 변화시켜 간 현상입니다. 민요풍의 한시가 창작된다든가, 악부시가 창작된 것을 대표적인 예로 꼽을 수 있겠지요. 뿐만 아니라 사설시조나 판소리나 탈놀이(탈춤)에서 보듯, 하층의 목소리나 사고방식이 보다 적극적으로 표출된 점도 주목해야겠지요. 국문소설이 대거 창작되어 큰 인기를 끈 것, 야담이 성행한 것도 바로 이 시기입니다.

이처럼 조선 후기는 이전과 문학장이 달라졌습니다. 이제 한문학이 일방적으로 주도하는 상황이라고 말하기는 어렵게 됐어요. 자국어 문학의 성장이 이런 변화를 야기했습니다. 이 때문에 고려 전기와는 또 다른 맥락에서 토풍과 화풍의 관계가 문제시되는 거지요. 고려 전기가 시간이 흐를수록 화풍이 강해지고 토풍이 위축되는 양상을 보여 줬다면, 조선 후기는 갈수록 토풍이 강해져 급기야 토풍이 화풍보다 우세한 양상을 보이게 됩니다.

정지상

서도西都(평양)가 평정되자 묘청, 백수한白壽翰, 정지상鄭知常, 조광趙
匡 등의 처자는 모두 몰수해 노비로 삼았다. 정지상의 초명은 지원之
元이며, 젊을 적부터 총명하고 시를 잘한다는 명성이 있었는데, 장원
급제하여 관직을 역임해 기거주起居注에까지 이르렀다. 사람들은 이
렇게 말한다. "김부식이 평소 정지상과 더불어 문학으로 이름을 나
란히 해 그새 불만이 쌓였으므로 이때 이르러 그가 (묘청과) 내응內
應했다고 칭탁해 살해했다."

정지상은 시를 지음에 만당체晚唐體(만당의 시풍)를 얻었는데, 특
히 절구에 뛰어났다. 시어詩語는 맑고 수려하며, 격조는 호일豪逸하
여 스스로 일가의 법을 이루었다.

─『고려사』 반역 열전 「묘청」 중에서

제7강

무신란 이후의 문학과
신진사류의 의식 지향

무신란과 문학장의 변화

고려 의종 때인 1170년에 일어난 무신란武臣亂을 분기점으로 고려 후기가 시작됩니다. 오늘은 무신란 이후 등장한 신진사류新進士流의 문학과 그들의 의식 지향에 대해 공부해 보도록 하겠습니다.

지난 시간(제6강)에 토풍과 화풍이라는 틀로써 고려 전기 문학을 개괄해 보았습니다만, 고려 전기 사회는 문벌 귀족門閥貴族 사회였습니다. 이 시기 한문학은 문벌 귀족들에 의해 주도되었습니다.

고려 전기에 주목할 문벌로는, 인주 이씨仁州李氏, 해주 최씨海州崔氏, 경주 김씨慶州金氏 등을 꼽을 수 있습니다. 인주仁州는 지금의 인천을 말하는데, 이자겸이 인주 이씨였습니다. 최충은 해주 최씨였고, 김부식은 경주 김씨였습니다. 이들 문벌 집안 출신의 인물들이 과거를 통해 입신하고, 권력을 차지했으며, 문학 담당층이 되었습니다.

1170년 정중부는 문신이 무신을 능멸하는 데 분노해 반란을 일으켜 백여 명의 문신을 살해했습니다. 눈에 보이는 사람을 닥치

224

는 대로 살해했습니다. 당시 개경의 문신이 5백여 명쯤 됐는데, 이 중 백여 명이 살해됐으니 정말 대학살이라 할 만합니다. 이것이 곧 무신란입니다. 살아남은 문신 중 상당수는 무신에게 포섭되었습니다. 그렇기는 하지만 귀족 문인이 많이 살해되면서 지방의 새로운 인물들이 과거 시험을 통해 중앙으로 진출하게 됩니다. 국가가 유지되기 위해서는 빈자리를 메우는 새 문신들이 필요하니까요. 이처럼 무신란을 계기로 새로 등장한 선비들을 '신진사류'라고 부릅니다.

정중부는 난을 일으키면서, '문관'文冠, 즉 '문신의 모자'를 쓴 자는 서리胥吏라도 죽이고 씨를 남기지 마라, 이렇게 명령했습니다. 이 와중에 화를 피해 달아나 절 같은 데 숨어 지낸 문인도 있었습니다.

그리하여 무신란을 겪은 후 문학장이 크게 바뀌는데요. 크게 세 부류의 문인이 관찰됩니다. 첫째 부류는 죽림고회竹林高會의 문인들이고, 둘째 부류는 김극기金克己 같은 문인이고, 셋째 부류는 무신정권에 적극 참여한 문인들입니다. 첫째 부류에 속한 인물들은 대부분 문벌 귀족 자제들입니다. 둘째와 셋째 부류에 속한 인물들은 대개 지방 향리 출신이거나 한미한 집안 출신입니다.

이 세 부류는 그 체질이나 의식 지향에서 차이가 있습니다. '의식 지향'은 다른 말로 하면 '멘탈리티'mentality가 되겠는데, 이는 의식 세계라든가, 감수성이라든가, 문학적 지향이라든가, 미의식 같은 것을 두루 포괄하는 말입니다.

세 부류 중 둘째 부류와 셋째 부류는 '신진사류'에 해당합니다. '신진사류'란 무신란 이후 과거를 통해 중앙 관계官界에 새로 진출한 지방 향리 출신이나 한미한 집안 출신의 선비들을 가리킵니다.

이들은 개경을 근거지로 한 구 귀족 집안 출신의 자제들과 감수성이 달랐습니다.

그럼 이 세 부류 각각에 대해 살펴보기로 하겠습니다.

죽림고회의 일곱 문인

'죽림고회'는 '죽림의 고상한 모임'이라는 뜻입니다. 중국 위진魏晉 시대의 완적阮籍, 혜강嵇康 등 일곱 문인이 세상을 벗어나 노자·장자의 무위 사상無爲思想을 숭상해 청담淸談으로 세월을 보냈는데 당시 사람들이 이를 추앙해 '죽림칠현'竹林七賢 혹은 '강좌칠현'江左七賢이라고 불렀습니다. '청담'은 세상을 초월해 맑은 이야기를 주고받는 것을 이릅니다. 고려 무신 집권기 때 이인로李仁老, 임춘林椿, 오세재吳世才, 조통趙通, 황보항皇甫沆, 함순咸淳, 이담지李湛之, 일곱 문인이 늘 서로 만나 술 마시고 시를 짓는 모임을 가졌는데, 이를 죽림고회라고 합니다. 죽림고회의 구성원들은 중국의 강좌칠현과 견주어 해좌칠현海左七賢이라고 합니다. '해좌'는 바다 왼쪽이라는 뜻인데, 우리나라를 가리킵니다.

해좌칠현은 대부분 무신정권에서 그다지 득의하지 못한 사인士人들이나, 벼슬을 못 한 소외된 사인들에 해당합니다. 이들은 대부분 고려 전기 귀족의 자제들입니다. 비록 무신 집권기에 과거 급제를 하기는 했지만 그럼에도 무신정권에 기용되지 못했거나 설사 기용되었더라도 고위직에까지는 오르지 못한 인물들이죠.

그래서 이들은 무리를 이루어 술과 시로 서로 즐기면서 지냈는데, 자부심은 아주 높아 방약무인한 태도를 보였습니다. 세상에 불평불만을 품었기 때문이지요. 실제 이들은 자신이 불우하다는 의식이 강했습니다. 우리 문학사에서 불우하고 소외된 문인들이 집단을 이루어 문학 활동을 한 것은 죽림고회가 처음입니다. 조선 후기가 되면 취향이나 지체가 같은 사람들이 끼리끼리 모여 시회詩會를 갖는 일이 빈번했는데, 죽림고회는 이런 시회의 최초의 사례이기도 하지요. 그럼 이 사람들이 어떤 사람들인지 좀 더 자세히 살펴보기로 하겠습니다.

이인로는 그 증조부가 평장사平章事를 지냈습니다. 평장사는 정2품의 고위 관직으로, 재상직에 해당합니다. 그러니 이인로는 귀족 출신입니다. 그래서 무신란 때 산으로 피신해 머리를 깎고 승려 노릇을 했습니다. 그 뒤 세상이 좀 잠잠해지자 다시 속세로 돌아와 명종明宗 때 장원급제를 하고 고종高宗 초에 우간의대부右諫議大夫에까지 올랐습니다. 우간의대부는 정4품 벼슬입니다. 당세에 거슬려 크게 쓰이지는 못했으나 죽림고회의 구성원들이 한 벼슬 중에는 제일 높습니다.

이인로는 임춘과 각별한 사이였습니다. 두 사람은 죽림고회의 중심 인물입니다. 이인로는 특히 시로 이름이 높았으며, 『파한집』破閑集이라는 시 비평서를 남겼습니다. 이 책은 우리 문학사에서 최초의 시화집詩話集에 해당합니다. 이 책을 본받아 고려 시대에 최자崔滋의 『보한집』補閑集, 이제현李齊賢의 『역옹패설』櫟翁稗說('역'의 당시 음은 '늑'입니다) 같은 시화집들이 나왔습니다. 이인로는 『은대집』銀臺集이라는 문집을 남겼으나 현재 전하지 않습니다.

임춘은 가전假傳에 해당하는 「공방전」孔方傳을 지은 인물로 널리 알려져 있습니다. 임춘도 귀족 출신입니다. 할아버지가 평장사였고 아버지가 상서尙書를 했습니다. 20세 전후에 무신란을 만났는데, 피신해서 겨우 목숨을 건집니다. 개경에 5년간 숨어 지내다가 가족을 이끌고 영남으로 피신해 7년 남짓 떠돌다가 다시 개경으로 올라왔는데, 평생 벼슬은 못 했습니다. 가난 속에 현실을 탄식하다 마흔 무렵 세상을 떴습니다.

임춘은 여기저기 많이 떠돌아다녔습니다. 이런 중에 강원도 강릉 일대의 산수를 유람하고 「동행기」東行記라는 글을 짓습니다. 이 글은 우리나라 최초의 산수유기山水遊記라는 점에서 주목을 요합니다. '산수유기'는 산수를 유람하고 쓴 글을 말합니다. 조선 시대, 특히 조선 후기에는 유기가 대단히 많이 창작되었는데, 이런 글쓰기의 첫 자리에 임춘의 「동행기」가 있는 거죠.

다행히 현재 임춘의 문집 『서하집』西河集 — 임춘이 죽은 후 이인로가 엮었죠 — 이 전하고 있는데, 여기에는 빈궁貧窮이라든가, 현실에 대한 비분悲憤과 불평의 심정을 읊은 시들이 여럿 실려 있습니다. 이를테면 명종 4년인 1174년 남쪽을 떠돌 때 쓴 시 「손에 검을 잡다」(杖劍行)에서는, '갑중匣中의 서늘한 3척 검劍'을 노래하고 있습니다. '갑중의 검'은 뜻을 펴지 못한 불우한 선비를 은유하는 말입니다. 이 은유어는 후대에 여러 시인들이 구사하곤 합니다.

문학사상 시인적 자의식의 뚜렷한 표출은 신라 말 최치원에게서 처음 목도됩니다만, 임춘의 시는 최치원과는 다른 양상을 보여 줍니다. '불우감'을 읊고 있다는 점은 비슷합니다만, 임춘의 경우 궁수窮愁, 즉 곤궁에 대한 근심 그리고 현실에 대한 비분의 감정이 두드러지게 나타납니다. 최치원은 꼭 그렇지는 않거든요. 임춘이 돈을 의인화한 「공방전」을 지은 것도 그가 극도의 곤궁을 겪은 것과 무관하지 않습니다. 그는 가난 때문에 돈의 폐해를 잘 볼 수 있었을 것입니다. 이처럼 임춘은 지식인으로서 그리고 문인으로서 최치원과 비교가 안 될 정도로 생활고를 겪었으며 현실로부터 소외되어 있었습니다. 그의 시가 최치원의 시보다 더욱 어둡고 비관적인 색채를 보여 주는 것은 이 때문입니다. 임춘의 문학은 바로 이 점에서 우리 문학사에 새로운 풍경을 펼쳐 보였다고 할 것입니다. 그것은 다름 아닌 극도로 소외된 지식인의 내면 풍경입니다.

오세재 역시 문신 집안 출신입니다. 무신정권 때 과거 급제를 했습니다만 벼슬은 하지 못했습니다. 이인로가 세 번이나 벼슬에 추천을 했지만 끝내 벼슬을 하지 못했습니다. 그래서 평생 가난에 시달렸습니다.

오세재는 성격이 소탈하고 구속을 싫어해서 세상에 용납되지 못했습니다. 무신정권에서 벼슬하지 못한 것은 그의 이런 성격과 무관하지 않을 것입니다. 오세재는 이규보보다 서른다섯 살 나이가 많았지만 이규보와 망년우忘年友를 맺었습니다. '망년우'는 나이를 초월한 벗을 말합니다. 그래서 이규보는 오세재가 죽자 그를 추모하는 글을 짓습니다. 「오선생 덕전 애사」吳先生德全哀詞라는 글인데요, '덕전'德全은 오세재의 자字입니다. 이 글에서 이규보는 오세재를 '복양濮陽 선생'이라고 칭하고 있습니다. '선생'이라는 칭호는 예전에는 함부로 쓰지 않고 존경하는 사람에게만 썼습니다.

황보항도 귀족 가문 출신인데, 벼슬을 하긴 했습니다만 미관말직에 그쳤습니다. 함순 역시 귀족 집안 인물로, 문헌공도 출신입니다. 하지만 최충헌崔忠獻 집권 시 말단 관직을 지냈을 뿐입니다. 이담지도 귀족 집안 인물로, 문헌공도 출신인데, 역시 하급 벼슬을 했을 뿐입니다. 조통 역시 귀족 집안의 인물일 것으로 여겨지는데, 이 사람은 운이 좋아 좌간의대부에까지 올랐습니다. 이인로가 한 우간의대부나 조통이 한 좌간의대부는 모두 정4품 벼슬입니다. 해좌칠현 중 그래도 좀 나은 벼슬을 한 인물은 이 둘에 불과합니다.

지금까지 살펴보았듯, 해좌칠현은 대체로 귀족 문신 집안 출신들이며, 그 점에서 비록 무신 정권에서 벼슬을 한 사람이라 할지라도 불평스런 마음이 전연 없었다고 하기는 어렵습니다. 이들은 무신란 이후 문학장의 한 국면을 잘 보여 줍니다.

김극기

김극기金克己는 한 인물이지만 하나의 '부류'입니다. 그만큼 당시의 문학 지형도에서 뚜렷하고 중대한 위상을 점합니다.

이 인물은 이름부터가 좀 색다릅니다. 이길 '극'克, 몸 '기'己인데요, '자기를 극복한다', 이런 뜻입니다. 전에 보지 못한, 아주 성찰적 지향을 갖는 이름이라 하겠는데요. 본관은 광주廣州 김씨입니다. 무신 집권기인 명종 때 급제했습니다. 한림翰林 벼슬까지 했으나 벼슬에 그리 연연하지 않았습니다. 그래서 벼슬을 그만두고 초야에 살면서 농민들의 삶에 관심을 가져 이를 시에 담았습니다. 당시 농민들의 삶이 어려워져 농민 반란이 계속 일어났습니다. 김극기는 지배층의 입장에서 농촌을 단지 목가적으로만 그리지 않았으며 그 속에서 노동을 하며 살아가는 농민들의 실제 삶을 시에 일정하게 반영하고 있습니다. 이 점에서 김극기는 재야 문인으로서 우리 문학사에서 처음으로 애민시愛民詩를 선보인 인물이라고 말할 수 있습니다. '애민시'라는 말에서 '민'民은 농민이나 어민을 뜻합니다. 당시는 농민이 백성의 절대 다수를 차지하고 있었습니다. 김극기보다 한 세대쯤 밑의 인물로 김극기와 동시대를 살았던 이규보도 '애민시'를 창작했는데, 이규보의 애민시에 대해서는 다른 시간에 따로 살피기로 하겠습니다.

당시 농민은 기층적基層的 존재로서, 전 사회를 위해 먹을 것을 생산해 내는 역할을 부여받았습니다. 농민이 힘써 일해 농사를 지은 덕에 지배층은 살아갈 수 있었습니다. 하지만 농민들은 국가에 세금을 바치고 지주에게 지대地代를 내고 나면 남는 게 별로 없었습니다. 지배층의 수탈이 도를 넘은 거지요. 무신 정권 때 사정은 더 악화되었습니다. 김극기의 애민시는 이런 상황에서 지어졌습니다. 김극기는 비록 초야에서 생활하긴 해도 사류士流였습니다. 그는 벼슬을 오래 하지는 않았지만 명종 때 잠시 벼슬길에 나아가기도 했으니 무신 집권기에 새로 등장한 신진사류의 한 사람이라 할 만합니다.

주목할 점은 김극기의 애민시에서 지배층의 일원인 '나'의 '민'에 대한 성찰적 시선이 느껴진다는 사실입니다. 나는 사대부다, 나는 민 덕분에 먹고산다, 그럼 나는 민을 위해 무엇을 해야 하나, 이런 물음이 비록 초보적이지만 김극기 시의 근저에 자리하고 있는 듯합니다. 말하자면 사대부로서의 민에 대한 책임 의식 같은 것입니다. 이런 의식이 김극기로 하여금 농촌을 시에 담거나 애민시를 쓰도록 추동推動했을 것입니다. 이런 의식의 문학적 표출은 이 시기에 와서 처음 나타납니다. 김극기는 이규보와 달리 시종 재야 문인으로서 이런 시를 썼습니다. 이 점이 문학사에서 주목됩니다. 지배에 대한 반성적 성찰, 사대부라는 존재에 대한 내적 물음, 피지배층 민에 대한 따뜻한 긍정과 연민의 시선, 우리 문학사에서 이런 풍경의 표출은 김극기의 시에서 처음 목도되는 거죠. 그렇기는 하나 김극기의 애민시는 이규보의 애민시라든가 후대의 애민시와 비교하면 비판성이라든가 현실 반영적인 면모가 부족해 보입니다. 이런 점은 있지만 김극기에서 첫 모습을 보인 애민시는 이후 우리 문학의 한 주요한 전통이 됩니다. 익히 아는 다산茶山 정약용丁若鏞의 애민시도 그 문학사적 근원을 소급해 올라가면 김극기의 시에 가 닿는다고 할 수 있죠.

김극기는 국토의 여기저기를 떠돌며 많은 시를 남겼는데, 무신 집권기에 집권자 최우崔瑀의 명으로 문집 『김거사집』金居士集이 간행됩니다. 무려 135권(150권이라는 설도 있습니다)이나 되는 방대한 책입니다. 이런 규모의 문집은 우리 문학사에서 초유의 일입니다. 이를 통해 고려의 한문학이 어느 정도로 발전했는지 짐작해 볼 수 있습니다.

김극기의 시 가운데 농촌과 농민에 대한 시인의 시선이 잘 드러나는 시를 한 수 살펴보겠습니다. 다음은 『동문선』에 실려 있는 「향촌에서 묵다」(宿香村)라는 시 뒷부분입니다.

섶나무 베어 문득 어둠을 밝히자
생선과 게가 저녁상에 올랐네.
농부들 각기 방 안에 들자
농사 얘기로 방 안이 시끌벅적.
다투는 소리 고기 꿴 듯 이어지고
왁자지껄한 소리 새소리처럼 분분하네.
나는 시름으로 잠 못 이루어
서쪽 방에서 베개 베고 누웠나니
반딧불은 차가운 이슬에 젖고
귀뚜라미 소리 빈 동산에 시끄러워라.
슬피 읊조리며 새벽을 기다리니
푸른 바다가 아침 해를 머금었네.

伐薪忽照夜, 魚蟹腥盤湌.

耕夫各入室, 四壁農談誼.

勃磎作魚貫, 啁喔紛鳥言.

我時耿不寐, 欹枕臨西軒.

露冷螢火濕, 寒蛩噪空園.

悲吟臥待曙, 碧海含朝暾.

'향촌'은 지명입니다. 시인은 이 마을을 지나다가 하룻밤 묵어갑니다. 시의 앞부분에는 시인이 길을 가다 이 마을에 접어들어 어떤 농부의 집 문을 두드리자 아낙네가 사립문을 열어 주는 장면이 묘사되어 있습니다. 인용된 시의 앞부분에는 시인의 눈에 비친 농민의 모습이 사실적으로 그려져 있습니다. 물론 농민의 입장은 아니고 사대부의 입장에서 농민을 그려 놓았습니다만 퍽 친근한 시선이 느껴집니다. 시인은 농민들의 인정 있는 태도를 먼저 말하고 있습니다. 이 시에서 농민은 미화되지도 멸시되지도 않으며, 그 질박한 모습 그대로 제시됩니다. 여기서 농민의 건강함이랄까 힘이랄까 그런 게 느껴집니다. 이런 시선을 취하기는 꼭 쉽지만은 않습니다. 편견이 없어야 가능하거든요.

인용된 시의 뒷부분에서는 시인의 내적 번민이 느껴집니다. 시인에게는 떠나지 않는 시름이 있습니다. 그래서 잠을 제대로 이루지 못한 채 새벽을 맞이합니다. 시인은 무엇 때문에 시름하는 걸까요? 또 '새벽'은 무얼 상징하는 걸까요? 시인은 당대 농민들의 힘든 처지 때문에 시름하는 것일지도 모르고, 좀 더 나은 세상에 대한 희구希求에서 새벽을 기다린다고 말한 것일지도 모릅니다. 그건 정확히 알 수 없습니다. 그렇기는 하나 이 후반부에 피력된 시인의 고민이 적어도 사대부로서의 고민일 것은 분명합니다. 그렇다면 그것은 치자治者의 책임 윤리와 무관할 수 없습니다. 즉 민에 대한 사대부의 책임 말입니다. 시인은 바로 이 점 때문에 번민하고 괴로워하고 있는 게 아닌가 합니다.

김극기의 시로는 「전가사시」田家四時도 널리 알려져 있습니다. '전가사시'는 '농촌의 사계절'이라는 뜻입니다. 제목처럼 농촌의 봄, 여름, 가을, 겨울을 읊은 시입니다. 이 시에는 농민들이 부담해야 하는 가혹한 세금에 대한 시인의 걱정이 표출되어 있습니다.

무신정권에 적극적으로 참여한 문인들

무신정권에 적극적으로 참여해 정권의 유지에 기여한 일군의 문인들이 있습니다. 그 대표적인 인물들의 이름이 「한림별곡」翰林別曲이라는 노래의 제1연에 거론되어 있습니다. '한림'은 한림원翰林院을 말합니다. 고려의 한림원은 조선 시대의 예문관藝文館에 해당하는 관서로 왕명을 받들어 문장 짓는 일을 맡았는데, 이곳에 속한 관원으로는 학사승지學士承旨(정3품) 1인, 학사學士(정4품) 2인, 시독학사侍讀學士와 시강학사侍講學士(정4품)가 각 1인이었습니다. 한림원 학사는 문재文才가 있어야 맡을 수 있고 임금을 가까이서 시종했기에 대단히 영광스런 벼슬로 간주되었습니다.

「한림별곡」 제1연은 다음과 같습니다.

원순문元淳文 인로시仁老詩 공로사륙公老四六
이정언李正言 진한림陳翰林 쌍운주필雙韻走筆
충기대책冲基對策 광균경의光鈞經義 양경시부良鏡詩賦

위 시장試場 경景 긔 어떠하니잇고

금학사琴學士의 옥순문생玉笋門生 금학사琴學士의 옥순문생
玉笋門生

위 날조차 몇 분이닛고

'원순'은 유원순兪元淳을 말합니다. 원순은 초명初名이고, 나중에 '승단'升旦으로 개명했습니다. '인로'는 이인로를 말합니다. 이인로가 한때 한림을 한 적이 있기에 여기에 거론되었지만, 사실 이인로는 여기 거론된 다른 사람들과 성향이 좀 다릅니다. 그러니 이인로는 무신정권에 적극 참여한 문인이라고 하기는 어렵습니다. '공로'는 이공로李公老를 말합니다. '이정언'은 정언 벼슬을 한 이규보를 말하고, '진한림'은 한림 벼슬을 한 진화陳澕를 말합니다. '충기'는 유충기劉冲基를 말하고, '광균'은 민광균閔光鈞을 말하며, '양경'은 김양경金良鏡을 말합니다. '금학사'는 학사學士 금의琴儀를 말합니다. '학사'는 한림원의 정4품 벼슬인데, 지공거를 일컫기도 합니다. 이제 이들에 대해 좀 살펴보도록 하겠습니다.

유승단은 고종의 사부師傅였으며, 고문古文을 아주 잘했습니다. 『명종실록』明宗實錄의 수찬관修撰官을 지냈으며, 참지정사參知政事의 벼슬에까지 올랐습니다. 참지정사는 종2품의 고위직입니다.

이공로는 사륙변려문을 잘 지었으며, 벼슬은 정3품직인 추밀원樞密院 우부승선右副承宣까지 했습니다.

이규보는 『고려사』에 보면 황려현黃驪縣 사람이라고 되어 있으며 선조에 대한 소개는 일절 없습니다. '황려'는 지금의 경기도 여주입니다. 『고려사』에서는 어떤 인물에 대해 기술할 때 먼저 집안의 선조들을 쭉 소개하는 게 일반적입니다. 그리하지 않고 본인의 출신지만 밝힌 경우 그 인물은 대체로 지방 출신, 특히 향리鄕吏 출신인 경우가 많습니다. 이규보의 증조부는 황려현의 향리였으며, 부친은 하위직인 호부낭중戶部郎中을 지냈습니다. 이규보는 명종 20년에 급제했습니다.

진화는 조부가 진준陳俊인데 병졸에서 시작하여 능력을 인정받아 장군이 된 인물입니다. 정중부의 난 때 문인들을 많이 구해 줘 그 덕에 목숨을 건진 사람들이 많았죠. 진화는 무신란 이후 과거에 급제해 문신이 됐습니다.

유충기는 대책對策을 잘 지은 문인입니다. '대책'은 과거 응시자가 임금의 질문에 답한 글을 말합니다. 대개 치국治國의 방책을 그 내용으로 합니다. 유충기는 『고려사』에 그 선조나 집안에 대한 언급이 보이지 않습니다. 이로 보아 지방 향리 출신이 아닌가 합니다. 벼슬은 좌간의대부에까지 올랐습니다.

민광균은 경의經義, 즉 경전의 뜻에 밝았던 문인인데, 『고려사』에 그 집안에 대한 별다른 기록이 없는 것으로 보아 지방 향리 출신으로 보입니다.

김양경은 나중에 '인경仁鏡'으로 개명했는데, 형부상서刑部尙書까지 지냈습니다. 시부詩賦에 능했던 문인입니다. 본관은 경주이고, 고조부가 평장사를 했습니다. 문벌 귀족 출신이라 하겠는데, 무신정권에 잘 적응해 평장사의 지위에까지 올랐습니다.

금의는 고위직인 평장사까지 지낸 인물입니다. 또 지공거를 여러 번 맡아 많은 문생門生을 배출했습니다. 그래서 「한림별곡」에서 '옥순문생'이라고 한 것입니다. '옥순'은 죽순을 가리키는데, 뛰어난 인재가 많음을 뜻합니다. '문생'은 문하생을 말합니다. 고려 시대 과거제도는 조선 시대와 달라서, 과거에 급제한 사람들은 과거 시험을 주관한 지공거의 문생으로 간주되었습니다. 다시 말해 지공거와 급제자 간에는 스승 제자 관계가 형성됩니다. 금의는 여러 번 지공거를 했기 때문에 그 문생들이 아주 많았습니다. 문생들이 많으면 그만큼 세력이 더 크다고 봐야겠죠.

금의는 원래 경상도 봉화현奉化縣 사람인데 뒤에 적籍을 김포로 바꿨습니다. 『고려사』 열전 「금의전」에는 삼한공신三韓功臣 금용식琴容式의 후예로 되어 있는데 그 뒤의 가계家系는 기술되어 있지 않습니다. 이로 보아 금의의 집안은 무신 집권기에 와서 금의로 인해 번창한 게 아닌가 합니다.

「금의전」에 보면, 금의는 최충헌을 섬겨 요직을 두루 지냈으며, 신종神宗 때에는 상서우승尙書右丞에 임명되었고, 2학사(학사승지와 학사)를 겸대兼帶하고 3대부(좌우간의대부와 태자찬선대부太子贊善大夫)를 겸직해 세상이 영화롭게 여겼다고 했습니다. '겸대'는 두 가지 이상의 직무를 맡는 것을 말합니다. 그런가 하면 「금의전」에는 금의가 세력을 믿고서 교만 방자했다는 말도 보이고, 여러 번 지공거를 맡아 그때 합격한 명사名士들이 많았다는 말도 보입니다. 최충헌은 휘하에 자기 말을 잘 듣는 문사들을 두었는데, 금의는 이때 기용되어 최충헌의 눈에 들어 승승장구한 것으로 보입니다. 금의는 「한림별곡」에 거론된 인물들 가운데 제일 지위가 높습니다.

「한림별곡」 제1연에 거론된 인물들은 대체로 무신정권에 득의한 인물들입니다. 그리고 김양경처럼 구 귀족 출신이 없는 것은 아니지만 대부분은 지방 향리 출신이거나 한미한 출신으로 보입니다. 이들은 구 귀족 문신을 대신해 무신정권에 새로 기용된 인물들입니다. 이 점에서 '신진사류'라는 명칭이 잘 어울린다 하겠습니다.

이규보와 진화

앞에 적시한 8명의 문인 중 이 시기 문학을 대표하는 인물은 이규보와 진화입니다. 이규보는 다음 번 강의에서 집중적으로 살필 예정이므로, 여기서는 오늘의 강의 주제에 한정해 간단히 보기로 하겠습니다. 즉, 고려 전기의 귀족 문인과 구별되는 신진사류의 멘탈리티를 잠시 엿보기로 하겠습니다.

이규보는 25세 때 「백운거사전」白雲居士傳과 「백운거사어록」白雲居士語錄을 지었습니다. 백운白雲은 이규보의 호로, 흰 구름을 말합니다. 흰 구름이라는 것은 독특한 이미지가 있지 않습니까? 뭉게뭉게 피어오르고, 자유롭죠. 색깔도 희고. 이 글들은 벼슬하기 전에 지은 건데, 「백운거사전」은 자전自傳에 해당합니다. 즉 자기 이야기입니다. '백운거사'는 곧 이규보 자신을 말합니다. 이를 통해 이규보가 자의식이 강한 사람이며 자기 정체성에 대한 물음이 있는 사람이라는 걸 알 수 있습니다. 이 작품은 우리 문학사상 최초의 자전입니다. 최초의 자전이 지방 향리 출신의 사류士流에 의해 지어졌다는 건 퍽 시사적입니다. 고고지성呱呱之聲 같은 것이 느껴져서입니다. 문학사에 새로 등장한 존재가 자신의 출현을 세상에 알리는 목소리지요. 「백운거사어록」에는 이런 대목이 있습니다.

백운은 내가 사모하는 것이다. 사모하여 그를 배운다면 비록 그 실實을 얻지는 못한다 할지라도 비슷해지기는 할 것이다. 대저 구름이라는 것은 바람을 따라 흘러가 산에 머물러 있지 아니하며 하늘에 매여 있지도 않다. 표표히 동서로 떠다니며 형적에 얽매인 바가 없고, 경각간에 변화하니 그

끝과 시작을 헤아릴 수 없다. 뭉게뭉게 퍼져 나가는 모양은 군자가 세상에 나아가는 것과 같고, 오므려 자신을 마는 모양은 고상한 사람이 은거함과 같다.

이규보는 이런 백운을 배워 세상에 나아가서는 물物을 윤택하게 하고 세상에서 물러나서는 마음을 비워 흰빛을 지키겠노라고 했습니다. '물'은 타자를 가리키니, 백성일 수도 있고 국가일 수도 있습니다. 사대부의 도리를 천명한 것입니다.

한편 「백운거사전」에서는, 자신의 본성이 아주 방광放曠하고 무검無檢하다고 했습니다. '방광'은 방달放達한 걸 말합니다. 거리낌이 없으며, 구속됨이 없는 걸 의미하지요. '무검'은 검속檢束됨이 없다는 말인데, 자유롭고 어디에 구속되지 않는다는 뜻입니다. 또 이런 말도 합니다: '자기는 도연명陶淵明과 같은 무리로 거문고를 연주하고 술을 마시는 것으로 세월을 보낸다.' 본성이 방광무검하다든지 거문고 연주하고 술 마시는 것으로 세월을 보낸다든지 하는 것은 「한림별곡」의 내용과도 통합니다.

그래서 이규보가 지은 이 두 글을 읽으면, 구름처럼 솟아오르는 힘이 느껴지고 어디에도 구속되지 않으려는 자유롭고 방달한 정신이 느껴집니다. 이런 이미지, 이런 감수성은, 세련되지만 폐쇄적인 고려 전기 귀족 문인의 미의식과 상당히 다릅니다. 아주 개방적이고 진취적인 의식이 확인됩니다. 이규보의 이 글들은 이 시기 신진사류의 한 면모를 보여 주고 있다고 여겨집니다. 물론 이 시기 신진사류들이 모두 이규보와 같은 의식과 정신적 지향을 보였다고 말할 수는 없겠지만 그럼에도 이규보의 이 두 글에서 확인되는 면모는 이 시기 신진사류의 정신적 면모를 일정하게 반영하고 있다고 할 만합니다.

이규보와 진화는 당대에 그 이름이 병칭並稱되었습니다. 『고려사』 열전 「진준전」陳俊傳을 보면, 진화가 시를 잘 지어 젊어서 이규보와 이름을 나란히 했다는 말이 보입니다. 또 『고려사』 열전 「윤관전」尹瓘傳에 부기附記된 「윤세유전」尹世儒傳에는, 최충헌이 이규보와 진화를 불러 시를 짓게 해 한림 금의로 하여금 평가하게 했는데 이규보가 1등, 진화가 2등을 했다는 말이 보입니다.

진화의 시로는 「사신이 되어 금나라에 들어가다」(奉使入金)가 유명합니다. 진화가 금나라에 사신 가면서 지은 시인데요, 시는 다음과 같습니다.

> 서쪽 중국은 이미 쇠잔하고
> 북쪽 변방은 아직 몽매하도다.
> 앉아서 환한 아침 기다리나니
> 동쪽 하늘에 붉은 해가 떠오르려 하네.
> 西華已蕭索, 北塞尙昏濛.
> 坐待文明旦, 天東日欲紅.

'서쪽 중국'은 남송을 가리키고, '북쪽 변방'은 금나라를 가리킵니다. 시인은 동아시아의 형세를 읽고 있습니다. '중화로 받든 송나라는 이제 남송으로 위축되어 쇠잔한 명맥을 이어 가고 있을 뿐이고, 저 북쪽의 금나라는 영토는 넓고 힘은 세지만 아직 몽매하다. 그러면 동아시아의 문명은 어디서 기대해야 하나. 동쪽 땅 고려밖에 없다.' 이 시에는 이런 생각이 담겨 있습니다. 고려에 대한 자긍심의 표현이죠.

이처럼 이 시에는 진화의 진취적인 민족적 의식이 확인됩니다. 진화는 동아시아 문명의 향방을 생각하고 있습니다. 동아시아적 문명 의식이죠. 이 점에서 이 시는 동아시아적 스케일을 보여 줍니다. 시인은 또한 자국 고려에 대해 사유하고 있습니다. 이 점에서 주체적입니다. 그러므로 이 시는 동아시아적이면서 주체적인 면모를 보여 준다 하겠습니다.

이처럼 이 시는 비록 짧은 시이지만 기상이 높고 스케일이 큽니다. 우리는 이 시를 통해서 이 시기에 새로 문학사에 등장한 신진사류 문인이 지닌 의식 지향의 일단을 엿볼 수 있습니다. 다음 시간에 공부하겠습니다만, 이런 자주적 의식은 이규보에게서도 발견됩니다.

세 부류 비교

이제 좀 정리를 해 보겠습니다.

해좌칠현은 이 시기 문학사에서 불우한 문인의 내면 풍경, 세계와 불화한 문인의 자의식을 보여 준다는 점에서 의의가 있습니다. 문학사는 이런 불화의 인간들을 주목합니다. '불화'가 진정성이 있고 절실하기만 하다면 어떤 불화든 상관없습니다. 해좌칠현은 대체로 구 귀족 문신 집안 출신입니다. 이 때문에 무신정권에서 삶이 순조롭지 않았으며 뜻을 펼치지 못한 사람들이 많습니다. 그래서 가슴속에 불우감 혹은 불화의 감정이 깊었습니다. 임춘에게서 이런 양상이 가장 잘 확인됩니다.

이처럼 이들은 실의한 자의 문학을 보여 줍니다. 득의한 자의 문학만이 아니라 실의한 자의 문학도 중요합니다. 세속적 세계와 달리 문학에서는 실의한 자의 글쓰기가 더 깊은 울림과 감동을 주는 경우가 많거든요.

해좌칠현을 이 시기 문학의 왼쪽이라고 한다면, 「한림별곡」의 제1연에 등장하는 문인들은 그 오른쪽이라 할 수 있겠지요. 오른쪽의 이 문인들은 무신정권에서 인정받은 사람들이며 무신정권에 별로 불평불만이 없던 사람들입니다. 말하자면 득의한 자들이지요. 이규보나 진화가 그 대표적인 인물인데요, 이들은 고려 전기의 귀족 문인들과 다른 감수성과 미의식을 보여 줍니다. 이는 그 출신이 달라서입니다. 존재가 의식을 규정한 것입니다. 이규보나 진화는 신진사류를 대변해 고려 문인으로서의 뚜렷한 주체 의식을 보여 준다는 점이 주목됩니다.

이 두 부류의 중간에 있는 문인이 김극기입니다. 김극기는 '득의'와 '실의'를 초월해 고고하게 자기대로의 문학적 방향을 모색한 문인입니다. 그래서 왼쪽에 있던 임춘처럼 신음 소리라든가 불평한 소리를 내거나 어두운 시 세계를 펼치지도 않았고, 오른쪽의 문인들처럼 의기양양한 의식을 표출하지도 않았습니다. 벼슬을 하다 그만두고 남은 생을 초야에서 지내면서 눈앞에 보이는 농촌 세계를 시폭에 담았으며, 그 과정에서 자신의 생각과 감정을 읊었습니다. 그리고 여기저기 많이 떠돌았기에 우리 국토 산하의 풍경을 시에 많이 담을 수 있었습니다. 김극기로 인해 한국 한시에는 하위 주체인 농민의 모습이 비로소 등장하게 됩니다.

무신란 이후의 문학은 이처럼 이 세 부류 문인의 멘탈리티를 균형 있는 시각으로 파악해야 온전히 이해할 수 있습니다.

「한림별곡」

이제 세 번째 부류에 해당되는 문인들이 지은 「한림별곡」을 검토해 보기로 하겠습니다. 이 노래는 8연으로 구성되어 있는데, 제1연은 앞에서 소개한 바 있습니다. 여기서는 제2연을 보기로 하겠습니다.

> 당한서唐漢書 장노자莊老子 한유문집韓柳文集
> 이두집李杜集 난대집蘭臺集 백락천집白樂天集
> 모시상서毛詩尚書 주역춘추周易春秋 주대례기周戴禮記
> 위 주註 좋아 내 외올 경景 긔 어떠하니잇고
> 태평광기太平廣記 사백여권四百餘卷 태평광기太平廣記 사백여
> 권四百餘卷
> 위 역람歷覽 경景 긔 어떠하니잇고

'당한서'는 역사서인 『당서』唐書와 『한서』漢書를 말합니다. '장노자'는 도가의 책인 『장자』莊子와 『노자』老子를 말합니다. '한유문집'은 당나라의 문장가인 한유韓愈와 유종원柳宗元의 문집을 말합니다. '이두집'은 당나라 시인인 이백과 두보의 시집을 말하고, '난대집'은 후한의 역사가 반고班固의 문집인 『반난대집』班蘭臺集을 말하며, '백락천집'은 당나라 시인 백거이白居易의 문집을 말합니다. '모시상서'는 『시경』과 『상서』를, '주역춘추'는 『주역』과 『춘추』를, '주대례기'는 『주례』周禮와 『대기』戴記(예기)를 말하니, 모두 유교의 경전에 해당합니다. 이런 책들을 주석을 좇아 늘 외는 광경이 어떠한가라고 노래하고 있습니다. 이런 책들을 주석까지 보며 늘 외는 것을 자랑스러워하는 말이죠. 그리고 끝에 가서, 몇 백 권의 『태평광기』를 차

례로 다 보는 광경이 어떠하냐고 묻습니다. 이 역시 이야기책을 마음껏 읽으며 즐기는 생활을 뽐내는 말입니다.

「한림별곡」의 제3연은 서예를 노래하고 있고, 제4연은 술을 노래하고 있으며, 제5연은 꽃을 노래하고 있고, 제6연은 악기를 노래하고 있습니다. 이에서 알 수 있듯, 「한림별곡」은 무신정권 때 문학적 능력을 인정받아 득의한 처지에 있던 신진사류 문인들의 취미와 풍류를 보여 줍니다. 요컨대 「한림별곡」은 득의한 문인들의 멘탈리티를 아주 잘 보여 줍니다. 『고려사』 「악지」樂志에 의하면 이 노래는 고종 연간에 한림제유翰林諸儒가 창작했습니다. '제유', 즉 '여러 유사儒士'라고 한 것으로 보아 1인의 창작이 아니고, 여러 사람이 돌아가며 한 연씩 지어 부른 노래가 아닌가 합니다.

「한림별곡」은 '경기체가'景幾體歌로 불립니다. 노래 중에 '경景기' 어쩌고 하는 말이 나오는 데 착안하여 붙인 명칭입니다. 경기체가는 우리 문학사에서 처음 보는 형식의 노래입니다. 그래서 좀 눈이 휘둥그레집니다. 이전에 본 향가와는 사뭇 다릅니다. 향가는 향찰로 표기했지만 우리말이 많지 않습니까? 거의 대부분이 고유한 우리말이죠. 이와 달리 경기체가에서는 우리말은 별로 구사되지 않고 거의 대부분이 한자어입니다. 『고려사』 「악지」를 보면 이 점이 매우 뚜렷하게 드러납니다. 『고려사』 「악지」에 수록된 「한림별곡」 제2연을 보면 다음과 같습니다.

　　唐漢書 莊老子 韓柳文集

　　李杜集 蘭臺集 白樂天集

　　毛詩尙書 周易春秋 周戴禮記云云【俚語】

　　太平廣記 四百餘卷

'운운'云云에 해당하는 말이 '이어'俚語임을 밝혀 놓고 있습니다. '이어'는 우리말을 가리킵니다. 우리말에 해당하는 "위 주註 좇아 내 외올 경景 긔 어떠하니잇고"는 아예 번역조차 하지 않고 생략해 버렸습니다. 『고려사』에서는 이 노래 제1연의 끝에다, 가사歌詞 중의 우리말은 싣지 않고 이런 식으로 처리하겠다는 방침을 밝히고 있습니다. 마지막 구절 '위람경하여'偉覽景何如는 '위 역람歷覽 경景 긔 어떠하니잇고'의 번역에 해당합니다. 이에서 잘 알 수 있듯, 경기체가는 한자말이 주主가 되고 있고 우리말은 종從에 불과합니다. 8, 9할이 한자 어구입니다. 향가와 너무 다르죠.

지난 시간(제6강)에 고려 전기의 토풍과 화풍에 대해 이야기했습니다만, 경기체가에서 알 수 있듯 우리말로 부르는 노래에도 화풍이 침투해 있습니다. 중국문학, 한문학에 조예가 깊은 문인들이 지은 노래라 그럴 테지요. 송나라 때는 중국의 노래라고 할 사詞가 크게 유행했습니다. 중국문학사에서는 이를 '송사'宋詞라고 합니다. 송사는 자수율字數律을 중시하는데, 경기체가도 자수율을 따르고 있습니다. 「한림별곡」을 지은 문인들은 송나라 사를 많이 접했던 것으로 보입니다.

방금 자수율이라는 말을 했는데, 이는 율격律格을 말합니다. 율격은 일종의 리듬입니다. 노래는 메시지와 리듬이 두 축을 이룹니다. 그만큼 리듬이 중요하죠. 그런데 「한림별곡」의 리듬은 우리 문학사에서 처음 보는, 아주 새로운 리듬입니다. 앞에 언급한 「한림별곡」의 제2연을 다시 상기해 봅시다. 전부 6구로 되어 있는데요. 제1구와 제2구의 자수율은 3·3·4이고, 제3구는 4·4·4입니다. 제5구는 4·4·4·4입니다. 그런데 연에 따라서는 제3구의 자수율에 변화가 보입니다. 제3연에서는 3·3·4이고, 제4연에서는 3·4·4입니다.

만일 자수율이 아니라 음보音步로 리듬을 파악한다면,「한림별곡」은 3음보가 주가 되면서 변화를 도모하기 위해 4음보가 섞여 있다고 말할 수 있겠죠.

「한림별곡」은 이런 리듬 규칙만 유의하면 쉽게 지을 수 있습니다. 별 고심이 없어도 지을 수 있죠. 기본 패턴의 리듬이 있고 거기에 약간의 변화가 허용되는 형식입니다. 세 글자와 네 글자는 리듬감이 다릅니다. 경기체가는 이 둘을 잘 배합해 흥취와 미감을 만들어 냅니다.「한림별곡」은, 제1연에 거론된 인물들이, 우리 이런 규칙으로 서로 돌아가며 한 연씩 노래를 한번 지어 보자, 해서 지었을 가능성이 있습니다.

「한림별곡」에는 풍경이 쭉 제시됨이 특징적입니다. 여기서 '풍경'이라 함은 사람 혹은 사물들의 나열을 말합니다. 문인이 나열되기도 하고, 책, 글씨, 술, 꽃, 악기가 나열되기도 합니다. 주목해야 할 점은, 이 풍경에 노래를 지은 이들의 '자아'가 투사되어 있다는 사실입니다. 즉 외면적 사실의 제시는 본질상 '자아의 구성'이라는 데 의미가 있습니다. 풍경은 풍경 그 자체로 의미가 있는 것이 아니라 자아를 보여 준다는 점에서 의미가 있다는 말이죠. 그래서 우리는 이 풍경들을 통해서 자아의 성격과 면모, 그 지향을 엿볼 수 있습니다.

「한림별곡」은 그 내용이 회고적回顧的이지 않습니다. '회고'란 옛날을 돌아보면서 감회를 말하는 것이지 않습니까? 이 노래에는 그런 게 전연 없습니다. 또한 교훈적이지도 않습니다. 누군가를 계몽하거나 가르치려고 하는 그런 게 하나도 없어요. 윤리적이지도 않습니다. 어떻게 살아야 한다, 이런 걸 말하고 있지 않아요. 뿐만 아니라 마음에 떠오르는 감정을 표현한 거라고도 하기 어렵습니다. 즉 술회적인 노래가 아닙니다. 이처럼 「한림별곡」은 회고적이지도, 교훈적이지도, 윤리적이지도, 술회적이지도 않죠.

「한림별곡」은 그렇다고 해서 귀족 문학처럼 아주 세련되거나 절제된 면모를 보여 주지도 않습니다. 전체적으로 볼 때 풍류적, 유흥적 면모가 강합니다. 그리고 굉장히 과시적입니다. 또한 정서적으로는 아주 호방합니다. 16세기 전·중기에 활동한 인물인 퇴계 이황은, 「한림별곡」은 '긍호방탕'矜豪放蕩하므로 군자가 숭상해서는 안 된다고 했습니다. '긍'은 뽐낸다는 뜻이고, '호'는 호방하다는 뜻이며, '방탕'은 말 그대로입니다. 엄숙한 도학자의 입장에서 내린 평가이긴 하지만 「한림별곡」에 내재된 멘탈리티를 정확히 읽어 냈다고 여겨집니다. 이황이 지적한 대로 「한림별곡」에는 자아에 대한 강한 믿음과 긍정, 거기서 유래하는 거리낌 없는 호방함으로 가득 차 있습니다. 그래서 좀 다른 각도에서 보면 퍽 단순하고 깊이가 없는 노래 같기도 합니다.

그렇긴 하지만 이 노래는 위선僞善이 없고 아주 솔직하며 발랄하다는 점이 주목됩니다. 이런 미덕이 있는 대신 내면성은 느껴지지 않습니다. 우리가 전에 공부한(제3강) 「제망매가」나 「찬기파랑가」 같은 노래에는 깊은 내면성이 담지되어 있지 않았습니까? 「한림별곡」에서는 이런 유의 내면성이 전연 느껴지지 않습니다. 「한림별곡」에서는 내부를 향해 수렴되는 기운은 감지되지 않으며, 외부를 향한 기운, 외부를 향해 뻗쳐 나가는 기운만이 강렬합니다. 그래서 '외면성'이 아주 두드러진 노래라고 말할 수 있습니다.

그렇다고 해서 이 노래에 '의식'이 없다고 말할 수는 없습니다. 이 노래는 외면성의 현시顯示를 통해 의식을 정시呈示하고 있다, 사물들의 열거를 통해 미의식을 드러내고 있다고 말할 수 있습니다. 그러니 내면성은 느껴지지 않지만 의식이 없는 노래라고는 할 수 없죠. 내면성과 의식은 다른 차원의 것이니까요. 요컨대 이 노래에는 무신 집권기에 활동한 득의한 신진사류의 자아의식이 잘 표현되어 있습니다.

이 자아의식은 고려 말에 대두한 신흥사대부나 조선 시대 사대부들의 그것과는 다른 면모를 보여 줍니다. 예컨대 「한림별곡」의 제2연을 봅시다. 당시 신진사류들이 즐겨 읽었을 책들이 거론되고 있는데, 그중에 『노자』, 『장자』, 『태평광기』가 언급되고 있습니다. 고려 말의 사대부나 조선의 사대부들도 이런 책을 즐겨 읽지 않은 것은 아닙니다. 하지만 유교 경전이나 중국의 대표적인 문학가의 책을 거론하는 자리에 이런 책을 함께 거론하지는 않았어요. 그것은 고려 말의 사대부들이나 조선의 사대부들은 좀 더 유교 체계 속으로 들어왔기에 경전과 잡서雜書, 정통과 이단을 구별했기 때문이죠. 이와 달리 「한림별곡」을 지은 유사儒士들은 비록 유사라고는 하나 아직 이런 구별이 엄격하지 않았습니다. 이 점에서 이들에게는 아직 후대의 사대부들이 보여 주는 단정한 태도나 절제된 의식이 부족했다 말할 수 있겠지요.

꽃을 노래한 제5장을 보면 이들의 미의식과 후대 사대부들이 지녔던 미의식의 거리가 잘 드러납니다. 제5연을 보면 제일 먼저 거론된 꽃이 모란과 작약입니다. 이 꽃들은 아주 크고 화려합니다. 그래서 부富와 화려한 아름다움을 상징합니다. 그다음으로 어류御榴, 옥매玉梅, 장미, 지지芷芝, 동백을 차례로 거론했습니다. '어류'는 석류꽃을 말하고, '옥매'는 매화를 말합니다. '지'芷는 향초인 백지白芷, 즉 구릿대를 말하고, '지'芝는 영지를 말합니다. 우리가 일반적으로 사대부들의 심상心象을 표현하는 화훼라고 알고 있는 난초, 국화, 대나무, 소나무는 거론되지 않고 있습니다. 그리고 사대부들이 고고함과 절개의 상징으로 그리 중시한 매화도 화려한 꽃들인 모란과 작약 뒤에 거론되고 있을 뿐입니다. 이처럼 화훼에 대한 취향에서 이들의 체질과 미의식이 잘 드러납니다. 무신 집권기의 사류士流는 사류라고 하기는 하지만 고려 말이나 조선조의 사대부들과 그 의식 지향이 상당히 다르다는 점이 확인됩니다.

요컨대 「한림별곡」에서는 무신 집권기의 득의한 신진사류들이 갖고 있던 파토스는 잘 확인되는 반면, 에토스라 할 만한 것은 발견되지 않습니다. 후대의 문학사에 등장하는 시조나 가사에서 종종 발견되는 '충군연주'忠君戀主의 감정, 즉 임금에 대한 충성과 임금을 사모하는 마음이라든가, '풍간'諷諫의 태도, 즉 임금에게 넌지시 간諫하는 태도는 일절 발견되지 않습니다. 이는 이들이 무신 정권에 봉사하는 기능적 문인 내지 지식인이었던 데서 유래한다 할 것입니다. 충군이나 풍간의 정신은 사대부 문학의 정수精髓라고 할 수 있습니다.

경기체가의 향방

「한림별곡」을 계승해 고려 말 안축安軸의 「관동별곡」關東別曲과 「죽계별곡」竹溪別曲 같은 경기체가가 지어집니다. 이 작품들은 「한림별곡」과 달리 읊조리는 대상이 강원도 및 경상도 풍기(순흥)의 풍경입니다. 대상이 바뀜에 따라 자아의식과 미의식도 바뀌고 있습니다.

산수 자연을 완상하는 시선이 새로 나타나고 있습니다.

조선 초에는 권근權近이 「상대별곡」霜臺別曲을 짓고, 변계량卞季良이 「화산별곡」華山別曲을 짓습니다. 이 노래들도 다 경기체가입니다. '상대별곡'이라는 제목에서 '상대'는 사헌부司憲府의 별칭입니다. 사헌부는 관리들을 규율하고 감찰하는 역할과 함께 임금에게 직언하는 역할을 맡은 관서인데, 「상대별곡」은 바로 이 사헌부를 노래하고 있습니다. '화산별곡'이라는 제목에서 '화산'은 삼각산을 말합니다. 여기서는 도읍인 한양을 뜻하는 말로 썼습니다. 「화산별곡」은 세종조의 성대함을 노래하고 있습니다.

「상대별곡」이나 「화산별곡」은 모두 이전에 마련된 「한림별곡」의 형식을 따르면서도 「한림별곡」처럼 득의한 사대부의 내면 풍경을 보여 주는 것이 아니라 '송축'頌祝의 노래로 바뀌어 있습니다. 그래서 이들 노래는 경기체가이지만 악장樂章의 면모를 갖고 있습니다. 실제 두 노래는 궁중 연악宴樂으로 쓰였습니다.

경기체가는 애초에 사물을 통해 사대부들의 의식을 표현하는 노래로 시작되었습니다만, 문학사의 전개에 따라 읊조림의 대상이 산수 자연으로 확장되고, 급기야 제도나 체제를 송축하는 노래로 그 성격이 바뀌었습니다.

「한림별곡」은 형식이 상당히 간단합니다. 그래서 여러분이 마음만 먹는다면 지금 당장 「한림별곡」을 본뜬 노래를 지어 볼 수 있지 않을까 합니다. 제가 재미 삼아 즉석에서 「중식별곡」中食別曲이라는 노래를 한번 지어 보겠습니다.

탕수육 동파육 오향장육
팔보채 유산슬 깐풍새우

마파두부 삼선짜장 해물짬뽕

위 시식試食 경景 긔 엇더하니잇고

중화요리 산해진미 중화요리 산해진미

위 경景 긔 엇더하니잇고

그럼, 오늘 강의는 이것으로 마치겠습니다.

질문과 답변

「한림별곡」에는 명사名詞들이 쭉 나열되는 것이 특징입니다. 이 부분을 어떻게 봐야 할까요?

「한림별곡」은 명사들이 쭉 나열되는 방식을 보여 줍니다. 이 점은 참 특이하다면 특이한데요. 왜 이런 방식을 취한 걸까요? 이는 한림에 진출한 신진사류 집단의 멘탈리티와 밀접한 관련이 있다고 보입니다. 이들은 사물의 나열을 통해 자신의 취향과 긍지를 표현하고자 했습니다. 그런데 사물은 '명사'입니다. 사물이 '은유'나 '비유'일 경우 사물은 꼭 명사에 머물지 않고 형용사와 같은 서술어가 될 수 있습니다. 하지만 「한림별곡」에서 사물은 은유나 비유가 아닙니다. 「한림별곡」에서 사물은 그 자체로 의미를 갖습니다. 경기체가는 모두 그렇습니다. 이처럼 「한림별곡」에 제시된 명사는 사물 그 자체죠. 작자들은 사물 자체, 즉 명사를 통해 자신의 자아의식과 득의의 감정을 표현하고 있습니다. 이 때문에 「한림별곡」에서는 내면성이 배제되고 외면성이 극대화된다고 보입니다.

「한림별곡」은 명사를 나열하고 있다는 점에서 '즉물적'卽物的입니다. 명사는 곧 사물이기 때문이죠. 뿐만 아니라 「한림별곡」에 나열된 명사는 거의 모두 한자어입니다. 이 점에서 이 노래는 '한문적'漢文的입니다.

「한림별곡」의 이런 특징은 고려 말에 등장한 시조와 비교하면 더 잘 드러납니다. 시조는 경기체가에 비해 좀 더 '국어적'國語的이고

'술어적'述語的입니다. '국어적'이라 함은 우리 고유어가 좀 더 많이 구사되고 있음을 가리켜 한 말입니다. 시조에서도 사물이 제시되고 있지만 그럼에도 「한림별곡」에서처럼 사물이 그 자체로서 제시되는 법은 없습니다. 시조에서 사물은 비유이거나 은유이거나 시적 상관물입니다. 그래서 시조에 제시된 명사는 「한림별곡」처럼 명사 그 자체로 존재하는 것이 아니라 서술어 속에 존재합니다. 이 점에서 시조는 '서술적'이라고 말할 수 있습니다. 하지만 「한림별곡」은 반드시 서술적이지 않습니다. '경 긔 어떠하니잇고'를 뺀 나머지 네 구절은 모두 비서술적이며, 술어가 없이 명사들만 나열되어 있을 뿐입니다.

그렇다면 「한림별곡」은 왜 이처럼 서술어 없이 명사들만 나열되어 있을까요? 명사들, 즉 사물들을 통해 자아를 확인함과 동시에 드러내고자 해서라고 생각됩니다. 「한림별곡」의 사물들에는 자아가 투사되어 있습니다. 제시된 사물들은 자아의 애호물愛好物이기에 자아와 분리되지 않습니다.

하지만 명사들의 나열을 통한 자아의 외면적 확인과 현시顯示는 흥취를 호방하게 발산하는 데는 유리하지만, 자아의 내면적 응시는 어렵습니다. 자아의 내면적 응시는 명사만으로는 되지 않으며 서술어가 필요합니다. 이 때문에 후대의 사대부들은 서술어가 매끄럽게 구사되는 새로운 노래인 시조를 만들어 냈을 터입니다. 경기체가와 시조에서 자아의 시선은 정반대입니다. 즉 경기체가에서 자아의 시선은 '밖'을 향하고 있지만, 시조에서 자아의 시선은 대개 '안'을 향하고 있습니다.

이 시기 문인들을 지칭하는 용어로 '신진사류' 외에 '신흥사대부' 新興士大夫라는 말도 사용되고 있습니다. 두 용어에 의미상의 차이가 있는지요?

'신진사류'는 대체로 지방 향리 출신으로 과거를 통해 중앙 관계官界에 진출한 사람들을 가리키는 용어입니다. 이규보에게서 잘 드러나는데, 신진사류에 속하는 문인들은 지방 중소 지주 출신이기에 개경을 근거지로 한 구 귀족 문인들과 감수성이나 의식에 있어 큰 차이를 보입니다. 구 귀족 문인들이 대체로 세련되고 기교적이며 보수적·사대적 면모가 강한 데 반해, 신진사류에 속한 문인들은 상대적으로 좀 더 진취적이고 주체적이며 백성과 친화적입니다. 이는 지방 출신이기에 백성들의 삶의 현장, 노동의 현장에 좀 더 밀착되어 있었던 데 연유합니다.

'신진사류'에서 '신진'은 '새로 나온', '새로 진출한'이라는 뜻입니다. 이와 달리 '신흥사대부'라는 용어에서 '신흥'은 '새로 일어난', '새로 흥기한'이라는 뜻입니다. '새로 진출한'이라는 말과 달리 '새로 흥기한'이라는 말에는 하나의 계급이나 계층과 같은 새로운 세력이 역사 속에 부상하는 듯한 뉘앙스가 있습니다. 이 점에 유의해 이 용어는 고려 말의 사대부층을 지칭하는 용어로 사용하는 것이 좋을 듯합니다. 고려 말의 사대부층을 '신진사류'라고 부를 수는 없겠죠.

신진사류는 구 귀족 문인들과는 체질을 달리하지만, 그럼에도 아직 그 전체로서 하나의 계층이나 계급을 형성할 정도에 이르지는 못했습니다. 뿐만 아니라 이들은 아직 동질적인 의식이나 이념으로 무장된 상태도 아니었습니다. 즉 신진사류가 그 전체로서 어떤 아이덴티티를 갖거나 자기의식을 갖는다고 말하기는 어렵습니다. 하지만 '신흥사대부'라는 용어는 그렇지 않습니다. 이 용어는 하나의 뚜렷한 아이덴티티, 하나의 뚜렷한 자기의식을 전제하고 있습니다. 이 점에서 계급적입니다. 그러므로 이 용어는 신유학新儒學의 수용 이후 이 이념으로 무장한 선비들이 대두되고 형성되어 간 13세기 말 이후부터 14세기 중·후반까지의 시기에 한정해 쓰는 것이 좋을 듯합니다.

동행기東行記

(…)

내가 강원도로 와 다닌 곳이 많지만 여기보다 더 빼어난 곳은 없었다. 만일 서울(개성) 가까이에 있었다면 귀족들이 필시 하루에 천금千金을 더 주겠다고 하면서 서로 다투어 사들였을 것이다. 하지만 멀리 거친 땅에 있기에 오는 사람이 드물다. 간혹 사냥꾼이나 어부가 지나가지만 거들떠보지도 않는다. 이는 필시 하늘이 이곳을 숨겨 뒀다가 우리처럼 곤궁하여 근심이 많은 사람이 오기를 기다린 것일 게다.

명주溟州(강릉)의 남쪽 고개를 넘어 북으로 바닷가 쪽으로 나가니, 동산洞山이라는 작은 성城이 있다. 백성들이 사는 촌락은 쓸쓸하고 몹시 궁벽했다. 그 성에 올라 바라보니 땅거미가 어둑어둑 내리는데, 길 옆 어부의 집에 등불이 깜박거려 사람으로 하여금 떠나온 고향에 대한 그리움으로 몹시 비감한 마음이 들게 했다.

밤에 여관에서 묵었다. 벽에 기대어 몸을 바르게 하고 앉으니, 요란한 강물 소리가 그치지 않는다. 마치 우레가 울고 벼락이 치는 듯해, 머리카락이 쭈뼛 섰다.

(…)

— 서거정徐居正 등 편찬,『동문선』

256

지난 시간에 우리는 무신 집권기의 문인들에 대해 공부했습니다. 이들 중 신진사류에 속한 문인의 한 사람으로 이규보李奎報(1168~1241)도 거론되었습니다. 이규보는 이 시기 신진사류를 대표하는 문인일 뿐만 아니라 고려 시대를 대표하는 문인입니다. 한국고전문학사 전체를 통틀어 보더라도 이규보 같은 대가급 문호는 그리 많지 않습니다. 그는 신라 시대의 최치원, 조선 전기의 김시습, 조선 후기의 박지원과 더불어 한국의 4대 문호라 할 만합니다.

이규보는 문학적으로만이 아니라 사상적으로도 대단히 문제적인 인물입니다. 그가 보여 준 번뜩이는 통찰은 오늘날의 우리에게도 많은 영감과 시사를 줍니다. 주체적인 글쓰기에 대한 열의라든지, 민에 대한 승순承順이라든지, 자연과 사물에 대한 생태주의적인 존중의 태도 같은 것이 그러합니다. 그래서 이 작가에 대해서는 따로 좀 자세히 살펴볼 필요가 있습니다.

생애

이규보의 증조부는 황려현黃驪縣의 향리鄕吏였으며, 조부는 교위校尉였고, 아버지는 과거에 급제해 호부낭중戶部郞中을 지냈습니다. '교위'는 하급 무관이고, '호부낭중'은 정5품직입니다. 이를 통해 이규보의 집안은, 선대가 황려현 향리였는데 부친이 과거 시험에 급제해 관리가 됨으로써 사대부로 행세하게 되었음을 알 수 있습니다. 요컨대 이규보는 선대가 향리 집안 출신임이 확인됩니다.

이규보가 3세 때인 1170년 정중부의 난이 일어나 의종이 폐위되고 명종이 즉위합니다. 14세 때인 1181년 문헌공도 최충의 성명재誠明齋에 입학해 공부를 합니다. 18세 때에 53세인 오세재와 망년우忘年友를 맺습니다. 그래서 오세재가 청년 이규보를 죽림고회 자리에 자주 데리고 갔습니다.

23세 때 과거에 급제합니다. 전에 말했지만, 고려 시대에는 과거 시험을 주관한 사람, 즉 지공거와 합격자가 평생 스승-문생 관계를 맺는데, 이규보가 급제했을 때 지공거는 이지명李知命이라는 사람입니다. 이지명은 종2품 재상직인 정당문학政堂文學에까지 올랐는데, 이규보가 급제한 다음 해에 사망했습니다. 이지명이 사망하는 바람에 이규보의 벼슬길은 순탄하지 못했습니다. 24세 때인 이해에 아버지가 사망하는데, 이후 이규보는 개성의 천마산天磨山에 우거寓居합니다. 이 무렵 백운거사白雲居士라 자호自號하고 「백운거사어록」과 「백운거사전」을 짓습니다.

26세 때인 1193년 서사시 「동명왕편」을 창작합니다. 이해 7월에 경상도 운문雲門에서 김사미金沙彌가 반란을 일으키는데, 그 반란 소식을 듣고 시를 씁니다. 「소를 매질하지 말라」(莫笞牛行)라는 시를 창작한 것도 이해입니다.

27세 때 처음으로 정9품 벼슬인 양온승 동정良醞丞同正이라는 한직을 맡습니다. 이때 「여러 벌레들을 노래하다」(群蟲詠)라는 시를 짓습니다. 이 시는 두꺼비, 개구리, 쥐, 달팽이, 개미, 거미, 파리, 누에를 노래하고 있습니다.

29세 때인 1196년 최충헌이 이의민李義旼을 죽이고 권력을 잡습니다. 이때 이규보는 구직求職을 암시하는 시를 중서문하성中書門下省의 낭관郞官에게 지어 올립니다. 하지만 벼슬은 얻지 못합니다. 3년 후인 1199년 5월 최충헌의 집에 불려 가서 시를 짓습니다. 그 덕에 한 달 뒤인 6월에 지방관인 전주목全州牧 사록 겸 장서기司錄兼掌書記라는 벼슬에 임명됩니다. 그리하여 전주에 내려가 벼슬하다가 33세 때인 1200년 11월에 참소를 입어 파직됩니다.

2년 후인 1202년 35세 때 운문산의 반란군을 토벌하러 개성에서 군사가 출정할 때 막부幕府에 자원하여 병부녹사 겸 수제원兵部錄事兼修製員이라는 직책을 띠고 경상도로 내려갑니다. 이는 서기직書記職에 해당합니다. 당나라 황소의 난 때 절도사 고변의 막하에서 최치원이 맡았던 게 바로 이 서기직입니다. 이규보의 말에 따르면, 당시 막부에서 이규보에게 부탁하기 전에 세 사람한테 이 직을 맡아 줄 것을 부탁했지만 모두 핑계를 대며 안 하겠다고 했는데 이규보는 나라의 어려움을 피할 수 없어 응했다고 합니다. 2년 후인 1204년 37세 때 반란이 진압되어 귀경했는데, 논공행상論功行賞에서 제외되어 계속 불우한 처지에 있었습니다. 이 무렵 아주 가난해 빈곤을 노래한 시들을 많이 썼습니다.

3년 후인 1207년 40세 때 최충헌에게 불려 가 글을 짓습니다. 「모정기」茅亭記라는 글인데요. 이때 최충헌이 좋게 봤는지 그해 12월에 권직한림權直翰林이라는 벼슬에 임명됩니다. 이 직명 중의 '권'權은 '임시'라는 뜻입니다. 즉 임시로 직한림直翰林에 임명된 거죠. 다음 해 6월에 '권'을 뗀 직한림에 임명됩니다. '직한림'은 문장을 담당하는 한림원의 8품 벼슬입니다. 이규보는 최충헌에게 직한림을 제수해 준 데 감사하는 계啓를 올립니다. 이를 통해 이규보가 벼슬을 얻기 위해 굉장히 고심하고 노력했던 걸 알 수 있습니다.

1213년 46세 때 고종이 즉위하는데, 이해에 최충헌 앞에서 시를 짓습니다. 최충헌이 탄복해 "그대가 만약 벼슬을 희망한다면 뜻대로 이야기하시오"라고 말하자, 이규보는 "지금 제가 8품직에 있으니 7품만 제수하시면 됩니다"라고 대답했습니다. 당시 최충헌의 아들 최우崔瑀가 이규보를 좋게 봐서 어떻게든 벼슬을 높여 주고 싶었는데 이렇게 대답하는 걸 보고 '왜 더 높은 직책을 말하지 그랬느냐'고 이규보를 질책했다고 합니다. 그리하여 12월 인사 때 종6품 벼슬인 사재승司宰丞에 임명됩니다.

2년 후인 1215년 48세 때 종6품 벼슬인 우정언 지제고右正言知制誥에 임명됩니다. 「한림별곡」에 '정언正言 이규보'라는 말이 나오는데, 이규보가 정언에 임명된 게 1215년이니 「한림별곡」은 1215년 이후에 지어졌다고 볼 수 있죠. 4년 후인 1219년 52세 때 최충헌이 사망하고 그 아들 최우가 집권합니다.

1232년 6월, 65세 때 몽골군의 침략에 맞서기 위해 강화도로 천도합니다. 이때 이규보는 집을 짓지 못해 온 식구가 객사의 행랑채에서 몇 달을 지냅니다.

1237년 70세 때 자기가 타던 말이 늙어 여위고 병든 것을 가슴 아파하는 시를 짓습니다. 이 말이 12월에 죽자 애도하는 시를 짓습니다. 다음 해인 1238년 71세 때 「술잔에 빠진 파리를 건져 주며」(拯

墮酒蠅)라는 시를 짓습니다.

3년 후인 1741년 74세 때 「군수 몇 명이 장물贓物로 죄를 지었다는 소식을 듣고」(聞郡守數人以贓被罪)라는 시를 짓습니다. '장물'은 도둑질한 물건을 뜻하니, 백성들로부터 재물을 수탈한 것을 가리킵니다. 이규보는 이해 9월 2일 밤에 사망합니다. 사망하기 며칠 전인 8월 29일 마지막 시를 짓습니다. 만년에 이규보는 눈병으로 고통을 겪었습니다. 그래서 눈이 많이 아프면 시를 못 짓고, 눈이 조금 나으면 시를 짓고 하는 생활이 반복되었습니다. 8월 29일 눈병이 조금 나아 시를 짓고는 사나흘 후 세상을 하직합니다. 이를 보면 이규보는 죽을 때까지 손에서 붓을 놓지 않았다고 말할 수 있을 듯합니다. 문인으로서 순직한 거지요. 문인이든 학자든 생의 마지막 순간까지 글을 쓰다 죽으면 '순직'이라고 할 수 있지 않겠습니까.

그러면, 지금까지 살핀 이규보의 생애에 유의하면서 이규보가 왜 문호인지를 알아보겠습니다.

이규보의 시론

이규보는 천생 시인이었습니다. 평생 엄청나게 많은 시를 지었습니다. 자기 입으로 자신이 평생 지은 시가 8천여 수는 될 것이라고 했습니다. 그는 시만 많이 지은 것이 아니라 시에 대한 자기대로의 뚜렷한 관점, 즉 시론詩論을 갖고 있었습니다. 그의 시론은 비단 시에 대한 생각일 뿐만 아니라, 문학 일반에 대한 그의 입장과 견해이기도 하다는 점에 유의할 필요가 있습니다.

이규보는 시 창작에서 '신의'新意가 제일 중요하다고 봤습니다. '신의'는 '새로운 뜻'이라는 의미죠. '새로운 뜻'이란 무얼 말하는 걸

까요? 새로운 생각, 새로운 시상詩想, 새로운 상상력, 새로운 내용
을 말합니다. 그것은 형식을 중시한다든가 기교를 중시하는 것과
는 반대편에 있는 것입니다. 요컨대 이규보는 형식보다 내용을 중
요시했습니다. 꾸미고 아로새기고 예쁘게 만드는 것보다 참신하고
충실한 내용이 중요하다고 본 거죠.

동시대의 이인로 같은 시인은 한시의 격식이나 전통을 의식하
면서 시를 썼는데, 이규보는 신의를 중시했기 때문에 그런 데 크게
구애되지 않았습니다. 규율이나 전범典範에 맞추기보다 자기 내면
의 진실을 드러내는 것이 더 중요하다고 여긴 거죠. 그래서 이규보
는 떠오르는 시상을 거침없이 읊조렸습니다. 이 때문에 그의 시는
아주 활달하고 호방합니다.

이처럼 이규보에게 있어 시 창작 행위의 본질은 자아의 내면
적 요구를 진솔하게 노래하는 일이었습니다. 기교나 형식에 치중
하지 않고, 대상으로부터 촉발된 감흥을 진실되게 표현하고자 했기
에 시의 소재가 대폭 확장될 수 있었습니다. 이규보에게는 생활 속
의 이런저런 일이나 사물들이 모두 시의 소재가 될 수 있었습니다.

신의를 중시하면 시간적으로 '금'今, 즉 '현재'를 중시하게 됩니
다. '고'古, 즉 '옛날'을 본뜨거나 흉내 내려고 하지 않고 자기가 지금
살고 있는 세계를 중시합니다. 그러니 모방과 표절을 배격하고 새
로움의 창조에 큰 의미를 두게 됩니다. 현재는 늘 새로우니까요.

시간적으로 '금'을 중시하는 태도는 공간적으로 '여기'를 중시
하는 태도와 맞닿아 있습니다. '여기'는 내가 속해 있는 공간으로
서, '저기'를 전제합니다. 여기가 고려라면 저기는 중국입니다. 이
규보는 중국문학을 배웠으되 무조건 중국을 전범이나 표준으로 삼
지 않고 '고려'인의 시를 썼습니다. 이 점에서 그는 중국에서 마련

된 보편성을 추수追隨하는 길을 간 것이 아니라 주체적인 길을 감으로써 동아시아적 보편성을 확장했다고 할 만합니다.

이처럼 이규보가 주장한 신의는 시공간적으로 '주체성'을 담보한다는 점에 주목할 필요가 있습니다. 그가 민족 서사시 「동명왕편」을 지은 것도 바로 이 신의의 관철 과정으로 이해할 수 있습니다. 뿐만 아니라 그가 농민의 현실을 주시하며 애민시를 지은 것도 신의와 무관하지 않습니다.

17세기 후반에서 18세기 초에 활동한 문인인 농암農巖 김창협金昌協은 그의 저술 『잡지』雜識에서, 이규보가 자기만의 언어를 만들었으며 이전 시인의 말을 모방하지 않았음을 인정하면서도 그의 시가 격조가 낮고 잡되다고 했습니다. 김창협은 중국 시의 성조聲調나 격률格律을 전범으로 삼아 이규보의 시를 판단한 것입니다. 즉 중국을 보편성으로 간주해 그 잣대로 이규보를 평가한 것입니다. 이런 잣대에서는 중국 시의 기준에 부합되지 않는 우리대로의 한시는 졸렬하고 잡스러운 것으로 평가될 수밖에 없습니다. 입장과 추구하는 길이 달라서지요. 김창협은 당시 대가급 문인에 속했음에도 이 때문에 이규보의 시가 중국 중심의 보편성을 넘어 동아시아적 보편성의 확장을 이룩했다는 사실을 읽어 낼 수 없었습니다.

시마

이규보는 노년에 시마詩魔에 굉장히 시달렸습니다. '시마'란 시를 읊조리고자 하는 충동이 너무도 강해 도저히 억제할 수 없음을 이르는 말입니다. 시 짓는 재능이 출중하지 않다면 시마에 시달리지 않습니다. 이규보는 재주가 뛰어나 시 짓는 데 대단히 민첩했습니다. 「한림별곡」에서도 그의 '주필'走筆을 거론하고 있죠. '주필'이란 붓을 휘둘러 시를 신속하게 짓는 것을 말합니다. '침음양구'沈吟良久라는 말이 있습니다. 시가 잘 지어지지 않아 머리를 쥐어짜며 한참 고심하는 것을 이르는 말입니다. 대부분의 시인들은 한시를 지을 때 침음양구합니다. 하지만 이규보는 시흥이 떠오르면 즉각 시를 지었습니다. 그러니 시마가 떠날 리가 있겠습니까. 어쩌면 이규보에게 시마는 자신의 존재 특성이 아닌가 합니다. 시를 짓지 않는 이규보는 상상하기 어려우니까요. 이리 본다면 이규보가 시작詩作에 대한 충동 때문에 몹시 괴로워했다는 사실이 좀 이해가 됩니다. 시를 쓰지 않을 수 없는 강한 내적 충동이 늘 일어나고, 그 충동을 좀처럼 억제할 수 없어 괴로워한 거죠. 우리 문학사에서 처음 목도하는 광경입니다.

「동명왕편」

「동명왕편」은 영웅 서사시입니다. 이규보는 청년 시절에 이 작품을 창작했습니다. 한국고전문학사 전체를 통틀어 자국 고대사의 영웅을 서사시로 읊은 시인은 이규보밖에 없습니다. 이규보의 남다른 면모가 확인됩니다. 「동명왕편」에는 서문이 달려 있는데요. 이규보는 이 서문을 통해 자신이 왜 이 서사시를 썼는지를 밝히고 있습니다. 잠시 그 글을 보기로 하겠습니다.

세상에서 동명왕東明王의 신통하고 이상한 일을 많이 말한다. 비록 어리석은 남녀들까지도 흔히 그 일을 말한다. 내가 일찍이 그 얘기를 듣고 웃으며 말했다. "공자는 괴력난신怪

力亂神을 말하지 않았다. 동명왕의 일은 실로 황당하고 기괴하여 우리들이 얘기할 것이 못 된다." (…)

지난 계축년(1193, 명종 23) 4월에 구『삼국사』舊三國史를 얻어 「동명왕 본기」東明王本紀를 보니 그 신이한 사적이 세상에서 얘기하는 것보다 더했다. 그러나 처음에는 믿지 못하고 귀鬼나 환幻으로만 여겼는데, 세 번 반복하여 읽으며 점점 그 근원에 들어가니, 환幻이 아니고 성聖이며, 귀鬼가 아니고 신神이었다. 하물며 국사國史(구『삼국사』)는 사실 그대로 쓴 글이거늘 어찌 허탄한 것을 전했겠는가. 김공金公 부식富軾은 국사를 다시 편찬할 때 자못 그 일을 생략하였으니, 공은 국사는 세상을 바로잡는 글이니 크게 이상한 일은 후세에 보일 것이 아니라고 생각하여 생략한 것이 아니겠는가.

당나라 「현종 본기」玄宗本紀와 「양귀비전」楊貴妃傳에는 방사方士가 하늘에 오르고 땅속에 들어갔다는 일이 보이지 않는데, 시인詩人 백낙천白樂天은 그 일이 인멸湮滅될 것을 두려워하여 노래를 지어 기록하였다. 이는 실로 황당하고 음란하고 기괴하고 허탄한 일인데도 오히려 읊어서 후세에 보였거늘, 하물며 동명왕의 일은 변환變幻이나 신이神異로 여러 사람의 눈을 현혹한 것이 아니고 실로 나라를 창시創始한 신기한 사적이니 이것을 기술하지 않으면 후인들이 장차 어떻게 알 것인가? 그러므로 시를 지어 기록하여 우리나라가 본래 성인聖人의 나라라는 것을 천하에 알리고자 한다.

'김공 부식'은 김부식을 말합니다. '국사를 다시 편찬했다' 함은 『삼국사기』를 새로 엮은 것을 말합니다. 『삼국사기』에는 동명왕의 신이한 사적을 싣지 않았는데, 구『삼국사』에는 동명왕의 신이한 사적이 실려 있다고 했습니다. 이규보는 구『삼국사』에 의거해 「동명왕편」을 창작한 것입니다.

서문의 마지막 말, "우리나라가 본래 성인의 나라라는 것을 천하에 알리고자" 이 작품을 지었다는 말이 주목됩니다. 우리나라 유가儒家의 문인이나 지식인들은 일반적으로 성인은 중국에만 있다고 생각했습니다. 즉 요순 같은 인물이 성인인데 우리나라에는 그런 성인이 없다고 봤지요. 유교 경전의 영향입니다. 그런데 이규보는 특이하게도 성인은 중국에만 있는 것이 아니라 우리나라에도 있다, 그러니 중국만 성인의 나라가 아니라 우리나라도 성인의 나라다, 이렇게 말하고 있습니다. 이규보는 이 사실을 우리만 알 것이 아니라 '천하' 사람들이 다 알아야 한다고 여겨 이 서사시를 창작한 것입니다. 창작 동기에서 이규보의 주체적 의식이 잘 드러납니다.

이규보는 「동명왕편」을 벼슬길에 나가기 전인 스물여섯 살 때 썼습니다. 이 작품이 지어진 데는 사회적·역사적 배경이 존재합니다. 고려는 처음에는 거란, 즉 요遼의 압박을 받았습니다. 북방에는 요가 웅거하고 중원에는 송이 있었습니다. 요와 송은 신흥국가 금에 망하고 중원의 남쪽에 남송이 들어섭니다. 중원의 서쪽에는 또 서하西夏라는 나라가 있었습니다. 이들 나라는 모두 칭제稱帝, 즉 황제를 칭하고 독자적 연호를 사용했습니다. 이규보는 이런 동아시아 정세 속에서 민족의 영웅인 동명왕의 신성성을 서사시로 노래함으로써 고려의 위상을 높이는 한편, 고려가 본래 유래가 오랜 독자적 국가임을 천명하고자 한 것으로 보입니다. 일종의 민족의식이라고 할 수 있죠.

사회역사적 배경 외에 사상적 배경도 생각해 볼 수 있습니다.

「동명왕편」은 도가 사상을 배경으로 하고 있습니다. 도가 사상에는 크게 세 범주가 존재합니다. 하나는 노자나 장자 사상입니다. 이는 순수하게 사상적인 것이죠. 다른 하나는 후한後漢 말 장도릉張道陵이 창시한 천사도天師道를 원류로 하는 도교입니다. 이는 종교에 해당하죠. 마지막 하나는 해동도가입니다. 이는 중국의 도교와는 다른 우리나라의 독자적 도교입니다. 「동명왕편」은 이 셋 중 해동도가를 사상적 배경으로 삼고 있습니다. 물론 이규보의 다른 작품들에는 노장 사상의 영향도 짙게 나타납니다만, 「동명왕편」은 그보다는 해동도가에 대한 이규보의 긍정이 밑바닥에 깔려 있다고 여겨집니다.

이규보의 해동도가 사상에 대한 긍정은 이규보가 사망한 해인 1241년 74세 때 쓴 「공공상인空空上人이 박 소년朴少年에게 준 오십 운韻의 시에 차운하다」(次韻空空上人贈朴少年五十韻)에서도 확인됩니다. 다음 구절이 주목됩니다.

> 선풍仙風은 저 옛날 주周나라 한漢나라 때도 들을 수 없었고
> 가까이로는 당나라 송나라 때도 보지 못했는데
> 우리나라에는 4랑四郎이 진정 옥玉과도 같아
> 만고에 전하는 명성 생황처럼 울리네.
> 진경眞境 구하느라 수레를 함께 타니 푸른 일산이 펄럭이고
> 승지勝地 찾아 안장을 나란히 해 붉은 고삐를 잡았네.
> 문하門下의 일천 명 도제徒弟는 친절한 가르침 받았으며
> (…)
> 仙風舊莫聞周漢, 近古猶難覯宋唐.
> 國有四郎眞似玉, 聲傳萬古動如簧.

探眞同乘飛青蓋, 尋勝聯鞍控紫韁.

門下千徒貪被眄,

(…)

'4랑'은 영랑, 술랑 등 신라의 4선四仙을 말합니다. 이규보는 마지막 구절 "문하의 일천 명 도제는 친절한 가르침 받았으며"에 이런 주를 달아 놓았습니다: "우리나라에는 4선을 모실 만한 사람으로 도제를 삼았는데, 4선에게 각기 천 명의 도제가 있었다." 이를 통해 이규보가 화랑도의 신선 사상을 긍정하고 있음을 알 수 있는데, 화랑도의 신선 사상은 해동도가 사상에 속합니다.

애민시

이규보는 애민시를 여러 편 창작했습니다. '애민시'는 고생하는 백성들에 대한 연민의 감정을 노래한 시입니다. 이런 시들은 백성의 어려운 삶이나 참상을 사실적으로 그리면서 위정자爲政者의 반성을 촉구하고 있어 비판적·고발적 성격을 지닙니다.

애민시는 무신 집권기에 새로 중앙에 진출한 신진사류의 의식과 맞닿아 있습니다. 이규보는 지방 향리 집안 출신이었기에 개경의 귀족 문벌 출신 문인들과 달리 민民의 처지와 질고疾苦에 대한 이해가 깊었습니다. 민을 보는 시선, 민에 대한 감수성에 차이가 있었던 거죠. 그래서 귀족 문인들은 애민시를 쓰지 않았지만 이규보는 애민시를 쓸 수 있었다고 여겨집니다. 이규보의 애민시에는 민에 대한 사士의 책임 의식이 감지됩니다. 이 점에서 이규보는 양심적인 선비였다고 할 만합니다.

이규보와 동시대의 문인인 김극기도 애민시를 남기고 있습니다. 김극기는 이규보보다 열 몇 살 나이가 많습니다. 그런데 김극기가 쓴 애민시와 이규보가 쓴 애민시는 그 성격에 좀 차이가 있습니다. 지난 시간(제7강)에 잠시 말했지만, 김극기의 애민시 가운데 「전가사시」田家四時는 널리 알려져 있습니다. 이 시는 4수 연작인데요, 농촌의 봄, 여름, 가을, 겨울 풍경을 읊었습니다. 그중 가을을 읊은 부분을 보기로 하겠습니다.

어느새 기러기는 펄펄 날고
쓰르라미는 이내 쓰르람 울어 대네.
농부는 시절을 알아
쑥대 베어 비로소 가을을 알리네.
사방 이웃에 차가운 절구 소리
저녁 내내 그치지 않네.
새벽에 일어나 옥 같은 쌀로 밥 지으니
솥에 김이 푹푹.
자줏빛 밤은 단풍 진 나무에서 떨어지고
물고기를 푸른 물에서 낚네.
흰 병에 술을 따라
손을 맞아 서로 주고받나니
겉모습 비록 남루하나
마음속 정은 오히려 은근하네.
술이 거나해 일어나 전송하는데
얼굴빛에 근심이 가득.
"관청 납세 독촉이 성화같으니

온 식구 모여 미리 의논해얍죠.

진실로 세금은 바쳐야 하니

어찌 집에 곡식을 남겨 두겠습니까.”

어느 때 탁무卓茂 노공魯恭 같은 어진 수령 만나

도리어 세금 맨 먼저 바치게 되는지.

鴻雁已肅肅, 蟋蟀仍啾啾.

田夫知時節, 銍艾始報秋.

四隣動寒杵, 通夕聲未休.

晨興炊玉粒, 溢甑氣浮浮.

紫栗落紅樹, 朱鱗鉤碧流.

白瓶酌杜酒, 邀客更相酬.

外貌雖陋促, 中情尙綢繆.

酒闌起相送, 顏色還百憂.

官租急星火, 聚室須預謀.

苟可趁公費, 私廬安肯留.

何時得卓魯, 却作差科頭.

‘탁무’와 ‘노공’은 다 후한後漢의 어진 지방관들입니다. 시 앞부분에서는 농민들의 삶을 정답게 읊었습니다. 하지만 뒷부분에 와서 시의 분위기는 어둡게 바뀝니다. 농민들은 세금 바칠 일을 걱정하고 있습니다. 관의 수탈이 너무 심해 일 년 농사를 열심히 지어 봤자 집에 남는 양식이 없다는 것입니다. 이처럼 김극기의 시는 농민의 삶을 긍정적으로 그린 다음 그 끝에 수탈 받는 현실을 살짝 언급해 놓고 있습니다. 하지만 이규보의 시는 양상이 좀 다릅니다.

먼저, 「소를 매질하지 말라」를 보기로 합니다.

소를 매질하지 말라 소가 가련하다

소는 비록 네 소지만 매질할 건 없다.

소가 네게 무얼 잘못했다고

도리어 소를 꾸짖느냐.

무거운 짐 싣고 만 리 길을 다녀

너의 두 어깨 피로함을 대신했고

숨을 헐떡이며 넓은 밭을 갈아

너의 배를 불려 주었으니

이것만 해도 네게 제공함이 후하거늘

너는 또 소 등에 올라타길 좋아하는구나.

피리 불며 너 스스로는 즐겁지만

소가 지쳐 걸음이 혹 느리면

너는 느리다고 더욱 화를 내며

빈번히 매질을 하는구나.

소를 매질하지 말라 소가 가련하다

하루아침에 소가 죽으면 너는 어찌하리.

목동아 목동아 너는 너무 어리석구나

소 몸이 쇠가 아니거늘 어떻게 견디겠니.

莫箠牛牛可憐, 牛雖爾牛不必箠.

牛於汝何負, 乃反嗔牛爲.

負重行萬里, 代爾兩肩疲.

喘舌耕甫田, 使汝口腹滋.

此尙供爾厚, 爾復喜跨騎.

橫笛汝自樂, 牛倦行遲遲.

行遲又益嗔, 屢以捶鞭施.

莫笞牛牛可憐, 一朝牛死爾何資.

牛童牛童爾苦癡, 如非鐵牛安可支.

　여기서 '소'는 메타포인데, 뼈 빠지게 일하는 농민을 가리킵니다. 이 시는 농민을 학대하지 마라, 농민을 가혹하게 수탈하지 마라는 메시지를 담고 있습니다. 완곡한 어법이 아니라 직설적인 어법에 가깝습니다. 소 주인을 나무라며 거침없는 태도로 소를 옹호합니다. 소 주인은 지방관이나 지주와 같은 지배층을 가리킬 터입니다. 이 시는 앞에서 말했듯 이규보가 스물여섯 살 때 썼습니다. 젊을 때부터 이규보가 이런 데 관심이 있었다는 것을 알 수 있습니다. 「동명왕편」도 바로 이해에 썼습니다. 이를 통해 이규보에게서는 애민적 지향과 주체적 지향이 상호 연결되어 있음을 알 수 있습니다. 흥미로운 점이라 하겠습니다.

　「나라의 명령으로 농민들에게 청주와 쌀밥을 먹지 못하게 한다는 소식을 듣고」(聞國令禁農餉淸酒白飯)라는 시에서는 비유를 사용하지 않고 직접적으로 농민을 대변하고 있습니다.

　　장안의 부잣집에는

　　구슬과 패물이 산같이 쌓였는데

　　절구로 찧어 낸 구슬 같은 쌀밥을

　　말이나 개에게도 먹이며

　　기름처럼 맑은 청주를

　　종들도 마음껏 마시네.

　　이 모두 농부에게서 나온 것

　　하늘로부터 받은 게 아니라네.

남들이 한 노동의 덕분임에도
망령되이 스스로 부자가 되었노라 하네.
힘들여 농사지어 군자를 봉양하는 이
그들을 일컬어 농부라 하네.
짧은 베옷으로 몸을 가리고
날마다 경작을 하네.
벼 싹이 파릇파릇 돋아나면
고생스럽게 호미로 김을 매지.
풍년 들어 많은 곡식 거둔다 해도
한갓 관청의 것이 되고 만다오.
어쩌지 못하고 모조리 빼앗겨
하나도 소유하지 못해
땅을 파 부자鳧茈를 캐 먹다가
굶주림에 지쳐 쓰러진다오.

(…)

희디흰 쌀밥이나
맑디맑은 청주는
모두가 농부의 힘으로 생산한 것이니
하늘도 이들이 먹고 마심을 허물치 않으리.
권농사勸農使에게 말하노니
나라의 명령이 혹 잘못된 것 아니오?
높은 벼슬아치들은
술과 밥이 남아돌아 썩을 정도이고
야인野人들도 나누어 가져
언제나 청주를 마신다오.

노는 사람들도 이와 같은데
농부들에게 왜 못 먹게 하는가.

長安豪俠家, 珠貝堆如阜.

春粒瑩如珠, 或飼馬與狗.

碧醪湛若油, 霑洽童僕味.

是皆出於農, 非乃本所受.

假他手上勞, 妄謂能自富.

力穡奉君子, 是之謂田父.

赤身掩短褐, 一日耕幾畝.

才及稻芽靑, 辛苦鋤稂莠.

假饒得千鍾, 徒爲官家守.

無何遭奪歸, 一介非所有.

乃反掘鳧茈, 飢仆不自救.

(…)

粲粲白玉飯, 澄澄綠波酒.

是汝力所生, 天亦不之咎.

爲報勸農使, 國令容或謬.

可矣卿與相, 酒食厭腐朽.

野人亦有之, 每飮必醇酎.

游手尙如此, 農餉安可後.

　'부자'鳧茈는 올메, 즉 올방개를 말합니다. 논이나 습지에 나는
식물인데 뿌리 끝에 동그란 덩이줄기가 달리지요. 이게 녹말 성분
이라서 먹으면 요기가 됩니다. 일종의 구황 식물이지요. '권농사'勸
農使는 농사를 장려하기 위해 각 지방에 파견된 관원을 말합니다.

농민들을 다그쳐 수확량을 올리는 일을 맡았지요. '야인'野人은 두 만강 이북의 여진족을 말합니다.

　당시 나라에서 농민들에게 청주와 쌀밥을 먹지 못하게 하는 명령을 내렸습니다. 그 소식을 듣고 이규보가 쓴 시입니다. 조정과 지배층에 대한 비판의 어조가 신랄합니다. 이규보는 지배층이 농민의 노동을 착취하고 있다는 것, 지배층과 피지배층 간에 모순이 존재한다는 것, 농민의 기본 생존권을 보장해야 한다는 것 등을 언명하고 있습니다. 농민을 이처럼 적극적으로 대변하는 목소리는 우리 문학사에 처음 나타나는 것이라 하겠습니다.

　이규보는 만년에 지은 「햅쌀의 노래」(新穀行)라는 시에서 자신은 농부를 '부처'처럼 공경하노라고 노래했습니다. 그냥 한 말이 아니라, 자신의 진심을 말한 것입니다. 근현대문학까지 포함해 한국 문학사에서 이런 말을 한 사람은 이규보밖에 없을 거예요. 이규보는 햅쌀이 나오자 기뻐서 이 시를 지었습니다.

> 한 알 한 알을 어찌 가볍게 여기겠나
> 사람의 생사와 빈부가 달렸으니.
> 나는 농부를 부처처럼 존경하네
> 부처도 굶주린 사람은 살리기 어렵지.
> 기뻐라 흰머리 늙은이가
> 금년의 햇곡식 다시 보게 되어.
> 나는 죽어도 여한이 없네
> 올 농사의 혜택이 이 몸에 미쳐.
> 一粒一粒安可輕, 係人生死與富貧.
> 我敬農夫如敬佛, 佛猶難活已飢人.

可喜白首翁, 又見今年稻穀新.

雖死無所歉, 東作餘膏及此身.

　사람은 먹지 못하면 죽습니다. 부처도 굶주린 사람은 살리지 못하는데 농부는 식량을 생산해 사람을 살립니다. 그러니 농부가 부처보다 훌륭하다는 거죠. 중국에도 일본에도 농부를 부처처럼 존경한다는 시적 발화를 한 시인은 없는 것으로 압니다. 대단하지 않습니까, 이규보의 거침없는 발화가. 이게 바로 앞에서 말한 '신의'입니다. 누구의 말도 본뜨지 않고 자기 자신의 혀로 대상의 본질을 노래하고 있습니다. 이 시에는 자기 마음의 진실이 담겨 있기에 '진정성'이 있습니다.

　예로 든 이 세 편의 시는 이규보 애민시의 특성을 잘 보여 줍니다. 이 시들에서는 아주 절절하고 진실한 감정이 느껴집니다. 시인은 상투적이거나 입에 발린 소리를 하지 않습니다. 이런 유의 애민시는 우리 문학사에서 이규보에 의해 처음 지어졌으며, 고려 말의 신흥사대부층으로 이어집니다. 고려 말 신흥사대부 문인들이 지은 애민시는 별도의 강의에서 살피기로 하겠습니다. 애민시는 조선 시대에는 사대부 한시의 한 축을 이룹니다. 그만큼 많이 창작됩니다. 조선 시대 애민시의 최고의 봉우리는 18세기 후반에서 19세기 초기에 활동한 다산 정약용의 애민시라고 할 수 있는데, 문학사적으로 본다면 이규보로부터 발원한 물결이 흘러가 거기까지 갔다고 할 수 있죠. 나중에 정약용을 공부할 때 살피겠지만, 정약용의 애민시는 농민의 처참한 현실을 대단히 사실적으로 그리고 있기는 합니다만, 이규보가 보여 주는 것과 같은 농민에 대한 '공감적 파토스'가 두드러지지는 않다는 차이를 보여 주지요.

생태주의적 지향

이규보는 생태주의적 지향의 시들을 많이 남겼습니다. 지금 인류는 기후 위기를 비롯한 환경 문제로 생사기로生死岐路에 처해 있습니다. 이 때문에 이규보의 이런 시들은 우리에게 깊은 감동을 주며 생각에 잠기게 합니다.

이규보가 쓴 「슬견설」蝨犬說에는 이런 내용이 있습니다. 어떤 사람이 이규보에게 말하기를, 개를 몽둥이로 죽이는 광경을 봤는데 너무 끔찍해 앞으로 개나 돼지의 고기를 먹지 않겠다고 합니다. 그러자 이규보는 누가 이[蝨]를 잡아 태워 죽이는 것을 보고 마음이 아팠다며 자기는 다시는 이를 잡지 않겠다고 합니다. 이 말을 듣고 그 사람은 이규보가 자기를 놀리는 줄 알았습니다. 이규보는 그렇지 않다며 이리 말합니다: '이와 개는 똑같다. 모든 생명이 있는 존재는 죽음을 싫어한다는 점에서 근본적으로 동일하다.'

「슬견설」은 고통을 느끼는 모든 존재를 똑같이 존중해야 한다는 메시지를 전달합니다. 오늘날의 근본적 생태주의(radical ecology)에 가깝습니다. 이규보는 이 산문에 담긴 생각과 연결되는 시들을 아주 많이 썼습니다. 근데 이런 시들의 배경에는 이규보의 '만물일류'萬物一類 사상이 자리하고 있습니다. '만물일류'란 만물은 하나의 유類다, 즉 '만물은 하나다'라는 뜻입니다. 북아메리카 원주민인 다코타족의 "미타쿠예 오야신!"(Mitacuye Oyasin), 즉 "우리는 모두 연결되어 있다"라는 말을 떠올리게 하는데요.

만물일류 사상은 '여물의식'與物意識에 의해 뒷받침됩니다. '여물의식'은 '물物과 함께한다는 의식'을 말합니다. 여기서 '물'物이란 나 이외의 모든 존재를 가리킵니다. 다른 인간을 가리킬 수도 있고,

동식물을 가리킬 수도 있습니다. 심지어 바위와 같은 무생물을 가리킬 수도 있습니다. 그러므로 '물과 함께한다는 의식'은 이 세계에 존재하는 다른 사물들을 존중하며 그것과 공생하고자 하는 태도를 의미합니다.

이규보는 어떻게 만물일류 사상이나 여물의식을 갖게 되었을까요? 『노자』나 『장자』와 같은 도가 사상의 영향입니다. 이규보는 『노자』나 『장자』를 읽고 그것을 자기화해 이런 사상을 이룩했습니다. 『장자』는 '제물'齊物, 즉 모든 존재의 평등을 강조합니다. 하지만 『장자』에서 평등에 대한 강조는 쉽게 찾아볼 수 있지만 타자에 대한 연민이나 자비慈悲의 마음은 잘 보이지 않거나 약합니다. 근데 이규보의 만물일류 사상이나 여물의식은 『노자』나 『장자』와는 달리 그 밑바닥에 연민과 자비의 마음이 깔려 있습니다. '자비'는 불교에서 애용하는 말인데, 슬퍼하는 마음을 이릅니다. 요컨대 슬퍼하는 마음, 즉 다른 존재에 대해 슬퍼하거나 마음 아파하는 태도가 만물일류와 여물의식의 근저에 놓여 있습니다. 이 마음은 그냥 머리만의 관념이 아니라 의식의 가장 근저에 있다 할 것입니다. 의식의 가장 근저에 있기에 몸과 연결됩니다. 그러므로 이 마음은 진실합니다. 이규보는 무엇보다도 '진'眞을 강조했습니다. '진'에서 시가 나온다고 봤죠.

이제 이런 지향의 시들을 좀 살펴보도록 하겠습니다. 다음은 「여윈 말을 가슴 아파하다」(傷瘦馬)라는 시입니다. 「백낙천의 병중病中 15수에 차운해 화답하다」(次韻和白樂天病中十五首)의 한 수인데요, 죽기 4년 전에 지었습니다.

흰 모래 언덕을 몇 년이나 달렸던가

마구간 부서지고 날씨 추워 몇 마디 울음소리.

너와 주인이 다 늙었나니

앙상한 뼈 바라보니 문득 가슴 아파지네.

白沙堤上幾年行, 破廐天寒叫數聲.

汝與主人俱老矣, 相看瘦骨忽傷情.

자기가 타던 말이 늙어서 여윈 모습을 보고 슬퍼한 시입니다.
동아시아 한시의 세계에서, 자기가 타던 말을 제재로 삼아 진정을
다해 노래한 시는 의외로 잘 없습니다. 이 점에서 이 시는 특이합니
다. 시어는 아주 소박하고 아무 꾸밈도 없습니다. 하지만 이 때문에
이 시를 읽으면 이규보의 마음이 더 잘 느껴지고 그래서 읽는 사람
도 같이 마음이 아파집니다. 이해 이 말은 숨을 거두었습니다. 이규
보는 다시 「12월 12일에 말이 죽어 슬퍼서 짓다」(十二月十二日馬斃, 傷
之有作)라는 시를 짓습니다.

벼슬살이 그만두고자 해

어제 막 글을 올렸는데

글 올린 지 얼마 되지도 않아

내 말이 갑자기 죽어 버렸네.

내 비록 이미 말 타지 않지만

어찌 그리 빨리 날 버리고 가는가.

내 마음 몹시 슬퍼

문을 나와 오래도록 서성거리네.

吾欲退懸車, 一昨方上書.

上書未云幾, 我馬忽然殂.

吾雖已莫騎, 棄去何早歟
惻惻傷我懷 出門久踟躕.

　이 시 역시 아무런 꾸밈이 없이 자신의 마음을 노래했습니다.
다음은 「술에 빠진 파리를 건져 주며」(拯墮酒蠅)라는 시인데요, 역시
노년에 지은 시입니다.

　　너는 참언하는 사람 같아 내가 본디 두려워했지만
　　잠시 술잔을 같이하는 건 무방할 테지.
　　술잔에 빠져 죽으면 정말 애석한 일이니
　　은근히 건져 준 자비 잊지 말아라.
　　汝似讒人吾固畏, 不妨權許共盃卮.
　　墮來輒死眞堪惜, 莫忘慇勤拯溺慈.

　지금과 달리 당시는 파리가 많았습니다. 이규보는 파리 때문
에 늘 괴로워했습니다. 그런데 이규보가 술을 마실 때 파리가 한 마
리 술잔에 빠졌던 모양입니다. 이규보는 그 파리를 건져 날려 보내
주었습니다. 자비의 마음입니다. 이 시는 파리를 상대로 말하듯 재
미나게 썼습니다. 이규보는 평소 파리를 아주 싫어했습니다. 그 하
는 짓이 사람으로 치면 소인배에 가깝다고 생각했기 때문입니다.
그럼에도 술잔에 빠진 파리를 보자 죽는 게 가여워서 살려 줍니다.
생명 존중의 태도를 잘 볼 수 있습니다.
　파리만 노래한 게 아닙니다. 이규보는 쥐를 노래하기도 했습
니다. 다음은 57세 때 지은 「쥐를 놓아 주다」(放鼠)라는 시입니다.

사람은 하늘이 낸 물건을 도둑질하는데
너는 사람이 도둑질한 것을 도둑질하는구나.
다 같이 먹기 위해 하는 일이니
어찌 너만 나무라겠니.

人盜天生物, 爾盜人所盜.
均爲口腹謀, 何獨於汝討.

'사람은 하늘이 낸 물건을 도둑질한다'는 건 인간이 자연을 약
탈하는 것을 말합니다. 쥐는 인간의 양식을 축냅니다. 지금과 달
라 당시 쥐가 축내는 곡식의 양은 엄청났습니다. 그럼에도 이규보
는 잡은 쥐를 죽이지 않고 살려 보내 줍니다. 사람이든 쥐든 다 먹
기 위해 하는 일이니 어찌 쥐만 나무랄 수 있겠냐는 거지요. 「슬견
설」에서 설파한 '이와 개는 같으며 생명 있는 모든 존재는 다 같다'
는 이규보의 사상이 여기서도 확인됩니다. 중국의 이백, 두보, 소동
파가 위대한 시인이라고 하나 이런 시를 쓴 적은 없습니다. 이규보
가 이런 시를 쓸 수 있었던 것은 여물의식이 있었기 때문입니다. 이
로 인해 이규보는 동아시아 한시의 보편성을 확장할 수 있었습니
다. 전근대 동아시아 한시의 세계에서 사물에 대한 지극한 공경의
마음과 공생의 태도, 생명 존중의 사상은 이규보를 통해 확인되거
든요.

이규보는 두꺼비, 개구리, 달팽이, 개미, 거미, 파리, 누에 등을
읊은 시를 남기기도 했습니다. 스물일곱 살 때 지은 「여러 벌레들
을 노래하다」(群蟲詠)가 그것입니다. 이규보는 이런 미물들에도 다
정한 눈길을 주고 있습니다. 그중 누에를 읊은 시는 다음과 같습
니다: "실을 토하여 교묘한 재주를 잘 부리나/고치를 지어 도리어

삶기고 마네/약은 것 같아도 어리석으니/나 홀로 너를 가여워하네."(吐絲工騁巧, 作繭反逢煎. 似黠還似癡, 吾於汝獨憐.) 이규보는 조선 시대의 시인들과는 감수성이 달라 보입니다. 누에를 연민의 시선으로 이렇게 읊은 시인은 조선 시대에는 발견하기 어렵습니다.「여러 벌레들을 읊다」라는 시에서 우리는 이 세계에 존재하는 다양한 사물들에 대한 이규보의 태도를 엿볼 수 있습니다.

그런데 흥미로운 점은, 사물에 대한 이규보의 이런 태도가 애민적인 태도와 연결된다는 사실입니다. 사망한 해에 지은「군수 몇 명이 장물贓物로 죄를 지었다는 소식을 듣고」(聞郡守數人以贓被罪)에서 그 점이 확인됩니다.

> 너는 보라, 강물을 마시는 두더지도
> 그 배를 채우는 데 지나지 않는다.
> 묻노니 너는 입이 몇 개나 되기에
> 백성들의 살을 탐욕스레 먹나!
> 君看飮河鼴, 不過備其腹.
> 問汝將幾口, 貪喫蒼生肉.

군수들이 백성들의 재물을 수탈한 데 분노해 지은 시입니다. 이 시는 생태주의적 지향과 애민적 지향의 결합을 보여 줍니다. 두더지는 자기 배를 채울 만큼만 강물을 마십니다. 욕심을 부리지 않는 거지요. 하지만 탐관오리는 탐욕스럽게 백성들을 수탈합니다. 그러니 탐관오리는 저 두더지만 못합니다. 이처럼 이 시는 생태주의적 관점에 기초해 탐관오리를 비판하면서 백성들을 옹호하고 있습니다.

지금까지 살핀 시들을 통해 알 수 있듯, 이규보의 시에는 만물 일류 사상과 여물의식이 확인됩니다. 문호는 자신의 사상과 세계관을 갖고 있다는 점에서 군소 작가와 구별됩니다. 이규보에게서 그 점을 알 수 있습니다.

존재론적 물음

동시대의 다른 작가들과 달리 이규보에게는 존재론적 물음이 보입니다. 「조물주에게 묻다」(問造物)라는 글에서 그 점이 확인됩니다. 이규보는 이 글 제목 뒤에 "내가 파리나 모기를 싫어해서 이 글제를 냈다"라고 적어 놓았습니다. '파리와 모기는 인간을 괴롭히는 해충인데 왜 조물주가 이런 것을 냈는지 모르겠다.' 이규보는 이 의문을 화두로 삼아 궁구하다가 존재에 대한 근원적인 사유에 이르게 된 거지요. 그리하여 자신의 생각을 조물주와의 문답 형식 속에 담았습니다. 「조물주에게 묻다」는 우리 문학사에 처음 나타난 문답체問答體 산문입니다. 철학적 이치를 담고 있기 때문에 이런 글을 '철리 산문'哲理散文이라고 합니다. 이런 문답체 산문은 이후에도 계속 지어져, 18세기 후반 홍대용洪大容의 『의산문답』醫山問答으로까지 이어집니다.

이규보는 어째서 「조물주에게 묻다」에 보이는 것과 같은 존재론적 물음을 물을 수 있었을까요? 노장사상老莊思想 때문입니다. 이규보는 노장사상에 힘입어 이런 존재론적 모색을 할 수 있었습니다. 그런데 이규보의 시대에는 이규보 외에도 도가 사상에 경도된 문인들이 적지 않았습니다. 이인로나 임춘이 그러했으며, 오세재의 동생인 오세문吳世文 — 이규보와 친한 사이였습니다 — 도 그랬습니다.

하지만 이인로나 임춘이 도가 사상에 관심을 갖게 된 것은 자신의 은둔적 지향이나 양생술養生術에 대한 관심 때문이었습니다. 이규보는 다릅니다. 이규보는 은둔이나 양생술과 관련해 도가 사상에 관심을 가졌던 것이 아니라, 삶에 대한 성찰이라든가 인간과 사물에 대한 존재론적 관심 때문에 도가 사상에 관심을 가졌던 것으로 보입니다. 그래서 도가 사상에 기초해 이런 일련의 물음을 물을 수 있었습니다: 인간과 사물의 시원始原은 무엇이며, 그 끝에는 무엇이 있는가? 인간과 사물의 운명을 관장하는 것은 무엇인가? 관장하는 것이 만약 조물주라고 한다면 조물주는 의지를 지니고 있는가? 아니면 어떤 의식이나 의지도 없는 자연의 이법理法 자체인가?

「조물주에게 묻다」의 끝부분에서 조물주는 이렇게 말합니다: '나는 모른다. 내가 이렇게 만든 것도 아니다. 내가 사물을 만드는 것을 자네는 보았나? 사물은 제 스스로 나고 제 스스로 변화한다. 내가 무엇을 만들며, 내가 무엇을 알겠나.'

조물주는, 자기는 의지 같은 걸 갖고 있지 않으며, 자기가 만물을 만든 것이 아니라 만물 스스로 생기고 변화해 갈 뿐이라고 말합니다. 요컨대 조물주는 실상 존재하지 않으며 '자생자화'自生自化하는 자연의 이법만이 존재할 뿐이라는 겁니다.

사물과 세계에 대한 이규보의 존재론적 물음은 단지 사변의 차원에 그치는 것이 아니라 윤리적·생태주의적·사회정치적 함의를 갖는다는 점에 주목할 필요가 있습니다. 유교에서는 하늘이 만물의 영장으로 인간을 냈다고 하는데, 「조물주에게 묻다」에서는 이런 생각이 부정됩니다. 모든 존재는 스스로 나서, 스스로 변화합니다. 그렇게 만드는 외부의 근거나 동기 같은 것은 없습니다. 모든 존재는 스스로가 근거이고 목적이니까요. 다시 말해 존재의 본질은 '자율성'입니다. 이 점에서 인간과 사물 간에는 아무런 차이도 없으며, 인간과 사물은 궁극적으로 동등합니다. 인간이 사물을 존중해야 하는 이유가 여기에 있습니다. 여기서 윤리적·생태주의적 실천의 지평이 열립니다. '나'는 사물과 어떻게 관계를 맺는 것이 옳은가? 나는 사물을 어떻게 대해야 하는가? 필연적으로 사물과 관계를 맺으며 살아갈 수밖에 없는 나는 어떤 삶을 영위하는 것이 옳은가? 왜 절제되고 검소한 삶을 사는 것이 바람직한가? 이런 물음에 답해야 하기 때문이죠. 그런데 이 물음은 사회정치적 지평과도 연결됩니다. 특히 지배층과 피지배층의 관계, 위정자와 민民의 관계에 대한 인식에서 그러합니다. 내가 사물의 생명에 애틋한 마음을 가지는 것이 옳듯 나는 민에 애틋한 마음을 가지지 않으면 안 됩니다. 더구나 나는 민의 덕에 살아갈 수 있습니다. 그러니 민을 수탈하거나 못살게 하는 것은 옳지 않습니다.

이규보는 「초당의 세 노래」(草堂三詠) 중 흰 병풍을 읊은 시에서, '인간은 죽은 뒤에는 흙으로 돌아간다, 내 몸은 하늘과 땅 사이에 잠시 있을 뿐이고, 참이라고 하는 것은 기실 참이 아니며, 이 세상의 한 물건도 내 소유가 아니다'라고 했습니다. 우리는 실체가 없으며 결국 자연으로 돌아가는 존재들인데, 재물에 욕심을 부리는 건 헛된 일이라는 거지요. 이규보가 보여 주는 삶에 대한 이런 통찰은 「조물주에게 묻다」에 집약되어 있는 그의 존재론적 물음과 무관하지 않습니다.

이규보에 의해 제기된 존재론적 물음은 한 세기쯤 후 고려 말의 신흥사대부들에 의해 재차 해명이 시도됩니다. 신흥사대부들은 이규보와 달리 성리학性理學이라는 이념을 신봉했습니다. 성리학은 중국에서 수입되어 학습된 사상이지만, 이규보의 존재론은 수입되거나 학습된 게 아니고 발명된 것입니다. 즉 자득적自得的인 것입니다. 누가 만들어 놓은 사상을 그저 학습한 것이 아니라, 『노자』나 『장자』를 참조하되 스스로 이런저런 생각을 한 결과를 얽어 놓은 것입니다.

신흥사대부들의 성리학에 의거한 존재론에서는 그들 자신의 목소리와 실존이 느껴지지 않습니다만, 이규보의 존재론에서는 그의 목소리와 실존이 짙게 느껴집니다. 이 점에서 매력적이죠.

성리학, 특히 주자학은 자기 완결성이 강하며 아주 배타적입니다. 이와 달리 이규보의 사상은 관대함과 여유로움이 느껴집니다. 닫혀 있지 않고 열려 있죠. 그럴 수밖에 없는 것이 이규보는 도가 사상에 바탕을 두되 유불도儒佛道 삼교三教를 회통會通하는 입장이었습니다.

이규보는 자신의 시대에 풍미한 도가 사상을 수용했으되 동시대의 다른 문인들과 달리 존재론적 성찰을 꾀함으로써 사회적 실천성을 담보했다고 말할 수 있습니다. 무신 집권기의 신진사류로서 인간과 사물, 삶과 세계를 보는 새로운 관점을 모색하면서 시대적 과업을 떠안은 결과일 터입니다. 이렇게 보면 이규보와 고려 말의 사대부들 간에는 이념적·사상적 차이가 엄연히 존재합니다만 그럼에도 양자 간에는 내적으로 통하는 점이 일정하게 있지 않은가 합니다. 그것은 다름 아닌 존재론적 모색 및 이와 연결되는, 삶에 대한 윤리적 성찰의 문제의식이겠지요. 사상사적으로 본다면 이규보는 고려 말 신흥사대부의 선구라 할 만한 점이 없지 않습니다. 물론 이규보의 사유나 문학 세계는 신흥사대부들의 그것보다 훨씬 풍부하고 웅숭깊고 다채롭지만 말입니다.

마무리

문학사에는 하늘에 반짝이는 작은 별처럼 자그마하지만 자신의 독특한 개성을 보여 주는 작가들이 무수히 존재합니다. 하지만 이런 작가들을 문호라고 하지는 않습니다. 적어도 문학사에서 문호라고 불리려면 자신의 세계관이 있어야 하고 이 세계관 위에 자기만의 높고 커다란 '정신의 집'을 지어 보여 줘야 합니다. 이규보를 문호라고 한 것은 이런 점을 고려해서입니다.

오늘날의 작가도 마찬가지일 것입니다. 우리 시대에 대가大家라 할 만한 작가가 누구인지는 생각해 봐야겠지만, 이규보에 대한 공부를 통해 우리가 깨닫는 것은 인간과 사물과 세계에 대한 깊은 존재론적·윤리적 성찰과 그것에 바탕한 높고 커다란 자신의 정신적 건축물을 보여 주는 작가라야만 대가라고 말할 수 있다는 사실이 아닌가 합니다.

질문과 답변

* 이규보의 작품들을 보면 그는 굉장히 욕심이 없었던 인간 같고, 윤리적인 가치관을 가지고 있었던 사람으로 보이는데, 그렇다면 벼슬을 하려고 그토록 집착했던 이유는 무엇일까요?

이규보는 구직 활동을 많이 했습니다. 23세에 과거에 급제했습니다만 급제한 지 9년 만인 32세 때 겨우 전주의 관원이 되었습니다. 그동안 생활이 몹시 어려워, 집에 식량이 떨어져 끼니를 잇지 못하는 처지에 있었습니다. 식구들에게도 면목이 없었겠지요. 처음 벼슬을 하게 되자 "처자가 나를 다시 본다"라고 했으니까요. 전주의 지방관으로 부임해 비록 말단 벼슬이지만 이제 굶주림은 면했습니다. 그런데 부임한 지 1년 만에 무고를 받아 탄핵돼 벼슬에서 쫓겨났습니다. 과거에 합격한 지 9년 만에 겨우 얻은 벼슬이 날아가 버린 거죠. 이후 7년간 벼슬을 하지 못했으며 40세가 되어서야 겨우 임시직을 얻을 수 있었습니다. 그사이 생활이 몹시 어려워 전당포에 옷을 맡겨 양식을 사 오기도 했습니다. 이렇게 본다면 이규보는 어쨌든 먹고살아야 되니까 구직 활동을 열심히 할 수밖에 없지 않았나 합니다. 달리 방법이 없었으니까요. 중국의 저명한 문인들인 이백이나 두보나 한유도 구직 활동을 한 바 있습니다.

눈길을 끄는 것은, 이규보가 구직을 위해 권력자 최충헌 앞에서 시를 지었다는 사실입니다. 이 때문에 이규보를 무신정권에 아부한 '어용 문인', '어용 지식인'이라고 비난하는 이도 있습니다만, 지나친 비판이라고 생각합니다. 이규보는 비록 구직을 위해 최충헌 앞에서 시를 짓기도 했습니다만, 그의 문집 『동국이상국집』을 읽어 보면 기본적으로 자신의 양심을 지키며 글쓰기를 한 것을 알 수 있습니다. 뿐만 아니라 이규보는 평생 재물에 욕심을 두지 않고 검소한 삶을 살았습니다. 젊을 때 가난으로 고생한 사람 중에는 후에 형편이 좋아지더라도 재물에 유난히 집착하는 경우가 적지 않습니다. 하지만 이규보는 40세까지 십 몇 년을 백수로 지내며 지독한 가난을 겪었지만 그럼에도 벼슬길에 들어서서도 재물에 욕심을 두지 않았습니다. 이런 삶의 자세가 그의 문학과 사상을 떠받치고 있음에 유의해야겠죠.

*
* 고려 전기에 화풍이 강해지면서 한문학이 주류의 문학으로 자리를 잡은 지 그리 오래지 않은데 어떻게 이규보와 같은 문호가 등장할 수 있었는지 궁금합니다.

우리나라 한문학은 신라 하대下代에 이미 상당히 높은 수준에 이르렀습니다. 신라 말에 당나라 빈공과에 급제해 돌아온 육두품 출신의 문인이 백 명 가까이 됩니다. 이들은 모두 한문학에 일정 수준 이상의 조예를 지닌 사람들이었습니다. 그 정점에 최치원이 있죠. 최치원은 동아시아 한문학의 보편적 기준에서 보더라도 1급 문인에 해당합니다.

　신라 말의 육두품 문인들 대부분은 고려에 귀의했습니다. 이전 강의(제4강)에서 말한 바 있지만, 최언위 같은 인물은 문학으로 고려 왕조에 큰 기여를 했습니다. 이처럼 신라 말의 한문학은 고려 초로 계승되었습니다.

게다가 고려 초 광종 때 과거제가 시행됨에 따라 한문학은 더 발전할 수 있었습니다. 급기야 문종 때 와서 최충이 사학私學을 설립해 한문학을 가르침으로써 고려의 한문학은 그 저변이 확충되고 그 수준이 더욱 향상될 수 있었습니다. 이규보도 최충이 세운 학교인 성명재에 입학해 공부했죠. 이규보는 고려가 건국된 지 250년 후에 태어났습니다. 250년은 짧은 시간이 아닙니다. 이 기간 동안에 고려의 한문학은 계속 향상되고 심화되어 왔다고 봐야죠. 그 결과 이규보 같은 문호가 나올 수 있었던 것입니다.

그런데 유의해야 할 점은, 고려 전기에 화풍이 강화되면서 이규보 같은 문호가 나타났다, 그러니 이규보도 화풍의 강화를 반영한다, 이렇게만 이해하는 것은 피상적이라는 사실입니다. 한문학이 발전함에 따라 이규보 같은 문인이 나올 수 있었던 것은 맞지만, 그렇다고 이규보의 한문학을 단지 화풍의 구현으로만 이해하는 것은 문제가 있습니다. 이규보의 한문학을 들여다보면 토풍적 지향이 아주 강하기 때문입니다. '신의'를 강조해 주체적 글쓰기로 나아간 점, 「동명왕편」과 같은 민족 주체성을 적극적으로 긍정하는 서사시를 창작한 점을 예로 들 수 있을 것입니다. 말하자면 이규보는 12세기 말에서 13세기 전반의 동아시아에서 토풍이 반영된 한문학 글쓰기를 수행함으로써 당대 동아시아 한문학의 보편성을 새롭게 그리고 창조적으로 확장한 의의가 있습니다. 우리는 바로 이 점, 즉 고려 전기 화풍의 전개 속에서 이런 주체적 성취가 이루어졌다는 점을 특히 주목해야 하지 않을까 합니다.

지난번 강의(제7강)에서 「한림별곡」을 설명하며 득의한 문인의 자의식이 나타나고 풍류적·유흥적 면모가 보인다고 했는데, 이런 의식과 오늘 강의에서 이야기한 이규보의 문학 세계는 좀 어긋나는 듯합니다.

이규보는 한림의 직책에 오래 있었습니다. 「한림별곡」은 8연으로 구성되었으며 이규보를 위시해 여덟 명의 한림이 등장합니다. 8연 중의 한 연을 이규보가 지었을 가능성이 높습니다. 어느 장을 이규보가 지었는지는 알 수 없다 하더라도 이 노래는 일종의 집체작集體作이므로 노래의 기분이나 분위기는 이규보도 공유했다고 봐야겠지요.

여기서 이런 의문이 제기될 수 있습니다. '이런 노래를 지은 사람이 어떻게 애민시나 「조물주에게 묻다」 같은 글을 지을 수 있나?' 이 의문을 풀기 위해서는 이규보의 자아에 유의할 필요가 있습니다. 노래는 노래이고 시는 시입니다. 「한림별곡」은 함께 부르며 즐기자고 지은 노래입니다. 그러니 시를 짓듯 지을 수는 없는 일입니다. '한림'은 직급은 낮아도 영예로운 벼슬이었습니다. 「한림별곡」에는 한림직에 있던 문인들의 자아가 투사되어 있습니다. 어떤 자아냐 하면 의기양양하고 호탕하고 풍류적인 자아죠. 이규보도 이런 자아를 갖고 있었다고 할 것입니다. 하지만 이규보의 자아가 단지 이것만이라고 생각한다면 그건 잘못입니다. 이규보에게는 다른 자아의 측면들이 있었습니다. 오늘 강의에서 살핀 이규보의 문학과 사상은 그의 다른 자아의 측면들을 보여 줍니다. 즉 주체적이기도 하고, 윤리적이기도 하며, 생태주의적이기도 하고, 애민적이기도 하며, 철리적哲理的이기도 한 자아입니다. 한 작가의 자아는 단일하지 않습니다.

이 강의에서 소개된 이규보의 애민시는 무척 감동적이었습니다. 그렇긴 한데 이규보가 김사미金沙彌의 난 때 쓴 시를 보면 애민시 와는 달리 지배층의 관점을 보여 주고 있는 듯합니다. 이 점은 어 떻게 해석해야 할까요?

김사미가 경상도 운문雲門에서 난을 일으킨 것은 1193년 7월, 이규 보가 26세 때입니다. 김사미는 초전草田에서 봉기한 효심孝心과 연 합하여 큰 세력을 형성해 인근 고을을 노략질했습니다. 김사미는 유 망민과 농민을 규합해 반란을 일으켰죠. 당시 농민에 대한 수탈이 심해져 농민의 토지로부터의 이탈이 가속화되고 이로 인해 유민이 많이 발생했습니다. 유민들은 초적草賊이 되는 게 다반사였습니다.

김사미의 난은 무신 집권기의 이런 사회경제적 모순으로 인해 발생한 농민 반란의 성격을 갖습니다만, 다른 한편으로는 정치적 성 격도 없지 않습니다. 김사미는 신라 부흥을 내세웠기 때문입니다. 당시의 집권자 이의민李義旼은 경주 사람이기에 정치적 야심을 품어 김사미를 은근히 지원했다는 설도 있습니다.

이규보는 김사미가 반란을 일으켰다는 소문을 듣고 「8월 5일에 도적 떼가 점점 치성熾盛한다는 소식을 듣고」(八月五日, 聞羣盜漸熾)라 는 시를 짓습니다. 이규보가 농민 반란을 어떻게 보고 있는지를 알 기 위해서는 이 시를 들여다볼 필요가 있습니다.

> 도적 떼가 고슴도치 털처럼 모여
> 생민生民이 비린 피를 뿌리네.
> 군수는 한갓 융의戎衣만 입고서
> 적을 바라보곤 기가 먼저 꺾이네.

292

(…)

적의 팔은 원숭이보다 빨라
활쏘기를 별이 반짝이듯 하고
적의 정강이는 사슴보다 빨라
산 넘기를 번갯불 사라지듯 하네.
사졸士卒들이 추격해도 미치지 못하거늘
어쩌다 그 칼날에 부닥치면
열에 칠팔은 죽어
부녀자들이 죽은 남편을 곡하네.
여럿이 모여 부질없이 입 벌리고 탄식하며
머리에 삼베 두르고 마른 뼈를 조상하네.
황량한 촌락에 일찍 문 닫으니
대낮에도 길 가는 나그네 전연 없구나.
금년에는 더군다나 다시 가물어서
비 기다리는 것이 목마른 것보다 심하네.
논밭은 모두 붉게 타서
부잣집도 벌써 식량을 걱정하네.
곡식 싹이 무성한 것을 볼 수 없으니
가난한 사람이 어찌 살 수 있으리.
주문朱門에서는 날마다 자리에 술을 토하고
백 잔의 술에 귀가 절로 더워지네.
고당高堂에는 미녀들이 늘어서 있고
빽빽한 자리에는 비단 버선을 끼고 있네.
문호門戶의 융성한 것만 알고
나라가 불안한 것은 근심치 않네.

썩은 선비 비록 아는 건 없으나

눈물 흘리며 늘 목메어 흐느끼네.

群盜如蝟毛, 生民灑腥血.

郡守徒戎衣, 望敵氣先奪.

(…)

賊臂捷於猿, 放箭若星瞥,

賊脛迅於鹿, 越山如電滅.

士卒追不及, 幸能觸其鋒,

物故十七八, 婦女哭夫婿.

聚首空呀咄, 鬒首吊枯骨.

荒村早關門, 白日行旅絶.

今年況復旱, 望雨甚於渴.

田野皆赤土, 未見苗芽苗.

富屋已憂飢, 貧者何由活.

朱門日吐茵, 百爵耳自熱.

高堂森玉簪, 密席擁羅襪.

但識門燻灼, 不憂國杌杌.

腐儒雖無知, 流涕每鳴咽.

　　이 시 중에 나오는 '생민'은 백성을 말합니다. 이규보는 반란군
들의 약탈로 무고한 백성들이 목숨을 잃고 있음을 지적합니다. 그리
고 민란으로 농촌이 황폐해진 데다 가뭄까지 심하니 가난한 백성들
이 앞으로 어떻게 살아갈지 걱정이라고 했습니다. 한편 이런 상황에
서도 개성의 부귀가에서는 나라 걱정은커녕 호화스런 생활을 하고
있음을 신랄히 비판하고 있습니다.

이규보는 스스로를 '썩은 선비'라고 말합니다. 당시 이규보는 벼슬을 못 했으며 초야의 선비에 불과했습니다. 그러니까 이 시는 초야 선비의 입장에서 썼다고 말할 수 있습니다. 이규보 자신도 지배층의 일원이니 민란에 동조할 수는 없죠. 그렇긴 하지만 부귀를 누리는 권력자들을 비판하면서 백성을 옹호하고 있음이 확인됩니다. 이규보는 백성들이 통치자의 가혹한 수탈 때문에 큰 고통을 받고 있다는 인식을 갖고 있었습니다. 이 시와 같은 해에 쓴 「소를 매질하지 말라」에서 그 점을 알 수 있지요.

이규보의 '애민'은 지배층의 반성적 입장에서 제기된 것입니다. 그 점을 분명히 할 필요가 있겠지요. 그래서 이규보는 농민 반란군을 비판하면서 동시에 백성들의 삶을 걱정하고 옹호한 것입니다.

이렇게 본다면 민란에 대한 이규보의 시각과 그의 애민시가 보여 주는 시각은 서로 모순적이지 않다고 할 것입니다.

조물주에게 묻다(問造物)

내가 조물주에게 물었다.

"대저 하늘이 사람을 냈습니다. 사람을 낸 뒤에 이어 오곡五穀을 냈으므로 사람이 그것을 먹습니다. 이어 뽕나무와 삼[麻]을 냈으므로 사람이 그것으로 옷을 해 입습니다. 이로 보면 하늘은 사람을 사랑하여 그를 살리고자 하는 듯합니다. 그렇건만 왜 다시 해로운 생물들, 가령 큰 것으로는 곰·호랑이·승냥이·살쾡이, 작은 것으로는 모기·등에·벼룩·이[虱] 같은 것을 내어 사람을 이토록 심하게 해치는 건가요? 이로 보면 하늘은 사람을 미워해 그를 죽이고자 하는 듯합니다. 그 미워하고 사랑함이 이처럼 일정하지 않은 건 어째서입니까?"

조물주가 말했다.

그대가 질문한 사람과 사물의 태어남은 모두 혼돈混沌(천지만물이 생기기 전의 상태)에서 정해져 자연自然(저절로 그리됨)에서 발發하는 것이라, 하늘도 알지 못하고 조물주 역시 알지 못한다네. 대저 사람이 태어남은 스스로 태어날 뿐이요, 하늘이 태어나게 하는 게 아니라네. 오곡과 뽕나무와 삼이 나는 것도 제 스스로 나는 것이지, 하늘이 나게 하는 게 아니라네. 하물며 이로움과 해로움을 분별하여, 그 사이에 조처함이 있겠는가. 오직 도道가 있는 자라야 이로움이 오면 받아들이되 구차히 기뻐하지 않고, 해로움이 이르면 감당하고 구차히 꺼리지 않아, 사물을 대하기를 텅 빈 듯이 하므로 사물이 또한 그를 해치지 못한다네."

나는 또 물었다.

"원기元氣가 태초에 갈려서, 위는 하늘이 되고 아래는 땅이 되고, 사람은 그 가운데 있게 됐는데, 이를 '삼재'三才(천·지·인)라 합니다. 삼재는 한가지 이치이거늘, 하늘에도 역시 이러한 해로움이 있는지요?"

조물주가 말했다.

"내가 이미 '도가 있는 자는 사물이 해치지 못한다'고 말하지 않았는가. 하늘이 어찌 도가 있는 자만 못해서 그런 것들을 갖겠는가."

내가 말했다.

"정말 그와 같다면 도를 얻을 경우 삼천三天(불교에서 말하는 삼천대천세계三千大千世界)의 옥경玉京에 이를 수 있나요?"

조물주가 말했다.

"그럼."

내가 말했다.

"제가 이제 의심이 환히 풀렸습니다. 다만 하나 모르는 것은, 아까 '하늘도 알지 못하고, 나 역시 알지 못한다'고 말씀하셨는데, 하늘은 의식적으로 뭘 하지 않으니 스스로 알지 못하는 게 마땅하다 하겠지만, 당신은 조물주이신데 어찌 모를 수 있습니까?"

조물주가 말했다.

"내가 손으로 사물을 만드는 걸 네가 보았느냐? 대저 사물은 자생자화自生自化(제 스스로 나고 제 스스로 변화함)할 뿐이거늘, 내가 무엇을 만들겠느냐. 나를 왜 조물주라고 이름했는지 나도 모르겠네."

— 이규보, 『동국이상국집』

삼국 다시 읽기와 토풍의 소환
—『삼국유사』

김부식이 『삼국사기』를 편찬한 지 130여 년 후에 승려 일연一然이 『삼국유사』를 편찬합니다. 일연은 대몽항쟁기對蒙抗爭期를 살았던 인물입니다. 『삼국유사』에는 이민족異民族의 침략으로 초래된 민족적 위기에 대한 자기대로의 문제의식이 담겨 있습니다. 일연은 '삼국 다시 읽기'를 통해 민족적 주체성을 이끌어 내고 있습니다. 삼국을 다시 읽는다는 것은 김부식과는 다른 시각으로 삼국을 읽어 내는 것을 의미합니다.

고려 시대에는 한문학이 발전했습니다. 이는 화풍의 강화와 관련이 있습니다. 하지만 한문학이 무조건 화풍을 반영하는 것은 아닙니다. 한문학 내부에도 토풍이 있을 수 있습니다. 지난 시간에 공부했듯 이규보의 한문학에는 토풍적인 면모가 풍부합니다. 『삼국유사』는 한문으로 쓰인 책입니다. 그러므로 크게 보아 한문학의 한 결실로 보아 무방할 것입니다. 하지만 『삼국유사』는 화풍과는 별로 관련이 없으며, 토풍을 적극적으로 소환하고 있음이 특징적입니다. 이 점에서 『삼국유사』는 13세기 후반에 나타난 하나의 커다란 문학사적 사건이라 할 만합니다.

오늘 강의에서는 이런 점에 유의하면서 일연과 『삼국유사』를 자세히 들여다보겠습니다. 우선 일연이 어떤 인물인지부터 보기로 합니다.

일연의 생애

일연은 13세기 초인 1206년 경주의 속현屬縣인 장산군章山郡 — 지금의 경상북도 경산시에 해당합니다 — 에서 태어났습니다. 최충헌이 집권하고 있을 때죠. 일연의 비문碑文 중에 '아버지가 좌복야左僕射에 추증追贈되었다'라는 말이 있는 것으로 보아 사족 집안이 아니면 향리 집안 출신으로 여겨집니다. 일연은 '회연'晦然이라는 자字를 쓰다가 말년에 '일연'—然으로 자를 바꿨으며, 이를 법명으로도 썼습니다.

일연은 일찍 아버지를 여의고 9세 때 모친 손에 이끌려 광주 무등산에 있는 절에 가서 공부를 했습니다. 절에서 공부를 했지만 아직 불교 공부를 한 건 아닙니다. 예전에는 절에 가서 유학 공부도 하고 그랬으니까요. 14세 때 비로소 승려가 되기 위해 강원도 양양에 있는 진전사陳田寺라는 절에 가서 구족계具足戒를 받았습니다. '구족계'를 받아야 비구比丘, 즉 정식 승려가 됩니다. 신라 말 선종禪宗이 일어날 때 9개의 문파門派가 있었는데 그중 하나가 가지산문迦智山門이고 그 개창자가 도의道義 선사禪師입니다. 진전사는 도의 선사가 은거했던 곳입니다. 그래서 흔히 일연을 가지산파迦智山派의 승려라고 말합니다. 일연이 승려로서의 출발점에 해당하는 구족계를 받은 절이 가지산문에 속한 절이라 그리 부르는 거죠.

22세 때 승과僧科에 합격하고, 31세 때인 1236년 몽골의 침략을 겪습니다. 41세 때인 1246년 남해의 정림사定林寺라는 절에 있으면서 대장경을 조판하는 일에 참여합니다. 당시 남해에 분사대장도감分司大藏都監이라는 관서가 있었는데 일연은 여기에 속해 있으면서 문도門徒들과 대장경 조판에 참여했습니다. 이는 일연의 생애에서 중요한 대목입니다. 대장경 조판에는 불법佛法의 힘을 빌려 몽골의 침략에 맞서 나라를 수호하려는 의지가 담겨 있기 때문입니다.

51세 때인 1256년 남해의 길상암吉祥庵에 있으면서 『중편조동오위』重編曹洞五位라는 책을 편찬합니다. 이 책은 4년 후 길상암에서 목판본으로 간행됩니다. 일연은 저술을 많이 했습니다만, 현재 남아 있는 것은 『중편조동오위』와 『삼국유사』 두 책밖에 없습니다. 『중편조동오위』는 선禪에 관한 책입니다.

고려는 30년 가까이 몽골에 항쟁했지만 1259년 강화를 맺습니다. 이 시기 이후 이른바 '원 간섭기'가 시작됩니다. 일연은 충렬왕忠烈王 3년(1277) 72세 때 임금의 명에 따라 경상북도 청도에 있는 운문사雲門寺 주지가 되어 여기에 4년 있습니다. 일연이 이 절에서 『삼국유사』를 편찬하기 시작했을 거라고 보고 있지요.

일연은 4년 후인 충렬왕 7년 때, 당시 경주에 와 있던 충렬왕의 행재소行在所에 불려 갑니다. 당시 일연의 나이는 76세였습니다. 그 무렵 원나라는 일본을 정벌하기 위해 선박을 제조하는 작업을 남쪽에서 하고 있었는데 충렬왕은 이를 독려하고자 경주에 내려와 있었습니다. 이때 일연은 몽골의 병화兵火로 불타 버린 황룡사의 모습을 목도합니다. 이로부터 2년 후인 1283년 78세 때 일연은 국사國師가 됩니다. 이해 일연은 95세의 연로한 어머니를 봉양하기 위해 고향으로 돌아옵니다. 그리고 1년 후 모친이 사망합니다.

일연은 모친 사망 후 경상북도 군위에 있는 인각사麟角寺의 주지가 됩니다. 『삼국유사』는 이 절에서 완성됐을 거라고 보고 있습니다. 일연이 주지로 있는 인각사에서 당시의 산문山門을 포괄하는 구산문도회九山門都會가 두 번이나 열렸습니다. 이를 통해 일연이 당시 고려 불교의 중심적인 인물이었으며, 선종 9문 중 가지산파가 지도적인 위치에 있었음을 알 수 있습니다.

일연은 인각사의 주지로 있은 지 4년 뒤인 1289년 84세로 입적합니다. 나라에서는 보각普覺이라는 시호를 내립니다. 지금 인각사에 일연의 비가 남아 있습니다.

『삼국유사』의 찬술 동기

지난 시간(제8강)에 이규보에 대해 공부했는데요. 이규보가 1168년에 태어났고 일연이 1206년에 태어났으니까 일연은 이규보보다 38년 뒤의 인물이라 하겠습니다. 하지만 두 사람은 같은 시대를 40년 가까이 함께 살았습니다. 즉 13세기 전반기를 동시대인으로 살았죠. 두 사람은 평생 만난 적이 없지만 민족적 주체성에 대한 자의식이 남달랐다는 점에서 서로 통하는 바가 없지 않습니다.

『삼국유사』의 찬술撰述 동기를 살필 때 일연이 몽골 항쟁기를 살았으며 원 간섭기에 이 책을 썼다는 사실에 주목할 필요가 있습니다. 대장경 조판 사업에 참여한 데서 알 수 있듯 일연은 위기에 처한 나라를 돕고자 하는 뜻이 있었습니다.

이전 강의(제2강)에서 살폈듯, 『삼국유사』 '기이'紀異 편의 「고조선」 조에는 단군 신화가 나옵니다. 단군의 내력에 대한 이런 자세한 서술은 이 책이 처음입니다. 『삼국유사』 '왕력'王曆 편에는 고구

려의 시조인 동명왕을 '단군지자'檀君之子, 즉 '단군의 아들'이라고
했습니다. 단군과 고구려를 연결시켜 놓은 거죠. 사실 단군과 고구
려는 관계가 분명하지 않습니다만 일연은 단군과 고구려를 연결시
킴으로써 우리 역사의 연속성과 유구성悠久性을 부각시키고자 한
게 아닌가 합니다. 그렇다고 한다면 이는 원의 압제에 대한 '정신적
대응'의 의미를 띤다고 할 터입니다. 자국의 고유한 유래를 강조하
는 것은 이민족의 압박에 맞서 내적 결속을 다지는 것이 될 수 있
으니까요.

　일연은 『삼국유사』 곳곳에서 호국불교護國佛敎를 긍정하고 있
습니다. '호국불교'란 불교가 국가를 수호해야 함을 강조하는 이념
을 말합니다. 일연은 승려로서 호국불교관을 갖고 있었다고 보입
니다. 그는 우리나라 호국불교의 오랜 전통을 삼국의 역사에서 확
인하고자 했던 것으로 보입니다. 『삼국유사』에 수록된 불교 관련
서사에서는 국가의 안위, 국가의 수호가 빈번히 문제가 되고 있습
니다. 국가와 불교는 떼려야 뗄 수 없는 그런 관계에 있다고 본 거
죠. 이런 관점에서 본다면 몽골의 침략과 압제에 대한 정신적·이
념적 맞섬이 『삼국유사』 찬술의 한 중요한 동기라고 말할 수 있을
것입니다.

　그런가 하면 삼국시대의 역사를 보는 관점의 차이가 이 책의
또 다른 찬술 동기가 되고 있습니다. 김부식의 『삼국사기』는 유교
적 합리주의 사관에 의거해 편찬되었습니다. 이와 달리 『삼국유사』
는 불교적 신비주의 사관에 의거해 편찬되었습니다. 삼국시대를
보는 관점이 다른 거죠.

　그렇다면 일연은 『삼국사기』를 부정하고 있는 걸까요? 꼭 그
렇지는 않습니다. 일연이 『삼국사기』에 대한 불만 때문에 『삼국유

사』를 썼다는 견해도 있지만, 그렇게 보는 데는 난점이 있습니다. 『삼국유사』를 읽어 보면 도처에 『삼국사기』가 인용되어 있습니다. 이를테면 『삼국사기』에서는 이렇게 말했다', 이런 식입니다. 대개 신뢰할 수 있는 근거로서 『삼국사기』를 인용하거나 거론하고 있습니다. 이런 점에 유의한다면 일연이 꼭 『삼국사기』를 부정하고 있다고 보기는 어렵습니다.

일연이 『삼국사기』를 존중했음을 보여 주는 예를 하나 들어 보겠습니다. 『삼국유사』의 동명왕에 대한 서술은 『삼국사기』의 그것과 거의 같습니다. 일찍이 이규보는 『삼국사기』가 아니라 구 『삼국사』를 참조해 「동명왕편」을 지었습니다. 구 『삼국사』의 동명왕에 대한 서술과 『삼국사기』의 동명왕에 대한 서술은 크게 다릅니다. 일연은 이규보와 달리 구 『삼국사』를 취하지 않고 『삼국사기』를 취한 것입니다. 일연은 동명왕에 대한 서술을 시작하기 전에 "국사 고려본기에 이르기를"(國史高麗本記云)이라며 그 출처를 밝혀 놓고 있습니다. '국사'는 『삼국사기』를 말하고, '고려본기'는 고구려 본기를 말합니다. 이걸 보면 일연이 『삼국사기』에 불만을 품어 『삼국유사』를 편찬했다는 것은 꼭 맞는 말은 아닙니다. 그보다는 『삼국사기』에 없는 이야기들을 엮어 『삼국사기』를 보완하고 삼국의 역사를 보는 새로운 관점을 제시함으로써 자국의 고유성에 대한 인식을 제고하고자 한 것이 일연의 본의가 아닐까 합니다.

요컨대 일연은 『삼국사기』와는 전연 다른 종류의 책을 기획한 것으로 보입니다. 일연은 김부식과 다른 관점을 취했으므로 『삼국유사』에는 『삼국사기』와는 다른 의미망이 구축될 수 있었습니다. 삼국을 새롭게 다시 읽은 거지요.

『삼국유사』에서 확인되는 토풍

이전 강의(제6강)에서 고려 시대에 들어와 토풍은 한 켠에서 지속되지만 그럼에도 한문학의 발전에 따라 차츰 위축되는 양상을 보였다고 말한 바 있습니다. 흥미로운 점은 13세기 후반 원 간섭기에 『삼국유사』가 편찬됨으로써 토풍이 다시 소환된다는 사실입니다. 그렇다면 『삼국유사』의 어떤 면이 토풍에 해당할까요?

그 점을 살피기 전에 불교가 토풍에 친화적이라는 사실을 먼저 확인할 필요가 있습니다. 불교도 원래 유교처럼 외래의 것입니다. 하지만 불교는 유교와 달리 토풍에 아주 친화적입니다. 이는 불교 자체의 성격 때문입니다. 불교는 토속土俗적인 것, 이를테면 민간 신앙이라든가 민간적 상상력이라든가 민간의 풍속이라든가 민간 고유의 감수성이라든가, 이런 것을 부정적으로 보거나 바꾸려고 하지 않습니다. 그걸 그대로 인정하면서 자신의 내부에 포용하는 태도를 취하죠. 그래서 이른바 '습합'習合이 잘 일어납니다. 유교가 토속에 배타적 태도를 취한 것과 상반되죠.

『삼국유사』는 기본적으로 불교를 토대로 삼고 있는 저술입니다. 이 점을 잊어서는 안 됩니다. 그럼에도 불구하고 방금 지적한 불교의 이런 측면으로 인해 『삼국유사』에서는 토풍이 적극적으로 소환되고 있습니다. 토풍은 두 가지 방식으로 소환됩니다. 하나는 불교와 토풍이 결합된 방식입니다. 다른 하나는 불교와 별도로 토풍이 제시되는 방식입니다. 두 가지 방식 중 불교와 토풍이 결합되는 경우가 상대적으로 더 많은 것 같은데요. 그렇긴 하지만 불교와 토풍이 결합되어 있는 경우에도 불교는 단지 외적 요소에 불과하거나 견강부회로 결부된 데 지나지 않는 것으로 보이는 이야기들이 상당수 발견됩니다. 이런 이야기들의 경우 그 본질은 역시 토풍에 있다고 봐야겠죠.

『삼국유사』는 9편으로 구성되어 있습니다. 왕력王曆, 기이紀異, 흥법興法, 탑상塔像, 의해義解, 신주神呪, 감통感通, 피은避隱, 효선孝善이 그것입니다. '왕력'은 연표이고, '기이'에는 고조선에서 후삼국까지의 역사에 나타난 기이한 이야기들이 담겼습니다. '흥법'에는 삼국의 불교 수용기에 있었던 이야기들이 담겼고, '탑상'에는 탑과 불상과 관련된 이야기들이 담겼으며, '의해'에는 신라의 교학승敎學僧들에 대한 이야기들이 담겼습니다. '신주'에는 신라의 밀교승密敎僧에 대한 이야기가 담겼고, '감통'에는 불교의 영험 이야기가 담겼으며, '피은'에는 은일담隱逸談이 담겼습니다. 맨 끝에는 효도에 대한 이야기가 담겼습니다.

그럼 지금부터『삼국유사』에 실려 있는 이야기들을 좀 들여다보기로 하겠습니다.

먼저「수로부인」水路夫人 이야기부터 보겠습니다. 이 이야기는 그 대강의 내용이 다음과 같습니다: 수로부인이 태수로 부임하는 남편을 따라서 길을 가는데, 깊은 산과 큰 못을 지날 때마다 신물神物에게 붙들립니다. '신물'이란 산신이나 용신龍神과 같은 따위를 말합니다. 수로부인의 미모가 워낙 빼어나 산신이나 수신水神이 반한 겁니다. 수로부인에게 꽃을 바치며「헌화가」獻花歌를 부른 노인역시 신물이라 할 것입니다. 신물이 노인으로 현신現身한 거죠.「수로부인」에는 불교적인 요소가 발견되지 않습니다. 산신이나 수신은 다 민간적 상상력의 소산입니다. 즉 토속적인 거죠.

「도화녀 비형랑」桃花女鼻荊郎 이야기도 아주 흥미롭습니다. 도화녀라는 여자가 어떤 남자하고 관계해서 비형랑이라는 이상한 아이를 낳는데요. 이 아이는 밤만 되면 늘 밖에 나가 귀신들의 무리를 데리고 놉니다. 신이한 이야기라고 할 수 있죠. 이 이야기 역시 민간적 상상력의 소산입니다. 불교적인 요소는 하나도 없습니다.

「사금갑」射琴匣이라는 이야기도 기이합니다. '사금갑'은 '거문고 갑을 활로 쏴라'라는 뜻인데요, 이 이야기에서는 쥐가 말을 합니다. 요새 같으면 판타지에 해당하죠. 쥐가 임금 앞에 나타나 까마귀가 가는 곳을 찾아가 보라고 합니다. 임금이 병사를 시켜 까마귀를 쫓아가게 합니다. 병사는 우여곡절 끝에 연못 속에서 나온 노인에게서 편지 한 통을 받습니다. 편지 겉에는 '이 편지를 열어 보면 두 사람이 죽고 안 열어 보면 한 사람이 죽는다'라고 적혀 있었습니다. 임금이 편지를 열어 보니 '사금갑' 세 글자가 있었습니다. 그래서 궁중에 있는 거문고 갑을 화살로 쏘니 그 안에 사통 중인 왕비와 승려가 있었습니다. 그리하여 임금이 목숨을 건질 수 있었습니다. 이 일이 있고 나서부터 신라에서는 정월 보름을 까마귀 제삿날로 정해 찰밥으로 제사를 지냈다고 합니다. 이처럼 이 이야기는 신라의 고유한 풍속의 기원에 대한 서사적 풀이입니다. 민간적 세계관이 표현되어 있는 거죠. 이 이야기도 불교와는 아무 관련이 없다 하겠습니다. 「사금갑」 이야기는 최치원이 『수이전』에 쓴 것을 옮겨놓은 것입니다.

『삼국유사』 '의해' 편에 「원광서학」圓光西學이라는 항목이 있습니다. '원광서학'은 '원광이 중국에 가서 불교를 배우다'라는 뜻입니다. 이 항목 중에 최치원의 『수이전』에 있던 「원광법사전」圓光法師傳이 그대로 옮겨져 있습니다. 이 이야기의 중심에 있는 인물은 원광이 아니라 삼기산三岐山의 신神입니다. 원광이 승려이니 이 이야기는 불교와 어느 정도 연관성을 갖는다 하겠지만, 주목해야 할 점은, 이 이야기에서 흥미를 자아내는 존재는 원광이 아니라 삼기산의 신이라는 사실입니다. 신은 원광을 인도해, 원광으로 하여금 중국에 가서 불교를 배워 오게 합니다. 원광은 중국에서 공부한 뒤 고국으로 돌아와 다시 삼기산의 신을 찾아가 감사를 표합니다. 이튿날 신은 원광에게 자기가 언제 어디서 죽을 것이니 그때 와서 송별해 달라고 합니다. 원광은 그날 그곳에 가서 늙은 흑여우가 숨을 헐떡거리다가 죽는 모습을 보게 됩니다.「원광법사전」은 여우의 신이함에 대한 서사가 주가 되고 있습니다. 이는 민간적 상상력의 소산이지 불교적 상상력의 소산이 아닙니다.

「거타지」居陀知 이야기에서도 민간적 상상력을 읽을 수 있습니다. 거타지는 활 쏘는 재주가 아주 뛰어난 군사인데, 중국에 가는 사신을 수행해 배를 타고 가다 어떤 섬에 남게 됩니다. 이 섬에서 그는 죽을 위기에 처한 용왕을 구해 줍니다. 용왕을 괴롭히는 존재는 늙은 여우입니다. 이 여우가 매일 도술을 부려 용왕 자손들의 간을 빼내 먹어, 이제 남은 자는 용왕 부부와 딸 셋뿐이었습니다. 거타지는 활로 여우를 쏘아 죽입니다. 용왕은 감사하는 마음에 자신의 딸을 거타지의 아내로 삼게 합니다. 그리하여 딸을 한 송이 꽃으로 변하게 해 거타지의 품에 넣어 줍니다. 거타지가 신라로 돌아와 꽃송이를 꺼내자 꽃이 여인으로 바뀌었습니다. 거타지 이야기에서 여우는「원광법사전」의 여우와 달리 악한 존재로 등장합니다. 이 이야기 역시 토속적 상상력을 잘 보여 줍니다.

널리 알려져 있는 처용랑處容郎 이야기의 끝부분에는, "나라 사람들이 문에 처용의 형상을 붙여 사악함을 물리쳤다"라는 말이 나옵니다. 역신疫神을 쫓아내는 풍속이 처용의 일에서 비롯된다는 말이죠. 이 이야기는 사금갑 이야기와 마찬가지로 신라 풍속의 기원을 풀이하고 있습니다. 이 이야기의 맨 끝에는, '왕이 처용을 위해 망해사望海寺라는 절을 세웠다'라는 말이 덧붙여져 있습니다. 이 이 야기에서 불교와 관련된 내용은 이것밖에 없습니다. 사실 '망해사 운운'은 서사 자체의 흐름으로 볼 때 처용 이야기에서 없어도 무방 한 내용입니다.

「미륵선화彌勒仙花 미시랑未尸郎과 진자사眞慈師」라는 이야기 는 토풍과 불교의 습합을 잘 보여 줍니다. '진자사'에서 '사'는 승려 를 가리킵니다. 월명사, 충담사의 '사'와 같습니다. 그러므로 '진자 사'는 진자라는 승려를 말합니다. 이 이야기에는 화랑에 대한 언급 이 여러 군데 나옵니다. 그리고 풍월도가 어떤 것인지에 대한 언 급도 있습니다. 진자사는 미륵불 앞에 나아가 이렇게 기원합니다: "부처님이시여, 화랑으로 화化해 세상에 나타나시어 제가 항상 얼 굴을 가까이하고 붙좇도록 하소서." 진자사는 마침내 꿈에 계시 받 은 미륵선화를 찾아 나섭니다. '미륵선화'는 미륵의 화생化生을 말 하는데요, 이런저런 우여곡절 끝에 진자사는 경주에서 미륵선화를 만나게 됩니다. 그는 '미르'未尸라는 이름의 예쁘장한 소년이었습니 다. '未尸郎'을 흔히 '미시랑'으로 읽지만 '미르랑'으로 읽어야 하지 않을까 합니다. '未尸郎'은 향찰 표기인데, 향찰에서 '尸'는 'ㄹ'로 해 독됩니다. '미르'는 용을 뜻합니다. 용은 미륵신앙과 밀접한 관련을 갖습니다. 한편 '랑'은 화랑을 의미합니다. 진자사가 미르를 국왕에 게 데려가자, 왕은 미르를 국선으로 삼습니다. 신라에서는 화랑을 종종 미륵선화라고 불렀는데, 이 이야기는 그 기원을 풀이하고 있 습니다. 이처럼 이 이야기는 미륵 신앙과 풍월도를 연결시키고 있 습니다. 화랑이라는 존재가 미륵불의 현현이라는 거죠. 토착적인 세계관과 불교의 습합을 보여 준다고 할 수 있습니다.

『삼국유사』에는 이처럼 토속적인 서사에 불교적인 외피外皮가 둘러져 있거나 불교적인 윤색이 가해져 있는 것들이 많습니다. 얼핏 보면 불교적 이야기 같은데 그 안으로 들어가 자세히 살펴보면 토풍이 짙게 존재하고 있음이 확인됩니다. 불교적인 내용도 그것대로 흥미롭고 중요하지 않은 건 아니지만, 단지 불교적인 것으로만 단정할 수 없는 것들이 많다는 말입니다.

『삼국유사』 서사의 특징

이제 논점을 바꾸어 『삼국유사』 서사의 특징이 무엇인지 살펴보겠습니다. 두 가지가 주목됩니다.

하나는, 상하층이 망라되어 있다는 점입니다. 『삼국유사』는 상층 지배층의 이야기만도 아니고 하층 피지배층의 이야기만도 아닙니다. 상하층이 망라되어 있습니다. 그렇기는 하지만 『삼국유사』의 서사에서 특히 인상적이며 주목되는 것은 하층의 이름 없는 백성들에 대한 존중과 친화감이 대단히 짙게 표출되어 있다는 사실입니다. 이 점에서 『삼국유사』는 우리 문학사의 다른 저술들과 구별되며, 독보적인 빛을 발하고 있습니다.

예를 들어 보겠습니다. 「욱면비염불서승」郁面婢念佛西昇이라는 작품이 있습니다. '욱면비염불서승'이라는 제목은 '욱면이라는 여종이 염불을 해서 서방 정토로 올라갔다'는 뜻입니다. 욱면은 어떤 귀족 집의 여종인데요, 여종으로서의 힘든 일과에도 불구하고 시간을 내어 염불을 합니다. 주인은 그렇게 하지 못하도록 더 많은 일을 시킵니다. 하지만 욱면은 계속 정진해 어느 날 몸이 지붕을 뚫고 하늘로 올라가 서방 정토로 갑니다. 욱면은 종이면서 여성입니다.

그러니 이중二重의 타자에 해당하는 인물이라 하겠죠. 이런 미천하기 그지없는 인물이 부처가 되어 극락으로 갔다고 했습니다. 그러니 이 이야기에는 여성과 하층민을 존중하며 우호적으로 바라보는 시선이 발견된다고 말할 수 있을 것입니다.

「광덕廣德 엄장嚴莊」 이야기도 주목됩니다. 이 이야기에서 광덕의 처는 분황사芬皇寺의 종입니다. 그러니 광덕도 신분이 하층민일 터입니다. 열심히 도를 닦아 일찍 혼자 서방 정토로 간 광덕도 훌륭한 인물이라 하겠지만, 광덕을 알아보고 십여 년을 함께 살며 그의 수행을 지켜본 광덕의 처는 어쩌면 광덕보다 더 훌륭한 인물일지 모릅니다. 광덕의 처는 남편이 죽자 남편의 친구인 엄장과 함께 남편의 시신을 수습해 장사를 치러 줍니다. 일연은 이 이야기의 끝에서 광덕의 처가 관음보살의 19응신應身의 하나라고 말하고 있습니다. 관음보살은 중생의 제도를 위한 방편으로 열아홉 가지 몸으로 화현化現하는데, '19응신'은 바로 이를 말합니다. 『삼국유사』의 서사 중에는 관음이 미천한 여성으로 응현應現하는 경우가 적지 않습니다. 이리 보면 관음의 19응신이라는 관념은 현실 세계의 미천한 여성을 적극적으로 옹호하고 긍정하는 데 근거가 됨을 알 수 있습니다.

하지만 이 이야기에서 광덕의 처를 관음의 화신化身이라고 한 것은 불교적 입장에서 갖다 붙인 말이라고 해야겠지요. 미천한 여성이 더할 나위 없이 훌륭하고 고매한데 대체 어째서 그럴 수 있는지 이해할 수 없어 관음의 화신이라고 한 것일 테죠. 그렇기는 하지만 만일 현실적인 맥락에서 해석한다면 이 이야기는 미천한 하층의 백성 중에도 인간으로서 대단히 훌륭하며 도가 높은 인물이 존재한다는 생각을 전하고 있다고 할 것입니다.

「이혜동진」二惠同塵에 나오는 혜공惠空 이야기도 퍽 흥미롭습니다. '이혜동진'은 '두 혜惠가 빛을 감추고 세속을 따랐다'라는 뜻입니다. '이혜'二惠는 혜숙惠宿과 혜공이라는 승려를 말하고, '동진'同塵은 세속 사람들과 똑같이 행동하고 혼탁한 세상과 어울리는 것을 말합니다. 혜공은 남의 집에 고용살이하던 노파의 아들입니다. 미천한 출신이죠. 신라의 승려 중에는 좋은 집안 출신의 인물이 많습니다. 가령 의상義湘은 진골 출신이었습니다. 혜공은 늘 술에 잔뜩 취해 지게를 지고 다녔습니다. 지게를 진 채 거리에서 노래하고 춤을 추었기에 사람들이 '지게 화상'이라고 불렀습니다. 그리고 그가 세운 절을 '지게사'라고 불렀습니다. 절 이름치고는 이상합니다.

혜공은 미천한 출신의 승려였기에 다른 승려들과 하는 행실이 달랐던 것입니다. 그럼에도 도가 높아, 원효元曉가 여러 불경의 소疏를 지을 때 혹 의심나는 것이 있으면 그에게 찾아가 물었다고 했습니다. 이처럼 혜공 이야기에는 하층 출신 인물을 하시下視하거나 차별하기는커녕 높이는 시각이 확인됩니다.

이런 예들을 통해서 『삼국유사』의 서사가 보여 주는 주요한 특징의 하나가 하층민에 대한 존중임이 확인됩니다. 일연은 이를 통해 불교 신앙은 신분과 아무 상관이 없으며, 미천한 인간도 높은 경지에 이를 수 있고 부처가 될 수 있음을 말하고자 한 것으로 보입니다.

『삼국유사』의 서사가 보여 주는 또 다른 주요한 특징은, 보잘것없고 남루한 인간에 대한 긍정입니다. 『삼국유사』에서 이런 자들은 대개 이인異人으로 현현합니다. '이인'이란 신통한 재주와 비범한 능력을 지닌 인간을 말합니다. 세속적 인간은 이인을 알아보기 어렵습니다. 늘 용렬하거나 남루한 모습으로 나타나기 때문입니다.

『삼국유사』에 보이는 이인들은 대개 불보살佛菩薩입니다. 즉 관음보살이라든지 문수보살文殊菩薩이라든지 미륵불이라든지 진신석가眞身釋迦입니다. 이들 불보살은 귀하고 부유하고 잘난 자로 현신하는 법이 없습니다. 반드시 구지레하거나 못난 모습의 인간으로 현신합니다. 그래서 똑똑한 사람들도 이들이 불보살인 줄 모릅니다. 오늘날도 그렇지 않습니까? 뭔가 있어 보이고 겉으로 삐까번쩍해야지 사람들이 인정하고 존중하지 않습니까. 없어 보이고 남루하면 누구나 다 멸시하고 얕잡아 보지 않습니까. 하지만『삼국유사』에는 이런 존재에 주목해야 한다는 생각이 담겨 있습니다.

불보살은 왜 꼭 이처럼 남루한 인간의 모습으로 현신하는 걸까요? 이는 일연의 인간학이라고 말할 수도 있고, 일연이『삼국유사』에 실어 놓은 자료들에 담긴 인간학이라고 말할 수도 있을 것입니다. 그런데 자료들 자체에 이런 인간학이 담겨 있다 할지라도 이런 자료를 취한 것은 일연이니 결국 일연의 인간학을 보여 준다고 할 수 있겠지요.

일연 인간학의 요체는 인간은 겉만 보고 판단해서는 안 되고 그 속을 봐야 한다는 것으로 정리할 수 있습니다. '속'이란 인간 본연을 말합니다. '겉'이 눈에 보이는 현상이라면, '속'은 눈에 잘 보이지 않는 본질에 해당할 테지요. 이런 인간학에서는 신분, 귀천, 빈부는 하등 중요하지 않습니다. 이 점에서 차별이 아니라 평등 지향이 두드러집니다. 일연의 인간학에는, '남루하다고 함부로 보지 마라, 외양만 보고 함부로 대하지 마라, 겉만 보고 얕잡아 보지 마라, 어수룩해 보이거나 하찮아 보이는 인간이 오히려 성스러운 인간일 수 있다', 이런 메시지가 내재해 있다 할 것입니다.

그 예를 몇 개 들어 보겠습니다. 우선 「경흥우성」憬興遇聖이라는 이야기부터 봅시다. '경흥우성'이라는 제목은 '경흥이 성인聖人을 만나다'라는 뜻입니다. 경흥은 신문왕神文王 때의 국사國師였습니다. 경흥이 왕궁에 들어가려고 할 때 행색이 남루한 거사 하나가 손에 지팡이를 짚고 등에 광주리를 진 채 쉬고 있는 게 보였습니다. 광주리 안을 보니 마른 생선이 들어 있었습니다. 경흥의 시종이 '너는 중의 옷을 입고 있으면서 계율에 저촉되는 이런 걸 지고 다니느냐'고 나무라자, 거사는, '살아 있는 고기를 양 넓적다리 사이에 끼고 있는 것에 견준다면 마른 생선을 등에 지고 있는 게 뭐 그리 대수인가'라고 말하고는 일어나 가 버렸습니다. '살아 있는 고기를 양 넓적다리 사이에' 운운한 말은, 경흥이 국사랍시고 말을 타고 다닌 것을 비웃은 말입니다. 경흥이 사람을 시켜 그 뒤를 쫓게 했는데, 남산 문수사文殊寺 문밖에 광주리를 버리고는 사라졌습니다. 그가 손에 쥐었던 지팡이는 문수상文殊像 앞에 있었으며 마른 생선은 소나무 껍질이었습니다.

불교에서는 말[馬]도 중생에 속합니다. 이 이야기는 중생을 구제한다는 승려가 말을 타고 다녀서야 되겠는가 묻고 있습니다. 중요한 것은 문수보살이 외양이 남루한 거사의 모습으로 나타나 국사 경흥에게 이 점을 깨우쳐 주고 있다는 사실입니다.

「진신수공」眞身受供이라는 이야기에서는 석가모니가 남루한 승려로 등장합니다. '진신수공'은 '진신석가가 공양을 받다'라는 뜻입니다. '진신석가'란 석가의 진신眞身을 말합니다. 효성왕孝成王이 망덕사望德寺라는 절을 세워 낙성회落成會를 하는데, 행색이 초라한 한 승려가 와서 자기도 재齋에 참여하겠다고 해서 그러라고 합니다. 왕이 그 승려에게 어디에 사냐 묻자 비파암琵琶嵓에 산다고 하므로 왕은 농담으로 '이제 네가 돌아가면 사람들한테 국왕이 공양하는 재에 참석하고 왔다' 이런 말을 하지 말라고 합니다. 이에 승려가 웃으면서 '폐하 역시 사람들에게 진신석가를 공양했다고 하지 마십시오'라고 합니다. 이 이야기에서 석가불은 행색이 초라한 승려로 현신합니다.

「낙산洛山 이대성二大聖 관음觀音 정취正趣 조신調信」에 나오는 낙산의 관음보살 이야기에는 서답 빠는 여인이 등장합니다. '서답'은 천으로 만든 월경대를 말합니다. 옛날에는 월경대를 천으로 만들어, 빨아서 계속 사용했습니다. 서답은 더러운 것으로 간주되었습니다. 원효가 낙산의 관음보살에게 예를 올리려고 가던 중에 다리 아래에서 서답을 빠는 여인을 만납니다. 원효가 그 여인에게 물을 좀 달라고 청하자 여인은 서답 빨던 더러운 물을 떠서 바칩니다. 원효는 그 물을 쏟아 버리고 다시 물을 떠서 마셨습니다. 알고 보니 그 여인은 관음보살의 진신이었습니다.

이 이야기는 상하上下의 전복을 보여 준다는 해석이 제기되어 있습니다. 즉, 높다고 하는 것이 꼭 높은 것은 아니며 낮다고 하는 것이 꼭 낮은 것은 아니라는, 인식의 전복을 보여 준다는 거죠. 하지만 관점을 좀 달리해 이런 해석도 가능할 것입니다. 이 이야기에서 제일 큰 문제는 도가 높다는 원효가 관음보살을 통 알아보지 못했다는 데 있습니다. 원효 역시 여느 사람처럼 겉만 보고 판단했기 때문이지요. 이 점에 유의한다면, 이 이야기는 인간을 제대로 알아보는 게 얼마나 지난한 일인가를 말하고 있다고 해석될 수 있을 것입니다. 원효처럼 도가 높은 승려도 이러니 보통 사람은 오죽하겠습니까? 하지만 이런 높은 존재는 늘 이런 모습으로 나타나니 우리가 대체 어떻게 알아보겠습니까? 그러므로 우리는 늘 자기를 낮추고 겸손해야 하며, 자기보다 못한 사람, 남루하거나 초라해 보이는 사람을 존중할 수밖에 없는 거죠. 인간은 설사 도를 닦더라도 한계를 안고 살아갈 수밖에 없으니까요. 일연의 인간학을 고려한다면 이 이야기는 이렇게도 해석될 수 있을 것입니다.

마지막으로 '피은'避隱 편의 「연회도명」緣會逃名이라는 이야기를 보기로 합니다. '연회도명'은 '연회가 명성을 피하다'라는 뜻입니다. 원성왕元聖王 때 연회緣會라는 도가 높은 승려가 있어 나라에서 국사를 삼으려 하자 연회는 얽매이는 게 싫어 암자를 버리고 달아납니다. 도망가던 중에 만난 어떤 밭을 가는 노인이 "법사께서는 어디로 가십니까"라고 묻습니다. 연회는 사정을 이야기합니다. 가다가 이번에는 어떤 노파를 만났는데 역시 "법사는 어디로 가십니까"라고 묻습니다. 나중에 알고 보니, 밭 갈던 노인은 문수보살이고, 노파는 변재천녀辨才天女였습니다. '변재천녀'는 불교에서 받드는 지혜의 여신입니다. 연회는 도가 높았기에 국사를 마다하고 달아났다고 봐야겠죠. 그 정도로 도가 높은 인물이었지만 그럼에도 이 두 사람을 알아보지는 못했습니다. 이 이야기는 상하의 전복을 꾀하거나 높은 것이 낮고 낮은 것이 높다는 역설을 말하고 있다기보다는 하잘것없는 인간으로 화현化現한 성스러운 존재를 알아보는 것이 얼마나 어려운 일인지를 말해 주고 있습니다.

이상의 예들에서 알 수 있듯, 『삼국유사』의 서사에는 남루하고 보잘것없는 인간에 대한 긍정적인 시선이 확인됩니다. 특히 주목되는 것은, 서답 빠는 여성이나 노파의 예에서 보듯 남루하고 보잘것없는 인간에 여성이 포함되어 있다는 사실입니다. 이 점에서 『삼국유사』의 서사에는 젠더적으로 볼 때 진보적인 측면이 있다 할 것입니다.

『삼국유사』의 성격 — 술이부작

『삼국유사』는 일연 자신이 견문한 이야기를 기록해 놓은 책일까요? 그렇지 않습니다. 『삼국유사』에 일연 자신이 견문한 이야기를 하나의 서사로 만들어 놓은 것은 발견되지 않습니다. 다만 문헌에서 가져온 서사에 민간의 구전을 간단히 보충하거나 자신이 보거나 들은 사실을 첨부한 경우는 이따금 있습니다. 일찍이 최남선은 『삼국유사』를 '술이부작'述而不作으로 단정했습니다. '술이부작'은 원래 공자가 한 말로, 이전의 문헌을 정리·편집한 것일 뿐 창작은 아니라는 뜻입니다. 최남선은 이 말로써 『삼국유사』가 일연의 시대까지 전하던 문헌 자료를 이리저리 엮어 놓은 책임을 지적한 것입니다. 최남선의 말대로 『삼국유사』는 기본적으로 문헌 자료를 수집해 편집한 책입니다. 일연 자신이 새로 서술해 보탠 이야기는 없습니다.

그러면 일연은 자료를 어떻게 편집했을까요? 몇 가지 편집 방식이 있습니다. 첫째, 어떤 자료를 그대로 옮겨 싣는 방식입니다. 「김현감호」 같은 것이 그러하니, 이 이야기는 『수이전』의 내용 그대로입니다. 둘째, 몇 개의 자료를 한데 묶어 병렬적으로 제시하는 방식입니다. 「원광서학」이 그런데요. 여기서는 중국의 「속고승전」續高僧傳, 『수이전』, 『삼국사기』 열전의 내용을 차례로 제시해 놓았습니다. 셋째, 하나의 자료를 기본으로 삼되 다른 자료를 참조해 수정하여 제시하는 방식입니다. 「남백월이성 노힐부득 달달박박」南白月二聖 努肹夫得 怛怛朴朴 같은 것이 그런데요, 「백월산양성성도기」白月山兩聖成道記라는 고기古記를 기본 자료로 삼되 다른 자료를 참조해 좀 수정해 놓았습니다.

주목할 점은 일연이 고증考證을 퍽 중시해 본문의 여기저기에 협주夾註를 아주 많이 달아 놓았다는 사실입니다. '협주'란 본문 사이사이에 작은 글씨로 달아 놓은 주를 말합니다. 이 협주를 통해 본문의 어떤 말이 다른 문헌에서는 어떻게 다르게 기록되어 있는지를 밝히기도 하고, 사실관계에 대한 자신의 견해를 밝히기도 했습니다. 이를테면 본문의 '무슨 왕 몇 년'이라는 말에 대해, '이는 잘못인 것 같다. 다른 문헌에는 무슨 왕 몇 년이라고 되어 있는데, 이게 맞는 것 같다'라는 주를 달아 놓든가, 어떤 지명에 대해, '이 지명은 지금의 어디다'라든가 '이 지명은 뭐라고도 불린다'라는 주를 달아 놓았습니다. 이를 통해 일연이 문헌을 취급할 때 디테일과 사실관계에 세심한 주의를 기울인 것을 알 수 있습니다. 이런 태도가 지나쳐, 역사적 사실이 아니라 설화에 해당하는 이야기에조차 그 시공간적 배경을 고증하려는 태도를 보여 주기도 합니다. 좀 어처구니 없는 태도죠. 설화를 설화로 간주하지 않고 역사적 문헌으로 간주해 고증을 일삼고 있으니까요.

일연은 『삼국유사』에 협주 이외에 덧붙인 자신의 말이 없을까요? 없지 않습니다. 두 가지가 주목됩니다. 하나는, 작품의 말미에 '의왈'議曰이라는 말로 시작하는 논평을 붙여 놓았다는 사실입니다. '의왈'은 '논의하여 말한다'라는 뜻입니다. 이는 사서史書의 논찬論贊에 해당합니다. 그런데 모든 작품에 '의왈'이 붙어 있지는 않습니다. 하지만 상당수 작품에서 발견됩니다.

또 하나는, 작품 말미에 '찬왈'讚曰이라고 하여 일연이 지은 한시로 된 게송偈頌을 첨부해 놓았다는 사실입니다. '찬왈'은 '찬미해 말한다'라는 뜻입니다. '찬왈'도 '의왈'처럼 모든 작품에 다 첨부되어 있지는 않습니다만 대부분의 작품에 첨부되어 있습니다. 이는 역사서에는 보이지 않는『삼국유사』의 독특한 면모라 하겠습니다.

일연이 참조한 문헌들

그러면 이제 일연이『삼국유사』를 엮을 때 어떤 문헌을 참조했는지가 궁금해지는데요. 아주 많은 문헌을 참조한 것으로 보입니다. 중국 문헌으로는 역사서에 해당하는『한서』漢書,『삼국지』三國志「위서」魏書,『신당서』新唐書,『구당서』舊唐書 등을 참조했습니다. 당나라의 두우杜佑가 편찬한『통전』通典이라든지 송나라 때 편찬된 백과사전인『책부원귀』冊府元龜도 참조했습니다. 고승전高僧傳으로는 양梁나라 혜교慧皎가 지은『고승전』과 당나라 도선道宣이 지은『속고승전』續高僧傳 등을 참조했습니다.

우리 문헌으로는『단군기』檀君記, 신라고기新羅古記, 고려고기高麗古記 — 여기서 '고려'는 고구려를 말합니다 — 와 같은 고기류古記類를 비롯해『수이전』,『증보 수이전』,『삼국사기』를 많이 참조했습니다. 각훈覺訓이 쓴『해동고승전』海東高僧傳도 참조했는데, 이 책에 대해서는 상당히 비판적인 입장을 취했습니다.『해동고승전』외에도 여러 사람이 쓴 이런저런 고승전을 많이 참조했습니다. 이를테면「원효전」,「의상전」,「범일전」梵日傳,「보덕전」普德傳,「욱면전」郁面傳,「양지법사전」良志法師傳,「낭지전」朗智傳 같은 것을 들 수 있습니다. 이것들은 지금 하나도 전하지 않습니다. 이 밖에 사찰에 전하는 옛날 기록이나 문서를 많이 봤습니다. 가야의 역사를 기록한 글인「가락국기」駕洛國記도 참조했습니다.

이렇게 본다면『삼국유사』서사의 주요한 원천으로는 크게 넷을 꼽을 수 있습니다. 첫째는 고기古記, 둘째는『수이전』—『증보 수

318

이전』을 포함해서 —, 셋째는 고승전, 넷째는 사기寺記입니다. '사기'는 사찰에 전승된 옛 기록을 말합니다. 사기에는 사찰 연기 설화寺刹緣起說話가 풍부하게 포함되어 있습니다.

넷 가운데『수이전』과『삼국유사』의 관련에 대해서만 조금 언급하겠습니다.『삼국유사』는『수이전』에서 많은 이야기를 가져왔습니다.『삼국유사』는 문헌을 인용할 때 그 나름의 규칙이 있는데요, 최치원의『수이전』을 지칭할 때는 '고본'古本이라는 용어를 씁니다. 여기서 '고본'이란 동경東京(경주)의 안일安逸 호장戶長이 소장하고 있던 고본『수이전』을 말합니다. 일연이 살던 당시는 고려 초 박인량이 편찬한『증보 수이전』이 일반적으로 통용되고 있었기에 이와 구별하기 위해 '고본'이라는 말을 쓴 것으로 보입니다.

『삼국유사』에서 '고본'이라는 말이 발견되는 작품은「도화랑 비형랑」,「태종춘추왕」太宗春秋王,「효공왕」孝恭王,「무왕」武王,「원광서학」,「손순매아」孫順埋兒 등입니다. 그러므로 이들 작품에는『수이전』의 내용이 들어와 있다고 할 수 있습니다. 일연은 당시 통용되고 있던『증보 수이전』과 고본에 차이가 있어 이를 밝힐 필요가 있을 때에만 주기註記를 통해 '고본'을 언급했습니다. 그럴 필요가 없을 때에는『수이전』의 내용을 옮겨 싣더라도 꼭『수이전』에서 옮겨 실었다는 말을 하지는 않습니다. 그러니『삼국유사』가『수이전』에서 얼마나 많은 내용을 가져왔는지를 실증적으로 밝히기는 어렵습니다만, 생각보다 훨씬 많을 것으로 여겨집니다. 가령「탈해왕」脫解王,「사금갑」,「김현감호」,「연오랑 세오녀」延烏郞細烏女,「도화녀 비형랑」과 같은 작품이나, 보개寶蓋 이야기가 실려 있는「민장사」敏藏寺 같은 작품에는 일절『수이전』에 대한 언급이 보이지 않습니다만, 문헌 연구를 통해 이 작품들에 실린 이야기가『수이전』에서 가져온 것임이 확인됩니다.『삼국유사』에는, 비록 문헌적 고증에는 제약이 있지만, 이들 작품 외에도『수이전』에서 가져온 내용이 많이 있을 것으로 추정됩니다.

이렇게 본다면『삼국유사』는 곧 '삼국이사'三國異事이며, 세 번째 버전의『수이전』이라 할 수 있는 측면이 있습니다. 첫 번째 버전은 최치원의『수이전』이고, 두 번째 버전은 박인량의『증보 수이전』입니다. 이전 버전과 달리 세 번째 버전에서는 편찬자의 의견과 육성이 곳곳에 삽입되어 있고, 일종의 고이考異가 가해져 있습니다. '고이'란 텍스트들 간의 내용 차이를 고증하는 것을 말합니다. 그 결과 이전의 버전이 믿거나 말거나 식의 신이한 '이야기책'으로 기획된 것인 데 반해, 세 번째 버전은 실재 사실의 기록, 즉 '역사'로 기획되었다는 차이를 보여 줍니다. 이 때문에 전체적으로 볼 때, 이야기 하나하나가 갖는, 문학으로서의 서사적 완결성은 이전 버전들에 비해 좀 약화되지 않았나 합니다. 기록으로서의 면모를 중시해 종종 의식적으로 자료를 편집하고 있기 때문이죠. 그렇기는 하나 세 번째 버전은 단군 신화나 동명왕 신화를 싣고 있음에서 확인되듯 이전 버전들과 중대한 차이를 보여 줍니다. 민족적 자의식의 강화가 특히 주목됩니다. 뿐만 아니라 세 번째 버전은 고기古記라든가 사찰 기록을 비롯한 수많은 문헌을 참조함으로써 이전 버전들에 비해 훨씬 더 다채롭고 풍부한 내용을 구축해 놓고 있습니다.

이처럼 신라 말에 쓰인『수이전』과의 관계에서『삼국유사』를 볼 경우, 문학사란 일종의 '법고창신'法古創新의 과정처럼 보이기도 합니다. '법고창신'은 18세기의 문호인 박지원이 문학 창작의 방법으로 제기한 테제로서, '옛것을 본받아 새로운 것을 창조한다'라는 의미인데, 문학 창작의 방법으로만이 아니라 우리 문학사를 이해하는 하나의 원리로 삼아도 좋지 않을까 합니다.

『삼국유사』의 문학사적 의의

『삼국유사』는 고조선과 삼국, 특히 신라의 기이한 이야기들을 13세기 말의 역사 공간에 되살려 내고 있습니다. 이들 이야기들에는 자국의 고유성이 담겨 있습니다. 이 점에서 『삼국유사』는 토풍을 소환하고 있다고 할 만합니다.

『삼국유사』는 지금은 전하지 않는 우리나라의 각종 문헌들에 들어 있던 서사를 풍부하게 수록해 놓았습니다. 『삼국유사』가 아니면 이들 서사는 다 사라져 버렸을 것입니다. 그러므로 『삼국유사』는 나려 시대羅麗時代 서사문학의 보고寶庫라 할 것입니다.

『삼국유사』는 역사의 외관을 취하고 있기도 해 역사로 간주하기도 합니다만, 본질상 '문학'으로 봐야 할 것입니다. 문학으로서의 『삼국유사』는 인간의 삶과 세계의 이면에 자리하고 있는 신비주의적 요소를 끊임없이 환기하고 있습니다. 즉 신비주의적 세계관으로 인간과 세계를 해석하고 있습니다. 만일 합리주의만으로 재단한다면 인간의 삶과 이 세계는 인과율因果律과 논리로 전부 다 설명될 수 있겠죠. 하지만 그럴 경우 인간의 삶과 이 세계는 얼마나 얇고 황량하겠습니까? 『삼국유사』는 이런 물음에 답하고 있기도 하다고 생각됩니다.

그럼, 오늘 강의는 이것으로 마치겠습니다.

질문과 답변

* 『삼국유사』의 이야기들은 대개 신이함을 보여 주는 것 같습니다.
이런 이야기들은 장르적으로 어떻게 규정할 수 있는지요? 혹 전
기소설傳奇小說의 기이성과도 연결될 수 있는지요?

『삼국유사』의 이야기들은 대부분 지괴志怪에 해당하지만 전기소설
에 해당하는 것도 몇 편 포함되어 있습니다. 「김현감호」, 「조신전」,
「백월산양성성도기」 같은 이야기는 전기소설에 해당합니다. 그렇다
고 일연에게 지괴와 전기소설을 구별하는 장르적 인식이 있었다고
는 생각되지 않습니다.

* 일연이 『삼국유사』에서 보여 준 하층민이나 여성에 대한 존중 의
식이 후대의 문학에 어떤 식으로 계승되나요?

일연이 보여 준 하층민이나 여성에 대한 존중 의식이 후대의 문학에
직접적으로 어떤 영향을 미쳤다고 말하기는 어렵습니다. 다만 이런
측면이 후대의 문학에서 계속 어떻게 문제가 되는가는 앞으로 예의
주시할 필요가 있겠죠. 문학사적으로 본다면 일연의 『삼국유사』는
이런 문제의식을 담보하고 있는 첫 저작으로 자리매김할 수 있겠고,
그 점에서 우리 문학사의 뚜렷한 시원始原이 되고 있다고 말할 수 있
겠죠.

＊＊ 일연의 저술 중에 『삼국유사』 외에도 『중편조동오위』라는 책이
전하는데, 이 불교 저술이 혹 『삼국유사』의 편찬과 어떤 관련은
없는지요?

1974년 연세대학교 사학과에 재직한 민영규 선생 — 이분은 위당爲
堂 정인보鄭寅普 선생의 제자입니다 — 이 일본 교토대학에 소장되어
있던 『중편조동오위』라는 책을 학계에 소개했습니다. 그리하여 그
동안 이름만 전하던 이 책을 볼 수 있게 됐는데요. 교토대학에 소장
되어 있는 『중편조동오위』는 일본에서 1680년에 간행된 책입니다.
강의 중에 언급되었지만, 이 책은 원래 1256년 남해의 길상암에서
목판본으로 간행되었습니다. 우리나라에서는 그 뒤에 간행된 적이
없으며, 다만 일본에서 424년 뒤에 간행되었습니다.

중국 불교의 분파 중에 조동종曹洞宗이라는 게 있습니다. 조동
종은 당나라의 동산 양개洞山良价라는 승려와 그 제자인 조산 본적
曹山本寂이라는 승려가 창시한 종파인데요, '조산'에서 '조'를 취하고
'동산'에서 '동'을 취해 '조동종'이라 이름한 것입니다. 양개는 '편정
오위설'偏正五位說이라는 걸 제기했고, 본적은 '군신오위설'君臣五位說
이라는 걸 제기했습니다. 편정오위설에서는 '편'과 '정'이라는 두 개
념에 의거해 선禪 수행의 단계를 다섯으로 나눠 놓고 있습니다. '군
신오위설'에서는 '편'과 '정'이 '신'과 '군'으로 바뀌었지만, 제시된 근
본 이치는 같습니다.

일연의 『중편조동오위』는 중국 송대宋代에 간행된 조동종의 오
위설五位說 관련 문헌들을 집대성한 책으로, 일연 자신의 견해가 첨
부되어 있습니다. '중편조동오위'라는 책 이름 중의 '중편'은 '다시 편
집했다'라는 뜻입니다.

조동종의 '군신오위설'은 유교의 이치와는 무관하며 단지 군신君臣의 관계에 비겨 선 수행의 단계를 설명하고 있을 뿐입니다. 그렇기는 하지만 불교의 깨달음에 '군신', 즉 '임금과 신하'라는 용어를 구사하고 있음은 유교적 상상력의 소산이라고 할 만합니다. 그런데 일연의 『중편조동오위』에서는 조동선曹洞禪의 극치가 군신오위 중 제5위인 겸대위兼帶位라고 봤습니다. '겸대위'는 군신도합君臣道合의 경지, 즉 군신의 묘합妙合을 가리킵니다. 물론 여기서 말한 '군신도합'은 선적禪的 깨달음의 상태를 비유한 말이지만, 그럼에도 그것은 그 본래의 영역을 넘어 현실 세계의 어떤 이상理想에 대한 유비類比로 확장될 소지가 없지 않습니다. 더구나 일연은 호국불교의 이념을 지니고 있어, 불교가 국가와 민족에 도움이 되어야 한다는 생각을 강하게 품고 있었습니다. 바로 이 점에서 『중편조동오위』는 『삼국유사』와 일정하게 연결되는 지점이 있다고 보입니다. 일연은 삼국시대의 서사敍事가 보여 주는 상하上下의 어우러짐을 부각시킴으로써 자국의 주체성을 긍정하고자 했는데, 그 이론적 근거를 『중편조동오위』에서 발견했을 수 있습니다.

＊＊　일연의 생애를 봤을 때, 그는 승려지만 어머니에 대한 사랑이 지극했던 인물이라 생각됩니다. 혹시 일연의 이런 면모가 『삼국유사』에 반영된 게 있는지요?

일연은 출가한 승려지만 지극한 효자였습니다. 효자일 수밖에 없는 게, 일연은 일찍 아버지를 여의고 편모슬하에서 자랐습니다. 그 어머니는 일연을 교육시키기 위해 아홉 살 때 광주로 데리고 가, 무등산 아래의 절에서 공부하게 했죠. 요즘 부모들의 교육열이 지극합니다만 이때도 참 지극했구나 하는 생각을 하게 됩니다. 일연의 생애를 들여다보면 일연은 어머니와 깊은 존재관련을 보여 줍니다.

일연은 78세에 국사로 책봉됩니다만, 경주에 더 머물지 않고 연로한 어머니를 모시기 위해 고향으로 내려갑니다. 어머니는 그다음 해 96세를 일기로 사망합니다. 『삼국유사』는 어머니가 돌아가신 후 완성되었습니다.

『삼국유사』의 마지막 편인 제9편 '효선' 편에는 흥미롭게도 효도와 관련된 이야기들이 실려 있습니다. 「손순매아」孫順埋兒라든지 「빈녀양모」貧女養母 같은 이야기가 여기 나옵니다. '손순매아'는 '손순이 자식을 땅에 묻다'라는 뜻이고, '빈녀양모'는 '가난한 딸이 어머니를 봉양하다'라는 뜻입니다. 모두 지극한 효자들입니다.

그런데 '효선' 편의 제일 첫머리에 나오는 이야기는 진정법사眞定法師 이야기인데요, 일연은 『삼국유사』에 이 이야기를 실으면서 자기 어머니에 대해서 그리고 자신에 대해서 많이 생각하지 않았을까 합니다.

대체로 이런 이야기입니다: 진정법사는 신라 사람인데, 승려가 되기 전에 군졸이었습니다. 집이 가난하여 장가도 못 들고 품팔이 일을 해 홀로 된 어머니를 섬겼습니다. 집에는 다리 부러진 솥 하나밖에 없었어요. 하지만 어머니를 지성으로 봉양했습니다. 하루는 지나가는 말로 어머니에게, "제가 어머니를 모시다가 나중에 효도를 다하고 나면 의상법사한테 가서 머리 깎고 중이 되겠습니다"라고 했습니다. 어머니는 이 말을 듣자마자 "부처의 법은 만나기 어렵고 인생은 너무 빨리 지나간다. 효도를 다하고 간다면 너무 늦지 않겠니? 어찌 내가 죽기 전에 네가 가서 도를 들었다는 말을 듣는 것만 하겠느냐. 어서 가거라"라고 말합니다. 진정법사가, "어머니에게는 저밖에 없는데 제가 어떻게 어머니를 버리고 승려의 길을 가겠습니까"라고 하니 어머니가 이렇게 말합니다. "내가 너의 출가에 방해가 된다면 너는 나를 지옥으로 빠뜨리는 거다. 네가 남아서 진수성찬으로 봉양한다 한들 어찌 효도가 되겠느냐. 나는 남의 문전에서 빌어먹어도 살 수 있으니 네가 나한테 효도를 하려거든 그런 말 하지 마라." 진정법사가 깊은 고민을 하고 있을 때 어머니는 남은 쌀자루를 다 털어 일곱 되의 밥을 짓습니다. 그리고 이렇게 말합니다. "네가 길 가는 도중에 밥을 먹으면 더디 갈 테니, 지금 내 눈앞에서 한 되는 먹고 여섯 되는 싸 들고 가거라." 집에는 양식이 하나도 남아 있지 않았습니다. 진정법사가 울면서 세 번 못 가겠다고 하자, 어머니는 그때마다 가길 권합니다. 그래서 더 이상 거역할 수 없어 길을 떠나 태백산의 의상법사에게 가 머리 깎고 도를 닦습니다. 3년 후 어머니의 부고가 전달됩니다. 『삼국유사』에는 부고가 왔다고 한 후 이렇게 서술해놓았습니다. "진정은 가부좌하고 입정入靜에 들어가 이레 만에 일어났다."

'입정'이란 선정禪定에 드는 것을 말합니다. 선정에 든 지 7일 만에 자리에서 일어났다는 거죠. 진정법사는 왜 7일 동안을 선정에 들었으며, 그 기나긴 시간 동안 무슨 생각을 했을까요?

일연은 평생 승려로서의 삶을 살았습니다. 만년에는 국사가 되어 고려 불교를 이끌었습니다. 그러나 평생 승려의 길을 가면서 홀로 계시는 어머니에 대한 마음의 빚이 얼마나 컸겠습니까? 진정법사의 이야기에는 이런 일연의 마음이 투사되어 있다고 여겨집니다.

경흥우성憬興遇聖(경흥이 성인을 만나다)

하루는 경흥이 장차 왕궁에 들어가려 해 시종하는 이들이 먼저 동문
東門 밖에서 채비를 했는데, 말과 안장이 몹시 화려하고 신과 모자를
벌여 놓아 길 가는 자들이 이 때문에 피해 갔다. 한 거사居士(승려로 되
어 있는 곳도 있다―원주)가 행색이 초라한데 손에는 지팡이를 짚고 등
에는 광주리를 지고서 하마대下馬臺(말에서 내릴 때 디디는 돌) 위에서 쉬
고 있었다. 광주리 속을 보니 말린 물고기가 들어 있었다. 시종들이
꾸짖었다.

"네가 승복僧服을 입고서 어찌 계율에 저촉되는 물건을 지고 다
니느냐!"

거사가 말했다.

"두 사타구니 사이에 산 고기를 끼고 다니는 것과 비교하면 등
에 저자의 말린 물고기를 지고 다니는 게 무슨 흠이 되겠소?"

말을 마치자 일어나 가 버렸다.

경흥이 문을 나서다가 그 말을 듣고 사람을 시켜 따라가 보게
했더니 거사는 남산南山 문수사文殊寺의 문밖에 이르러 광주리를 버
리고 사라져 버렸다. 지팡이는 문수보살상文殊菩薩像 앞에 세워져 있
고, 광주리의 말린 고기는 소나무 껍질이었다. 심부름꾼이 돌아와
경흥에게 그대로 아뢰니, 경흥이 듣고 탄식하였다.

"대성인大聖人(문수보살)이 오셔서 내가 말을 타고 다니는 걸 경
계하신 게로구나."

경흥은 이후 죽을 때까지 다시는 말을 타지 않았다.

— 일연, 『삼국유사』

제10강

우리말 사랑의 노래들

고려 시대의 우리말 노래에 향가와 경기체가가 있다는 사실은 이전 강의(제6강, 제7강)에서 말한 바 있습니다. 고려 시대의 우리말 노래로는 이외에도 고려속요, 시조, 가사歌辭가 있습니다. 시조와 가사는 고려 말에 성립되었습니다. 이에 대해서는 별도의 강의에서 살피기로 하고, 오늘 강의에서는 고려속요에 대해서만 공부하기로 하겠습니다.

고려속요는 대부분 사랑을 노래하고 있습니다. 예나 지금이나 '사랑'을 빼면 노래가 안 됩니다. 여기서 '사랑'이라 함은 남녀 간 사랑의 감정만이 아니라 님에 대한 그리움이라든가, 떠나간 님에 대한 슬픔의 감정까지도 포함됩니다. 고려속요의 사랑에는 남녀 간의 사랑이 있는가 하면, 임금에 대한 사랑도 있고, 부모에 대한 사랑도 있습니다.

원래 '사랑'이란 다양한 방식으로 존재하며, 그 표현 방식 역시 다양한 법입니다. 고려속요 역시 사랑을 노래하는 방식이 단일하지 않으며 다양함을 보여 줍니다. 사랑의 방식이나 사랑의 표현법은 시대마다 차이가 납니다. 고려 시대 사랑의 노래는 조선 전기나 조선 후기 사랑의 노래와 상당히 다릅니다. 이는 시대에 따라 풍속, 제도, 가치관, 이념 등이 달라서일 것입니다.

　고려속요는 대부분 사랑의 노래지만 「청산별곡」처럼 사랑의 노래가 아닌 것도 있습니다. 「청산별곡」은 사랑의 노래는 아니지만 고려속요를 대표하는 작품의 하나이므로 이 강의의 끝에 언급하기로 하겠습니다.

고려속요/속악가사라는 용어

'속요'俗謠라는 말에서 '속'俗은 '속되다'라는 뜻입니다. 그러므로 '속요'는 '속된 노래'로 풀이할 수 있겠죠. '속'과 반대되는 말은 '아'雅입니다. '아'는 고상하다는 뜻입니다.

　그런데 예전에 '아'와 '속'은 대개 지배층의 관점에 따라 나뉘었습니다. '고려속요'라는 말은 20세기에 들어와서 만들어진 말이니 사정이 다르다 하겠습니다만, 그럼에도 '속'이라는 말에 '아/속'의 의미론적 대립이 내포되어 있지 않다고 단언하기는 어렵지 않은가 합니다. 이런 점을 고려한다면 '고려속요'의 '속'을 '시속'時俗으로 보는 게 좋을 듯합니다. 그러면 '속요'는 '시속의 노래'라는 뜻이 되어, '아/속'의 프레임은 좀 약화되고 시대와 풍속이 좀 더 부각되는 효과가 있지 않나 합니다.

　요컨대 '고려속요'라는 용어의 '속'을 혹 '속되다', '비속하다'는 뜻으로만 이해하는 것은 부적절합니다. 여기서 말한 '속'에는 '우리말'과 '민간'民間이라는 뉘앙스가 내포되어 있습니다. 다시 말해 '언어'에 대한 의식과 '공간'에 대한 의식, 이 이중의 의식이 내포되어 있습니다. 이 점에서 '속'은 '향'鄕이라는 개념과 일정하게 통한다

하겠습니다.

고려속요는 '속악가사'俗樂歌詞라고도 합니다. '속악가사'는 '속악의 가사'라는 뜻입니다. 고려 시대 궁중 음악에는 세 가지가 있었습니다. 하나는 '아악'雅樂이고, 또 하나는 '당악'唐樂이며, 또 다른 하나는 '속악'俗樂입니다. '아악'은 송宋나라에서 들여온 '대성악'大晟樂을 가리킵니다. '당악'은 신라 시대부터 당나라에서 받아들인 음악을 가리키는데, 대개 중국 궁정의 속악에 해당합니다. 아악이나 당악에서 불린 노래의 가사는 모두 한문으로 되어 있으며, 우리말이 아닙니다. 이와 달리 속악에서 불린 노래의 가사는 우리말입니다. 우리말이 아닌 한자로 된 것도 조금 있습니다만 거의 대부분이 우리말입니다. 고려속요는 바로 이 궁중 속악으로 쓰인 가요입니다. 그래서 고려속요를 속악가사라고도 하는 것입니다. 하지만 속악가사가 곧 고려속요는 아닙니다. 속악가사에는 고려속요 외에 경기체가, 불가佛歌, 무가巫歌 등도 있으니까요.

고려속요가 속악가사라는 데서 고려속요가 궁중 음악과 밀접한 관련이 있다는 사실을 알 수 있습니다.

고려속요에 대한 개괄적 이해

고려속요는 대체로 민요가 궁중에 수용되어 변개되거나 재편再編된 것이라고 보는 게 통설입니다만 이는 재고가 필요합니다. 작품 면면을 보면 「사모곡」思母曲이나 「상저가」相杵歌처럼 민요에서 유래한 게 분명한 것도 있지만, 「정과정」鄭瓜亭처럼 개인이 창작한 노래도 있고, 유녀遊女와 같은 시정市井의 특정인이 창작한 것으로 보이는 노래도 여럿 있습니다.

고려속요는 하나의 연聯으로 이루어진 것도 있고 여러 개의 연으로 이루어진 것도 있습니다. 하나의 연으로 이루어진 노래는 「정과정」, 「이상곡」履霜曲, 「사모곡」, 「처용가」處容歌, 「상저가」, 「유구곡」維鳩曲, 「정읍사」井邑詞를 꼽을 수 있습니다. 여러 개의 연으로 이루어진 노래는 「가시리」, 「서경별곡」西京別曲, 「정석가」鄭石歌, 「쌍화점」雙花店, 「만전춘별사」滿殿春別詞, 「동동」動動, 「청산별곡」靑山別曲을 꼽을 수 있습니다. 고려속요가 민요 혹은 민간의 노래가 궁중에 수용되어 변개되고 편집된 것이라고 보는 견해는 특히 여러 연으로 이루어진 작품을 논의 대상으로 삼고 있습니다. 그러니 이런 작품들을 유의해 볼 필요가 있습니다.

이런 작품들은 여러 노래의 가사를 모아 놓은 느낌이 듭니다. 하나의 노래가 아니라 두 개 이상의 노래를 섞어서 편집해 놓은 것 같다는 거죠. 이를테면 한 작품의 어떤 연이 고려속요 가운데 이 노래에도 보이고 저 노래에도 보이는 경우가 있습니다. 다음은 「정과정」에 나오는 말입니다.

넋이라도 님은 한데 녀져라 아으
벼기더시니 뉘러시니잇가

「만전춘별사」 제3연에도 비슷한 말이 있습니다.

넋이라도 님을 한데 녀닛景 여겼더니
넋이라도 님을 한데 녀닛景 여겼더니
벼기더시니 뉘러시니잇가 뉘러시니잇가

「정과정」에서 인용한 어구는 '넋이라도 님과 함께할까 여겼는데, 아아! 말을 어긴 사람이 누구십니까'라는 뜻입니다. 「만전춘별사」 제3연은, 조금 변형이 되어 있습니다만 「정과정」에서 온 말임을 알 수 있습니다. 「정과정」은 의종 때 정서鄭敍라는 문인이 귀양지에서 지은 노래입니다.

또 다른 예를 들어 보겠습니다. 「서경별곡」 제2연은 '구슬이 바위에 떨어진들 끈이야 끊어지겠습니까. 천년을 홀로 산들 님에 대한 신의가 그치겠습니까'라는 내용입니다. 조금 변형이 가해져 있습니다만 「정석가」의 제6연에 동일한 내용이 보입니다.

이처럼 이 노래 저 노래의 어떤 부분을 가져와 편집한 결과 한 작품 속에 이질성이 존재합니다. 가령 「서경별곡」은 세 개의 노랫말이 합성돼 있다고 볼 수 있습니다. 이 작품은 세 개의 연으로 구성되어 있는데, 그 각 연이 각각의 노래라는 거죠. 그래서 이 세 연을 유기적 통일성이 있는 것처럼 해석하면 무리가 따릅니다. 「서경별곡」의 제1연과 제3연은 전혀 다른 지향, 전혀 다른 목소리를 보여 줍니다. 제1연은 '사랑하는 님을 내가 어떻게든 좇겠다'라면서 아주 다소곳한 목소리를 들려줍니다. 그와 달리 제3연은 아주 거친 목소리로 떠나간 님을 비난하고 원망합니다. 물론 한 인간이 상황에 따라서 두 목소리, 두 지향을 보여 줄 수도 있지만, 이 두 연의 화자話者는 동일인으로 보이지 않습니다.

다른 예를 하나 더 들어 보겠습니다. 다음은 「만전춘별사」의 제1연과 제2연입니다.

얼음 위에 댓닢자리 보아 님과 나와 얼어죽을망정
얼음 위에 댓닢자리 보아 님과 나와 얼어죽을망정

정情 둔 오늘 밤 더디 새오시라 더디 새오시라

경경耿耿 고침상孤枕上에 어느 잠이 오리오
서창西窓을 열어하니 도화桃花가 발發하도다
도화桃花는 시름없어 소춘풍笑春風하도다 소춘풍笑春風하도다

제1연은, 얼음 위에 댓잎 자리를 깔고 님과 함께 누워 설사 얼어 죽을망정 오늘 밤이 제발 늦게 새길 바란다는 마음을 노래하고 있습니다. 제2연은, 외로이 베개를 베고 누웠으나 수심에 잠이 오지 않아 서창을 여니 활짝 핀 복사꽃은 아무 시름없이 봄바람에 웃는다는 뜻입니다.

제1연은 '정'이라는 단어 하나 빼고는 다 순수한 우리말인데, 제2연은 그렇지 않습니다. 제1연을 지은 사람과 다른 사람이 지은 것처럼 한자어가 많고, 언어적 지향이 다릅니다. 특히 '경경'耿耿, '고침'孤枕, '소춘풍'笑春風 같은 말은 하층민이 알기 어려운 말입니다. '서창'西窓이니 '도화'桃花니 '발發하도다'도 민중어라고 하기는 어렵습니다. 이런 점을 고려하면 일반 민중이 제2연을 지었다고 보기는 어렵습니다. 다시 말해 민요에서 왔다고 보는 데는 난점이 있습니다. 한시 중에 '규원시'閨怨詩라는 게 있습니다. '규원'이란 '규방'閨房의 원망'이라는 뜻인데요, 규원시는 님과 이별한 채 독수공방하는 여성 화자가 외로움이나 원망을 노래한 시입니다. 이런 시는 권력에서 소외되거나 불우한 남성 문인이 많이 지었습니다만 조선시대에는 여성 작가들도 곧잘 지었습니다. 「만전춘별사」의 제2연은 규원시를 떠올리게 하며, 상당한 지식이 있는 사람이 아니면 짓기 어려운 노랫말로 보입니다.

「서경별곡」, 「만전춘별사」, 「가시리」, 「정석가」, 「동동」, 「청산별곡」의 노랫말이 모두 민요에서 왔다고 보는 견해가 제기되어 있습니다만, 과연 그리 볼 수 있을지 의문입니다. 다음은 「정석가」의 제3연과 제5연입니다.

옥으로 연꽃을 사교이다
옥으로 연꽃을 사교이다
바위 위에 접주接柱하요이다
그 꽃이 삼동三同이 피거시아
그 꽃이 삼동三同이 피거시아
유덕有德하신 님을 여의아와지이다

무쇠로 한 소를 지어다가
무쇠로 한 소를 지어다가
철수산鐵樹山에 놓으이다
그 소가 철초鐵草를 먹어야
그 소가 철초鐵草를 먹어야
유덕有德하신 님을 여의아와지이다

「정석가」 제3연은, '옥으로 연꽃을 새겨 바위에다 접을 붙여 꽃이 세 아름이나 피어야 유덕하신 님을 여읠 것'이라는 뜻입니다. 이는 결코 일어날 수 없는 일입니다. 그런데 이런 일이 일어나야 비로소 님과 이별할 것이라고 했으니, 이는 절대 님과 이별하지 않겠다는 뜻을 비유적으로 말한 것이라 하겠습니다. 제5연은, '쇠로 소를 만들어 쇠로 된 나무가 있는 산에 두어서 그 소가 쇠로 된 풀을 먹어야 유덕하신 님을 여읠 것'이라는 뜻입니다. 비록 비유는 다르지만 말하고자 한 바는 제3연과 똑같습니다. 결코 님과 헤어지지 않겠다는 뜻을 노래한 거죠.

제3연에서, 옥으로 연꽃을 새긴다는 발상은 상층에 속한 사람의 감수성을 보여 준다고 할 것입니다. 제5연도 마찬가지입니다. '철수산'鐵樹山이나 '철초'鐵草는 어려운 말이며, 민중이 쓰는 말이 아닙니다. '민요'는 민중 속에서 생겨나 민중에 전승된 노래라 민중 언어와 민중적 감수성을 담고 있기 마련입니다. 이런 점을 감안한다면 「정석가」의 제3연과 제5연이 민요에서 유래한다고 보기는 어렵습니다. 그러면 어디에서 왔을까요? 구사된 어휘나 감수성을 볼 때 특정한 개인이 창작해 민간에서 불리던 노래가 아닐까 합니다. 민간에서 불린 노래라고 해서 무조건 민요는 아닙니다. 민요는 특정한 개인이 창작한 노래일 수 없고 집단 속에서 자연 발생적으로 생겨난 노래니까요. 만일 특정한 개인이 창작한 노래라고 한다면 그 창작자를 알 수 없는 채로 민간에서 전승되고 있다 할지라도 민요라고 불러서는 안 되겠지요.

여러 연으로 구성된 고려속요의 내용적 불통일성 내지 내적 모순은 왜 야기된 걸까요? 두 가지 이유를 생각해 볼 수 있습니다. 첫째, 여러 노래를 채록해 편집했기 때문입니다. 다시 말해 이 노래 저 노래를 모아다가 한 작품으로 편집했기에 내용적 불통일성 내지 내적 모순이 야기되었다는 거죠. 이 점은 앞서 「서경별곡」에서 살핀 바 있습니다. 둘째, 원노래의 의미와 편집된 작품에 부회附會된 의미 사이의 괴리 때문입니다. '부회'란 억지로 갖다 붙인다는 뜻인데요, 원노래를 편집해 작품을 만들면서 원노래의 의미와 다른 의미를 억지로 갖다 붙여 괴리가 생겼다는 거죠. 예컨대 「가시리」를 봅시다.

> 가시리 가시리잇고 나난
> 버리고 가시리잇고 나난
> 위 증즐가 태평성대太平聖代

> 날러는 어찌 살라 하고
> 버리고 가시리잇고 나난
> 위 증즐가 태평성대太平聖代

> 잡사와 두어리마 나난
> 선하면 아니올세라
> 위 증즐가 태평성대太平聖代

> 설운 님 보내옵나니 나난
> 가시난닷 도셔오소서 나난
> 위 증즐가 태평성대太平聖代

「가시리」는 모두 4연으로 구성되어 있습니다. '나난'은 리듬을 맞추기 위해 첨가한 별 의미가 없는 투식어입니다. '위 증즐가 태평성대'는 후렴구에 해당합니다. 민간에서 불리던 노래에는 투식어와 후렴구가 없었는데, 궁중 속악으로 편입되는 과정에서 그것이 덧붙여졌다고 할 것입니다.

투식어와 후렴구를 떼어 버리고 「가시리」를 읽을 경우 이 노래는 님과 이별한 여인의 서러운 마음을 표현한 것임을 알 수 있습니다. 이것이 민간에서 불릴 때의 원래 의미였겠죠. 그런데 속악가사로 만들어질 때 태평성대를 찬미하는 후렴구가 첨가되면서 원래의 노래가 갖는 의미와 잘 맞지 않는 의미 지향이 덧씌워졌습니다. 그래서 읽기에 따라서는 '충신연주지사'忠臣戀主之詞로도 읽을 수 있는 부회가 일어났습니다.

「만전춘별사」도 마찬가지입니다. 「만전춘별사」는 원래 남녀 사랑의 노래입니다. 이른바 '남녀상열지사'男女相悅之詞이지요. 그런데 속악가사로 만들어지면서 충신연주지사의 의미 지향이 부회됩니다. 이 작품 맨 끝에 "아소 님하 원대평생遠代平生에 여읠 줄 모르옵세"라는 말이 얼렁뚱땅 덧붙여져 있는 데서 그 점이 확인됩니다.

「정과정」, 「서경별곡」, 「정석가」, 「쌍화점」

고려속요 가운데 사랑의 노래로 특히 주목되는 작품은 「정과정」, 「서경별곡」, 「정석가」, 「쌍화점」, 「가시리」, 「만전춘별사」, 「동동」 일곱입니다. 「정과정」, 「서경별곡」, 「정석가」, 「쌍화점」 네 작품을 먼저 살펴보고 「가시리」, 「만전춘별사」, 「동동」을 나중에 살피기로 합니다.

「정과정」은 앞에서 말했듯 정서라는 문인이 작자입니다. 정서는 인종仁宗과 동서 간으로, 내시낭중內侍郎中이라는 벼슬을 지냈습니다. 인종의 총애를 받다가, 인종이 죽고 의종毅宗이 즉위하자 참소讒訴를 입어 동래東萊로 귀양 갑니다. 동래는 지금의 부산시 동래구에 해당합니다. 여기서 5년 10개월 유배 살다가 다시 거제로 이배移配되어 13년 8개월을 더 유배 삽니다. 20년 가까이 유배 생활을 한 거죠. 무신란武臣亂이 일어나 의종이 폐위되고 명종明宗이 즉위하는데, 정서는 명종이 즉위하던 해 유배에서 풀려납니다.

이 노래는 유배지에서 지어졌습니다. 한국문학사에서 유배 문학의 효시가 되는 작품입니다.

이 작품은 "내 님을 그리자와 우니다니/산山 접동새 난 이슷하요이다"로 시작합니다. '내 님을 그리워해 우니, 나는 산 접동새 비슷합니다'라는 뜻인데요, '서든 스타트'sudden start가 주목됩니다. 나중에 공부하겠지만, 악부시樂府詩에 종종 이런 수법이 구사됩니다. 뜸을 들이지 않고 단도직입적으로 말하는 방식이죠. 그래서 듣는 사람은 느닷없다는 느낌과 함께 강한 인상을 받습니다. 작자는 이런 효과를 의도해 이렇게 썼을 것입니다. 이처럼 「정과정」의 첫 2행은 대단히 묘미 있는 표현이라 하겠습니다.

그런데 '난 산 접동새 이슷하요이다'라고 하지 않고 '산 접동새 난 이슷하요이다'라고 한 점도 주목을 요합니다. 이를 통해 이 노래의 작자가 우리말 통사 구조統辭構造에 대한 예민한 고려를 하고 있음을 알 수 있습니다. 산문적 언어 질서와는 다른 시적 언어 질서에 대한 빼어난 감각을 보여 주는데, 통사 구조를 이용한 일종의 '낯설게 하기'로 볼 수 있을 것입니다. 일상적인 어법과 달리 보조관념인 '산 접동새'를 원관념인 '나' 앞에 위치시킴으로써 산 접동새라는 사물을 한층 부각시켰으며 이를 통해 '늘 울고 있는 나'를 뚜렷이 육화해 내고 있습니다. 작자의 우리말에 대한 높은 감수성을 여기서 볼 수 있습니다.

이 작품의 서정 자아는 님에게 버림을 받았지만 그럼에도 하염없이 님을 그리워하고 있습니다. 이 점에서 애절한 사랑 노래의 외관을 취하고 있습니다. 하지만 역사적·전기적傳記的 맥락에서 본다면 여기서의 '님'은 임금이고, '나'는 유배 와 있는 작자 자신을 가리킵니다. 그러므로 군신의 관계가 남녀의 관계로 치환되어 있다고 말할 수 있습니다.

일찍이 통일신라 시대인 8세기 때의 인물 신충信忠도 효성왕孝成王을 생각하며 「원가」怨歌라는 향가를 지은 바 있습니다. 하지만 「원가」의 화자는 여성이 아닙니다. 따라서 군신 관계가 남녀 관계로 치환되어 있지 않습니다. 군신 관계가 남녀 관계로 치환되어 있는, 작자가 확인되는 최초의 노래는 「정과정」이라 할 것입니다.

이 점에서 「정과정」은 우리 문학사에서 '충신연주지사'의 시원이 되며, 조선 시대 정철鄭澈이 지은 「사미인곡」思美人曲, 「속사미인곡」續思美人曲 등의 가사歌辭와 연결됩니다.

「서경별곡」은, 앞에서 말한 대로 세 개의 연이 유기적이거나 통일적이지 않고 제각각입니다. 제1연의 서정 자아는 서경西京에 거주하는 여인입니다. 그녀는 이렇게 말합니다: '님이 나를 사랑해 준다면 내 삶을, 내 생활을 버리고서라도 님을 따르겠노라.' 이 연은 서경이라는 도회에서 불린 노래에서 유래하지 않나 합니다.

제2연에서는 앞서 본 대로 '구슬이 바위에 떨어진들 끈이야 끊어지겠습니까. 천년을 홀로 산들 님을 향한 신의야 그치겠습니까' 이렇게 노래하고 있는데요. 여기서 말한 구슬은 끈으로 꿴 구슬입니다. 하나의 구슬이 아니고 여러 개의 구슬을 끈에 꿴 거죠. 그러니까 여러 개의 구슬로 만든 목걸이 같은 것을 상상하면 좋을 듯합니다. 그런 구슬 목걸이가 바위에 떨어진다 한들 끈이야 끊어지겠느냐는 말입니다. 끈으로 꿴 구슬의 이미지가 제시되고 있음이 주목됩니다. 이런 이미지는 민중적 감수성과는 거리가 멀어 보입니다. 이어서 '천년을 외로이 살아가는' 여성의 이미지가 제시되고 있는데요. 이런 발상 역시 민중 세계의 것이라고는 하기 어렵지 않은가 합니다. 그렇다면 「서경별곡」의 제2연은 민요가 아니라 어떤 특정한 개인에 의해 창작된 가요일 가능성이 커 보입니다. 민간에 전하던 이 가요는 「서경별곡」의 제2연과 「정석가」의 제6연으로 각각 편입된 것으로 보입니다.

제3연의 여성 화자는 제1연과 제2연의 여성 화자와 전연 다른 태도를 보여 줍니다. 제3연의 여음을 떼어 버리고 노랫말만 보이면 다음과 같습니다.

> 대동강 너븐디 몰라서
> _{넓은 줄}
> 배 내어 노한다 사공아
> _{놓았느냐}
> 네 각시 럼난디 몰라서
> _{음란한 줄}
> 널 배에 연즌다 사공아
> _{가는}　　　_{태웠느냐}
> 대동강 건넌편 고즐여
> _{꽃을}
> 배 타들면 것고리이다
> _{타고 가면　꺾으리이다}

제1연의 여성 화자는 자기를 버리고 님을 따르겠다는 순종적인 모습을 보여 주고, 제2연의 여성 화자는 무슨 일이 있어도 님에 대한 절개를 지키겠다는 결연한 모습을 보여 주며 교양도 있어 보이는 데 반해, 제3연의 여성 화자는 바람기 많은 남자에 대한 불신의 태도를 보여 줍니다. 제3연의 여성 화자는 다소곳하지도 않고 교양이 있어 보이지도 않지만, 솔직하고 활달합니다.

「서경별곡」의 제1연은 서경이 공간적 배경이 되고 있으며, 제3연은 대동강이 공간적 배경이 되고 있습니다. 두 배경 모두 도회적 공간을 표상하고 있다고 여겨집니다. 우리는 이 두 연에서 사랑에 대한 고려 여성의 상이한 두 태도를 읽을 수 있습니다.

「정석가」의 제3연과 제5연에는, 앞에서 말했습니다만, '옥으로 연꽃을 새긴다'라는 말과 '철수산鐵樹山과 '철초鐵草라는 말이 나옵니다. 제4연에는 '쇠로 철릭을 마름질한다'는 말이 나옵니다. '철릭'은 무관武官의 공복公服이죠. 이런 말들은 민중의 입에서 나왔다고 생각하기 어렵습니다. 「정석가」 제3·4·5연의 화자는 그 감수성이라든가 사용하고 있는 어휘로 볼 때 교양이 있는 여성으로 판단됩니다. 이 여성은 어떤 상황에서도 님과 헤어지지 않겠다는 다짐을 노래하고 있습니다.

그런데 「정석가」의 제1연에는 "선왕성대先王聖代에 노니아와 지이다"라는 구절이 보입니다. '선왕성대에 노닐고 싶다'라는 뜻인데요, '선왕성대'는 선왕의 성스러운 시대를 의미합니다. 그리고 제2연, 제3연, 제4연, 제5연의 끝에 공통적으로 '유덕有德하신 님'이라는 말이 나옵니다. 이런 것들로 볼 때 「정석가」에는 충신연주지사로서의 의미 지향이 강하게 부회되어 있다고 말할 수 있습니다. 아까 말했지만 군신 관계는 종종 남녀 관계로 치환됩니다. 이는 동아시아의 보편적 사고방식이었습니다. 그래서 '신첩'臣妾이라는, 신하가 스스로를 여성에 빗댄 말도 생겨났습니다. 고려속요에 남녀의 사랑을 노래한 작품이 많은 것도 이 때문인지 모릅니다. 고려속요는 궁중 속악에 쓰인 가요이므로 충신연주지사로의 부회가 가능한 '남녀상열지사'가 선호되지 않겠습니까.

「쌍화점」은 『고려사』「악지」에 충렬왕忠烈王 때 지어진 노래로 밝혀져 있습니다. 『고려사』 열전 「오잠전」吳潛傳에는 더 자세한 사항이 보입니다. 잠깐 보기로 합니다.

오잠의 초명初名은 오기吳祁이고, 동복현同福縣 사람이다. 그 부친 오선吳璿은 관직이 찬성사贊成事에 이르렀다. 오잠은 충렬왕 때 과거에 급제한 후에 여러 관직을 거쳐 승지에 임명되었다. 왕이 소인배들과 어울려 음주가무 하는 것을 좋아하니, 오잠은 김원상金元祥, 내료內僚 석천보石天補·석천경石天卿 등과 함께 왕의 총애하는 신하가 되어 음악과 여색으로 힘써 왕을 기쁘게 하려고 하였다. 이들은 관현방管絃坊과 대악서大樂署에 재인才人이 부족하다고 여겨 임금의 총애를 받는 신하를 나누어 파견하여 각 도의 기생 가운데 미모와 기예가 빼어난 자를 선발하였다. 또 개경의 무당과 관비 가운데 노래와 춤을 잘하는 자를 뽑아 궁중에 소속시키고, 이들에게 비단옷을 입히고 말총갓(馬尾笠)을 씌워 따로 한 무리를 만들어 남장별대男粧別隊라 칭하고 새로운 노래를 가르쳤는데, 그 가사에 이르기를, "삼장사三藏寺에 등불을 켜러 갔더니 사주社主가 내 손목을 잡더이다. 만약 이 말이 절 밖으로 새어 나간다면 상좌上座 네가 퍼뜨린 말이라고 하겠노라"고 하였고, 또 다른 가사에서는 이르기를, "뱀이 용의 꼬리를 물고 태산 봉우리를 넘어갔다고 들었네. 온 사람이 각각 한마디씩 하더라도 짐작하는 것은 두 사람의 마음에 달렸으리"라고 했으니, 노래의 고저와 장단이 모두 절조에 맞았다.

'내료'는 궁중에서 임금의 명을 전하는 근신近臣을 말하고, '관현방'과 '대악서'는 음악을 맡은 관서입니다. '재인'은 노래나 춤을 업으로 삼는 천인賤人을 말합니다.

이 인용문 중 '각 도의 기생 및 개성의 무당과 관비를 뽑아 남장을 시켜서 따로 한 무리를 만들어 새로운 노래를 가르쳤다'라는 말이 주목됩니다. 가르친 노래 가운데 하나가 '삼장사三藏寺에 등불 켜러 갔더니' 운운이라고 했는데, 이 노래는 「쌍화점」의 제2연입니다. 충렬왕이 이들 남장한 기녀들의 노래를 총애하는 신하들과 함께 들으며 즐겼다고 했습니다. 「쌍화점」의 제2연은 다음과 같습니다.

삼장사에 불 혀러 가고신댄
그 절 사주가 내 손목을 쥐여이다
이 말씀이 이 절 밖에 나명들명
다로러거디러
조그마한 새끼 상좌 네 말이라 하리라
더러둥셩 다리러디러 다리러디러 다로러거디러 다로러
그 자리에 나도 자러 가리라
위 위 다로러거디러 다로러
그 잔 데같이 덤거츠니 없다

'나명들명'은 들락날락한다는 뜻이고, '덤거츠다'는 원래 풀이나 나무가 덩굴이 뒤얽혀 거친 것을 뜻하는 말인데 여기서는 거칠고 지저분한 것을 이릅니다.

「쌍화점」에서 눈길을 끄는 것은, "삼장사에 불 혀러 가고신댄"부터 "조그마한 새끼 상좌 네 말이라 하리라"라는 구절까지의 화자話者와 "그 자리에 나도 자러 가리라"라는 구절의 화자가 동일하지 않다는 사실입니다. 앞의 화자는 자신의 불륜 행위에 대해 말하고 있습니다. 불륜 행위에 대한 죄의식은 발견되지 않으며, 남녀상열男女相悅의 면모가 두드러집니다. 뒤의 화자는 앞의 화자가 한 행위를 부러워하고 있습니다. 문제는 맨 마지막 구절 "그 잔 데같이 덤 거츠니 없다"의 화자가 누군가입니다. 두 가지 견해가 존재하는데 요. 맨 앞의 화자와 동일한 화자로 보는 연구자도 있고, 두 번째 화 자와 동일한 화자로 보는 연구자도 있습니다.

중요한 점은 이 발화發話가 맨 앞의 화자를 '도덕적'으로 판단 하고 있는 것으로 보이지는 않는다는 사실입니다. 만일 이 발화가 도덕적인 것이라면 그 발화자는 제1화자와는 다른 가치 세계에 속 해 있다 할 것입니다. 하지만 이 노래 텍스트를 둘러싼 컨텍스트, 즉 텍스트 바깥의 맥락을 고려할 때 그럴 가능성은 없어 보입니다. 오히려 이 화자 역시 제1화자와 같은 세계에 속해 있으며 그와 동 일한 감각의 소유자라고 보는 편이 온당할 것입니다. 그러므로 맨 마지막 구절은 비록 외관상 논평의 어조를 취하고 있기는 하지만 풍자나 비판이 아니라 앞 구절에서 표명된 '부러움'의 감정과 맞닿 아 있는 발화로 읽어야 하지 않겠는가, 즉 그런 태도가 뒤틀린 방식 으로 표현된 게 아닌가 생각합니다.

앞에서 인용한 「오잠전」에 보이는 '남장별대'라는 말을 여기서 다시 상기할 필요가 있습니다. "그 자리에 나도 자러 가리라"라는 구절과 "그 잔 데같이 덤거츠니 없다"라는 구절은 모두 남장별대의 제창齊唱으로 여겨집니다. 맨 마지막 구절은, 실제 현장을 보지도 않은 사람이 본 것처럼 말하는 이른바 전지적全知的 시점을 취하고 있거니와, 당사자가 아니라고 해서 할 수 없는 말은 아닙니다. 상상 을 통해 얼마든지 할 수 있는 발화입니다. 이렇게 본다면, 「쌍화점」 은 남장별대의 한 기생이 독창으로 선창을 하고 이어서 다른 여러 기생들이 제창으로 후창을 하는 방식으로 불렸을 것으로 추정할 수 있습니다. 제창으로 불린 두 구절은 원래 민간에 떠돌던 노래에는 없었는데 궁중에서 속악가사를 만드는 과정에 새로 보태진 것으로 여겨집니다.

「쌍화점」은 원나라 복속기 고려 사회의 풍속과 세태, 특히 도시의 풍속과 세태를 보여 주는 작품입니다. 지배층의 타락을 풍자한 작품으로 보는 견해도 없지 않습니다만, 그리 보기에는 무리가 있다 할 것입니다. 민간에서 불린 애초의 노래 역시 지배층의 타락을 풍자하거나 고발하고 있다기보다는 원나라 복속기 도시 시정의 세태를 반영하고 있는 것으로 보입니다. 자유분방하고 문란한 성 풍속을 보여 주고 있다 하겠죠. 민간 가요가 궁중 속악으로 편입되는 과정에서 이런 남녀상열의 면모가 더욱 강화되었다고 말할 수 있습니다.

흥미로운 점은 다른 고려속요들에는 남녀 관계를 군신 관계처럼 보이게 하려는 노력이 보이는데, 이 작품에는 그런 노력의 흔적이 보이지 않는다는 사실입니다. 좋게 말하면 솔직하다고 할 수 있을지 모르지만, 냉철하게 말하면 지배층의 민낯을 드러내고 있다고 하겠죠.

「가시리」

「가시리」에서 후렴구를 다 떼어 버리고 원래의 노랫말이라고 생각되는 것만 제시하면 다음과 같습니다.

가시리 가시리잇고
버리고 가시리잇고
날러는 어찌 살라 하고

346

버리고 가시리잇고

잡사와 두어리만

선하면 아니올세라

설운 님 보내옵나니

가시난닷 도셔오소서

　제1행에서 제4행까지를 제1연으로 보고 제5행 이하를 제2연으로 보아, 「가시리」는 원래 4행을 한 연으로 하는 2연의 민요였을 것이라고 보는 견해가 있습니다. 그런 민요가 궁중의 필요에 따라 4연의 속악가사로 개편되었을 거라는 거죠. 이른바 '민요 기원설'에 해당합니다.

　고려속요 중에는 민요에서 유래한 것이라고 여겨지는 작품도 물론 있지만 꼭 그렇게 단정하기 어려운 것도 여럿 있습니다. 그러니 민요 기원설을 비판적으로 볼 필요가 있습니다. 그런 주장을 무조건 따르지 말고 그렇게 보는 근거가 무엇이며, 제시된 근거가 과연 합당한가를 따져 보아야 합니다.

　당시 민간에서 불린 노래를 모두 민요라고 할 수는 없습니다. 농촌에서 불린 노래는 민요라고 해도 좋겠지만 개성이나 평양과 같은 도시에서는 민요와는 결이 좀 다른 시정의 노래가 더 많이 불렸으리라 여겨집니다. 가령 『고려사』 「악지」에 제목이 전하는 「예성강」禮成江 같은 것은 시정의 노래라고 할 수 있겠죠. 이 노래는 전후편前後篇으로 되어 있는데, 전편은 도박을 해 아내를 잃은 남편이 지었고 후편은 아내가 지었다고 했습니다. 시정의 노래 중에는 기녀가 지어 부른 노래가 상당수 있었으리라 봅니다. 기녀는 특수한 존재로서 노래에 능했으니까요. 시정의 노래는 소박한 민요보다 좀 더 세련되고 감수성이 풍부할 수 있습니다. 게다가 좀 더 복잡한 인간의 내면이 담겨 있을 수 있습니다. 시골과 도시의 존재 방식, 그리고 두 공간에 사는 사람들의 생활 정형情形의 차이 때문입니다.

민요는 민중 속에서 절로 만들어져 불린 노래이기에 개인적 서정이 아니라 집단적 정조가 두드러집니다. 그리고 비슷한 패턴의 연이 쭉 이어지는 양상이 자주 발견됩니다. 「가시리」가 민요에서 왔다고 보는 이들은 그래서 「가시리」의 원가原歌가 원래 2연으로 구성되어 있었을 거라고 보고 있죠. 하지만 「가시리」의 원가가 2연이었을 것이라는 주장의 근거는 없습니다. 그냥 그리 추정하는 거죠. 그러므로 이런 추정은 「가시리」가 민요에서 왔다는 추정의 연상선상에 있다 할 것입니다. 추정이 추정을 낳고 있는 거죠.

어떤 노래가 민요인가 아닌가를 판단하기 위해서는 텍스트를 세심하게 읽을 필요가 있습니다. 다른 방법은 없습니다. 지금 「가시리」의 언어 구사나 표현을 잘 들여다보면 집단 속에서 자연적으로 만들어져 불린 소박한 노래라기보다는 특정한 개인이 아주 정교하게 자신의 감정을 절제해 가며 노래한 것으로 보입니다.

이 노래가 원래 2연이었을 것이라는 견해도 동의하기 어렵습니다. 이 노래는 전체적으로 일관되게 하나의 정서가 유로流露되고 있거든요. 즉 1연, 2연으로 나뉘는 게 아니고, 연의 구분 없이 전체가 하나로서 예술적 긴장을 유지하고 있습니다. 그래서 위의 4행과 아래의 4행은 의미론적으로 아주 촘촘한 유기적 연관을 보여줍니다. 그러니 이 노래는 애초 두 개의 연이 아니라 단련單聯, 즉 하나의 연으로 지어졌다고 보는 것이 훨씬 자연스럽습니다. 하나의 연 속에, 절제된 언어와 섬세한 표현으로 서정 자아의 간단치 않은 내면과 곡진한 마음을 구현하고 있습니다. 이런 점을 고려한다면 이 노래는 민요라기보다는 특정한 개인이 지은 시정의 노래일 가능성이 더 높다고 판단됩니다.

「가시리」의 언어와 표현은 얼핏 보면 소박한 듯하나 실은 대단히 매끄럽고 다듬어져 있어 세련미를 보여 줍니다. 또한 그 정조는 애절하고 곡진하지만 '애이불상'哀而不傷, 즉 슬퍼하되 지나치지는 않은 면모를 보여 줍니다. 절제의 미덕이 아주 두드러진다고 할 수 있습니다. 「가시리」의 서정 자아는 자신의 마음을 확 드러내지 않고 은근히 드러냅니다. 묘미가 있으며, 깊은 여운이 남습니다. 「서경별곡」의 제3연에서는 떠난 님을 원망하고 비난하는 마음이 보이는데, 이 작품에는 그런 것이 보이지 않습니다. 이 때문에 오히려 버림받은 여인의 애절하고 서러운 마음이 더 잘 느껴집니다. 이 점에서, 「가시리」의 언어와 표현이 보여 주는 절제미와 함축미는 이 작품의 서정 자아가 지니고 있는 지극한 기다림의 마음과 잘 호응된다고 여겨집니다.

특히 '선하면', 즉 '서운하면'이라는 단어가 주목되는데요. 이 단어는 '님을 가지 못하게 붙잡아 두고 싶지만 그 때문에 혹 님이 서운한 마음을 갖게 되면 다시는 안 올지도 몰라'라는 사념 속에 자리하고 있습니다. 그러므로 이 단어에는 '깊은 헤아림'이 스며들어 있다고 할 것입니다. 조선 후기의 소설 『춘향전』의 이별 장면에서는, 춘향이 서울로 떠나는 이도령 앞에서 울고불고하며 '나를 두고는 못 간다'고 울부짖습니다. 춘향의 당차고 주체적인 모습을 보여 주는 장면이죠. 하지만 「가시리」에서는 정반대입니다. 마음으로는 '가지 마세요' 하면서 붙잡아 두고 싶지만 혹시라도 떠나는 님의 마음이 서운하면 다시 안 올까 싶어, '설운 님'을 보내기로 합니다. '설운'은 서정 자아의 마음을 표현한 말입니다. 얼마나 서러우면 '님' 앞에 '설운'이라는 형용어를 붙였겠습니까. 정말 빼어나고 절묘한 우리말 구사라고 하지 않을 수 없습니다.

이처럼 「가시리」는 대단히 절제된 언어와 함축적인 표현으로 여인의 애절한 마음을 노래하고 있는데, 오히려 이 때문에 서정 자아의 심리가 더 깊이 와 닿습니다.

사랑하는 남녀의 이별을 노래하는 방식은 아주 다양할 수 있습니다. 상대를 저주할 수도 있고, 악담을 퍼부을 수도 있으며, 스스로를 나무라면서 후회할 수도 있습니다. 「가시리」는 이와는 다른 방식으로 이별을 노래하고 있습니다. 「가시리」는 수동적이고 소극적인 여성상像을 보여 줍니다. 이는 가부장제와 관련이 있다고 봐야겠죠. 조선 시대에 비해 고려 시대에 여성에 대한 억압이 상대적으로 덜했다 할지라도 그럼에도 역시 고려 사회는 가부장제가 관철되는 사회였으니까요. 「가시리」는 젠더적으로 보면 이런 한계가 없지 않지만, 사랑하는 님을 떠나보낸 여인의 간단치 않은 내면을 평이한 우리말로 깊이 있게 그려 냈다는 점에서 고려속요를 대표하는 작품의 하나로서 우리 문학사의 각별한 성취에 해당한다고 할 것입니다.

7백, 8백 년 뒤 일제강점기에 김소월이 창작한 시 「진달래꽃」은 마치 「가시리」의 환생을 보는 듯합니다. 다들 잘 아는 시일 테지만 같이 한번 보기로 합니다.

나 보기가 역겨워
가실 때에는
말없이 고이 보내 드리오리다

영변에 약산

진달래꽃

아름 따다 가실 길에 뿌리오리다

가시는 걸음걸음

놓인 그 꽃을

사뿐히 즈려밟고 가시옵소서

나 보기가 역겨워

가실 때에는

죽어도 아니 눈물 흘리오리다

「진달래꽃」에는 '가다'라는 말이 다섯 번 나옵니다. 「가시리」에서도 '가다'라는 말이 다섯 번 나옵니다. 「진달래꽃」에서도 님이 떠나가고, 「가시리」에서도 님이 떠나갑니다. 내가 바라는 바가 아니건만 님은 떠나갑니다. 「가시리」에서 '나'는 "설운 님 보내옵나니"라고 했는데, 「진달래꽃」에서 '나'는 님을 "말없이 고이 보내 드리오리다"라고 했습니다. 표현의 디테일은 다르지만, 그 정조는 동일합니다. 여기서 '정조'는 서정 자아의 존재론적 태도의 반영입니다.

「만전춘별사」

이 노래는 전부 6연으로 구성되어 있는데, 연들이 전부 이질적입니다. 여러 노래를 편집해 놓다 보니 이렇게 됐습니다. 「만전춘별사」에서는 특히 제1연과 제5연이 주목됩니다. 육감적 사랑의 태도가 잘 그려져 있기 때문입니다. 이런 점을 고려해 이 강의에서는 이 두 연을 중심으로 「만전춘별사」를 논하기로 하겠습니다.

「만전춘별사」는 육감적인 사랑의 노래입니다. 그 점에서 「가시리」하고 너무 다릅니다. 「가시리」가 은근하고 절제된 사랑의 태도를 보여 준다면, 「만전춘별사」는 노골적이고 적극적인 사랑의 태도를 보여 줍니다. 사랑의 태도라는 면에서 「만전춘별사」는 「가시리」의 반대편에 있는 듯합니다. 같은 고려 시대 노래이건만 서정 자아의 모습이 이리 다릅니다.

「만전춘별사」의 제1연은 앞에서 언급한 바 있는데, 사랑을 하다 죽을망정 님과 함께 있고 싶다는 뜻을 노래했습니다. 도시적·시정적 감수성이 느껴집니다. 사랑에 빠진 인간의 무모함과 눈먼 열정, 합치감의 지속에 대한 강한 희구, 분리에 대한 저항감 등을 아주 쉬운 일상어로 대단히 깊이 있게 표현했습니다. 이 노래에는 한자어가 딱 하나 있는데 바로 '정情'입니다. 하지만 이 단어는 이미 우리말화한 한자어라 할 것입니다. 이것 빼고 나머지는 모두 순 우리말입니다. 쉬운 우리말 일상어로 뜨거운 사랑의 감정을 이렇게 유려하게 표현한 것이 놀랍습니다. 한시로는 이런 감수성, 이런 미감을 표현하기 어렵습니다. 한시와 우리말 노래의 차이죠.

제5연은 다음과 같습니다.

> 남산南山에 자리 보아 옥산玉山을 베고 누워
> 금수산錦繡山 이불 안에 사향麝香각시를 안아 누워
> 남산南山에 자리 보아 옥산玉山을 베고 누워
> 금수산錦繡山 이불 안에 사향麝香각시를 안아 누워
> 약藥 든 가슴을 맞추옵사이다 맞추옵사이다

'옥산'은 옥으로 만든 베개입니다. '금수산 이불'은 산山을 수놓

352

은 비단 이불을 말하며, '사향각시'는 사향이 든 주머니를 말합니다. 사향은 일종의 최음제로 알려져 있습니다. '약'은 사향을 가리킵니다.

제5연에는 제1연에서와 달리 '옥산', '금수산'과 같은 어려운 한자어들이 보입니다. '사향각시'는 기생이 사용하거나 상류층에서 사용한 물건이라 할 것입니다. 이런 점을 고려할 때 제5연은 적어도 민요는 아니며 상류층과 관련된 어떤 인물이 지어 부른 노래가 아닐까 합니다.

여성 화자는 금수산 이불 안에 누워 사향이 든 주머니를 안고서 님과 가슴을 맞추고자 합니다. 표현이 대담하며, 사랑의 태도가 아주 솔직하고 적극적입니다.

이처럼 「만전춘별사」의 제1연과 제5연은, 그 언어 의식에 차이가 있기는 하나 사랑의 욕망을 적극적으로 개진하고 있다는 점에서는 동일합니다. 우리 문학사에서 처음 만나는 장면이라 아니할 수 없습니다. 주자학의 이념을 내면화해 욕망의 적극적 긍정을 터부시한 조선 사대부들이 이 노래를 '남녀상열지사'로 지목한 것이 이해가 되고도 남습니다.

「동동」

「동동」은 월령체月令體 노래입니다. '월령체'라는 것은 일 년 열두 달로 나뉘어 구성된 시가 형식을 말합니다. 민요에 '달거리'라는 게 있는데 「동동」은 바로 이 달거리 형식과 유사합니다. 하지만 「동동」의 노랫말을 보면 민요를 채록해 편집한 것으로 보이지는 않습니다. 노랫말이 퍽 격조가 있고 전아典雅하기 때문입니다.

「동동」은 떠나간 님, 부재한 님에 대한 그리움, 님이 돌아오기를 바라는 희구, 홀로 있는 외로움과 슬픔, 이런 마음을 노래하고 있습니다. 앞에서 「만전춘별사」의 제2연이 한시 중의 '규원시'와 비슷하다는 말을 한 바 있는데요, 「동동」의 여러 연들도 규원시 혹은 규정시閨情詩와 비슷한 면모를 보여 줍니다. 규원시 혹은 규정시는 님을 떠나보내고 홀로 있는 규방 여성의 정한情恨을 읊은 시죠. 규원시나 규정시도 춘하추동 사계절에 느끼는 여인의 감정을 연작連作으로 짓는 경우가 종종 있습니다.

여기서는 「동동」의 정월 부분, 4월 부분, 8월 부분, 11월 부분을 살펴보겠습니다. 연으로 말하면 제2연, 제5연, 제9연, 제12연에 해당합니다. 다음은 정월 부분입니다.

정월 나릿물은
아으 어져 녹져 하는데
누릿 가운데 나곤
몸하 호올로 녈셔
아으 동동다리

'정월에 시냇물은 얼었다 녹았다 하는데 이 세상 가운데 나서 나는 홀로 지낸다'라는 뜻입니다. '정월 시냇물이 얼었다 녹았다 한다'는 말은 은유에 해당합니다. 시냇물이 얼었다 녹았다 하는 데서 사랑을 떠올리는 거죠. 놀라운 발상입니다. 저 시냇물은 얼었다가 녹기도 하는데 홀로인 나는 그럴 수 없다는 것입니다. 님이 있어야 그게 가능한데 님이 부재하니 그럴 수 없다는 한탄입니다. 자연의 경물을 보고 홀로인 자신의 신세를 슬퍼하고 있는 거죠.

다음은 4월을 노래한 연입니다.

　　사월 아니 잊어
　　아으 오실셔 꾀꼬리새여
　　무슴다 녹사錄事님은
　　옛 나를 잊고신뎌
　　아으 동동다리

　'4월을 잊지 않고 꾀꼬리새는 날아오는데 무슨 일로 우리 님은 옛 나를 잊으셨는고'라는 뜻입니다. '녹사'는 고려 시대 여러 중앙 관서의 종7품 이하의 벼슬을 가리킵니다. 님을 '녹사'라고 한 데서도 「동동」이 민요가 아님을 알 수 있습니다.

　여성 화자는 꾀꼬리 새를 보면서 또 떠나간 님을 생각합니다. 이른바 '촉물우흥'觸物寓興, 즉 어떤 사물에 감촉되어 어떤 정서를 부친 것에 해당합니다. 계절에 따라 바뀌는 경물에 감발感發되어 부재한 님 생각을 하고 있습니다.

　다음은 8월 보름을 노래한 연입니다.

　　팔월 보름은
　　아으 가배날이마란
　　님을 뫼셔 녀곤
　　오늘날 가배샷다
　　아으 동동다리

　'8월 보름은 한가위이지만 님과 함께 지내야 오늘이 한가위지'

라는 뜻입니다. 지금 님이 부재하기 때문에 이런 좋은 한가윗날도 한가윗날 같지 않다는 말입니다. 말은 수수하고 간단하지만 님의 부재 상황을 함축적으로 잘 표현했습니다. 이런 데서 「동동」의 깊이를 알 수 있습니다.

다음은 11월을 노래한 연입니다.

> 십일월 봉당 자리에
> 아으 한삼汗衫 덮어 누워
> 슬할 살아온져
> 고운님 스싀움 녈셔
> 아으 동동다리

'11월 봉당에 한삼을 덮고 누워 있자니 슬픔이 되살아나네. 고운 님을 여의어서'라는 뜻입니다. '한삼'은 땀을 받아 내려고 껴입는 얇은 속적삼을 말합니다. '봉당'은 안방과 건넌방 사이의 흙바닥으로 된 공간을 이릅니다. 음력 11월이면 한겨울입니다. 하필 안방도 아니고 봉당에서 얇은 옷을 덮고 누웠다고 했습니다. 춥고 처량해 보입니다. 이를 통해 외로운 자신의 처지를 표현하고 있습니다. 님이 떠나가서 혼자 있으므로 외로움이 몸에 사무칩니다. 이런 정황이 11월 노래에 잘 표현되어 있습니다. 님의 부재가 빚어내는 심리적 상황을 단 몇 마디 말로 깊이 있게 그려 낸 점이 놀랍습니다.

「청산별곡」

「청산별곡」은 민요라는 견해가 제기되어 있습니다. 또 유망민流亡民

의 노래라는 견해도 제기되어 있습니다. 고려 시대의 잦은 전란으로 인해 유망流亡하던 사람들의 괴로운 처지를 노래했다는 것입니다. 그런가 하면 지식인이 창작한 술 노래라는 견해도 있고, 실연한 사람의 노래라는 견해도 있습니다. 이처럼 「청산별곡」이 누가 지었으며 어떤 노래인가에 대해서는 이견이 분분합니다.

「청산별곡」은 그 가사를 보면 식자識者가 아니면 지을 수 없는 노래라고 여겨집니다. 유망민을 포함해 일반 백성이 지을 수 없는 노래이며, 특별한 사연이 있는 어떤 개인의 서정을 노래하고 있다고 보입니다.

하지만 「청산별곡」은 단순히 염세적 지식인의 술 노래는 아니라고 판단됩니다. 이 노래의 제2연, 제4연, 제5연이 이런 판단의 근거가 됩니다. 제2연은 다음과 같습니다.

> 울어라 울어라 새여
> 자고 일어나 울어라 새여
> 널라와 시름 한 나도
> 자고 일어 우니노라

제1·2행에서는 새에게 '울어라 울어라 자고 일어나 울어라'라고 말합니다. 이어 제3·4행에서 '너보다 시름이 많은 나도 자고 일어나 운다'고 말하고 있습니다. 이 연의 의취意趣는 놀랍게도 앞에서 살펴본 「정과정」의 제1·2행, 즉 "내 님을 그리자와 우니다니 / 산 접동새 난 이슷하요이다"의 그것과 흡사합니다. '울다'라는 동사와 '새'라는 명사가 똑같이 나옵니다. 그리고 우는 새와 '우는 나'를 동일시하고 있다는 점에서도 똑같습니다.

제4연은 다음과 같습니다.

이링공 저링공 하여
낮으란 지내와손저
올 이도 갈 이도 없는
밤으란 또 어찌 호리라

'이럭저럭 낮은 지내 왔지만 왕래할 사람이 아무도 없는 밤은 또 어쩌랴'라고 노래하고 있습니다. 서정 자아는 고립무원의 처지에 놓여 있습니다. 어떤 이유에서인지 모르지만 남들과 단절된 채 지내야 하는 그런 존재 여건에 있다는 것을 알 수 있습니다.

제5연은 각별한 주목을 요합니다.

어디라 던지던 돌코
누리라 맞히던 돌코
믜리도 괴리도 없이
맞아서 우니노라

서정 자아는 돌에 맞아서 웁니다. '돌'은 상징성을 갖는 말인데, 대체 뭘 가리킬까요? 사람들의 비방이나 참소를 가리킨다고 여겨집니다. 누구를 비방하거나 참소하는 행위는 누구를 맞히려고 돌팔매질을 하는 것과 같으니까요.

이처럼 「청산별곡」의 제2연, 제4연, 제5연을 유의해 보면 이 노래의 서정 자아는 억울하게 참소를 받아 고립무원의 처지에서 비탄한 심정으로 날을 보내고 있는 사람으로 보입니다. 이 노래에

'청산'이나 '바다'가 나오는 것을 보면 서정 자아가 거居하는 공간은 '하향'退鄕, 즉 서울에서 멀리 떨어진 곳이 아닌가 싶은데요. 만일 그렇다면 「청산별곡」은 원찬遠竄되어 궁박한 처지에 있는 문신文臣의 노래일 가능성이 높습니다. 즉 참소를 받아 쫓겨나서 먼 곳으로 유배된 문신의 노래라는 거죠. 이런 자는 곤궁해 민과 거의 다름없는 처지에 있었습니다. 묘청의 난 때 공을 세우고도 김부식의 참소를 받아 변방으로 찬축竄逐되어 갖은 고생을 한 윤언이의 사례에서 그 점이 확인됩니다. 다음은 윤언이가 유배에서 풀린 뒤 임금에게 올린 글의 한 부분인데, 출처는 『고려사』 열전 「윤관전」尹瓘傳에 부기附記된 「윤언이전」입니다.

> 강호江湖로 한번 떨어져 여섯 번이나 추위와 더위가 바뀌는 걸 겪으면서 녹봉이 오랫동안 없어 입을 것과 먹을 것이 곤란해졌으며, 친구는 모두 교제를 끊고 처자는 있을 곳을 모두 잃었습니다. 몰골이 초췌하여 마치 마른 나뭇가지와 같았으며, 정신이 놀라고 당황하여 아득하기가 취한 것 같기도 하고 꿈인 것 같기도 했습니다. (…)
> 이와 같은 때를 당하여 나랏일에 조금이나마 기여했다고 스스로 여겼건만, 어쩐 일로 그 후 갑자기 무고誣告하는 말에 얽혀서 마침내 어리석은 자가 억울함에 빠지게 되었습니다.

유배 가서 「정과정」을 지은 정서는 윤언이보다 더한 고초를 겪었습니다. 앞에서 말했듯 정서 역시 참소를 입어 원찬되었습니다. 그러니 이 노래를 이해하는 데는 정서나 윤언이 같은 인물의 유배지에서의 삶을 좀 생각해 보는 것이 도움이 되지 않을까 합니다.

「청산별곡」은 「정과정」과 함께 내쫓긴 자의 노래로, 유배 문학으로 간주할 수 있을 듯합니다.

　「청산별곡」은 그 언어 감각이나 심정을 풀어 나가는 수법을 볼 때 정서만큼 — 혹은 정서보다 더 빼어난 — 문학적 재능이 있는 문인이 지은 노래로 판단됩니다. 「청산별곡」에는 어려운 말이 별로 없으며, 우리말 구사가 물 흐르듯 유려합니다. 그리하여 궁박한 처지에 있는 사람의 마음을 간결하고 함축적인 언어로 잘 표현해 놓고 있습니다.

고려속요의 문학사적 의의

우리는 「정과정」, 「서경별곡」, 「정석가」, 「쌍화점」, 「가시리」, 「만전춘별사」, 「동동」, 「청산별곡」 여덟 작품을 살펴보았습니다. 이 중 작자가 확인되는 작품은 「정과정」 하나밖에 없습니다. 나머지 작품들은 비록 작자가 확인되지는 않지만 그렇다고 꼭 민요라고 말하기는 어려우며, 문인이 지은 것도 있고 도시 시정 세계의 노래인 듯한 것도 여럿 있습니다.

　사랑을 노래한 이들 고려속요에서 우리는 사랑과 이별에 대한 다양한 감정과 태도를 접할 수 있습니다. 깊은 사랑의 감정을 노래한 것도 있고, 임금을 향한 사랑을 노래한 것도 있고, 불륜을 노래한 것도 있고, 사랑의 고통과 이별의 막막함을 노래한 것도 있고, 불같은 사랑의 욕구를 노래한 것도 있습니다. 우리 문학사에서 사랑과 관련한 다양한 감정을 담은 노래들의 등장은 고려속요가 처음입니다. 고려속요의 문학사적 의의는 바로 이 점에 있다 할 것입니다.

그뿐만 아니라 고려속요는 우리말의 서정적 표현력을 심화하고 확장한 의의가 있습니다. 향가에 이어 고려속요는 우리말의 심미적 표현 가능성을 더 높이 구현하는 데 기여했다고 말할 수 있습니다.

고려속요 밖의 고려속요들

고려속요는 『악학궤범』樂學軌範, 『악장가사』樂章歌詞, 『시용향악보』時用鄕樂譜 등에 실려 전하는 작품들 외에는 없을까요? 만일 '고려속요'를 고려 시대 시속의 노래, 즉 민간에서 불린 노래로 정의한다면 『악학궤범』 등의 문헌에 전하는 작품들로만 한정할 수 없을 것입니다. 비록 현재 그 노랫말이 전하지는 않지만 고려 시대 당시에는 훨씬 많은 속요들이 존재했으리라 여겨집니다.

이 점에서 지금 전하는 작품들만 갖고 고려속요의 전반적 성격을 논하는 것은 큰 한계가 있습니다. 가령 고려속요는 사랑의 노래가 대부분이라고들 말하는데요. 이런 판단 역시 자료적 제약과 관련이 있습니다. 현재 기록되어 전하는 고려속요는 대부분 속악가사입니다. 속악가사는 앞에서도 말했듯 궁중의 필요에 따라 성립된 것이죠. 당시 궁중에서는 이런저런 이유로 사랑 노래가 선호되었다고 보입니다.

하지만 실제 고려 민간에서는 사랑 노래만 불린 것이 아니며, 퍽 다양한 노래들이 불렸으리라 여겨집니다. 『고려사』 「악지」를 통해 그 일단을 짐작할 수 있습니다. 가령 이민족의 침략과 관련해 나라 사람들이 지어 불렀다는 「금강성」金剛城이라든가, 왜구를 물리친 걸 기뻐해 군사들이 지었다는 「장생포」長生浦라든가, 평양의 백성들이 지어 불렀다는 「서경」西京이나 「대동강」大同江 같은 노래를 들 수 있습니다. 이들 노래는 그 제목만 전할 뿐입니다.

고려 말의 문인인 익재益齋 이제현李齊賢과 그의 친구인 급암及庵 민사평閔思平은 민간의 풍속에 관심을 가져 당시 민간에서 불리던 노래를 한역漢譯한 소악부小樂府를 여러 편 남겼습니다. 이들 소악부를 통해 현재 전하지 않는 고려 시대의 노래들에 대해 알 수 있죠. 가령 지배층의 가혹한 수탈로 인한 백성의 고통을 노래한 작품, 효孝를 노래한 작품, 세상사의 무상함을 노래한 작품, 벼슬길의 위난危難함을 노래한 작품, 행역行役 나간 남편의 귀환을 기다리는 아내의 마음을 노래한 작품, 제주 백성의 민생고를 노래한 작품, 승려의 황음荒淫을 풍자한 작품 등을 꼽을 수 있습니다. 이를 통해 고려 시대에 민간에서 불린 노래들의 레퍼토리가 우리가 일반적으로 알고 있는 것보다 훨씬 더 풍부하다는 걸 알 수 있죠. 이제현과 민사평의 소악부에 대해서는 다음 강의에서 따로 살펴보겠습니다.

그럼, 오늘 강의는 이것으로 마치겠습니다.

질문과 답변

*　　　이전 강의(제3강)를 통해 향가가 굉장히 높은 정신 수준을 담아
　　　내고 있고 아주 세련된 표현을 하고 있음을 알게 됐는데요. 향가
　　　는 고려 초기까지도 지어졌는데 향가의 이런 높은 정신 수준이 고
　　　려속요에 계승되지 못한 이유가 무엇인가요?

「제망매가」나 「찬기파랑가」처럼 높고 숭고한 정신세계를 보여 주는
향가는 대체로 승려 아니면 화랑이 지은 것입니다. 불교나 풍월도風
月道가 향가의 정신성을 담보할 수 있었다고 할 것입니다.

　　고려 시대의 상층 인물들은 한시를 통해 자신의 정신세계를 표
현하는 데 익숙해져 갔습니다. 그래서 굳이 우리말 노래를 통해 고
상한 정신세계를 표현할 필요를 크게 느끼지 못했을 수 있습니다.
이 점에서 신라 시대의 식자층과는 차이가 있죠. 게다가 고려 시대
는 신라 시대와 달리 풍월도를 담지擔持하던 화랑 집단이 더 이상 존
재하지 않았습니다. 그러니 향가와 같은 노래가 지속되거나 계승되
기는 어려웠습니다. 이런 점에서 본다면 향가가 끝난 지점에서 고려
속요가 시작된다고 말할 수 있을지 모릅니다.

　　향가는 상하층이 다 지었지만 그 주요한 작자층은 역시 상층의
식자층이지 않을까 싶어요. 이와 달리 고려속요의 작자층은 꼭 식자
識者가 없는 것은 아니지만 그보다는 일반 백성이나 도시 시정 세계
에 속한 인물들 쪽에 비중이 더 있는 듯합니다. 특히 기녀들이 주목
됩니다. 고려속요에는 하나의 연으로 된 작품도 있고 여러 개의 연

으로 구성된 작품도 있습니다. 이 점에서 꼭 정해진 특별한 형식이 있는 노래라고 하기 어렵습니다. 10구체 향가하고는 다르지요. 이런 형식적 융통성으로 인해 노래를 짓기가 상대적으로 쉽지 않았나 합니다.

노래는 작자층의 취향, 관심, 생활 의식, 이념적 지향을 반영합니다. 그런데 작자층의 취향이나 관심 등은 시대에 따라 바뀝니다. 노래의 성격도 달라질 수밖에 없죠. 그러니 고려속요가 왜 향가의 고상한 정신세계를 계승하지 못했는가라고 묻기보다는, 향가와 달리 고려속요가 좀 더 세속적인 면모를 보여 주게 된 것이 시대의 변화, 작자층의 변화와 어떻게 관련되는가를 묻는 것이 필요하지 않을까 합니다.

그렇다고 해서 고려속요가 향가보다 문학성이 꼭 떨어진다고 말하기도 어렵습니다. 향가의 독특한 미학이 있는 것처럼 고려속요에는 고려속요대로의 미학이 있습니다. 고려속요는 향가와 달리 다채로운 사랑의 감정을 보여 줍니다. 사랑의 고통이라든가 슬픔, 사랑의 욕구, 사랑 끝에 맞는 이별의 아픔, 떠나간 님으로 인한 외로움과 공허함 같은 게 그것입니다. 그뿐만이 아니라 절망에 빠진 인간의 실존을 보여 주는 작품도 있습니다. 향가는 이런 세계를 보여 주지는 않습니다.

이렇게 볼 때 향가와 고려속요는 그 미적 지향이 다를 뿐이지 우열이 있는 것은 아니라고 할 것입니다. 한편 고려속요는 우리말 노래의 표현력을 심화, 확장하고 있는데 이는 문학사적으로 볼 때 향가를 발전적으로 계승하고 있다 할 만합니다.

오늘 공부한 고려 시대 사랑 노래의 서정 자아는 다 여성인데요, 왜 남성의 목소리는 들리지 않는지 궁금합니다.

몇 가지 이유를 생각해 볼 수 있겠는데요. 우선, 남존여비男尊女卑, 즉 남자는 높고 여자는 낮은 존재라는 관념과 관련이 있지 않나 합니다. 이 때문에 남자가 님에 대한 사모의 마음을 노래하거나 떠난 님을 비탄 속에 그리워하는 마음을 노래하는 것은 당시의 문화적 관습으로서는 좀 어려운 일이 아니었을까 합니다. 그래서 신하의 연주지정戀主之情조차 여성의 목소리로 노래한 것이죠. '군/신'이라는 상하 관계를 '남성/여성'의 관계에 빗댄 것입니다.

남자가 자신의 목소리로 사랑의 감정을 노래하는 일은 조선 전기에도 좀처럼 발견하기 어려우며, 조선 후기에 이르러서야 뚜렷한 사례들이 발견됩니다. 남성 중심주의가 남성 스스로에게도 질곡이 된 거죠.

둘째로는, 여성이 사랑 노래를 통해 자신을 위로하거나 자신의 감정을 표출할 수 있었기 때문이 아닌가 합니다. 젠더 관계에서 여성은 약자였습니다. 노래에는 설움을 풀어 주고 마음을 위무하는 힘이 있습니다. 여성은 님과의 관계에서 힘들거나 억울한 마음이 들거나 애달플 때 노래로 자신을 위무했던 게 아닌가 합니다. 뿐만 아니라 노래를 통해 여성은 사랑에 대한 자신의 욕구나 감정을 표현할 수도 있지 않았나 합니다.

**   고려속요는 궁중 속악의 가사라고 했는데, 조선 시대에 와서 고려
**   속요의 행방은 어떻게 되었나요?

고려 시대 궁중 음악에는 아악, 당악, 속악의 세 종류가 있습니다. 아
악과 당악에 쓰인 가요는 노랫말이 다 한문입니다. 속악에 쓰인 고
려속요는 우리말로 되어 있습니다.

　고려에서 조선으로 왕조가 바뀌어도 한동안 「동동」, 「서경별
곡」, 「정과정」, 「만전춘별사」 등 일부 고려속요는 궁중 음악에 쓰였습
니다. 조선 왕조의 예악禮樂은 세종 때 와서 크게 정비되고 성종 때
와서 완비됩니다. 성종 때 와서 「동동」, 「서경별곡」, 「만전춘별사」 등
에 대한 비판이 제기됩니다. 남녀상열지사이며 노랫말이 음란하다
는 거죠. 그래서 악곡은 두고 노랫말을 일부 수정하기도 했습니다.
성리학이 통치 이념으로 정착되면서 생긴 현상입니다. 이들 속요는
16세기까지도 궁중 음악에 쓰였지만 이후 결국 다 퇴출됩니다.

　고려속요가 퇴출되면서 조선 궁중 음악에는 한문 가요만 있고
우리말 가요는 존재하지 않게 되었습니다. 그러므로 고려속요의 퇴
출은 궁중 음악에서 우리말 가요의 소멸을 뜻합니다.

정과정곡

정서

내 님을 그리워해 우니나니

산山 접동새 난 이슷하요이다

아니며 거짓인 줄 아으

잔월효성殘月曉星이 아시리이다
지새는 달과 새벽별

넋이라도 님과 한곳으로 가고 싶어라 아으

우기던 이 누구였습니까

과過도 허물도 천만 없소이다
과실

무리들의 말이랍니다

슬프도다 아으

님이 나를 하마 잊으셨나이까

아아 님아 돌이켜 들어서 사랑해 주소서

— 성현成俔 외 편찬,『악학궤범』

제11강

고려 말 신흥사대부층의 형성과
그 문학

14세기 신흥사대부층의 등장

고려 전기는 문벌 귀족이 주도한 사회였습니다. 무신란이 일어나 문벌 귀족이 큰 타격을 입고 지방의 한미한 집안 출신들이 중앙 관계官界에 진출함으로써 지배층의 변화가 일어났습니다. 이 시기 신진사류를 대표하는 이규보나 진화 같은 인물이 새로운 의식과 문학을 보여 줬음은 이미 살펴본 바 있습니다. 무신란 이후 이런 변화가 나타난 것은 사실이지만 그렇다고 해서 신진사류가 '사대부층'을 형성해 지배층의 헤게모니를 장악하거나 기존의 지배층을 교체한 것은 아니었습니다.

구 문벌 귀족 출신들 중에는 무신 집권기에도 살아남아 권력에 참여한 자들이 있었는데 그 후손도 계속 권력에 참여함으로써 가문을 이어 갔습니다. 한편 무신란 이후 흥기한 무인 가문도 있습니다. 여기에다 과거를 통해 진출한 지방 출신의 관인官人들 중에도 새로 가문을 일으켜 세운 자가 있습니다. 대몽항쟁기 이후 충렬왕 대에 이르면 이들 집안 출신들이 하나의 정치 세력으로 자리 잡게 됩니다. 한편 원 복속기에는 원나라와의 관계에서 정치적으로 급속히 성장한 인물들이 있습니다. 이런 인물들은 대개 원을 등에 업고 출세한 자들, 즉 '부원배'附元輩입니다. 이들은 대개 왕의 측근으로서, 권력을 좌지우지했습니다.

13세기 후반 이래 권력을 쥔 이들 정치 세력을 총칭해 '권문세족'權門世族이라고 합니다. '권문'은 권세가 있는 집안을 이르는 말이고, '세족'은 대대로 벼슬한 집안을 이르는 말이죠. 그런데 13세기 말인 1290년대부터 14세기 초 사이에, 권문세족이 행세하던 정치 지형 속에 의미 있는 변화의 조짐이 나타나기 시작합니다. 안향安珦과 백이정白頤正이 그 선두에 있습니다.

안향은 1290년 원나라에서 귀국할 때 주자의 책을 손수 베끼고 공자와 주자의 화상을 그려서 갖고 옵니다. 그는 1303년 대성전大成殿이 완성되자 여기에 공자와 선성先聖들의 화상을 모시게 했으며, 만년에 주자를 숭상하여 주자의 호 회암晦庵을 본떠 회헌晦軒이라 자호했습니다.

백이정은 안향의 문인입니다. 그는 14세기 초 원나라에서 돌아올 때 성리학 서적과 『주자가례』朱子家禮를 갖고 왔습니다. 백이정에 의해 『사서집주』四書集註가 고려에서 처음 간행됩니다. 이 책에는 주자의 사상이 집약되어 있습니다. 그러므로 이 책의 간행은 주자학의 수용 과정에서 아주 중요한 의미가 있다 할 것입니다. 백이정 때 와서 주자학은 비로소 본격적으로 연구되기 시작했습니다. 그리하여 백이정의 문하에서 권부權溥, 이곡李穀, 백문보白文寶 같은 주자학도가 배출되기에 이릅니다.

14세기 중후반이 되면 바야흐로 성리학 이념의 세례를 받은 문인 지식인들이 역사의, 혹은 문학사의 주역으로 떠오릅니다. 권부, 이곡, 백문보, 최해崔瀣, 이제현, 이색李穡, 이수민李壽民, 정몽주 鄭夢周, 정도전鄭道傳, 김구용金九容, 이숭인李崇仁, 박상충朴尙衷, 권근 權近, 길재吉再 등이 그런 인물들입니다.

14세기에 신유학新儒學, 즉 성리학 이념을 수용한 이들 인물은 모두 사대부에 속합니다. 그래서 이들을 '신흥사대부'라고 일컫습니다. '신흥사대부'는 새로 일어난 사대부라는 뜻입니다. 이들은 무신란 직후 중앙 관계에 진출한 신진사류와 성격을 달리합니다. 물론, 문필을 중시했으며 민을 통치의 대상으로 삼은 사대부라는 점에서 전혀 통하는 바가 없다고는 할 수 없겠지만, 이념적·역사적으로 볼 때 성격이 다른 집단으로 여겨집니다. 신흥사대부는 신진사류와 달리 성리학 이념의 세례를 받았습니다. 그래서 불교를 배척하는 경우가 많았으며, 권문세족에 대항했습니다. 신흥사대부는 무신 집권기의 신진사류와 달리 이념적·정치적 결속력이 있었습니다. 하나의 '집단적 자기의식'을 갖고 있었던 거죠. 이 점에 유의해 14세기의 이들 사대부들은 '사대부층'이라는 시각으로 이해할 수 있습니다. 무신 집권기의 사대부들을 사대부'층'으로 이해할 수는 없죠. 정치적으로든 이념적으로든 계층 의식이라 할 만한 것을 아직 함께 갖고 있지는 못했으니까요.

이제현

익재 이제현(1287~1367)은 고려 말의 신흥사대부 문인 가운데 맨 먼저 거론해야 할 인물입니다. 이제현은 안향과 함께 성리학을 처음 고려에 도입한 백이정의 문생이었던 권부의 사위입니다.

이제현은 고려에서 벼슬하다가 원나라로 가서 충선왕忠宣王의

만권당萬卷堂에서 조맹부趙孟頫, 우집虞集, 요수姚燧 등 당시 중국의 명사들과 사귀었으며 이들로부터 인정을 받았습니다. 당시 원나라의 주류 사상은 성리학이었습니다. 이제현은 원나라에 있으면서 성리학에 대한 이해를 심화해 갔을 것으로 보입니다.

이제현은 충목왕忠穆王이 왕위를 계승하자 도당都堂에 이런 글을 올립니다. 출처는 『고려사』 열전 「이제현전」입니다.

> 지금 우리 국왕 전하께서는 (…) 마땅히 공경과 근신으로써 언행을 조심해야 할 것입니다. 공경하고 근신하기 위해서는 덕을 닦는 것만 한 것이 없고 덕을 닦기 위해 가장 중요한 것은 학문하는 것만 한 것이 없습니다. 지금 좨주祭酒 전숙몽田淑蒙이 이미 스승으로 이름이 올라 있으니, 다시 현명한 유학자 두 명을 택하여 전숙몽과 함께 『효경』과 『논어』·『맹자』·『대학』·『중용』을 강의하게 하여 격물치지格物致知와 성의정심誠意正心의 도道를 익히시고, 양반 가문의 자제들 가운데 정직하고 신중하며 중후하고 학문을 좋아하며 예禮를 아끼는 사람 열 명을 뽑아 시학侍學으로 삼아 측근에서 보좌하고 이끌게 하십시오.

『논어』, 『맹자』, 『대학』, 『중용』을 '사서'四書라고 합니다. 성리학에서는 이전의 유학과 달리 사서를 대단히 중시합니다. 이제현은 국왕이 사서를 공부해 격물치지와 성의정심의 도를 익혀야 함을 강조하고 있습니다. '격물치지'는 사물에 대한 궁구를 통해 앎을 이루는 것을 말하고, '성의정심'은 뜻과 마음을 참되고 바르게 하는 것을 말합니다. 이 둘은 성리학의 핵심 명제죠. 성리학이 국가의 새로운 통치 이념으로 들어오고 있음이 여기서 확인됩니다. 이전에는 보지 못한 담론입니다.

이제현의 문생인 이색은 이제현의 묘지명에서 이렇게 말했습니다: "이제현은 도덕의 으뜸이요, 문장의 조종祖宗이다."(道德之首, 文章之宗) 굉장한 칭찬의 말입니다. 도와 문에서 최고라고 했으니까요. 14세기라는 역사적 전환기에 이제현이 한 역할을 생각하면 이색의 이 말을 단순히 수사修辭로 보기는 어렵습니다.

문학사에서 이제현은 다음 세 가지 점이 특히 주목됩니다.

첫째, 백이정과 권부의 성리학을 계승해 제자인 이색에게 전했다는 점입니다. 이색의 문하에서는 정도전, 하륜河崙, 권근, 이숭인 등이 배출됩니다. 길재도 이색의 문하에 출입했습니다.

이색은 역성혁명에 반대해 고려와 운명을 함께했습니다. 이색의 문생은 온건파와 급진파 둘로 나뉘었습니다. 온건파인 권근, 이숭인 등은 고려는 개혁되어야 한다고 생각했지만 역성혁명까지는 생각하지 않았습니다. 급진파인 정도전은 고려를 무너뜨리고 새 왕조를 열어야 한다고 생각했습니다. 온건파는 개혁 노선을 취하고 급진파는 혁명 노선을 취했다 할 만합니다. 이색의 문생 중 정도전은 조선 왕조 창업을 이념적으로 뒷받침했습니다. 하륜과 권근도 창업된 조선에서 큰 역할을 했습니다. 하지만 이숭인은 스승과 마찬가지로 혁명 세력에 의해 살해되었습니다.

길재는 향리인 경상도 선산에 은거해 절의를 지켰으며 김숙자金叔滋 등의 제자를 길렀습니다. 김숙자의 아들 김종직金宗直은 성종조 사림파士林派의 영수로서 김굉필金宏弼, 정여창鄭汝昌 같은 문생을 배출했습니다. 중종 때 도학정치道學政治를 실현하려다가 기묘사화己卯士禍로 목숨을 잃은 조광조趙光祖는 정여창의 제자입니다.

이처럼 이제현은 사승師承 관계로 볼 때 고려 말의 온건파와 급진파는 물론이고 조선 전기의 사림파와도 연결됩니다.

둘째, 『역옹패설』櫟翁稗說('역'의 당시 음은 '늑'입니다. 16세기 문헌인 최세진崔世珍의 『훈몽자회』訓蒙字會에 '櫟'의 음이 '늑'으로 적혀 있습니다)이라는 책을 저술했다는 점입니다. 이 책은 56세 때인 1342년 여름, 장마 기간 중에 집필했습니다. 당시 이제현은 정치적인 이유로 벼슬에서 물러나 있었습니다. 이 책은 필기筆記에 속합니다. '필기'란 사대부 특유의 글쓰기에 해당하는데, 요즘의 수필 비슷합니다. 작자 주변의 신변잡사라든가 독서와 관련된 내용이라든가 경전에 대한 내용이라든가 사대부들의 일화라든가 민간에 전하는 이야기라든가 시문과 관련된 내용이라든가, 풍속이나 제도, 역사에 대한 내용이라든가, 이런 것을 붓 가는 대로 자유로운 필치로 기록한 것입니다. 우리 문학사에서는 이인로의 『파한집』이 그 효시에 해당합니다. 다만 『파한집』은 시화詩話가 많은 부분을 차지하고 있습니다만, 『역옹패설』은 기술한 영역이 넓어 필기의 본격적인 면모를 좀 더 보여 준다고 여겨집니다. 조선 시대가 되면 필기에 해당하는 책이 엄청나게 쏟아져 나오는데, 문학사적으로 볼 때 『역옹패설』을 잇고 있다 할 만합니다.

셋째, 소악부小樂府를 처음 창작했다는 점입니다. '악부'는 원래 중국 한漢나라 때의 관서 이름으로, 지방의 노래를 채집해 음악을 제작하는 일을 맡았습니다. 그리한 이유는 '관시찰속'觀時察俗, 즉 풍속의 관찰을 통해 정치의 득실을 알고자 해서입니다. 후대에 와서 '악부'는 관서명이 아니라 민가풍의 한시를 지칭하는 용어로 바뀝니다. 그래서 '악부시'라고도 합니다. '악부시'는 백성의 노래를 옮긴 한시나 민간의 풍속이나 백성의 질고疾苦를 읊은 한시를 가리킵니다. 악부시는 동아시아에 보편적으로 통용된 문학 장르였으며, 몇 가지 하위 장르가 있습니다. 이에 대해서는 뒤에 자세히 말하기로 하겠습니다. 소악부는 이런 악부시의 하위 장르 가운데 하나인데, 칠언절구의 형식을 취합니다.

'소악부'라는 용어에서 '소'는 작다는 뜻입니다. 그러니 '소악부'는 짧은 형식의 악부시라는 뜻입니다. 이제현은 민간 가요를 한시화한 중국 악부시의 전통을 주체적으로 수용하여 소악부 11수를 지었습니다. 그중에는 백성의 힘든 삶을 읊은 것도 있고, 여인의 정을 읊은 것도 있으며, 효심을 읊은 것도 있고, 벼슬길의 험난함을 읊은 것도 있으며, 승려의 타락을 읊은 것도 있습니다.

다음은 백성의 힘든 삶을 읊은 시입니다.

> 참새는 어디서 와 날아가는고
> 일 년 농사는 아랑곳 않고.
> 늙은 홀아비 홀로 지은 농사인데
> 나락과 기장 모조리 먹어 치우네.
> 黃雀何方來去飛, 一年農事不曾知.
> 鰥翁獨自耕耘了, 耗盡田中禾黍爲.

『고려사』「악지」에서는 이 노래 제목을 「사리화」沙里花라고 했으며 노래가 지어진 배경을 다음과 같이 밝혀 놓았습니다.

나라에 바치는 세금이 번잡하고 무거운 데다 강호强豪들까지 수탈하니, 백성들은 시달리고 재산까지 없어지게 되었다. 그러자 이 노래를 지어 참새가 곡식을 쪼아 먹는 것에 빗

대어 원망하였다.

'강호'는 권세를 믿고 횡포를 부리는 자를 말하니, 지방관일 수도 있고 지주일 수도 있습니다. 『고려사』의 이 기록으로 보아 이 노래는 민요로 여겨집니다. 이제현은 민요를 7언 4행의 한시에 담은 거죠. 다음은 제주도 민요를 옮긴 시입니다.

> 밭두둑의 보리 이삭 엎어진 채 두고
> 언덕의 삼도 제멋대로 자라게 두었네.
> 도자기와 흰쌀을 가득 싣고서
> 북풍에 배 오기만 기다리고 있네.
> 從教隴麥倒離披, 亦任丘麻生兩岐.
> 滿載靑甆兼白米, 北風船子望來時.

이제현은 이 시 뒤에 다음과 같은 주를 붙여 놓았습니다.

> 탐라는 땅이 좁고 백성들이 가난하다. 이전에는 전라도에서 도자기와 쌀을 팔러 오는 상인들이 가끔 올 뿐 사람들의 왕래가 드물었으나 지금은 관청과 민간인의 우마牛馬가 들을 덮어 경작하고 개간할 땅이 없는 데다가 오가는 벼슬아치들의 행렬이 빈번하여 그들을 맞이하고 보내는 데 시달리니 이는 그 백성들의 불행이다. 이 때문에 탐라에서 자주 변란이 일어난다.

이 주를 통해 이제현이 백성들의 힘든 삶을 안타까워하고 있음을 알 수 있습니다. 이런 노래를 한시로 옮긴 것도 백성들의 삶에 대한 관심 때문입니다. 이제현만이 아니라 고려 말의 신흥사대부들에게서는 종종 애민 의식이 표출됩니다. 이는 상층의 권문세족에 대한 비판 의식과 연결되어 있습니다.

다음은 남편을 기다리는 여인의 정을 읊은 작품입니다.

> 까치는 울타리 옆 꽃가지에서 지저귀고
> 거미는 상머리에 거미줄 치네.
> 우리 님 오실 날 멀지 않다고
> 신명께서 사람에게 미리 알리네.
> 鵲兒籬際噪花枝, 喜子床頭引網絲.
> 余美歸來應未遠, 精神早已報人知.

이 노래도 『고려사』 「악지」에 제목과 지어진 배경이 밝혀져 있습니다. 그에 의하면 노래 제목은 「거사련」居士戀이고, 역역役役에 동원되어 멀리 떠난 사람의 아내가 까치와 거미에 가탁하여 남편이 어서 돌아오기를 바라는 마음을 노래한 것입니다. 그 내용으로 보나 『고려사』의 기록으로 보나 이 노래 역시 민요라고 여겨집니다.

다음은 연애 감정을 읊은 시입니다.

> 시냇가 위 늘어진 버드나무 곁에서
> 손잡고 마음 속삭이던 백마 탄 낭군
> 추녀에 석 달간 비가 내린들
> 손가락 끝에 남은 향기야 차마 씻으리.
> 浣紗溪上傍垂楊, 執手論心白馬郎.

縱有連簷三月雨, 指頭何忍洗餘香.

이 작품 역시 『고려사』 「악지」에 원노래 이름과 노래가 지어진 배경이 소개되어 있는데요. 노래 제목은 「제위보」濟危寶라고 했으며, 어떤 부인이 죄를 짓고 제위보에서 일을 하는데 그곳 남자에게 손을 잡혀 이를 설욕할 길이 없음을 한스럽게 여겨 이 노래를 지었다고 했습니다. '제위보'는 고려 광종 때 개경에 설치된, 빈민의 구호와 질병 치료를 맡은 기관입니다.

흥미로운 점은 『고려사』에 소개된 「제위보」라는 노래의 창작 배경과 이제현이 지은 소악부의 내용 간에 심각한 괴리가 있다는 사실입니다. 『고려사』에서는 여인이 남자에게 손을 잡혀 치욕스런 마음에 이 노래를 지었다고 했는데, 이제현의 소악부에서는 손을 잡은 남자를 잊지 못하는 여인의 마음을 노래하고 있기 때문입니다.

『고려사』는 조선 초에 편찬된 책입니다. 이제현은 자신이 들은 노래를 충실히 소악부로 옮겨 놓았는데, 『고려사』 「악지」의 편찬자는 유교적 이념에 따라 원래의 노래를 왜곡 해석해 여성의 절의를 강조해 놓았다고 보입니다. 우리는 이제현의 소악부를 통해 당시 개성에서 불린 노래의 실체에 다가갈 수 있습니다. 이 노래는 여성의 자유분방한 면모를 보여 줍니다. 조선 시대와는 다른, 고려 여성의 활달한 면모를 볼 수 있습니다. 연애 감정을 솔직하고 발랄하게 토로하고 있으니까요.

「제위보」는 민요가 아니고 시정의 노래라고 해야겠죠. 지난 시간(제10강)에 고려속요에는 시정의 노래가 많다는 말을 했습니다만, 「제위보」는 시정의 노래가 여성에 의해 지어지는 한 양상을 구체적으로 보여 준다는 점에서 주목됩니다.

이제현이 「제위보」를 소악부로 옮겨 놓은 것을 보면 그가 조선시대의 경직된 문인 지식인과는 다른 면모를 갖고 있음을 알 수 있습니다. 이런 노래를 소악부에 담아 놓은 것도 그렇지만, 여인의 진솔한 마음을 그대로 옮겨 놓은 게 놀랍습니다. 이제현은 성리학 수용기의 인물이라서 아직 덜 교조적이었던 게 아닌가 합니다.

소악부는 7언 4행의 형식으로 되어 있지만, 원래의 노래가 꼭 4행이라고 할 수는 없습니다. 4행을 넘어서는 노래도 있을 수 있습니다. 「정과정」을 옮겨 놓은 시에서 그 점을 알 수 있습니다. 「정과정」은 11행의 노래인데 소악부에서는 4행으로 압축되어 있거든요.

다음은 어머니에 대한 자식의 효심을 읊은 시입니다.

> 나무에 조그만 닭을 새겨서
> 젓가락으로 집어 벽에 놓았네.
> 이 닭이 꼬끼오 때를 알리면
> 그때서야 어머니 얼굴 늙으시기를.
> 木頭雕作小唐雞, 筯子拈來壁上棲.
> 此鳥嘐嘐報時節, 慈顏始似日平西.

이 시는 문충文忠이라는 사람이 지은 「오관산」五冠山이라는 노래를 옮긴 것입니다. 『고려사』 「악지」에 문충이 이 노래를 지은 배경이 소개되어 있습니다. 그에 의하면, 문충은 효성이 지극했는데 어머니가 날로 노쇠함을 슬퍼해 이 노래를 지었다고 합니다. 불가능한 상황을 설정해 거기에 자신의 마음을 가탁하는 수사법은 「정석가」나 「서경별곡」의 제2연에서 구사된 것과 똑같습니다.

마지막으로, 승려의 음행淫行을 읊은 시를 보기로 합니다.

도근천의 제방이 무너져
수정사까지 물이 넘실넘실.
상방上房에 오늘밤 선녀를 숨겨 놓고
절 주인이 황모랑黃帽郞이 되겠네.
都近川頹制水坊, 水精寺裏亦滄浪.
上房此夜藏仙子, 社主還爲黃帽郞.

도근천은 제주도의 하천 이름입니다. 도근천 서쪽 언덕에 수정사라는 절이 있었습니다. '상방'은 상좌승이 거처하는 방이고, '황모랑'은 뱃사공을 말합니다.

이제현은 이 시에 다음과 같은 주를 달아 놓았습니다.

탐라의 이 노래는 극히 비루하지만 백성의 풍속과 세상의 변화를 살필 수 있다.

이 주를 통해 이제현이 민간의 노래에서 백성의 풍속을 살피고 민심을 읽을 수 있었기에 그에 관심을 가졌던 것을 알 수 있습니다.

이제현이 들은 이 노래는 제주도 민요로 보이는데, 승려의 부정한 행위를 풍자하고 있습니다. 이제현이 이를 소악부로 옮긴 것은 불교의 타락상을 비판하기 위함이 아닌가 합니다.

이외에도 이제현은 「처용가」와 「정석가」를 소악부로 옮겼습니다.

이상 살펴본 것처럼 이제현의 소악부는 고려속요에 대한 우리의 이해를 확충해 줍니다. 이제현이 당시 민간에 불리던 노래에 관심을 가졌던 것은 이 시기 신흥사대부의 토풍에 대한 관심으로 보

아도 무방할 것입니다. 이는 서민 세계에 대한 신흥사대부의 친화
감을 보여 주는 것이라 하겠죠.

민사평의 소악부

이제현의 소악부를 살폈으니 내처 급암及庵 민사평閔思平의 소악부
도 살피기로 합니다. 이제현은 벗인 민사평에게 자신이 지은 소악
부를 보여 주고 그에 화답할 것을 청했습니다. 이에 민사평은 6편
의 소악부를 짓습니다.

　　민사평의 다음 소악부는「쌍화점」제2연과 내용이 동일합니다.

　　　　삼장사에 등불 켜러 갔더니
　　　　그 절 주지가 내 손을 잡네.
　　　　이 말이 혹 절문 밖에 나면
　　　　상좌의 허황한 말이라 하리.
　　　　三藏精廬去點燈, 執吾纖手作頭僧.
　　　　此言若出三門外, 上座閑談是必應.

　　『고려사』「악지」에는 이 노래의 제목이 '삼장'三藏으로 되어 있
습니다.「쌍화점」제2연은 위에 인용한 4행 다음에 "그 자리에 나도
자러 가리라/그 잔 데같이 덤거츠니 없다"라는 2행이 추가되어 있
습니다. 이 2행은 원래의 노래에는 없던 것이며 궁중의 속악가사
로 재편되는 과정에서 덧붙여진 것이라는 사실이 민사평의 소악부
를 통해 확인됩니다.

　　다음 시는 부녀의 정을 읊었습니다.

거미야, 부탁하고 부탁하노니

앞길에 거미줄을 쳐 두었다가

나를 등지고 날아가는 꽃 위의 저 나비

거미줄에 걸리게 해 제 허물을 뉘우치게 해 다오.

再三珍重請蜘蛛, 須越前街結網爲,

得有背飛花上蝶, 願令粘住省愆違.

이 시는 시정의 노래를 한역한 것으로 보입니다. 이 노래에는 자기를 배신하고 딴 여자에게 가 버린 남자에 대한 여인의 저주 섞인 원망이 토로되어 있습니다. 지금 전하는 고려속요에서는 발견되지 않는 내용입니다. 이별을 노래한 고려속요에 보이는 인고忍苦의 정조와는 사뭇 다릅니다. 얼핏, 떠나간 바람기 있는 님을 원망하는 마음이 담겨 있는 「서경별곡」의 제3연이 떠오릅니다만, 이 노래의 여성 화자는 「서경별곡」 제3연의 여성 화자보다 훨씬 더 주체적인 면모를 보여 줍니다. 민사평의 이 소악부를 통해 14세기 전반기의 민간에 지금 우리가 아는 고려속요와는 다른 젠더적 양상을 보여 주는 노래가 존재했다는 사실이 확인됩니다.

최해

14세기 전반기에 활동한 신흥사대부인 최해는 본관이 경주로 최치원의 후예인데 아주 문제적인 인물입니다. 최해는 이제현, 민사평과도 친했는데, 성격이 아주 강직해 이제현, 민사평과 달리 벼슬길이 순탄하지 못했으며 높은 벼슬을 못 했습니다.

최해는 성리학적 이념을 고수해 대단히 전투적인 자세를 취했습니다. 특히 불교 비판에 누구보다 적극적이었습니다. 고려 시대의 불교 사원은 대토지를 소유하고 있었으며, 권문세족과 연결되어 있었습니다. 권문세족 역시 대토지 소유자였습니다. 이들 대지주들은 토지를 겸병兼併하는 데 혈안이 되어 있었고, 이 때문에 백성들은 자신이 경작하던 토지에서 쫓겨났습니다. 그리하여 대지주의 전장田莊에 노비로 투탁投托했습니다. 그러다 보니 국가 재정이 파탄 나게 됩니다. 농민으로부터 세금을 거둬야 하는데, 농민이 점점 줄어드니까요. 노비에게는 세금을 거둘 수 없거든요. 최해가 불교를 적극적으로 비판하고 나선 것은 이런 사회적·경제적 문제를 인식해서입니다. 이제현은 최해처럼 불교에 맞서 싸우지 않았습니다. 현실을 인정하는 온건한 입장을 취했죠. 하지만 최해는 선봉에 서서 거침없이 불교를 비판했습니다. 이 점에서 최해는 문제적인 인물입니다.

최해는 말년에 생활이 극도로 어려워져, 자신이 그리 비판해 마지않았던 불교 사찰이 소유한 전답의 소작인으로 근근이 생계를 유지하다가 빈궁 속에 생을 마감합니다. 최해는 이런 만년의 자기 삶을 「예산은자전」猊山隱者傳이라는 자전自傳에 담았습니다. 불교를 누구보다 비판했는데 아이러니하게도 말년에 사원의 소작인이 되어 살아간 자신을 조롱한 글입니다.

원래 자서전이라는 건 대개 자신을 미화하는 글입니다. 자신에게 좀 불리한 건 빼 버립니다. 심지어 없는 사실도 좀 보태어 자기를 훌륭하게 만들려고 하는 게 일반적입니다. 그래서 자서전은 대개 믿을 수가 없습니다. 자기기만이 많기 때문이죠. 자서전을 쓴 사람은 자기가 쓴 것을 다 사실이라고 믿고 있을지 모릅니다. 그런 게 자기기만 아닙니까. 그러니 문제가 심각한 거죠. 그래서 자서전은 문학으로서는 좀 의심쩍은 글쓰기에 속하는데, 최해의 자전은 전혀 그렇지 않으며 있는 그대로의 존재 상황을 드러내 보이고 있습니다. 미사여구도 없고 군더더기도 없고 미화도 없고 과장도 없습니다. 나는 어떤 인간인가, 나는 누구인가, 이 스스로의 물음에 대한 답을 촌철살인적으로 하고 있을 뿐입니다.

이 작품에서 가장 주목되는 것은 자기를 보는 냉철한 눈입니다. 냉철한 자기 성찰과 자신에 대한 철저한 객관적 시선이 보이죠. 우리는 이전 강의(제7강)에서 이규보의 자전인 「백운거사전」을 살핀 바 있습니다. 이 자전에는 신진사류의 자신감, 자유로움에 대한 강한 희구, 이런 것들이 두드러지게 나타난다고 말한 바 있습니다. 하지만 자아에 대한 냉철한 성찰의 눈 같은 것은 별로 발견되지 않습니다. 이와 달리 여말의 신흥사대부에 속하는 최해의 자전은 자아에 대한 냉철한 응시를 보여 줍니다. '아이러니적' 시선에서 그것이 잘 확인됩니다. 이규보 시대의 신진사류와는 다른 이 시기 신흥사대부가 보여 주는 자아의 한 면모라 할 만합니다. 아마 이것은 성리학 학습을 통한 이념화와 관련이 있을 것입니다. 이전과는 다른 새로운 유형의 유자儒者가 문학사 속에 등장하고 있음이 이런 작품을 통해 확인됩니다.

최해는 『동인지문』東人之文 25권을 편찬했습니다. 최치원에서부터 고려 충렬왕 때까지의 우리나라 명현의 시문을 엮어 놓은 책입니다. 이 책은, 시에 해당하는 '동인지문 오칠五七', 문에 해당하는 '동인지문 천백千百', 사륙변려문에 해당하는 '동인지문 사륙四六' 셋으로 구성되어 있는데, 천백은 전하지 않습니다만 오칠은 일부가 전하고 사륙은 전부가 전하고 있습니다. 이 책은 현재 전하는 우리나라 시문 선집으로는 최초의 것에 해당합니다. 조선 초에 국가적

사업으로『동문선』東文選이 편찬되는데,『동인지문』은 비록 개인이
한 작업이긴 하나 그 선구가 된다고 할 만합니다. 자국 한문학에 대
한 주체적 인식의 결과물이라 하겠습니다.

　최해는『졸고천백』拙藁千百이라는 문집을 남겼는데 지금 일부
만 전하고 있습니다. 최해는 말년에 너무 가난해 죽었을 때 집안에
장례 치를 돈이 없어 친구들이 부조금을 걷어 장례를 치러 줬다는
기록이『고려사』열전「최해전」에 보입니다. 그 묘지墓誌는 이곡이
썼습니다.

이색

14세기 후반기에는 뛰어난 문인이 많이 나왔습니다. 그중 대가급
에 해당되는 인물을 꼽는다면 단연 목은牧隱 이색李穡(1328~1396)입
니다. 이색은 이제현의 문생이며, 이곡의 아들입니다. 이색은 본인
이나 아버지나 그 이름자가 농사와 관계가 있습니다. '색'穡은 곡식
을 거둔다는 뜻이고, '곡'穀은 곡식이라는 뜻이거든요. 신흥사대부
들의 대다수는 지방의 향리 출신으로 중소 지주에 해당합니다. 두
사람은 이름에 이미 향촌鄕村과의 관련성이 나타납니다.

　『고려사』열전「이색전」에, '이색이 성균대사성成均大司成이 됨
에 성균관에 비로소 정주程朱 성리학이 일어났다'라는 말이 보입니
다. 이색이 성균대사성으로 있을 때 성균관의 학생들에게 정자程子
와 주자朱子의 성리학을 배우게 했다는 말이죠.

　현재 전하는 이색의 문집인『목은집』牧隱集에는 아주 많은 시
문이 실려 있습니다. 이색의 시에는 고려의 풍습에 대한 애정과 관
심이 짙게 나타납니다. 이런 시를 '기속시'紀俗詩라고 합니다. '풍

속을 기록한 시'라는 뜻이죠. 우리 문학사에서 기속시는 최치원의 「향악잡영」鄕樂雜詠 5수가 그 효시입니다. 이색은 기속시를 여러 수 남겼습니다.

다음은 정월 대보름 풍속을 읊은 두 수의 시입니다.

> 아교 같은 찹쌀밥을 둥글게 뭉쳐
> 석청으로 조미하니 색깔이 아롱지네.
> 더욱이 대추, 밤, 잣을 섞으니
> 이와 혀 사이에 단맛이 나네.
> 粘米如膠結作團, 調來崖蜜色爛斑.
> 更敎棗栗幷松子, 助發甜甘齒舌間.

> 삼한三韓 풍속에는 오늘 밤 달이 둥글어야 하고
> 옅은 구름이 달 가림을 가장 꺼리네.
> 농가에서 그걸로 한 해 농사 점쳐서이니
> 어찌 검은 머리 비출 촛불이 없어서겠나.
> 三韓今夜月團團, 最怕微雲作錦斑.
> 只爲農家占歲稔, 豈無銀燭照雲鬢.

이색의 문집인 『목은고』牧隱藁에 실려 있는 「찹쌀밥」(粘飯)이라는 시인데요, 이색은 이 시에 "이 두 수는 모두 동방의 풍속을 읊었으니 중국에서는 알지 못할 것이다"라는 주를 달아 놓았습니다. 우리나라에는 대보름날에 찰밥을 만들어 먹는 풍습이 있습니다. 그리고 이날 달이 구름에 가려지지 않고 환하면 그해에는 꼭 풍년이 든다는 속신俗信이 있었습니다. 이 시는 이를 노래한 것입니다.

다음은 「그네」(鞦韆)라는 시입니다.

중원의 한식날은 동풍이 좋거늘
사람이 그네와 함께 공중에 있네.
모름지기 삼한의 단옷날 기억해야 하리
재잘거리는 말 속에 모시 적삼 가볍게 드날리니.
中原寒食好東風, 人與鞦韆在半空.
須記三韓端午日, 紵衫輕擧語聲中.

'중원'은 중국을 말합니다. 중국에서는 한식날에 그네뛰기를
하는데 우리나라에서는 단옷날에 그네뛰기를 합니다. 이 시는 그
점을 노래하고 있습니다. 두 나라의 풍속이 다르다는 거죠. 풍속의
측면에서 고려의 독자성을 말하고 있다 하겠습니다. 이색은 백성
들의 참상과 생활고를 고발한 기속악부도 여럿 지었는데 이에 대
해서는 조금 뒤에 말하겠습니다.

이색은 인물전人物傳을 여러 편 지었다는 점에서도 주목됩니
다. 이색이 쓴 인물전의 대부분은 자신과 친분이 있는 인물을 대상
으로 삼았습니다. 이들은 대개 재능은 있지만 운이 좋지 않아 불우
하게 살다가 생을 마감한 인물들입니다. 이처럼 재능이 있음에도
불구하고 세상에 뜻을 펼치지 못한 선비를 '일사'逸士라고 부릅니
다. 일사를 대상으로 한 인물전을 '일사전'逸士傳이라고 하는데, 이
색이 쓴 전들은 거개 일사전에 해당합니다. 조선 시대가 되면 인물
전이 아주 많이 창작되는데, 가장 많은 비중을 점하는 것이 일사전
입니다. 이색이 창작한 전傳은 우리 문학사에서 바로 이 일사전의
출발을 이룹니다.

선비를 대상으로 한 인물전은 일찍이 이규보에 의해 창작된 바 있습니다. 「노극청전」盧克清傳이 그것입니다. 이규보는 노극청의 청렴함을 기리기 위해 그의 전을 지었습니다. 그러니 일사전은 아닙니다. 일사전은 14세기에 들어와 이색이 처음 지었습니다. 이색의 일사전은 신흥사대부의 연대 의식을 보여 준다는 점에서 주목됩니다.

기속악부

앞서 말했듯 신흥사대부층은 정치적·경제적으로 권문세족과 대립하며 권력투쟁을 벌였습니다. 권문세족은 정치적으로 친원적親元的이었던 데 반해, 신흥사대부층은 반원친명적反元親明的 입장을 취했습니다. 중소 지주 출신인 신흥사대부층은 경제적 이해관계에서 대지주인 권문세족과 충돌했으며 그들의 토지 겸병에 반대했습니다. 신흥사대부층은 권문세족과 달리 향촌에 근거를 두고 있었으므로 향촌 사회의 실정에 밝았고, 농민의 처지에 관심이 많았습니다. 이 점에서 신흥사대부층은 비록 지배층의 일원이긴 하나 상대적으로 진보적인 입장에 있었다고 말할 수 있습니다. 그들은 농민을 옹호함으로써 권문세족에 맞서는 도덕적 정당성을 획득할 수 있었습니다.

고려 말 신흥사대부의 농민에 대한 관심은 주로 애민시를 통해 표출됩니다. 이들이 지은 애민시는 장르적으로 볼 때 기속악부紀俗樂府에 해당합니다. 악부시의 하위 장르는 앞서 살펴본 소악부 외에 세 가지가 더 있는데요. 기속악부, 의고악부擬古樂府, 영사악부詠史樂府가 그것입니다. '기속악부'는 풍속을 기록한 악부라는 뜻입

니다. 말 그대로 민간의 풍속을 노래한 악부시입니다. '의고악부'는
중국의 옛날 악부시를 모방한 악부시입니다. '영사악부'는 자국의
역사를 노래한 악부시입니다. 영사악부는 고려 시대에 출현하지
않았으며, 조선 시대에 와서야 창작됩니다.

　　그럼 고려 말 기속악부의 창작 양상을 조금 들여다보기로 하
겠습니다. 「관동별곡」과 「죽계별곡」이라는 경기체가를 지은 안축
은 「삼탄」蔘歎과 「염호」鹽戶라는 기속악부를 지었습니다. 「삼탄」은
조정의 산삼 공납 독촉에 몰려 농사일을 내팽개친 채 산골을 헤매
는 강원도 농민들의 참상을 노래했습니다. 「염호」는 동해안에서 소
금을 구워 나라에 바치는 백성들의 힘든 삶을 읊고 있습니다. 안축
은 이들 작품을 통해 백성을 대변합니다.

　　이색은 일반적인 기속시紀俗詩 외에 백성의 삶을 읊은 기속악
부를 여럿 창작했습니다. 「잠부사」蠶婦詞라는 시는, 농촌의 누에를
치는 여인은 추운 겨울에도 홑옷조차 없어 떨고 지내는데 지배층
은 좋은 옷을 입고 술에 취해 노래를 흥얼거리며 지냄을 고발하고
있습니다. 그런가 하면 「산중요」山中謠는 왜구의 노략질로 백성이
어육魚肉이 되는 현실을 그리고 있습니다. 「초동」樵童, 「농부」, 「어자」
漁者 같은 시는 농어촌 백성의 생활 단면을 풍속화적 수법으로 묘
사하고 있습니다. 이 중 「초동」을 보면 다음과 같습니다.

　　　나무꾼 떼를 지어
　　　성 밖의 산으로 가네.
　　　산에는 솔이 많아
　　　뜬구름 사이는 온통 푸른색.
　　　잡목雜木은 한 자도 안 돼

나무하느라 얼굴은 구슬땀.

날마다 고생하면서

새벽에 나가 저녁에 돌아오네.

樵童動成群, 往尋城外山.

山多靑松樹, 翠色浮雲間.

雜木不盈尺, 採採流汗顔.

辛勤日復日, 曉出俄夕還.

　　이달충李達衷도 기속악부를 지었습니다. 다음은 이달충의 「전부탄」田婦嘆이라는 시입니다.

장맛비 열흘을 와 오랫동안 밥 못 짓는데

문 앞에 밀은 익어 수그러졌네.

비 개면 베려 했는데 개었다 다시 비 와

배 채우려 삯일했으나 배 채워도 쉬 굶주리네.

霖雨連旬久未炊, 門前小麥正離離.

待晴欲刈晴還雨, 謀飽爲傭飽易飢.

남편은 홍건적에 죽고 자식은 수자리 서니

이 한 몸 살림살이 참으로 쓸쓸하네.

나무 꽂아 삿갓 씌우니 참새가 그 위에 앉고

이삭 주워 광주리 메니 나방이 달려드네.

夫死紅軍子戍邊, 一身生理正蕭然.

揷竿冠笠雀登頂, 拾穗擔筐蛾撲肩.

2수 연작입니다. 남편은 홍건적에 죽고 자식은 변방에 수자리 서러 나가 홀로 농사를 지으며 힘겹게 살아가는 전부田婦의 처지를 읊었습니다. 전부가 한탄하며 말하는 형식을 취하고 있어 당사자 성當事者性을 보여 줍니다.

신흥사대부가 창작한 기속악부의 최대 성과는 윤여형尹汝衡의 「상률가」橡栗歌가 아닌가 합니다. '상률'은 도토리를 말합니다. 그러니 「상률가」는 '도토리 노래'라는 뜻입니다. 윤여형은 이제현과 동시대의 인물인데 낮은 벼슬밖에 하지 못하고 불우하게 살다 죽은 것으로 보입니다.

이 시는 먹을 게 없어 도토리를 주워 그것으로 연명하는 백성을 그리고 있습니다. 시인은 늙은 농부의 입을 통해 그 상황을 핍진하게 제시하고 있습니다. 다음이 그 대목입니다.

요사이 권세 있는 이들 백성들 땅을 빼앗아
산과 강으로 경계 지어 문서를 만들지 않소.
밭 하나에 주인이 왜 그리 많은지
도조賭租를 받아 간 뒤 또 받으러 와 그칠 새가 없다오.
어쩌다 가뭄이나 홍수로 흉년이 들면
타작마당 해묵도록 잡초만 무성하지요.
살을 벗기고 뼈를 발라내듯 쓸어가 남은 게 없으니
관가의 조세를 뭐로 내겠소.
그러니 젊은 사람 도망친 자 수천이고
늙은이와 애만 남아 텅 빈 집을 지킨다오.
구렁에 시체 되어 뒹굴 수는 차마 없어
마을 비우고 산에 올라 도토리를 줍는다오.

近來權勢奪民田, 標以山川作公案.

或於一田主多, 徵後還徵無間斷.

或罹水旱年不登, 場圃年深草蕭索.

剝膚槌髓掃地空, 官家租稅奚由出.

壯者散之知幾千, 老弱獨守懸磬室.

未忍將身轉溝壑, 空巷登山拾橡栗.

농부의 이 말을 통해 도토리를 주워 연명하는 사태가 왜 초래
됐는지가 밝혀집니다. 권문세족의 토지 겸병이라는 사회구조적 모
순 때문이죠. 이처럼 이 시는 단순히 백성의 힘든 삶을 제시하는 데
그치지 않고 그것이 어떤 사회적 모순에서 기인하는지를 드러내고
있다는 점에서 탁월합니다.

이 시의 끝부분에는 분노에 찬 시인의 목소리가 나옵니다.

구슬픈 그 말 간략하나 곡진해
듣고 나니 기막히고 가슴이 미어지네.
그대는 보지 못했는가, 고관 집 하루에 만 전을 소비해
진수성찬이 별처럼 벌여 있고 다섯 솥이 걸려 있으며
하인도 술 취해 비단 자리에 토하고
살진 말은 곡식이 겨워 화려한 마구간에서 울어 대는 걸.
그들이 어찌 알리 저 좋은 음식들이
모두 다 촌 늙은이 피눈물인 줄을.
其言悽惋略而盡, 聽終辭絶心如噎.
君不見侯家一日食萬錢, 珍羞星羅五鼎列.
馭吏沈酒吐錦茵, 肥馬厭穀鳴金埒.

焉知彼美盤上餐, 盡是村翁眼底血.

이처럼 「상률가」에서는 늙은 농민의 말을 통해 제시된 현실의 모순과 이에 대한 시인의 분노가 긴밀하게 결합되어 있습니다. 객관과 주관의 통일이라고 할 만합니다. 신흥사대부의 현실 인식과 애민 의식을 잘 보여 주는 시라고 평가할 수 있죠.

시조의 성립

고려 말 신흥사대부층에 의해 시조라는 장르가 처음 생겨났습니다. '시조'라는 명칭이 언제부터 사용되었는지는 확실하지 않습니다. 이 용어는 현재 확인되기로는 18세기 영조 때의 문인인 석북石北 신광수申光洙가 지은 「관서악부」關西樂府에 처음 보이는데, '시절가조'時節歌調, 즉 당시 유행한 노래를 뜻합니다. 이를 통해 시조가 원래 음악 곡조의 명칭임을 알 수 있습니다.

고려 말에 '시조'라는 명칭이 있었던 것 같지는 않으며, 당시 이런 노래들을 뭐라고 불렀는지는 알 수 없습니다. 명칭이야 어쨌든 당시 사대부들에게는 이 새로운 '단가'短歌, 즉 '짧은 노래'의 형식에 대한 자각이 뚜렷이 존재했던 것으로 여겨집니다. 이색은 이런 시조를 지었습니다.

백설白雪이 잦아진 골에 구름이 머흐레라
반가온 매화梅花는 어느 곳에 피였는고
석양夕陽에 홀로 서 있어 갈 곳 몰라 하노라

고려는 명이 다했습니다. 하지만 이색은 고려에 대한 충절忠節을 지켰습니다. 이 시조는 역사 앞에 선 이색의 실존을 드러내고 있습니다.

정몽주는 자신의 절개를 이렇게 읊었습니다.

이 몸이 죽고 죽어 일백 번 고쳐 죽어
백골白骨이 진토塵土되어 넋이라고 있고 없고
님 향한 일편단심一片丹心이야 가실 줄이 있으랴

길재는 고려가 망한 뒤 이런 시조를 지었습니다.

오백년 도읍지를 필마匹馬로 돌아드니
산천은 의구依舊한데 인걸人傑은 간 데 없다
어즈버 태평연월太平烟月이 꿈이런가 하노라

역사 앞에서 비감한 회고懷古의 정을 읊었습니다.

이처럼 발생기의 시조는 또 다른 사대부의 노래인 경기체가로 표현할 수 없는 내면의 심회를 극히 절제된 형식으로 읊고 있습니다. 이전에 살펴보았던 「한림별곡」이 사대부의 질탕한 풍류 의식을 드러내고 있음에 반해 시조는 사대부의 단아하고 절제된 미감을 보여 줍니다. 경기체가의 미의식이 보다 산문적이고 한문적漢文的이고 즉물적卽物的이라면, 시조의 미의식은 보다 시적이고 국어적國語的이고 즉정적卽情的으로 보입니다. 이런 점에서 그 미적 지향이 크게 다릅니다. 여말의 사대부층은 내면의 절실한 감정을 담아내는 노래 형식이 필요해 시조를 만들어 낸 것이 아닌가 합니다.

경기체가가 바깥을 향해서 야단스럽게 흥취를 발산한다면, 시조는 대단히 절제된 방식으로 자아의 내면을 정시呈示합니다.

'절제'는 사대부의 정신세계, 사대부의 멘탈리티와 깊은 관련을 맺고 있습니다. 사대부는 본질상 절제미를 추구합니다. 시조는 바로 이 절제미를 언어적·형식적으로 잘 구현하고 있습니다.

시조의 성립은 여말선초라는 역사 전환기와 밀접한 관련이 있다고 생각됩니다. 즉 이 시기의 사회역사적 상황을 배제하고서는 시조의 발생론적 배경을 논하기 어렵습니다.

후대의 시조들과 달리 발생기의 시조들은 '역사 앞'에 선 인간의 내면을 아주 진지하게 드러내 보이고 있습니다. 장중하고 비장한 내면성, 역사와 마주한 인간의 깊은 내면성인데요, 이런 짧은 형식에 이런 도저한 내면성을 구현한 문학의 출현은 우리 문학사 초유初有의 일이라 할 것입니다.

신흥사대부층의 문명 의식과 주체성

이승휴는 13세기 후반에 활동한 인물로, 충렬왕 13년인 1287년에 『제왕운기』라는 책을 썼습니다. 이 책은 우리나라 역사가 단군조선에서 시작해 기자조선으로 이어지며, 삼국시대를 거쳐 통일신라시대와 고려 시대로 유구히 이어진다는 인식을 보여 줍니다. 자국 역사에 대한 주체적 인식입니다. 이승휴는 이 책을 통해 고려가 지리적·문화적·종족적으로 중국과 다르다는 점을 분명히 하고 있습니다. 뚜렷한 자기의식의 발로죠.

그런가 하면 이제현은, 고려가 비록 부마국駙馬國이 되어 원나라를 섬기고 있기는 하나 독자적인 국가라는 인식을 갖고 있었습니다. 충숙왕 10년인 1323년 부원배附元輩들이 입성책동立省策動을 벌였습니다. '입성책동'은 고려를 원의 지방 행정 기구인 성省으로 만들려는 책동입니다. 이게 실현되면 고려는 독자적 국가로서의 지위를 상실하고 중국의 일부가 되고 맙니다. 이제현은 입성立省에 반대하는 상서를 올립니다. 『익재난고』에 실려 있는 「연경에서 중서中書 도당都堂에 올리는 글」(在大都上中書都堂書)이 그것입니다. 이 글에서 이제현은 고려는 개국한 지 4백여 년이나 되고, 언어와 풍속이 중국과는 다르다는 점을 강조하면서 입성이 옳지 않음을 역설합니다. 이제현의 이 글은 입성 저지에 기여했습니다.

이색도 이승휴처럼 우리나라 역사가 단군에서 기자로 이어지며 그것이 고려로까지 이어진다는 인식을 보여 줍니다. 「잡흥」雜興이라는 시에서 그 점이 확인됩니다. 3수 연작인데, 다음은 제1수의 끝부분입니다.

> 빈아豳雅는 이미 아득하고
> 노송魯頌은 그리도 침침해져
> 작자를 다시 볼 수 없거늘
> 바다 해가 동방에 떠오르누나.
> 豳雅旣渺渺, 魯頌何沈沈.
> 作者不可見, 海日升鯤岑.

'빈아'는 『시경』 빈풍豳風의 「칠월」七月이라는 시를 말하고, '노송'은 노魯나라의 종묘악宗廟樂을 말하는데, 여기서는 중국의 성대한 문물을 가리킵니다. 몽골이 지배하는 중국에서는 이런 문명이 사라졌으며 바야흐로 고려가 문명을 보존하고 있음을 읊은 시입니

다. 인용된 시 원문 제4구의 '鯷岑'(제잠)은 '제鯷의 산봉우리'라는 뜻
입니다. '제'는 중국 동쪽 바다에 사는 종족을 이르는 말인데, 여기
서는 고려를 가리킵니다.

제2수는 다음과 같습니다.

> 동방의 풍속은 사람이 어질고 장수하니
> 군자가 사는 곳이지.
> 중고中古에 기자의 나라가 되었나니
> 조리 정연한 「홍범」洪範의 글
> 맨 처음 주나라 무왕武王에게 전해 주어
> 도가 중국에 성대히 행해진 다음
> 품고 와서 우리 백성에게 펴니
> 예의가 몹시 있게 되었네.
> 우리 동방은 안정되고 평온한데
> 중국은 이미 폐허가 되어 버렸네.
>
> 東方俗仁壽, 君子之所居.
> 中爲箕子國, 井井洪範書.
> 初傳周武王, 道行沛有餘.
> 卷之惠我民, 禮讓何徐徐.
> 海邦自安靜, 周秦成丘墟.

'동방의 풍속은 사람이 어질고 장수한다', 이런 취지의 말은 일
찍이 최치원도 한 바 있습니다. 자국에 대한 긍지의 표현입니다. 이
시는, 우리나라가 기자조선을 거쳐 예의의 나라가 되었으며, 중국
의 문명이 황폐해진 것과 달리 고려는 기자 이래의 문명을 보존하

고 있음을 말하고 있습니다.

제3수는 다음과 같습니다.

요임금이 즉위하던 무진년에
동방에 처음 임금이 있었으니
당시는 하늘과 서로 통하고
괴이한 일들이 삼분三墳을 이뤘네.
천년 동안 장수를 누리며
동해 가의 땅을 다 다스렸나니
질박하여 예는 간략하고
소박하여 말을 꾸미지 않았네.

帝堯戊辰歲, 東方始有君.

其時與天通, 祕怪成三墳.

壽考至千載, 奄有東海濱.

質朴禮向簡, 龘疎言不文.

'하늘과 서로 통했다'는 것은 단군 신화를 이릅니다. '삼분'은
황제黃帝, 신농神農, 복희伏羲의 글을 말합니다. '천년 동안' 운운은
단군이 1048년간 나라를 다스린 것을 말합니다.

이 시는 단군을 노래하고 있으며, 단군이 중국의 요임금과 같
은 해에 즉위했다고 했습니다. 이른바 '요단군병립설'堯檀君竝立說에
해당합니다. 이 설은 이전 강의(제2강)에서 말했듯 『제왕운기』에 처
음 보이는데, 이색은 이를 따르고 있습니다. 이색은 단군이 다스리
던 시대의 질박한 문명을 긍정하고 있습니다. 이는 결국 자국의 역
사와 문명에 대한 긍정입니다.

자국의 역사에 대한 이색의 주체적 인식은 「정관음」貞觀吟이라
는 시에서도 확인됩니다. 다음은 그 한 부분입니다.

> 삼한은 기자가 신하 노릇 안 한 땅이니
> 그냥 두어도 될 법했는데
> 어찌하여 굳이 무력을 동원해
> 몸소 군대 끌고 동토東土에 왔나.
> 용맹한 군대는 요동의 달밤에 행군하고
> 깃발은 삼한의 새벽 비에 젖었네.
> 주머니 속의 물건으로 여겼지
> 눈이 화살에 맞을 줄 어찌 알았으리.
> 三韓箕子不臣地, 置之度外疑亦得.
> 胡爲至動金玉武, 銜枚自將臨東土.
> 貔貅夜擁鶴野月, 旌旗曉濕鷄林雨.
> 謂是囊中一物耳, 那知玄花落白羽.

‘정관’貞觀은 당나라 태종太宗의 연호입니다. 그러니 이 시의 제
목 ‘정관음’은 ‘당 태종 때의 일을 읊다’라는 뜻입니다. 사마천의 『사
기』史記에 보면, ‘주나라 무왕은 기자를 조선에 봉했으나 신하로 삼
지는 않았다’라는 말이 나옵니다. 기자가 은나라의 유민遺民이기
때문에 예우한 것입니다. ‘삼한은 기자가 신하 노릇 안 한 땅’이라
는 말은 이에 근거를 두고 있습니다. 이 시는 태종이 대군을 이끌고
고구려를 침략했다가 안시성安市城에서 양만춘楊萬春의 화살에 눈
을 맞은 일을 읊고 있습니다. 그 어조에는 다소 조롱하는 기운이 느
껴집니다. 침략을 부정적으로 봐서입니다.

이상의 시들을 통해 이색이 자국의 역사와 문명에 강한 자부심을 갖고 있었다는 것을 알 수 있습니다. 그런데 기자를 끌어와 단군에 붙인 것은 일연의 『삼국유사』에서부터 비롯됩니다. 일연의 역사 인식이 신흥사대부층에 계승된 것입니다.

이처럼 자국 문명에 대한 긍지와 자국 역사에 대한 주체적 인식이 여말의 사대부들에게서 확인됨은 대단히 주목해야 될 사실입니다. 하지만 여기에는 간과할 수 없는 두 가지 문제점이 발견됩니다.

첫째, 이들의 '문명 의식'이 기본적으로 중화의 문명을 전범으로 삼고 있다는 사실입니다. 하지만 이들은 고려의 독자적 역사와 풍속을 긍정하기도 했습니다. 이런 지향을 더 세게 밀고 나갔더라면 혹 문명에 대한 다른 사유가 가능했을지도 모르겠습니다만, 이들은 그렇게 하지 못했습니다. 그런 세계로 넘어가기에는 이들의 중국 문명에 대한 경도가 너무 컸다고 보입니다.

가령 소악부만 해도 그렇습니다. 소악부는 백성에 대한 관심, 자국 문화에 대한 관심을 보여 주는 것이기는 하나 그럼에도 그것은 향가처럼 향찰 표기로 우리말을 기록한 것이 아니라 한문으로 번역 내지 번안한 것이라는 데서 주체성의 한계를 노정하고 있습니다. 우리말을 기록하는 것과 한문으로 번역하는 것 사이에는 문명 의식에 있어 건널 수 없는 차이가 있죠.

둘째, 이승휴와 이색이 요와 단군의 병립설을 제기한 것은 주체성의 측면에서 대단히 큰 의미가 있지만, 그럼에도 단군의 계승자로서 '기자'를 부각시킨 것은 중국 문명이 전범이며 따라야 할 보편이라는 인식을 강화하는 결과를 초래했다는 점입니다. 이처럼 이들의 문명 의식 내부에는 소중화 의식 내지 중화주의가 강고하게 자리하고 있었습니다. 이 점에서 이들의 문명 의식은 '주체성'과 '종속성'의 모순적 통일입니다. 이런 성격의 문명 의식은 멀리 신라 말의 최치원에까지 소급될 수도 있을 테지만, 고려 말의 사대부 문학은 조선 시대 사대부 문학의 시발점이라는 점에서 특히 문제가 됩니다.

고려 말 사대부들이 보여 준 문명 의식의 내적 한계는 조선 건국 후에도 해소되지 않습니다. 오히려 시간이 흐를수록 더욱더 심각해지는 양상을 보이기도 합니다. 그러므로 그 모순의 지양은 우리 문학사의 장기 과제에 해당한다 할 것입니다.

이상으로 오늘 강의를 마칩니다.

질문과 답변

*　　　　고려 말에 신흥사대부층이 등장하면서 전 시대에 비해 문학 장르
　　　　가 더 다양해졌다고 생각되는데, 이는 유교의 부상과 관련이 있는
　　　　지요?

이규보의 시대에 문제가 되는 신진사류와 오늘 공부한 고려 말 신흥
사대부층은 문인이며 사대부라는 점에서는 연결되지만, 그럼에도
각기 속한 사회적·역사적 상황이 다르고 또 그 이념적 성향이 같지
않기 때문에 한데 묶어서 생각하기에는 곤란한 점이 많습니다. 가령
이규보는 기본적으로 유자儒者이지만 그렇다고 유자로만 못 박기는
어려운 게, 도가적 지향 역시 강했기 때문입니다. 그러니 유교적 지
식인이다, 이렇게만 규정할 수 없습니다. 이규보는 말년에는 불교
경전인『능엄경』楞嚴經을 열심히 읽어『능엄경』을 통째로 외우기까지
했습니다. 이렇게 본다면 이규보는 우리 문학사에서 유불도儒佛道
삼교三敎를 회통하면서 자기대로의 정신세계를 만들어 나간 문인이
라고 할 수 있지 않을까 합니다.

　하지만 이는 이규보의 시대에나 가능한 풍경입니다. 14세기가
되면 도가는 이제 그다지 큰 흥미의 대상이 되지 못합니다. 시대가
변하면서 이념적 지향이 달라진 거죠. 성리학이 사대부들을 압도합
니다.

　14세기의 고려 사대부들은 원대元代의 성리학(정주학程朱學)을
수용하고 학습함으로써 인간 풍모가 확 달라지며, 이념적인 인간으

로 바뀌었습니다. 삶과 문학에서 이념이 얼마나 중요한가를 보여 주는 대목이죠. 그러니 단순히 '유교의 부상' 이렇게만 말해서는 안 되며 성리학에 초점을 맞춰 생각할 필요가 있습니다. 성리학을 어느 정도 내면화하는가, 성리학을 얼마만큼 받아들여 현실과 맞서는가에 따라 온건한 입장도 나오고 급진적인 입장도 나오게 됩니다.

고려 말 신흥사대부의 성리학은 사상적 생기가 있으며, 서민 친화적인 면모가 강합니다. 성리학 본래의 건강함이죠. 하지만 시간이 지남에 따라 성리학은 차츰 지배층의 통치 이데올로기로 자리 잡으면서 그 본래의 건강함을 잃어 가고 급기야 형해화形骸化합니다. 조선 후기에 그런 현상이 목도됩니다. 그와 달리 성리학 수용기인 고려 말에는 성리학의 건강함과 진보성이 유감없이 발휘됩니다. 이 시기에 성립된 소악부나 시조와 같은 새로운 장르들, 이 시기에 창작된 애민적 기속악부와 인물전은 성리학과 일정한 관련을 맺고 있다고 보입니다. 이 시기의 문학만큼 사상과 글쓰기의 내밀한 관련을 보여 주는 경우도 잘 없지 않나 합니다.

*   이색이 여러 편의 일사전을 지어 신흥사대부의 연대 의식을 표출
*   했다고 했습니다. 고려 말에는 이색 외에도 인물전을 창작한 사람
    이 여럿 있는 것으로 알고 있는데, 이들도 일사전을 통해 사대부
    의 연대 의식을 표출했는지요?

관찬 사서史書인 『삼국사기』에 실려 있는 열전列傳도 넓은 의미에서 보면 인물전에 해당한다고 할 것입니다. 하지만 이는 국가적 요구에 의해 작성된 것이며 특정 문인의 개인적 욕구로 창작된 것은 아닙니

다. 제가 강의에서 말한 인물전은 후자를 가리킵니다.

이런 종류의 인물전이 우리 문학사에 대거 등장하는 것은 14세기입니다. 일찍이 임춘이나 이규보에 의해 가전假傳이 창작됩니다만, 가전은 사물을 의인화한 희작戲作으로 인물전은 아닙니다. 이리 본다면 우리 문학사에서 인물전이 하나의 문학사적 현상으로 대두하는 것은 14세기에 와서의 일이라고 하겠습니다.

14세기에 인물전을 창작한 문인으로는 이색 외에 이곡, 이숭인, 정도전, 권근, 이첨李詹, 정이오鄭以吾가 있습니다. 이색은 가장 많은 인물전을 남겼습니다. 현재 「송씨전」宋氏傳, 「오동전」吳소傳, 「박씨전」朴氏傳, 「초계정현숙전」草溪鄭顯叔傳, 「최씨전」崔氏傳, 「백씨전」白氏傳, 「정씨가전」鄭氏家傳 7편이 전합니다. 이곡은 「절부조씨전」節婦曹氏傳을, 이숭인은 「초옥자전」草屋子傳과 「배열부전」裵烈婦傳을, 정도전은 「정침전」鄭沈傳을 창작했습니다. 권근은 「사재소감박강전」司宰少監朴强傳, 「우인효자군만전」優人孝子君萬傳, 「유생배상겸전」儒生裵尙謙傳 3편을 창작했고, 이첨은 「수선전」守禪傳을, 정이오鄭以吾는 「열부최씨전」烈婦崔氏傳을 창작했습니다.

이색이 쓴 7편의 전 가운데 「초계정현숙전」과 「정씨가전」을 제외한 나머지 5편은 다 일사전입니다. 재능이 있음에도 불구하고 운이 나빠 요절하거나 불우한 생을 살았던 인물들의 전이죠. 이색 외에 여섯 사람이 지은 인물전에서는 딱히 일사전이라 할 만한 작품은 발견되지 않습니다. 하지만 이들의 전 역시 신흥사대부 문인의 문제의식을 잘 보여 줍니다.

이곡의 「절부조씨전」, 이숭인의 「배열부전」, 정이오의 「열부최씨전」에는 절부節婦나 열녀가 입전立傳되어 있습니다. 이들 작품은 정열貞烈을 고취하기 위해 지어진 열녀전烈女傳에 해당합니다. 이숭인의 「초옥자전」은 김진양金震陽이라는 인물의 검소하고 고결한 삶을 기리기 위해 지어졌습니다. 김진양은 이색의 문생이며 이숭인의 벗인데, 초가집에 사는 데 자족해 별호를 '초옥자'라 지었습니다. '초옥'은 초가집을 말합니다. 이 작품은 신흥사대부의 윤리 의식을 보여 줍니다. 권근의 「유생배상겸전」 역시 사대부층 인물의 아름다운 덕성을 표창하고 있습니다. 이 작품에는 성리학적 인성론人性論에 기초한 군자관君子觀이 표출되어 있습니다.

이와 달리 정도전의 「정침전」, 권근의 「사재소감박강전」과 「우인효자군만전」에는 사대부층에 속하지 않은 이족吏族이나 천민이 입전되어 있어 주목됩니다. 정침은 나주의 호장戶長이고, 박강 역시 원래 이족 출신인데 무공武功을 세워 사재소감의 벼슬에까지 오른 인물입니다. 군만은 진주의 광대입니다. 「정침전」과 「사재소감박강전」은 입전 인물의 충忠을 드러내기 위해 지어졌으며, 「우인효자군만전」은 효자전孝子傳에 해당합니다. 정도전과 권근이 이런 전을 지은 것은, 성리학 이념이 자기 계층만이 아니라 하층민의 삶에서도 실현되고 있음을 드러내 보임으로써 이를 보편적 가치로 고취하고자 해서였습니다.

이첨의 「수선전」은, 승려였다가 유교로 전향한 인물이 입전되어 있으며, 불교 교리의 공허함이 비판되고 있습니다. 그러므로 이 작품은 불교를 배척하기 위해 지어졌다고 할 수 있습니다.

이처럼 14세기에 창작된 인물전들은 대체로 성리학의 이념적 가치를 확인하고 고취하기 위해 지어졌다는 특징을 보여 줍니다.

14세기에 마련된 인물전의 이런 기본 틀은 조선 전기까지 그대로 유지됩니다. 조선 후기에 접어들어서야 이 틀이 수정되면서 인물전에 변화가 야기됩니다. 이 점은 그때 가서 살피도록 하겠습니다.

오늘 이야기한 신흥사대부의 문명 의식과 주체성이 이규보의 「동
명왕편」에 보이는 의식과 어떤 차이가 있는지 설명해 주십시오.

이규보가 「동명왕편」에서 보여 주는 문명 의식과 주체성은 유가 사
상이 아니라 도가 사상에 토대를 두고 있습니다. 유가 사상은 위계位
階를 강조하고 화이華夷의 차별을 강조합니다. 이와 달리 도가 사상
은 무차별, 즉 평등을 강조합니다. 이규보는 이 때문에 중국이 보편
이고 전범이라는 강박관념에서 벗어나 우리나라가 중국과 대등한
성인聖人의 나라임을 천명할 수 있었습니다.

이규보와 달리 신흥사대부들은 성리학 이념을 기반으로 해 문
명 의식과 주체성에 대해 사유했습니다. 성리학을 대표한다 할 주자
학은 한족漢族 중심주의가 강고하며 화이의 차등을 대단히 강조하
는 사상 체계를 구성하고 있습니다. 중국 중심주의죠.

주자학의 이런 면모는 신흥사대부 내부에 싹튼 주체성의 계기
를 제약하거나 억압하는 것으로 작용할 수 있습니다. 이 때문에 신
흥사대부 문인들은 요와 단군이 같은 해 즉위했다는 데까지 사고를
진전시켰으면서도 '단군은 성인이다', '성인은 중국에만 존재한 것이
아니라 우리나라에도 존재한다'라고까지는 선언하지 못했던 게 아
닌가 합니다. 주자학에서는 도통道統이 중요한데 주자학을 받아들인
다는 것은 바로 이 중국적 도통을 유일한 진리로 승인하는 게 되니
까요. 딴소리를 하기는 어렵습니다.

'성인'의 문제는 문명 의식과 관련해 대단히 중요합니다. 예악,
문자, 제도, 이런 건 다 성인이 만든 것으로 간주되었습니다. 그러므
로 중국에만 성인이 존재함을 진리로 받아들인다면 중국은 의심할
여지없이 문명의 보편이자 전범의 위치에 있게 됩니다. 다른 여지는

없습니다. 이것이 주자학을 진리 체계로 받아들인 신흥사대부의 딜 레마라 하겠지요. 꼼짝달싹하기 어렵습니다. 어떤 주어진 틀 안에서 사고할 수밖에 없죠. 주자학을 신봉한 조선의 지식인들도 마찬가지 딜레마를 안고 있었습니다.

묘청은 고약한 인물로 치부됩니다만 적어도 문명 의식의 측면 에서 본다면 중국 중심주의, 즉 중화주의로부터 벗어나 다른 문명을 사유한 인물로 평가할 수 있습니다. 중화 문명의 기준에서 너무 벗 어나 있어 황당무계하고 이상해 보이지만, 그가 평양의 대화궁大華 宮에 모신 팔성八聖은 모두 동방의 성인들입니다. 요순이나 주공周公, 공자 같은 중국 성인은 하나도 포함되어 있지 않아요. 신흥사대부의 성인관聖人觀과 정반대죠.

요컨대 동아시아적 관념 체계에서는 문명의 중심에 성인이 있 습니다. 그러니 성인이 없다는 것은 독자적 문명이 없다는 뜻이 되 고, 성인이 있다는 것은 독자적 문명이 있다는 뜻이 됩니다. 이규보 의「동명왕편」이 보여 주는 문명 의식과 주체성, 여말 신흥사대부가 보여 주는 문명 의식과 주체성의 본질적 차이는 바로 여기에 있다 할 것입니다.

만일 토풍과 화풍이라는 시좌視座로 본다면 이규보는 신흥사대 부에 비해 토풍이 좀 더 짙고 신흥사대부는 이규보에 비해 화풍이 좀 더 짙다고 말할 수 있을지 모르겠습니다.

토풍과 화풍, 혹은 문명 의식과 관련해 18세기의 홍대용은 대단 히 주목할 인물입니다. 그는 『의산문답』이라는 저술에서, 하늘의 관 점에서 본다면 중심과 주변이라는 건 없다, 문화와 풍속의 우열 같 은 건 없다, 화이華夷란 없다고 단언합니다. 이론적으로 중국 중심주 의를 격파한 거죠. 새로운 문명 의식의 이론적 정초를 놓은 것이라 할 만합니다.

** 조선 후기에도 소악부가 창작된 것으로 알고 있는데, 이제현이 창
작한 소악부가 영향을 미친 것인지요?

전통이라는 것은 몇 백 년 뒤에 계승되기도 합니다. 이제현의 소악부
에서 그런 생각을 하게 되는데요. 고려 말에 이제현과 민사평이 소
악부를 지었습니다만, 조선에 와서 이를 잇는 문인이 없었습니다. 그
러다가 몇 백 년 뒤 조선 후기에 와서 자하紫霞 신위申緯가 다시 소악
부 40수를 짓고, 이를 이어 이유원李裕元이라는 문인이 소악부 45수
를 짓습니다. 신위는 자신의 소악부 창작이 이제현의 영향임을 스
스로 밝히고 있습니다. 신위나 이유원이 지은 소악부는 전부 시조를
한역한 것입니다.

예산은자전猊山隱者傳

은자隱者의 이름은 '하계'夏屆(반절反切 표기. '혜'로 읽어야 함)인데, 혹 '하체'下逮(반절 표기. '혜'로 읽어야 함)라고 칭하기도 한다. '창괴'蒼槐(반절 표기. '최'로 읽어야 함)는 그의 성이다. 대대로 용백국龍伯國(고려) 사람이다. 본래 두 글자로 된 성이 아닌데, 우리말 음音이 늘어지기에 은자 때 와서 이렇게 바꾸었다.

은자는 아이 때 이미 하늘의 이치를 아는 듯했고, 배움에 나아가서는 한 방면에만 얽매여 있지 않았으며, 고작 대의大意를 아는 데에 그칠 뿐 공부를 완전히 마친 것이 하나도 없으니, 대범하게 공부하고 파고들지 않아서다.

차츰 장성하자 개연히 공명功名에 뜻을 두었으나 세상에서는 그를 인정하지 않았다. 이는 그의 성격이 권세가의 집에 찾아다니기를 잘 못하고, 또 술을 즐겨서 두어 잔 마신 후 남의 선악을 말하기를 좋아했기 때문이다. 무릇 귀로 들은 것은 입에 담고 있지 못했다. 그러므로 남이 애중히 여기지 않아, 벼슬에 등용되었다 싶으면 곧 배척을 받아 떠났다. 비록 친구들이 애석히 여겨 그 성격을 고치려 하여 혹 권면勸勉하기도 하고 혹 책망하기도 했으나 받아들이지 못했다.

중년에 들어 자못 스스로 후회했지만 사람들이 이미 우리 속에 가둬 놓을 수 있는 위인이 아니라고 간주했기에 마침내 쓰이지 못했다. 은자 또한 이 세상에 다시 뜻을 두지 않았다.

일찍이 스스로 이리 말했다.

"내가 왕래한 사람은 모두 좋은 사람이었다. 그런데도 남에게

408

인정받지 못한 사람이 많았으니, 뭇사람의 미더움을 얻고자 함은 어려운 일이다."

이는 그의 단점임과 동시에 그의 장점이 되는 바다.

만년에 사자갑사獅子岬寺(경상북도 영덕군 지품면에 있던 절)의 중을 따라가 땅을 빌려 경작을 했는데, 농원農園을 열어 그 이름을 '취족'取足(얻는 것이 충분하다는 뜻)이라 하고, 자호를 '예산농은'猊山農隱('예'猊는 사자이니, '예산'은 곧 사자갑을 말하고, '농은'은 농사짓는 데 숨은 사람이라는 뜻)이라 했다. 그 좌우명에 이르기를, "네 땅과 네 농포는 삼보三寶(불교에서 말하는 불佛·법法·승僧)의 무거운 은혜로다. '취족'이 어디서 온 것이냐? 삼가 잊지 말지어다"라고 했다. 은자가 평소에 불교를 좋아하지 않았는데 마침내 그 소작인이 되었으므로, 그 평소의 뜻이 어긋난 것을 책망함으로써 스스로를 조롱한 것이다.

— 최해, 『졸고천백』拙藁千百(『동문선』에도 실려 있음)